〈長恨歌〉的接受與評論——以宋人為主

陳金現 著

目錄

自序

這是本論文最後的工作，卻思緒紛雜，不知如何下筆。那麼就先說寫作的心路歷程吧！

生性疏懶，長夏無事，翻閱前代詩話，深感宋人褒揚杜甫、韓愈不遺餘力，卻對白居易頗有微詞；時下學者皆肯定杜、韓開啓宋詩之階，而白居易對宋詩的影響就較少著墨。故遍檢詩話資料，逐條記載，歸納所見，參考各方專家高見，成此論文。藉以窺知白居易啓迪宋人處，亦正是宋人孜孜努力者；只因杜、韓之人格範式比較符合宋人所接受的理學典型，也因白居易接近人性的創作對理學家人格而言是比較不符合要求的，於是，宋代酷烈黨爭中的黨同伐異，也顯現在對白居易的接受態度上。

宋人在骨子裡繼承白居易的諷喻精神，卻因時代思潮的遞轉而以其〈長恨歌〉爲撻伐之的，故宋人所批判的〈長恨歌〉，基本上就是宋學的投射，這是閱讀詩話的小心得，也是本文構思的原點。

張雙英教授認爲宋詩特色應該就是詩話與詩社。如果詩話能顯現宋詩特色的話，那就是詩話透露出宋人對詩歌接受的觀點，於是，宋人對唐詩接受史的研究變得非常有意義，筆者才疏學淺，不敢自稱對「接受史」有多少研究，只是借用來闡釋宋人對唐詩人的批評觀點，而在探究過程中，發現宋人把當代哲學思潮也如鹽似醋地滴進了筆墨中，換句話說，宋人在批評唐詩時，也有自己的一番創造，因爲，欣賞本身就是讀者再創造的過程，所以，透過宋人評唐詩，就可見宋人對唐詩的看法，當然，評詩也免不了對人物臧否一番，更可見史學在宋人評詩的發用。基於對宋詩幾乎是與宋學同株共榮所分歧派生的參天大樹的認識，本文從宋人品鷺唐詩的時代思潮下筆，企圖發現理學對宋人品詩態度的影響。

觀念形成後必然是要經過蛻變，很感謝宋邦珍教授長期以來的切磋與指正；隔行如隔山的學術領域有如此相契的益友，真是三生有幸。也感謝簡光明主任的寶貴意見，在此一併致意。

研究所畢業後到南部任教，恩師黃啓方教授就推薦成大張高評所長就近指導，對張教授不厭其煩地指引方向，銘感五內。

當然，恩師黃啓方教授的一路引導，彷彿慈父，這本論文寫作過程中，幾經恩師修正、潤飾，所改回來的錯字誤句，乍看皆以爲恩師弄錯，翻檢原書，始知自己疏失，感愧不已。如此再三往返，才得以勉強問世；付梓之前，懇求恩師的一篇序，希望在人生路上有更多的引導，他卻要求我自己好好寫。說真的，恩師這些年的引導已經太多、太多，非寸管所能言喻。

除了師友之外，要感謝我的家人。首先是年紀已登老耄之齡，生身養育成人的父我母的恩情。在奔波旋轉如陀螺的教職生涯中，更能體會櫛風沐雨、胼手胝足力田耕種、辛苦培育以至學成的艱辛。也對兄姊們獻上這一份手足緣的謝意，儘管有的早已謝世，但是，身爲么妹的我，都曾經受到每一位兄、姊的拉拔、提攜與照顧。

當然，更要感謝我的先生。因爲先生對我的照顧及對家庭無盡的付出，我才得以趕寫論文到天亮。還有兩位幼子的來臨，讓我學會了溫柔待人。

最後，要感謝這一路走來相扶持的良師益友。因爲他們對我的粗疏冒犯的寬容以及鑄錯後極力維護的愛，使我在艱險的茫茫人海中慢慢地減少過錯，他們的恩惠將永記於心。

天，就要亮了，冷氣窗下小縫隙的鳥巢已傳來幼鳥的細碎啁啾；遠近的聲音漸漸明晰，日色也由灰暗乍現魚肚白，不知還要感謝誰？就讓我感謝這個俯仰其中的天地吧！

中華民國 八九年一二月二三日 客遠樓

第一章　緒論

杜甫與韓愈被認爲是宋詩的兩大源頭。中唐白居易（七七二—八四六）以其〈長恨歌〉膾炙人口，但比較少人注意白居易在宋代詩學的地位。從後代文學對前代的繼承以及前代對後代的影響來看，這是很值得研究的論點。筆者不揣淺陋，從白居易〈長恨歌〉的主題與創作態度著手，發現白居易是用「以意爲主」來進行其諷喻詩與〈長恨歌〉的創作，只是〈長恨歌〉受歡迎的程度簡直壓倒白居易自己最看重的諷喻詩；原因無他，除了詩中優美的字句扣人心弦，使戀愛中的男女找到信誓旦旦的語辭之外，〈長恨歌〉中刻意違反史實以及神仙道化等的虛構情節助長它的流行也是不可忽略。

後人似乎把同是出自白居易一人的諷喻詩與〈長恨歌〉區隔對待，忘了認定文學是爲政治服務的白居易是希望藉著諷喻詩來達到干預時政的目的，好像比較少知道這二者的創作態度其實是一致的，那就是用「以意爲主」的態度來進行他有企圖性、目的性的創作。

宋人承襲前代的文學遺產，當然是因革損益，分頭進行。如果說宋詩完全承襲白居易，那也不成爲宋詩。能夠被稱爲有「宋」一代之詩，一定有其自家面目，根據張雙英研究，宋詩特色有多種界定，他認爲只有詩話與詩社才是最能代表宋詩面目，（註一）個人對詩社沒有研究，若用詩話來顯現宋詩之精神，個人是非常讚同的；雖然詩話是資閑談，非常輕鬆，但也顯示著時人的審美價値觀，在輕鬆愉快中，得知論詩觀點，是予人印象深刻的。若從接受史而言，詩話便是古典詩歌原始接受史的寫照，（註二）我們可以看出宋人對詩歌由情主意到入理的過程，同時，隨著理觀念的滲透，宋人對以〈長恨歌〉造成全民運動的白居易的觀感也是慢慢轉變的。所以，本文也以詩話爲經，詩人爲緯，交錯比對，得出宋人的詩學本體觀念中，情、意、理遞轉的軌跡與理學的關係非常密切；更可知宋代理學與詩學（註三）是同生共構、盤根錯節的學術大樹。

首先是宋初王禹偁（九五四—一〇〇一）承襲白居易的關懷現實的諷喻詩，雖然後來改學杜甫，但現實關懷是不變的。接著是尹洙（一〇〇一—一〇四七）、梅堯臣（一〇〇二—一〇六〇）、歐陽脩（一〇〇七—一〇七二）等組成的洛陽文人集團也是以「白傅舊宅」（註四）爲中心，象徵歐陽脩一生最燦爛「花下醉」的韶光也在洛陽，（註五）此時正是他推行詩文革新的時期，故洛陽牡丹是歐陽脩一生的烙印，而他也用「開口攬時事，議論爭煌煌」（註六）來展現政治關懷的熱情。可見白居易現實諷喻精神被書生政治（註七）廣泛地接受著。

彷彿天上星星此起彼落地閃爍一般，要明確地劃清理學家與宋詩人生年前後是有些困難的。北宋中葉，理學開始蘊釀，邵雍（一〇一一—一〇七七）、周敦頤（一〇一七—一〇七三）、張載（一〇二〇—一〇七七）爲代表，二程（程顥（一〇三二—一〇八五）、程頤（一〇三三—一一〇七））爲奠基；朱熹（一一三〇—一二〇〇）達於成熟，使道學在宋搶走古文、詩、書的丰采爲獨盛。（註八）此時宋人對白居易褒貶不一，蘇軾（一〇三六—一一〇一）雖有「元輕白俗」之語，（註九）但他們仰慕白居易卻是不爭的事實，（註一〇）卻也有因蘇軾以詩招禍爲戒的勸諫。（註一一）隨著歷史的推移，白居易在宋詩壇的地位也因理學的日漸成熟而越趨模糊，至南宋張戒可以說罵得最嚴厲了。可想而知，在理學壓縮下，以意爲主的詩學本體的創作空間越來越小。否則，蘇軾、黃庭堅（一〇四五—一一〇五）並峙於宋詩壇，何以黃庭堅所領導的「江西詩派」會成爲宋詩的正宗而蘇軾只是一種變體？（註一二）除了個人賦稟與修爲之外，理學家的推崇也是個主因。（註一三）這反映宋人詩歌審美觀念價值標準之所在，也可以說是對白居易的接受史是透過蘇軾而日趨淡薄。雖然每在內憂外患中有人呼籲重新重視蘇軾有爲而作的寫作態度，但終如野狗吠車一般歸於沉寂。於是，宋詩在理學的緊密依附下，失去道情性的本質而形成人們所認識的以才學、議論、文字爲其代表面目。詩話提供這樣的考察線索，也拼湊出「理」在宋詩發展軌跡的催化作用，這是承襲中晚唐以來儒、釋、道三教合一思潮運行下自然發展的結果。

理在宋詩發展中可分事理、物理、倫理、意理、天理等五個方面，（註一四）其中，意理就是在封建倫理道德下，詩人尋求自我本體的解脫、渴望心靈自由的主觀創作，因爲是道出真性情，故在書生政治下，「集官僚、學者、作者於一身的北宋文人，既有志在當世的憂患精神，變法圖治的宏圖偉願；又有因政見相左而分野，喜同惡異、黨同伐異的排他性、劣根性，北宋政治終於在黨爭的漩渦中走向了衰敗之路，學術文化與文學創作的價值和取向都產生了扭曲與變易」，（註一五）這是只要側重「意理」寫詩者，便容易有詩禍降臨，後人則謂「詩讖」的主要原因；當然，詩讖與黨爭並不是可以完全畫上等號的。所以，天理與意理則是在客觀規律準則、事事如實求合理的「理」觀念下是比較主觀的。這也證明宋文化在雙重模態的矛盾下是時時在上演，也絕不會因南宋的滅亡而停止，它會在任何時代繼續上演著。

本書分七章，首章爲緒論，對白居易詩歌在唐宋之際的地位做個遞嬗軌跡的概述，更申明研究動機和旨趣；第二章是剖析中晚唐以「意」、「理」爲主的創作背景，因爲任何作家都不能脫離時代環境與主流思潮的影響，從三教合流的觀點、儒學的啓發、道家與道教的衝擊、佛教禪宗的影響，知道作家創作土壤是非常值得注意的。

第三章是以白居易〈長恨歌〉爲研究切入點，探討其創作背景與態度。作品在詩人創作構成中必然經過一番蘊釀與學習摹擬的過程；檢視〈長恨歌〉，我們發現白居易是以漢武帝尋訪李夫人故事和佛教變文〈歡喜國王緣〉爲原型，塑造了動人心魄的臨邛道士海上求仙以及情節安排順序，抒發李、楊愛情長恨爲主題的精神，再探討〈長恨歌〉以意爲主的創作態度；包括背離史實真相、對唐代七夕巧妙轉換的唐人小說手法以及元、白以意爲主創作的特色，更以韓愈、李賀、李商隱爲證，說明以意爲主是當時很普遍的構思方式，白居易〈長恨歌〉並不是個特例。

在意與理的模糊與轉變中，從接受美學的觀點闡述唐宋人對〈長恨歌〉批評的兩個向度，這也就是第四章的內容：包括唐宋人對〈長恨歌〉批評的兩方面，即詩旨與詩藝。詩旨的指責不外是淫褻、無禮；詩藝方面較欠缺的就是〈長恨歌〉整首詩是以賦法居多（幾乎是感傷詩與諷喻詩均如此），對宋人的社會關懷有重大的引領作用；同時，開啓較少比興的宋詩機運，這也是白居易對宋詩影響之一端。其次是第五章，探討〈長恨歌〉與宋人重意的詩學表現：首先是情、意在創作主體中主觀與客觀探討，得知情無所謂主觀與客觀，意卻有創作主體的意圖、目的、期待達到的效果，故謂〈長恨歌〉是以意爲主的創作；其次是宋詩重意的表現詩風；接著是宋人重意的評詩觀點及「理」向意滲透過程的觀察。

第六章是談〈長恨歌〉與宋人重理的詩學發展。理既然已向意滲透，隨著理學的日漸發達，宋人評詩也慢慢地用理這把尺去衡量。本文採用五個觀點來探討宋人如何站在理的高點批評前人之詩，尤其是對唐人，宋人就是用獨特的宋學精神看唐詩，往往有很鮮明的時代特色，這是很令人耳目一新的事。首先是事理，宋人針對某些事的不合理提出批判，如半夜鐘之有無、桃花源是仙境否？其次是物理，宋人喜歡窮究某物之天性，注意要不違反自然與天性；再次是倫理道德，拿宋人對杜牧詠史的三首詩—〈題桃花夫人廟〉、〈赤壁〉與〈金谷園〉提出價値迥異的批判，得出這兩極態度也是植基於宋學的倫理觀；再比較蘇軾與黃庭堅在宋詩壇地位的落差也是與宋學有關；意理則從宋人兩種矛盾的文化模態，以理學爲對照，發現理學家朱熹也講情，而且，如果以率意爲主而作詩，輒有被貶與口誅筆伐之虞，如惠洪評詩之不可信及朱熹傾力攻擊的蘇軾；還有題畫詩，也是黨爭中的託意之作；最後是天理，以詩讖爲代表，原因：一、《中庸》講禎祥、妖孽往往是國家興亡之兆；二、宋人也講天人合一；三、詩讖並不全起黨爭，而且，評詩者往往拈出某詩爲詩人際遇之兆，大率出於評詩者企圖解釋天理運行下必然結果的人生際遇，也是宋人宇宙論對天道掌握得體的象徵，故以詩讖爲天理—天人合一的代表。

本文寫作的主軸是以宋人詩話筆記爲主，參酌各家詩集，投影在時代哲學思潮中，探討宋人在宋學影響中對〈長恨歌〉接受態度的轉變。基於後代文學對前代繼承的認知觀點，觀察、比對、分析、歸納、校勘後，得知宋人批評，其實就是入其室操其戈。雖然，在詩學精神與宋詩特色上，宋人標榜杜甫的忠君愛國、韓愈的詩法，嚴格說來，都是以白居易〈長恨歌〉爲對照係數的參照因。因爲描寫李、楊愛情而瀆至尊，因爲韓愈開啓理學的新機運，故宋人對杜、韓有比較正面的稱頌，而對白居易則迭有微詞，可是，在創作骨子裡，宋人對白居易是欣賞備至的，蘇軾就是一例，只是礙於時代主流思潮而不便明說，受朱熹猛烈攻擊的蜀學代表，對白居易欽慕備至的蘇軾〈昆陽賦〉，在朱熹去世前兩年病中，翻閱父親朱松閱此文批語而熱淚盈眶就是明證。正面影響容易察覺，隱微曲流則不易察知，本文試圖披沙揀金，步步追尋，發現造成唐詩全民運動的白居易〈長恨歌〉是通往宋詩重要的關口之一，也許有不盡人意處，然而，這是接受美學的一小步，也是宋詩園地的小耕耘，但熱切地盼望有得於先進的教導，俾益於日後研究。

註釋

註一：歷來對宋詩面目的界定有四種觀點，一是比較觀點，有錢鍾書、繆越等人；二是語言觀點，有嚴羽、徐復觀等人；三是從題材、內容上立論，有吉川幸次郎、張高評所主張；四是從問學、哲理上立論，有黃師啓方與龔鵬程等人。張雙英則認爲應從詩話與詩社去觀察，否則難窺宋詩真實的面目。詳閱〈論「宋詩」的特色及其形成的主要背景—以詩人的時間與空間爲基點的考察〉，張高評主編《宋代文學研究叢刊》，頁二一—四五，第三期，高雄，麗文出版社，一九九七。

註二：陳文忠說：「詩歌創作和詩評詩話并行是中國詩史的獨特景觀；而歷代詩話實質就是歷代詩歌的原始接受史，它爲接受史研究提供了堅實豐富的學術基礎。」—《中國古典詩歌接受史研究》，頁七，安徽大學出版社，一九九八。

註三：這裡要強調的就是以黃庭堅所領導的「江西詩派」爲宋詩壇的主流（正宗），而蘇軾僅是變體的審美價值觀。

註四：梅堯臣詩集有〈依韻和希深遊大字院【原註：白傅故宅】〉，朱東潤校註《梅堯臣集編年校註》頁五，臺北，源流出版社，一九八三。

註五：拙作〈洛陽牡丹與宋人的憂患意識〉（未刊稿），曾仔細探討過隨著國運的興衰以至亡國，牡丹一直都象徵在國力最壯盛、書生政治實踐的輝煌時光，歐陽脩也在此時推動詩文革新運動，堪是一生中活得最光彩亮麗的歲月，也因爲與梅堯臣等人志同道合，牡丹花下煮酒論詩、狂歡醉臥的璀璨記憶，就像樹上的刀痕隨日俱深，使歐陽脩留戀不已。

註六：歐陽脩《歐陽脩全集，上，鎮陽讀書》，《居士集》，卷二，頁一四，臺北，世界書局，一九七一。

註七：此語出自吉川幸次郎《宋詩概說》，頁八〇，臺北，聯經出版公司，一九七九。

註八：在宋人心中，就已認爲理學超乎古文、書法、詩而獨盛，陳郁（南宋理宗時人）說：「三代以降，典謨訓誥之後，有董、賈、司馬遷、揚雄、二班之文不可繼，曰文止於漢。八分、大棣之餘，鍾、衛、二王之書莫可肩，曰書止於晉。《三百篇》往矣，五字律興焉。有杜工部出入古今，衣被天下，蕩然忠義之氣，後之作者未之有加，曰詩止於唐。本朝文不如漢，書不如晉，詩不如唐，惟道學大明。自孟子而下，歷漢、晉、唐，皆未有能爲天地立心，爲生民立極，爲萬世繼絕學，開太平者也。」陳郁《藏一話腴》，程毅中主編，宋人詩話外編・下》，頁一三六四，北京，國際文化出版公司，一九九六。以下引到該書者只言書名與頁數。

註九：蘇軾《蘇東坡全集・祭柳子玉文》，頁三七五，台北，世界書局，一九九六。

註一〇：參考拙作〈蘇軾號「東坡居士」的原因〉，《國文天地》，第十四卷，第七期，頁五三—六〇。

註一一：參考拙作〈北宋詩壇的裙帶——以西崑體、宛陵體、山谷體爲例〉，《中國文化月》，二二五期，一九九八，一二月，頁八〇——九四。

註一二：喬力說：「（在北宋中、後期），文學方面，蘇軾詩汪洋恣肆，揮灑自如，標誌了宋詩所可能到達的高度；但黃庭堅爲首的『江西詩派』才代表宋人的自家面目，尙理、好議論、多用事典、刻摯深沉，是爲與『唐音』并峙的宋調。」《齊魯學刊，主體意識的高揚：論北宋中後期詞的兩種藝術精神及創作特徵》，一九九八，一期，一〇一—一〇八頁，說明黃庭堅領導的「江西詩派」才代表真正的宋詩。同時，周裕鍇也說：「范溫以『行雲流水，初無定質』來形容『變體』，用的正是蘇軾〈答謝民師書〉的話頭。范溫強調『正體』而非『變體』，正透露出宋詩人宗黃者遠比宗蘇者爲多的原因。」宗黃比宗蘇者爲多，正說明黃庭堅爲首的「江西詩派」才是真正的「宋詩」。見張高評主編《宋代文學研究叢刊・黃庭堅句法理論探微》，二六五頁，一九九六，二期，高雄，麗文出版社。

註一三：顧易生、王運熙也探討歸納黃庭堅能成爲江西詩派宗主的原因有四：其中之一就是山谷人品高潔，受到理學家一致的推崇。其實，這只反映黃庭堅爲人比較受到理學家接受，人品是否高潔則是見仁見智，兩人還認爲黃庭堅是迴避社會問題，不敢直接面對政治鬥爭的另一種說詞。《中國文學批評史，上》，四〇三頁，臺北，五南出版社，一九九三。

註一四：元代陳繹曾分宋人的理有事理、物理、倫理、天理、文理，《諸儒奧論策學統宗增入文筌》，元刊本，國立中央圖書館微卷。但本文著重的是詩，故取意理而捨文理。

註一五：沈松勤《北宋文人與黨爭—中國士大夫群體研究之一導論》，頁一—七，北京，人民出版社，一九九八。

第二章　中、晚唐以「意」、「理」爲主的創作背景

第一節　儒學思潮

（一）實用主義文學觀

所謂「儒家實用主義文學觀」就是說儒家認爲文學要爲政治教化服務，爲百姓的喉舌，揭發社會現實，關心民生疾苦，不要在風花雪月中無病呻吟，個人的情感流露已退居次要的地位，這就是「儒家實用主義文學觀」的底蘊。也就是重理的時期，先秦至兩漢正是發展至顛峰的時期。白居易畢竟是把詩歌的創作目的界定在儒家爲社會、政治服務的實用主義上，也就是說，詩歌要成爲干預政治現實的工具，白居易說：

> 僕常痛詩道崩壞，忽忽憤發，或食輟哺、夜輟寢，不量才力，欲扶起之。（註一）

白居易對於「詩道」之崩壞憂心忡忡，所謂「詩道」就是指「儒家關於詩歌的理論和要求。白居易的詩歌主張是與正統的儒家詩論一脈相承的。……強調詩歌爲封建的政治、教化服務」。（註二）更認爲詩歌創作要：

> 為君、為臣、為民、為物、為事而作。（註三）

這都明顯地表現出他創作詩歌是爲儒家政治服務的理念。而他的創作態度也是「篇無定句，句無定字。繫於意不繫於文」，（註四）「意」就是內容，「文」就是形式，重視反映民生疾苦的內容勝過外在形式的華美，故他的作品句句是實。（註五）熟諳儒家典籍又蒙高郢拔擢，是白居易登進士第的關鍵，元稹說：

> （白居易）二七年舉進士，貞元以來進士競尚馳競不尚文，就中六籍尤擯落，禮部侍郎高郢，始用經藝為進退，樂天一舉擢上第。（註六）

對於經籍史傳的勤加研讀，使白居易在德宗貞元年間剛好又蒙受高郢拔擢得第，（註七）由此更印證了「機會是給充份準備的人」的適切性。汲取古典的營養才是一個作家創作生命最深廣的根，六經典籍的研求不但成爲白居易晉身仕宦之階，也對他的創作形成豐沛的泉源。尤其是《詩經》，它在中唐是很受重視的，凡是具有高度關懷社會現實的詩人，無一不是從《詩經》的諷遇技巧得到啓發，古代的文學批評家，都是以《詩經》的〈小雅〉、〈國風〉作爲最高標準。中唐國事的蜩螗，藩鎭割據，豪強掠奪，民生凋敝，詩人的悲憫使他們不再只酣醉於象牙塔中，學習《詩經》的社會現實關懷應該是中唐寫實詩人最適切的了。（註八）因此，元稹、白居易等的寫實諷諭詩應該就是以《詩經》的〈小雅〉、〈國風〉作爲最高指導原則。

《詩經》在中唐創作思想的主導可由當時人作品略窺一二。蕭穎士仿《三百篇》格式作〈江有楓〉、〈涼雨有竹〉、〈江有歸舟〉。韓愈稱「周詩三百篇，麗雅理訓誥。曾經聖人手，議論安可到？」。（註九）所作〈元和聖德詩〉被評爲「典重峭傲，體則二雅」，（註一〇）已經非常了然。柳宗元曾以作文之要訣之一是「本之《詩》以求其恆」。（註一一）他自己〈命平淮夷雅〉即是學大小雅。新樂府創作的先驅者元結、顧況也都曾由衷地贊《詩》，認真地效《詩》。元結〈二風詩〉、〈補樂歌〉，顧況〈上古之什補亡訓傳十三章〉皆爲明證。白居易在六經中更明白地揭示《詩經》爲六經之首，他說：

> 人之文，六經首之，《詩》又首之。（註一二）

元白新樂府受《詩經》影響是不言可喻的。「篇無定句，句無定字。繫於意不繫於文」，（註一三）以意爲主的傾向是很明顯的；又說：

> 首句標其目，卒章顯其義，詩三百之義也。（註一四）

白居易的〈新樂府〉完全以《詩經》爲依歸，這是再也清楚不過了。

（二）《詩經．小雅》的憂患意識

更確切地說，白居易所謂「詩三百之義」就是指〈小雅〉的精神。從文化根源上說，人們一向把《易經》視爲中國文化的基因，（註一五）《詩經》則就是文學的源頭，這兩者是有緊密依附，先後關係的。甚至可以說：在憂患意識上，《詩經・小雅》從《易經・卦爻辭》有一種隱約的承繼關係，那就是強烈的憂患意識。（註一六）也就是說，強烈的憂患意識就是《詩經・小雅》與《易經・卦爻辭》之間的那種相似基因。那些「相似」的基因，就是「憂患」。可以說：憂患是整部《易經》思想的主旋律，這是無可置疑的。因爲《周易・繫辭傳》說：

> 《易》與天地准，故能彌綸天地之道。（第四章）

又說：

> 夫《易》何為者也？夫《易》開物成務，冒天下之道，如斯而已者也。（第十一章）

《周易・卦爻辭》體現了中國人的宇宙天命觀，諸如：「天命不常」、「革命」合理，事在人爲、以德化民、修身齊家、自納于德、民心可畏、見盛知衰、殷鑑不遠、自強不息等觀點，……以《卦爻辭》來表達并以卦畫排列次序反映其道理意蘊」，憂患意識實在是貫串於整部《周易》中。（註一七）而憂患意識正是讀書人體認到一己對社會政治關懷的責任，形成中國文化最珍貴的特質。白居易的新樂府大都是爲朝綱不振、人民疾苦而發的政治詩，他把新樂府看作「救濟人病，裨補時闕，而難於指言者，輒歌詠之，欲稍稍遞進聞於上」，（註一八）是「惟歌生民病，愿得天子知」（註一九）的積極用世的人生態度和博施濟眾的進步思想，正是對中國傳統文化中進步的民本主義社會觀和「推己及人」的人道主義思想的繼承和發揚。（註二〇）從思想內容上看，都能從不同的角度來反映人民的苦難，鞭笞社會的罪惡，揭露各方面的政治問題和社會現象的羅列批評，是干預現實的工具。此種推恩及人的心胸並不因仕途順逆而有所更改。例如有關布裘的詩，元和八年（八一三），四十二歲，初入仕途，詩曰：

> 中夕忽有念，擁裘起逡巡。丈夫貴兼濟，豈獨善一身？安得萬里裘，蓋里週四垠？穩暖皆如我，天下無寒人。（註二一）〈新製布裘詩〉

長慶二年（八二二），五一歲，在杭州，詩曰：

> 我有大裘君未見，寬廣和暖如陽春。此裘非繒亦非纊，裁以法度絮以仁。刀尺鈍拙制未畢，出亦不獨裹一身。若令在郡得五考，與君展覆杭州人。（註二二）

此詩真是雙關，表面說大裘，卻寓含著對仁政與法度的關切。大和五年（八三一），六十歲，分司東都，決心退居洛陽，亦有詩曰：

> 百姓多寒無可救，一身獨暖亦何情？心中為念農桑苦，耳裡如聞饑凍聲。爭得大裘長萬丈，與君都蓋洛陽城。（註二三）〈新製綾襖成，感而有詠〉

這種人饑己饑，人溺己溺的胸襟，可與杜甫媲美。陳巖肖剖析道：

> 白樂天有〈新製綾襖〉詩曰：「百姓多寒無可救，一身獨暖亦何情？」卒章曰：「爭得大裘長萬丈，與君都蓋洛陽城。」可謂有善推其所為之心矣。又觀〈新製布裘〉詩曰「中夕忽有念，擁裘起逡巡。丈夫貴兼濟，豈獨善一身？安得萬里裘，蓋里週四垠？穩暖皆如我，天下無寒人！」後詩正與杜子美〈茅屋為秋風所破歌〉曰：「安得廣廈千萬間，大庇天下寒士盡歡顏，風雨不動安如山」同。（註二四）

杜甫忠君愛國的儒家積極關懷與心繫百姓災難的悃悃赤誠，很顯然地，白居易繼承了。只是關懷的心態不同，杜甫是己身窮餓困乏，仍能推此難忍心關懷百姓；白居易是自己飽暖後才刺時恤民，生活經驗的廣度和認識生活的深度不同，影響到白居易的藝術成就。杜甫也說要有「廣廈千萬間」可以庇護天下寒士，同樣是廣披天下的高度熱情，卻可以發現杜甫與白居易心態上的不同。宋・黃徹說：

> 或謂子美詩意寧苦身以利人，樂天詩意推身以利人，二者較之，少陵為難。然老杜飢寒而憫人飢寒者也，白氏飽暖而憫人飢寒者也。（註二五）

一個是飢寒仍關懷天下，一個是飽暖憫人，黃徹認為杜甫更難能可貴；但是，飢寒憫人是一種同理心出發的「恕」——如心，是很容易做到的；而肥暖輕裘仍會關心百姓，卻比飢寒者憫人更爲可貴，很多當權者橫徵暴斂、征戰不歇，傜役不息，幾曾體恤百姓窮苦?否則，劉禪「何不食肉糜」的慨歎爲何千古不息呢?唯一的不同，大概就是詩歌素材接收的直接與否?因爲白居易歌詠的這些事件不是他親耳所聞、親目所見，有別於杜甫與人民共呼吸、同經歷，（註二六）二者當然有很大的差別，也因此之故，杜甫被封上「詩史」的桂冠。

再者，白居易雖然繼承了杜甫儒家積極關懷的精神，其創作態度卻是大相逕庭，主要是：前者有刻意安排的痕跡，後者純是感情的自然流露。白居易宣稱新樂府是「爲君、爲臣、爲民、爲物、爲事而作。」（註二七）目的之明確，功利要求之強烈，不必絕後，近乎空前。民歌的「緣事而發」與白居易「爲事而作」，就表層關照其間差別，「其實已透露主客觀創作的巨大分野」；（註二八）因爲杜甫是純任感情，白居易帶著政治宣傳，於是給人的感覺就有自然與做作、主觀與客觀的不同。（註二九）所謂「主觀」，就是以意爲主的創作態度。甚者，不止元結的創作是主觀，韓愈、白居易也都是如此。那是中唐詩人從盛唐的以情爲主轉到以意爲主的明顯軌跡。（註三〇）我們從白居易三首新裘詩與杜甫以〈茅屋爲秋風所破歌〉所象徵的憂天下百姓苦難的精神看來，白居易是出于一種理性的是非善惡之辨的主觀向外尋求，杜甫是出於深厚感情的自然流露。有學者認爲白居易此種創作態度是因唐孔穎達修的《五經正義》中《毛詩正義》完全接受鄭玄箋（註三一）漢儒封建傳統道德禮教說詩系統而來，故是受嚴格的漢學系統所影響，否則，白居易的創作成績或許會更卓越。很顯然地，這種觀念值得商榷。因爲〈詩大序〉的主要意念是美刺（刺詩又比美詩來得多），白居易的創作觀主要是受〈詩大序〉的「刺詩」的影響，（註三二）因爲整部《詩經》中，刺與美這兩類詩篇的多寡真是太懸殊了。

（三）孔孟的大公與民本

然而，白居易雖是美刺并提，但實際上更看重刺詩。所以會有這種認知的產生，就在於《詩經・小雅》的憂患意識與《易經・卦爻辭》之間的承繼關係，也就是說白居易儒家實用主義文學觀是承繼《詩經・小雅》的憂患意識而來，（註三三）因爲孟子說：「聖之任者，……自任以天下之重」，（註三四）「天下意識」就是爲儒學所建立的作爲權力原初依據的大公與民本觀念。它內蓄著對社會公正道義的持守與執著。與「天下意識」緊密相連的是憂患意識，儒家的憂患意識絕不是爲了個人的衣食富貴，儒家面對憂患時並不追求一己之解脫。（註三五）孔子說：「君子憂道不憂貧。」（註三六）孟子說：「樂以天下，憂以天下」。（註三七）仁者心、天下意識、憂患意識實則三位一體，彼此交融，相互含攝，所以，白居易的儒家實用主義文學觀是承繼《詩經・小雅》、《易經・卦爻辭》以及孔、孟以下知識份子的憂患意識而來，未必是受嚴格的漢學系統所影響。

註釋

註一：白居易《白氏長慶集・與元九書》，卷二八，上海，商務印書館，四部叢刊，以後引用該書只言卷數。

註二：袁行霈《中國詩歌藝術研究・白居易的詩歌主張與詩歌藝術》，頁三一一，北京大學出版社，一九九六。

註三：白居易《白氏長慶集・新樂府序》，卷三。

註四：同註三。

註五：魏慶之引《詩人玉屑・臞翁評詩條》說：「白樂天如山東父老課農桑，言言皆實。」卷二，頁一四，臺灣，商務印書館，一九八三。

註六：元稹《元氏長慶集・白氏文集卷首》，卷五一，上海，商務印書館，四部叢刊，以後引用該書只言卷數。

註七：施學習也說：「然考香山之學進得力者，實由其所學六籍經史，適引受拔擢陞進者也。」《白香山之研究》，頁八四，鹿港，財團法人鹿港文教基金會印行，一九八四。

註八：單書安說：「事實表明：中唐時期操觚染翰之士，無論韓柳古文運動中人，還是元白新樂府詩派詩人，都對《詩經》特別推重。」——〈元白新樂府與漢樂府聯繫的再認識〉，《陝西師大學報》（哲社版），一九八七，第三期，頁八一——八九。

註九：朱熹校，韓愈撰《昌黎先生集・荐士》，卷二，上海，商務印書館 四部叢刊。

註一〇：沈德潛《唐詩別裁》，臺灣商務印書館，一九七八。

註一一：柳宗元《註釋音辯唐柳先生集・答韋中立書》，卷三十四，上海，商務印書館，四部叢刊。

註一二：白居易《白氏長慶集・與元九書》，卷二八。

註一三：同註三。

註一四：同註四。

註一五：顧曉鳴〈象：中國文化的一種「基因」〉，《復旦學報》，一九八六，三期，頁二七—三六。

註一六：張崇琛說：「《詩經・小雅》與《易經・卦爻辭》之間有著某些相似，這種表現主要表現爲強烈的憂患意識。……六十四卦中，不僅〈需〉、〈遁〉、〈睽〉、〈蹇〉、〈損〉、〈困〉等卦中充滿憂患，就是在其他一些表現幸運和得志的卦中，也不同程度的夾雜著憂患意識。而有意思的是，〈小雅〉和卦爻辭所表現的憂患內容及其所使用的辭句也十分相近的。」——〈《詩經・小雅》與《易經・卦爻辭》的憂患意識〉，《殷都學刊》，一九九六，第二期，頁一五——一八。

註一七：傅雲龍、柴尚金〈《周易》的形象思維〉，《貴州大學學報》，一九九五，第二期，頁三七—四一。

註一八：白居易《白氏長慶集・與元九書》，卷二八。

註一九：白居易《白氏長慶集・寄唐生詩》，卷一。

註二〇：白居易此種創作宗旨幾乎可謂是孔、孟思想中的「仁」，《論語》中比比皆是。如：「夫仁者，己欲立而立人，己欲達而達人。」〈雍也〉；《孟子》更說：「老吾老以及人之老，幼吾幼以及人之幼」〈梁惠王・上〉，以及四端的培養與擴充等。

註二一：白居易《白氏長慶集・新製布裘詩》，卷一。

註二二：白居易《白氏長慶集・醉後狂言贈蕭、殷二協律》，卷二十。

註二三：白居易《白氏長慶集・新製綾襖成，感而有詠》，卷五八。

註二四：陳巖肖《庚溪詩話・上》，丁福保輯《歷代詩話續編・上》，頁一六九，臺北，木鐸出版社，一九八三。以下引到該書者只言頁數。黃徹也有相似的議論，認爲杜甫與白居易「皆伊尹身任一夫不獲之辜也」。《䂬溪詩話》，卷九，《歷代詩話續編・上》，頁三八九。

註二五：同註二四。

註二六：袁行霈說：「杜甫自己生活在人民中間，與人民同呼吸共命運，他熟悉人民的生活，也能深切體驗人民的思想情緒，所以話從他口中說出來就格外真切動人，讓人感到每一句詩的份量都很重。白居易好像是以諫官的身份到社會上採訪，他的素材多半是所聽到的一些事件。他察訪、記錄著，很少有機會親身體驗一下。」〈白居易的詩歌主張與詩歌藝術〉，《中國詩歌藝術研究》，頁三三一，北京大學出社，一九九七。

註二七：同註三。

註二八：同註八。

註二九：聞一多說：「元結和杜甫兩人同是新樂府的前驅，他們的區別，在元是有意的創作，如〈貧婦行〉、〈舂陵行〉、〈賊退示官吏〉等詩，卻是發於理智而不是由感情出發的，帶著政治宣傳的性質，杜甫的作品完成出於自然感情，不是有計劃做出來的。」《聞一多論古典文學》，引自單書安〈元白新樂府與漢樂府聯繫的再認識〉，《陝西師大學報》（哲社版），一九八七，第三期，頁八一——八九。

註三〇：葉嘉瑩說：「昌黎載道之文與樂天諷喻之詩，他們的作品中所有的道德，也往往僅只是出于一種理性的是非善惡之辨而已，而杜甫詩中所流露的道德感則不然，那不是出於理性的是非善惡之辨，而是出於感情的自然深厚之情。是非善惡之辨乃由於向外之尋求，故其所得者淺；深厚自然之情則由於天性之含蘊，故其所得的者深。」——《杜甫秋興八首集說》，頁六，河北教育出版社，一九八八。

註三一：單書安說：「白居易等人所理解和認識的《詩經》已不是真正的《詩三百》，簡言之，它已是被漢儒煞費苦心地曲解，并由唐代官方加以全盤肯定的《詩經》。元白等人的創作如果不是接受這種遭到踐踏了的《詩經》的不良影響，他們的創作成就或許會卓越可觀得。」〈元白新樂府與漢樂府聯繫的再認識〉，《陝西師大學報》（哲社版），一九八七，第三期，八一—八九。

註三二：朱自清說：「〈詩序〉主要的意念是美刺。風雅各篇序中，明言「美」的二八，明言「刺」的一二九。」《詩言志辨》，頁六八，臺北，漢京出版社，一九八三。

註三三：李商隱也認爲元白詩是以刺爲主，他說：「況屬詞之工，言志爲最。自魯毛兆軌，蘇、李揚聲，代有遺音，時無絕響。雖古今異制，而律呂同歸。我朝以來，此道尤盛。皆陷於偏巧，罕或兼材，枕石漱流，則尚於枯槁寂寞之句；攀鱗附翼，則先於驕奢豔佚之篇。推李杜則怨刺居多，效沈宋則綺靡爲甚。至於秉無私之刀尺，力莫測之門牆，托於眾神，安可定夫眾制？」（李商隱《樊南文集‧獻侍郎鉅鹿公啓》，卷三，中華四部備要集部）。

註三四：《孟子‧萬章‧下》。

註三五：蔡英俊說：「中國傳統社會裡，每一位知識份子都必須具有士大夫的身份，都是這種政治結構運作體制下的一份他們所接受的知識訓，以及由是而來的思考向，都指向道德的修爲與政治的參與；他們之中，很少純粹的詩人。」《比興物色與情景交融》，頁二四六，臺北，大安出版社，一九八六。

註三六：《論語‧衛靈公》。

註三七：《孟子・梁惠王・下》。　案：關心社會，言責切直，是中國知識份子「古稱士」自認的「份內之事」。余英時說：「知識份子自覺不但代表「道」，而且相信「道」比「勢」更尊，所以根據「道」的標準來批評政治、社會從此便成爲中國知識份子的份內之事。由稷下先生「不治而議論」的事觀之，知識份子這種「言責」早在公元前四世紀即已爲官方所承認。」——《士與中國文化・道統與政統之間》，頁一〇七，上海人民出版社，一九八七。

第二節　道家與道教的影響

道家創始人老子因爲與唐宗室同姓，故被唐宗室無限禮遇，《道德經》還被奉爲圭臬。道教更是堪稱唐代的國教。

（一）道家思想的衝擊

甲、思想上不獨尊儒家

中唐對道家思想也多所發揚，這與周代以來，儒家意識思想的裂變有關。（註一）周代意識所代表的儒家思想，經過釋、道的衝擊，至以弘揚孔、孟思想自任的韓愈時，才開始有自覺意識的回歸。韓愈對道家思想是比較認同的。他「和道家人物的交往，卻是生活的重要組成部分。他贈給釋子的詩，多數都有對佛教的微辭。而描寫與道士交往的作品，則基本上抱著友好的態度。」（註二）白居易也是如此，〈讀《老子》〉云：「知者不言言者默，此語吾聞於老君。若道老君是知者，緣何自著五千文？」（註三）對老子言意思想的矛盾有犀利的指摘；又〈讀《莊子》〉云：「莊生齊物同歸一，我道同中有不同。遂性逍遙雖一致，鸞鳳終挍勝螣蛇。」（註四）真是入室操戈。（註五）白居易被貶江州後，也試圖用道家思想去撫平京城與荒邑的心理落差，他用鶯啼闡述這觀念：

日出眠未起，屋頭聞早鶯。忽如上林曉，萬年枝上鳴。憶為近臣時，秉筆直承明。春深視草暇，旦暮聞此聲。今聞在何處？寂寞潯陽城。鳥聲信如一，分別在人情。不作天涯恨，豈殊禁中聽？（註六）

鶯聲到處都如一，只是人因境遇的改變而生分別心，若泯物我與榮枯，鶯聲是不能起任何感傷情緒的催化作用的。

李商隱也是如此，（註七）元結（七一九—七七二）自稱浪士，及爲郎官，時人呼爲漫郎。他因崇尚老莊，師法自然，被人指責爲不師孔子。李商隱爲他辯護：「孔氏於仁義道德之外有何物？」「孔氏固聖矣，次山安在其必師之邪？」（註八）李商隱並否認孔子的聖人稱號，但卻不承認他的獨尊地位；他指出了儒家的侷限，同時論證了作家世界觀多元化的合理性。對元結的辯護是站在道家立場的。

乙、道家式的批判浪漫手法

道家文學浪漫的創作手法還經常運用一些歷史材料：其中的某些人物、事件雖有一定的歷經根據，但更多的是作家的主觀創造，是把歷史事實作爲觸發幻想的媒介。（註九）唐玄宗與楊貴妃在歷史上真有其人其事，但是，〈長恨歌〉有相當多謬於史實的地方，因爲白居易只藉著這一歷史事實來進行自己的主觀創造，根本不去計較是否合於歷史真相來表明「長恨」的創作主題，換句話說，史實與創作主題之間，除了歷史上有此人之外，其描述是不一定與史實相契合的，有時甚至是毫無依據可尋。司馬遷說：「畏累虛亢桑子之屬，皆空語無事業。」（註一〇）甚至可以說：白居易創作〈長恨歌〉手法的批判精神也來自道家，他運用了浪漫手法來批判現實，以神話、寓言和自己的荒幻、怪誕給儒家文學注入新鮮養分，（註一一）雖然材料是多管道的，但同時同時也是對現實社會的否定。（註一二）以陶淵明對他嚮往的世外桃源描寫的〈桃花源〉詩爲例：

> 相命肆農耕，日入從所憩。桑竹垂餘蔭，菽稷隨時藝。春蠶收長絲，秋熟靡王稅。荒路曖交通，雞犬互鳴吠。俎豆猶古法，衣裳無新制。童孺縱行歌，斑白歡游詣。（註一三）

人們日出而作，日入而息，遵循著自然的節奏。禮儀風俗，衣裳形制，都一仍古法，不作改變。人與人之間友好相處，沒有剝削和壓迫，是各遂天性的樂園。所有這一切，都是作爲苦難現實的反襯出現的。桃花源的樸實純真，是對爾虞我詐人際關係的控訴。看去好似客觀的描繪，實際上寄託了陶淵明對現實社會不滿的情緒。

白居易的詩學觀也與道家的批判方式密不可分。如前述：道家文學浪漫的創作手法還經常運用一些歷史材料：「其中的某些人物、事件雖有一定的歷史根據，但更多的是作家的主觀創造，是把歷史事實作爲觸發幻想的媒介。」（註一四）所以白居易的〈新樂府〉與〈秦中吟〉都貫穿著這種精神的，都是以唐代史事爲背景，但不是當時發生的事，所以，同樣是以玄宗開元、天寶間的事爲背景，但何以杜甫的詩被稱爲「詩史」呢？這最重要的原因就是白居易關注的方式是透過道家式的批判來完成，蘇轍說：

> 如白樂天詩，詞甚工，然拙於記事，寸步不移，猶恐失之。此所以望老杜之藩籬而不及也。（註一五）

爲什麼拙於記事呢？這出於杜甫的三吏、三別是出於儒家的悃悃憂君；白居易的〈新樂府〉及〈秦中吟〉是以儒家之心用道家之筆出之。〈長恨歌〉更是完全出於透過主觀創造來表達其批判之意。魏慶之《詩人玉屑》引《復齋漫錄》說：

> 老杜陷賊詩，有〈哀江頭詩〉，……予愛其詞氣，如百金戰馬，注坡驀澗，始履平地，得詩人之遺法。如白樂天詩詞甚工，然拙於記事，寸步不遺，猶恐失之。此所以望老杜之藩籬而不及也（註一六）。

也許，蘇轍與《復齋漫錄》的作者都忽略了白居易是以道家之筆出之，才對白居易有如此的批判。趙翼認爲古詩最可以縱橫如意，白居易「主於用意」，故令人心賞意愜；（註一七）只是，他也仍未說出白居易在主觀創作背後的道家批判精神；如果將儒家與道家精神用功利實用、注重教化與重情趣、意境是比較合理的。（註一八）白居易秉著儒家的功利、教化詩學觀來創作，卻用道家的藝術哲學精神爲手段，創造出偉大作品來。

（二）道教的影響

甲、道教意象原型的繼承

唐代道教鼎盛，王公貴族、士大夫、販夫走卒都沉浸在其中。（註一九）尤其是對唐玄宗的傳說中，與道士羅公遠、葉法善的相善和對道教的迷戀更爲人所知。（註二〇）元稹、白居易將他們的新樂府創作號稱「元和體」，「元和」就是唐憲宗的年號，也是在道教方面有關生理、心理養生的最高境界理論的稱總名。（註二一）史載唐憲宗「服餌過當，暴成狂燥之疾，以至棄代」。（註二二）相傳韓愈之死也與服食丹藥有關。（註二三）白居易也曾迷戀於丹藥，姚寬認爲「樂天久留意金丹，爲之而不成也」。（註二四）晚年則因煉丹失敗而潛心向佛；（註二五）可是，道教成仙的渴盼畢竟曾經主宰著白居易的心靈。尤有甚者，道教的飛天鍊丹成仙的思想也爲文學提供了無數神奇美麗的意象，（註二六）在白居易的〈長恨歌〉中，也透露著明顯的痕跡。

例如：「仙」、「島」的意識，是對理想世界的追求。（註二七）陶淵明〈桃花源〉詩不僅是對現實社會不滿的控訴，也建構一個烏托邦，這與道家的「仙」、「島」

意識有異曲同工之妙。白居易似乎也接受這個「仙」、「島」意識的原型，（註二八）〈長恨歌〉云：「忽聞海上有仙山，山在虛無飄渺間。樓閣玲瓏五雲起，其中綽約多仙子。」當白居易虛構唐玄宗爲睹貴妃精魂而借助仙人之力作一番「排空御氣奔如電，升天入地求之遍」（註二九）的求索時，於是在一個「島」上（仙山）找到貴妃的精魂。然而，畢竟都只在凡人無由到達的仙境中，就連有道士授手的唐明皇與楊貴妃，也只能長相憶，永相隔，以致「此恨綿綿無絕期」。（註三〇）

乙、道教詞彙的襲用

從詩人使用的詞彙來研究詩人思想的傾向，似乎也是佐證詩人創作主題的一個方向。從一般的道教辭典中，都可以輕易地找到如「蓬萊」、「瀛州」、「黃庭」、「青溪」、「玄都」等辭彙及出處。但是，就如葛兆光說的：

> 在中晚唐詩裡還有一些詞彙，有時因為不容易驗明正身而會忽略它的道教淵源（註三一）。

尤其是「碧落」一詞，根據葛兆光的考證，就是一個：

> ……專指天上仙人的所在。……中晚唐人就常用這一詞彙指天界，使『天』有一種虛無飄渺的意味。它的同意詞是『太虛』，反義字是『黃泉』，可見『碧落』一詞裡有很明顯的道教意味（註三二）。

只是因爲太熟悉而且指天上的意思很明顯，所以「碧落」一詞常被輕輕放過。

道家批判精神與浪漫式的創作手法，使白居易在寫〈長恨歌〉與〈新樂府〉時，面對唐代歷史時，以騰越的方式來貫徹以意爲主的創作態度；道教對白居易的影響不止在養生延壽的企求以及在詩歌創作上而言，更重要的是藉著道教意象的原型（archetype）在〈長恨歌〉中的轉化與運用，使李、楊愛情達到淒美迷離，蕩人心魄的境界。

注釋

註一：李炳海認爲儒家文學與道家文學的共同源頭就是周代的傳統觀念、傳統文學，他說：「從思想特點方面觀照中國古代文學的激流，會發現儒家文學和道家文學是兩條並行的主脈。它們是中國眾多水系中的黃河、長江，二者碰撞、融合，構成了中國古代文學的基本態勢。……它們風格迥異、彼此對立。但卻有共同的源頭。」《道家與道家文學》，頁四，高雄，麗文出版社，一九九四。

註二：李炳海《道家與道家文學》，頁三一—三二，高雄，麗文出版社，一九九四。

註三：白居易《白氏長慶集》，卷六十五。

註四：同註三。

註五：陳寅恪認爲白居易思想「實與道教關係尤密」，其「思想乃純粹苦縣（老子）之學，所謂禪學者，不過裝飾門面之語」（《陳寅恪先生全集‧白樂天之思想行爲與佛道關係》，頁三二七，台北，里仁書局，一九八二）爲立論基礎，羅聯添列舉很多證據之後，總結地說：「大抵言之，居易從貞元時代開始讀老莊，一直持續到晚年，有取於《老子》所謂

『知足』，《莊所謂『消遙』、『適志』；但對老莊若干思想、觀點，有所不滿。》這個觀點很值重視。羅聯添〈白居易與佛道關係重探〉，國立編譯館主編，中國唐代學會編《唐代研究論集》，第四輯，頁四四三，臺北，新文豐出版公司，一九九二。

註六：白居易《白氏長慶集・聞早鶯》，卷七。

註七：此處要補充說明白居易（七七二—八四六）與李商隱（八一二—八五八）並提的基本觀點：就唐詩分期而言，白、李分別屬於中唐與晚唐。可是就二人生活時間相及而言，李商隱是受到中唐思想很大的「濡沫」的。黃奕珍就主張要打破明朝對唐詩分期的迷思，她說：「從唐末中葉以來，唐詩分期的圖象，不難發現：長遠的流程在這階段的最後塑造兩個粗具形貌、對立且對照的陣營，即以將整個唐詩分成兩段：『唐之中葉』、『唐之晚年』。前者最先以李杜爲代表，而後者則不以一、二傑出詩人爲代表，反而傾向於以孟郊（七五一—八一四）、賈島（七七九—八四三）等開創的苦吟精思之詩派爲主。」就黃奕珍的觀點而言，白、李同屬「唐之晚年」的說法，是可以接的。《宋代詩學中的晚唐觀》，頁二七，臺北，文津出版社，一九九八。

案：李商隱與白居易的過從與相互間的影響可參閱謝思煒〈白居易與李商隱〉一文，《文學遺產》，頁二九—三八，一九九六，第三期。

註八：李商隱《樊南文集・容州經略使元結文集後序》，卷七，臺北，中華，四部備要，集部。

註九：李炳海《道家與道家文學》，頁四八二——四八三，高雄，麗文出版社，一九九四。

註一〇：司馬遷《史記・二・老莊申韓列傳》，卷六三，臺北，藝文印書館。

註一一：同註九，頁七八。

註一二：同註九，頁四八三。

註一三：陶淵明〈桃花源詩〉，上海辭書出版社《漢魏六朝詩鑑賞辭典・晉詩》，頁五一〇，上海辭書出版社，一九九二。

註一四：李炳海《道家與道家文學》，頁四八二——四八三，高雄，麗文出版社，一九九四。

註一五：蘇轍《欒城集・詩病五事》，第三集，卷八，上海，商務印書館，四部叢刊。

註一六：魏慶之《詩人玉屑》，卷十四，頁二五三，上海，商務印書館，一九八三。

註一七：我想，清，趙翼最公允，他說：「中唐以後，詩人皆求工於七律，而古體則令人心賞意愜，得一篇輒愛一篇，幾於不忍釋手。蓋香山主於用意，用意則屬對排偶，轉不縱橫如意，而出之以古詩，則惟意之所之，辯才無礙。」——《甌北詩話》，郭紹虞輯《清詩話續編・中》，頁一一七四，臺北，木鐸出版社，一九八三。

註一八：黃河濤說：「顯然，把中國藝術精神歸結於儒家或道家的藝術哲學，都是不符合中國藝術發展的歷史事實的。毋庸諱言，我們還必須正視傳統文學、藝術在評判標準與審美情趣上的差異：一類重功利，重教化；一類重情趣，重意境。」——《禪與中國藝術精神的嬗變・緒論》，頁二一，臺北，正中書局，一九九七。

註一九：唐代的道教熱潮，可參考葛兆光《道教與中國文化》，中篇，頁一柳九—二三九，臺北，東華書局，一九八九。

註二〇：關於其中詳細的記載，可參考《太平廣記》卷二二引《逸史》，卷二六引《集異記》，稱唐明皇與道士羅公遠、葉法善等相善，羅公遠曾于中秋望夜，請唐明皇赴月宮遊玩，葉法善于正月望夜，攜唐明皇赴西梁府觀燈。唐明皇對其道術十分崇信，曾向羅公遠習隱形之術。又，《大唐新語》、《明皇雜錄》載唐明皇與道士司馬承禎、張果過從之情，極言其對道術的崇敬。孫永如〈唐明皇傳說及其文化意蘊〉，鄭學稼、冷敏述主編《唐文化研究論集》，頁三七八—三八七，上海人民出版社，一九九四。

註二一：施肩吾〈座右銘〉說：「心澹而虛，則陽和集；意燥而欲，則陰氣入。心悲則陰集，志樂則陽散。不悲不樂，恬澹無爲者，謂之『元和』。」《述靈響詞序》，葛兆光《道教與中國文化》，頁二二八引，臺北，東華書局，一九八九。

註二二：後晉劉昫《舊唐書・李皋傳》，附〈李道古傳〉卷一三一，臺北，藝文印書館。

註二三：關於韓愈服食，仍有很多爭議。顏進雄曾對此一問題探討後，引用王讜《唐語林》：「唐人以石硫磺資人嗜慾」，（臺北，中華書局四庫珍本，別集）然後下結論說：「且說其服食行為兼具求仙心態，或許韓愈即曾染此流風。此一公案目前雖無確論，但當時服食風氣的盛行卻是無庸置疑的。」——詳見顏進雄撰《唐代遊仙詩研究・唐代遊仙詩盛行的時代背景》，第二章，註二二，頁一三三，臺北，文津出版社，一九九六。不過，「和道家人物的交往，卻是生活的重要組成部分。他贈給釋子的詩，多數都有對佛教的微辭。而描寫與道士交往的作品，則基本上抱著友好的態度。」（李炳海《道家與道家文學》，頁三二一—三二二，高雄，麗文出版社，一九九四）從韓家的立場的肯定來看，韓愈轉向道家裂變產品—道教的信任與支撐是可理解的。

註二四：關於白居易煉丹服丹藥之事，諸詩可證：如：〈早服雲母散〉云：「曉服雲英漱井華，寥然身若在煙霞。藥銷日宴三匙飯，酒喝春深一碗茶。」卷六十四，上海，商務印書館，四部叢刊。可見白居易對丹藥一度是認同的。

註二五：這條資料可與上條互勘。白居易〈罷藥〉詩云：「自學坐禪休服藥，從他時復病沉沉。」卷十五，商務，四部叢刊。不服丹藥則有氣無力。認為服丹藥也不是個究竟，所以他對當時很多好友死於丹藥，在〈思舊〉一詩中有無限惋惜，他說：「退之服硫磺，一病竟不痊；微之鍊秋石，未竟身溘然。惟余不服食，老命反遲延。但耽葷與血，不惑鉛與汞」。《白氏長慶集》，卷六二，商務，四部叢刊。於是，他要求自己要戒服丹藥，他說：「促促急景中，蠢蠢微塵；生涯有分限，愛戀無終已。早夭羨中年，中年羨暮齒；暮齒又貪生，服食求不死。朝吞太陽精，夕吸秋石髓；微福反成災，藥誤者多矣。以之資嗜慾，又望延甲子；天人陰騭間，亦恐 無此理。域中有真道，所說不如此：後身如身存，吾聞諸老氏。」卷六九。

註二六：葛兆光認爲這些意象可分爲三組，他說：「第一組是有關神仙與仙境的意象，包括高居於天中心的玉京山、萬神之神的元始天尊、有比附二十八宿而炮製的出來的二十八神將。有五斗星君、張陵、葛玄、魏夫人、王子喬、壺公、東方朔、關聖帝君、梓童帝君、八仙、玉皇……等數不清，都住在天宮、三島、十洲、十大洞天、三十六小洞天、七十二福地；第二組是有關鬼魅精怪的意象，如地獄鬼、無頭鬼等非常恐怖之鬼；第三類是有關道士與各種法術的意象。他們神通廣大，無所不能，可以變化自如，飛舉升天、死而復生、似乎置身於一個失去了空間距離、時間流程及一切符合邏輯的程序的世界中，一切都那麼不可思議。」——葛兆光《道教與中國文學》，頁三八二—三八七，臺北，東華書局，一九八九。在白居易的〈長恨歌〉中，似乎是用第一組的神仙與仙境的意象，及第三類的關道士與各種法術的意象，而使全詩蕩漾著美麗浪漫的情境。

註二七：這應該是道教意象的第一組原型。

註二八：關於「原型」（archetype）一詞，來源於榮格的說法，他又把原型稱爲「原始意象」（primordial image），他認爲原型就是「最古老、最普遍的人類思維形式。它們既是情感又是思想。」又說：「生活中有多少情境就有多少原型。這些經驗由於不斷地重覆而被鏤刻在我們的心理結構中。這種鏤刻，不是內容充實的意象形式，最初只是作爲內容空白的形式，僅僅代表一定型的知覺和行爲的可能性。當一種與特定原型相對應的情境出現時，這種原型就被激發，並可抗拒地顯現出來。它像一種本能的衝動衝破一切理智和意志前進。」莫阿卡寧著，江亦麗、照輝譯《榮格心理學與西藏佛教》，頁四八，臺灣商務印書館，一九九四。葛兆光也認爲道的意象常常成爲文學創作的原型，他說：「宗教與文學的共同源頭之一，乃是人類童年時代那種『原始情感與『原始思維』。』葛兆光《道教與中國文學》，頁三七一—三七二，臺北，東華書局，一九八九。

註二九：那個道士的法術似乎就是道教意象的第三類原型。

註三〇：按：這似乎又再次地呼應白居易作〈長恨歌〉的主題。

註三一：葛兆光說：「在中晚唐詩裡還有一些詞彙，有時因爲不容易驗明正身而會忽略它的道教淵源。」——《中國宗教與文學論集・青銅鼎與錯金壺：道教在中晚唐詩歌中的運用（個案研究之一）》，新清華文叢之二，頁六七，北京，清華大學出版社，一九九八。

註三二：葛兆光說：「專指天上仙境的詞彙，……專指天上仙人的所在。……中晚唐人就常用這一詞彙指天界，使『天』有一種虛無飄渺的意味。……他的同義詞是『太虛』，反義詞是『黃泉』，可見『碧落』一詞裡有很明顯的道教意味」，旁徵博引證明「碧落」一詞出自《道藏・洞真部本文類，天一，》頁一四，——《中國宗教與文學論集・青銅鼎與錯金壺：道教在中晚唐詩歌中的運用（個案研究之），新清華文叢之二，頁六八，北京，清華大學出版社，一九九八。劉瑛也引《度人經・註》說：「東方第一天，有碧霞遍滿，是云『碧落』。」《唐代傳奇研究》，四六二，臺北，聯經書店，一九九四。

第三節　佛教與禪宗的影響

中唐人面對安史亂後的破敗，盛唐人的昂揚進取，建功封侯，已轉爲普遍地感到人生位置的失落和人生理想的幻滅，「年少逢胡亂，時平似夢中」；（註一）「鄉村年少生離亂，見話先朝如夢中」；（註二）過去像一場夢，夢醒後人們才感到深深的惆悵和失望。這種惆悵和失望使詩人們轉向自身，去追求內在心境的寧靜與閑恬，因此，他們深深地領悟了禪宗的澹泊、閑適、安祥與自足，「莫問生涯事，只應持釣竿」；（註三）「儻許栖林下，甘成白首翁」。（註四）白居易曾說，他與朋友常以南宗心要，互相誘導。結果是「忘懷之後，亦無窮通，用此道推，頽然自足」。（註五）這些都是中唐人思想受禪宗影響的真實反映，是大異於盛唐人的向外尋求了。

（一）禪宗慰藉中唐戰亂人民的苦悶

隨著「安史之亂」的動盪、藩鎮割據、民不聊生，外患加劇，盛唐的繁榮光彩已成爲詩人心嚮往之的過去，戰亂使人民的創作心裡加速急劇翻轉，從立功受賞、浴血揚名、馳騁疆場、遨遊山林，轉向內心自我活動，尋求解脫、忍辱負重，審美情趣也向靜、幽、淡、雅，內心細膩感受演變；人生哲學也朝向超塵脫俗、忘卻物我的方向發展，其中，審美情趣和禪宗的人生哲學、生活情趣的契合，禪宗對中晚唐人苦悶心靈的慰藉，當時的人們都已經不厭其煩地一再指出那種盛況，（註六）也可見讀書人向禪宗靠攏、尋求苦悶靈魂慰藉的情形，非常普遍；佛教與莊、禪合流在魏晉時代就難分難解，也交織成歷代中國文人創作的綺麗的天空，中國文人與佛教的關係非常密切，（註七）白居易更是好佛，他調和儒、佛、道思想，追求一個獨善其身、安貧樂道、知足保和的人生，作個「閑人」、「幸人」、「了事人」。（註八）他佛佛教的態度不是以鑽研教義爲重，即是「世教的利益高於宗教的權威」，（註九）他又是個儒、道、佛三教融合的提倡者。（註一〇）中國文人往往從儒、釋、道各宗各派去汲汲每個人需要的營養，都在三者的「人性論」上——儒家仁義所成就的「聖人」、道家自然所成就的「至人」、釋家真如佛性所成就的「佛」的內因根據。（註一一）經過唐武宗毀佛之後，禪宗在中國一枝獨秀，而詩歌是禪的表現最貼近的方式。（註一二）

（二）心為創作主體意識的昂揚

我們在白居易的佛學思想中所發現的，不只是他適意的人生的追求，也要注意到禪宗「我心即佛」在這方面的交融與激盪，從佛教的禁慾到禪宗的適意就是從「我心即佛」中衍生的，宇宙縮小到人的內心之中，認爲一切都是幻覺和外化，「心」是最高的主宰，（註一三）一面保護它的神聖與清靜，另一方面卻用「自然」、「適意」來爲與生俱來的七情六慾開個方便之門。

「我心即佛」，給「心」一個至高無上的權威，給個性、意志及行動以自由無礙的權力，這在文學表現上就是「心」——意爲主的創作態度，因此就爲中國的藝術精神開啓了一個「藝術的心靈」。（註一四）

「心」是中國藝術的根源，雖是來於莊子虛靜澄明的心，但是，到了魏晉玄學把山水自然從兩漢宇宙神的統治下解放出來，成爲人的獨立的審美對象。然而，實際上山水自然並未真正地獨立，主宰魏晉思想的玄學和佛學，要求作爲藝術表現的自然山水，必須體現玄、佛的主旨；要求人在其審美關照中，須在山水中表達玄、佛思想。這還是未完全掙脫「神」的神秘思想的纏繞，也就是說，在玄、佛神秘思想的背後已經含有一定程度客觀性的「思理」，但是，直到唐宋之際，神已完全落實到人的內心，唐宋禪宗思想的成熟就是這個轉變的關鍵。（註一五）禪宗的「心」排除信仰上超越生死輪迴，升天成佛的向外追求，達到「明心見性」。（註一六）「心」的文化造就中國獨特的藝術，沒有心，就沒有萬物；相反，有心，就有萬物，主體與物呈現一種「以物觀物」的狀態。（註一七）這就是「意」，也就是詩畫中蘊含的作者的主觀、豐富情感、哲理與聯想。（註一八）

在禪宗看來，眼睛的視覺印象，耳朵的聽覺、嘴的味覺、手的觸覺、鼻子的嗅覺都是虛妄，一切都以心為主宰，「意」衝破了一切的限制，於是一切不可能在一起的都變成可能了，互相矛盾的事物也融通了。（註一九）

心是一切的主宰，對文藝創作也開啓任意想像的空間。於是，〈長恨歌〉有很多不符史實之處也就不足為奇了。我們探討白居易的創作時，應該在儒、釋、道思想的基礎上加以考察，絕不可截然劃分，否則是會流於一偏之見的。任何人都知道莊子與禪宗合流之密切，但是，「禪宗哲學雖發揮了道家的精神，卻不是道家哲學的翻版，也不是簡單地給道家哲學披上一件佛學的外衣。它是將佛學的菁華，融入道家哲學，建立起的既有道家哲學特點，又不同於道家哲學的獨立的禪學思想體系。」（註二〇）所以，白居易大都是莊、禪並論，他說：

> 談寂歸一性，虛閑遣萬慮。了然此時心，無物可譬喻。本是無有鄉，亦名不用處。行禪與坐忘，同歸無異路。（註二一）

值得注意的是：在該詩末句註云：

> 道書云：「無何有之鄉」，禪經云：「不用處」，二者殊名而同歸。

這很明顯是混雜著莊與禪在說話。又如：

大抵宗莊叟，私心事筑乾。浮榮水畫字，真諦火生蓮。梵部經十二，玄書字五千。是非都附夢，語默不妨禪。（註二二）

在佛教與莊、禪合流之下，白居易的思想很難嚴格地劃分孰者爲輕，孰者爲重？但是，卻都影響著白居易的人生觀，（註二三）更是儒家『聖人』、道家『至人』、釋家『佛』的熱烈追求者的典型。因此，在佛教與禪宗的推波助瀾下，中晚唐注重主觀創作的尙「意」詩風，便更加蓬勃。

注釋

註一：戎昱〈八月十五日〉，康熙御制《全唐詩・三》，頁一四九三，臺北，復興書局，一九七四。

註二：同上揭書，韋應物〈與村老對飲〉，頁一〇四四。

註三：同上揭書，郎士元〈長安逢故人〉，頁一六一一。

註四：同上揭書，劉長卿〈登思禪寺上方題修竹茂松〉，頁八二四。

註五：白居易《白氏長慶集・答戶部崔侍郎書》，卷二十八，上海，商務印書館，四部叢刊。

註六：葛兆光說：「如中唐人于邵〈題鄭華原壁畫松竹〉中說：「美華原之墨妙，能入室而思禪」，權德輿〈送靈澈上人盧山迴歸沃州序〉說，心冥空無，寫爲詩歌，才能有空靈自然感，原因是「其心不待靜而靜」，宋人李之儀《姑溪居士集》卷二十九〈與李去言〉說：「說禪作詩，本無差別。」《禪宗與中國文化》，頁一三一，臺北，天宇出版社，一九八八。

註七：關於中國古代文人與佛教的關係，劉蕻《藝文術林・古代文學卷・中國古代文人與佛學關係淺析》一文可參閱。上海藝文出版社，一九九六。

註八：孫昌武說：「總之，白居易的好佛，主要在調和儒、佛、道的矛盾的基礎上，提倡一種獨善其身、安貧樂道、知足保和的人生哲學，在社會矛盾面前泯滅是非，作個「閑人」、「幸人」、「了事人」。」——《佛教與中國文學》，頁一四一，臺北，谷風出版社，一九八七。雖然白居易的佛學思想不止禪宗而已（還包括華嚴宗、律宗等）。

註九：孫昌武《唐代文學與佛教・白居易的佛教信仰與生活態度》，臺北，谷風出版社，一九八七。可見白居易在佛教信仰的路途上有些轉折與矛盾，他也曾陷入以佛教信仰來解脫現實壓迫，孫武在該書上指出白居易對佛教教義的不契合，如：他也曾有反佛的言論，甲、認爲佛教勢力的擴展妨礙朝廷政令的統一，乙、又認爲佛教寺院經濟的發展有害於利民厚生，丙、對佛學沒有從教義上、從哲學高度上去批判，也沒有從哲學思想上接受，他把佛教作爲人生方式、人生態度接，求適意的人生，做個「了事人」。

註一〇：皮朝綱《禪宗的美學》，頁三七八，高雄，麗文出版社，一九九五。

註一一：鈴木大拙說：「最能自然地表現禪道的是詩歌不是哲學，因爲禪比較接近感情，而不接近理；禪的偏向詩歌，是無可避免的現象。」《禪學導論》，引自鈴木大拙《禪》一書，頁一二六，臺南，大孚書局，一九八九。

註一二：葛兆光說：「禪宗開拓了一個空曠虛無、無邊無涯的宇宙，又把這個宇宙縮小到人的內心之中，一切都變成了人心中的幻覺和外化，於是「心」成了最神聖的權威，人們保護它的清淨，祈禱它的平靜，期望在大自然中淨化它，又期望在自我平衡自我解脫中求得它。然而，人的心靈中卻無時不刻地存在著七情六慾、喜怒哀樂，尊重心靈的自由，無疑又給七情六慾以合法的甚至是權威的地位，給個性、意志及行動以自由無礙的權力，於是禪宗只有讓步，在「自然」、「適意」下給七情六慾的放縱開一個方便之門。」——《禪宗與中國文化》，頁一一五，臺北，天宇出版社，一九八八。

註一三：徐復觀說：「中國的藝術精神，一個基本的思想，是說明莊子的虛靜明的心，實際就是一個藝術的心靈；藝術價值之根源，即在虛靜明的心。簡單來說，藝術要求美的對象的成立。純客觀的東西，本來無所謂美或不美。當我們認爲它是美的時候，我們的心便處於虛靜明的狀態。故自魏晉時起，中國偉大的畫家，都是在虛靜明之心下從事創造。唐代有名的畫家張璪說：「外師造化，中得心源。」這兩句話便概括了中國一切的畫論。」——《中國思想論集．心的文化》，頁二四二，臺北，學生書局，一九八三。

註一四：黃河濤說：「唐宋之際，禪宗藝術精神的形成，才把「神」的位置完全落實到人的「內心」，觀心靈被舉到從未有過的地位，雖然後來走上絕對主觀唯心的反面，但禪宗藝術精神對心靈動性的強調，以及對絕對自由的人生境界的追求，給中國藝術的發展，帶來了根本性的改變。」——《禪與中國藝術精神的嬗變》，頁九六，臺北，正中書局，一九七七。

註一五：同註一三，頁二四六。徐復觀又說：「換言之，佛教在中國發展到禪宗，即把人的宗教要求也規結到人身上；所以禪宗又稱爲『心宗』。這個意思在印度也有，但到中國才發揚光大。禪宗後演變到呵佛罵祖，只在心上下功夫，便完全沒有宗教的意味。因而有許多大德，主張以淨土救禪宗的流弊。淨土即西方極樂世界，這是人現實生活之外之上的。但是，淨土宗發展下來，又爲：淨土即在人心，心淨即是淨土，心穢即是穢土。這說明中國文化立足於心的力量太強了。」知「心」對藝術創作影響之大。

註一六：黃小偉將「心」對「物」的體驗分爲「以物觀物」、「以我觀物」兩大類型。「以我觀物」以體「我」的思想、感性、視角去觀照、體驗萬事萬物，我和物是對立的，「我」始終是站在「物」的對岸，或凌駕於「物」之上，而沒有與物融爲一體，這種觀照是一種主體意識對客的投射，並非相互的交感。「以物觀物」則是自我深入渾一的宇宙現象裡，化作眼前無盡演生成的事物整體的推動裡。去「想」，就是去應和萬物素樸的、自由的興現。〈論宋明心學對美、思維的作用〉，《贛南師範學院學報》，第五期，一九九七，頁四九－五二。

註一七：葛兆光《禪宗與中國文化》，頁一七九，臺北，天宇出版社，一九八八。

註一八：葛兆光說：「在藝術構思中，中國士大夫運用靜默觀照、直覺體驗的方式馳騁藝術想像，尋求表達「意」的形象，同樣也常常由東到西、由天到地，飄忽不定，無邊無際，因此，也往往現古今萬代同時登場，東西南北萬象紛呈的情況，我們不可能在一起的矛盾的事物在一起了。時、空界限，各種感覺器官的功能界限都不復存在，在渾沌一片、交叉紛紜、五光十色直覺中，唯有「心」－「意」是唯一的主宰，意之所到，「雪與芭蕉同景，桃李與芙蓉並秀」，興之所至，花的繁茂可以由視覺轉爲聽覺，寫成「紅杏枝頭春意鬧」；琵琶的鳴奏可以由聽轉爲視覺、寫成「間關鶯語花底滑，幽咽泉流水下灘」，寫成「大珠小珠落玉盤」，無處可以是有，有處可以是無。」《禪宗與中國文化》，頁一八四，臺北，天宇出版社，一九九八。

案：這種以意爲主的創作，宋釋惠洪說是「妙觀逸想」，見《冷齋夜話・詩忌條》，卷四，話叢刊，臺北，弘道文化公司，一九七二。見本書第六章第四節「意理」。

註十九：張育英〈禪與藝術・前言〉，頁一二，揚智出版社，一九九四。

註二〇：白居易《白氏長慶集・睡起晏坐》，卷七。

註二一：白居易《白氏長慶集・新昌新居書事四十韻因寄元郎中張博士》，卷十九。

註二二：白居易的人生觀隨著年紀的漸長，由滿懷熱情的淑世濟民遭受打擊後，向道家尋求慰藉以至向佛家的尋求解脫，這是一個圓形追求的過程，「中隱」思想即其明證。要聲明的是：他這思想轉變的進程並不是可以截然劃分。可參閱褚斌杰〈白居易的人生觀〉，《文學遺產》，頁六四—七四，一九九五，第五期。

第三章〈長恨歌〉的創作背景與態度

第一節〈長恨歌〉的創作背景

雖然〈長恨歌〉在中晚唐以意、理爲主的創作構思方式中誕生，但它也有自己的創作背景，那就是漢武帝與李夫人故事及佛教變文〈歡喜國王緣〉。也可看出其創作主旨以及以意爲主的創作態度和當時詩壇普遍的構思傾向。

（一）以漢武帝尋訪李夫人故事為原型

〈長恨歌〉最動人之一即方士求貴妃魂魄一事，史家亦已考其僞。在第二節將論述七月七日長生殿密誓之僞，同理，在以意爲主的創作考量下，臨邛道士海上仙山求貴妃魂魄以慰明皇輾轉思念亦是虛假。理由：1、馬嵬兵變縊殺貴妃既出於玄宗默許的預謀，那麼，何來「孤燈挑盡不成眠」、爲「芙蓉如面柳如眉」而淚垂、「悠悠生死別經年，魂魄不曾來入夢」呢？2、陳玄禮、高力士隨侍在側，縱有此舉之念起，失權失勢的玄宗諒亦不敢行動。3、交通方士的嚴重後果，曾親自處理過此類幾件重大案子的唐玄宗，（註一）不應該不知才是。白居易曾任職翰林，應該也是很清楚。更進一步說，臨邛道士訪仙山求貴妃魂魄的情節應該來自於漢武帝對李夫人的思慕。（註二）

同時，這段方士尋覓貴妃的情節是白居易以漢武帝、李夫人故事爲藍本所編造，黃永年也有同樣的看法。（註三）以漢武帝、李夫人故事爲藍本編造出唐明皇對楊貴妃的無盡思念，增加李、楊愛情攝人心魄的感染力，這是明知故犯，（註四）也是在傳聞的基礎上採取的虛幻之筆，更是以漢武帝、李夫人故事爲藍本編造出藝術成就。當然，這也出於唐人尙奇的心理，唐代作家將虛幻的神鬼怪異之事寫到小說之中，白居易也出於這種尙奇風尙的感染而採用牛郎織女、漢武帝派道士尋訪李夫人魂魄爲原型而出現的任憑一己之情以馳騁的以意爲主的創造。也許，白居易將〈長恨歌〉編入感傷類的安排，使我們更能看出他是以情意爲主的主觀創作；他敘述李、楊愛情故事的客觀性似乎都因他的情意主觀而顯現出無可比擬的藝術真實。

（二）受變文〈歡喜國王緣〉的影響

除此之外，佛教變文對〈長恨歌〉的構思更有不可忽視的影響，根據學者研究，〈長恨歌〉是以變文〈歡喜國王緣〉爲底本的加工、再創造，並對〈長恨歌〉故事之創作、形成起到關鍵的作用。而且，還可以從中唐這一時期特定的悲劇氣氛，和當時人對李、楊兩人的感情評價中得到合乎情理的解釋。整個李、楊兩人的愛情故事中，李隆基耽於酒色，楊玉環被寵逾恆，驕奢荒淫，馬嵬兵變敲醒唐人大唐盛世的太平迷夢，〈長恨歌〉的出現，更襯出唐人對於該事件的淒感，這兩個大時代悲劇的主角，尤其是寵極遭嫉，進而以兵變要脅藉口的楊玉環，很明顯看出是變文〈歡喜國王緣〉中有相夫人的翻版，只要用敦煌出土的〈歡喜國王緣〉寫本作主要依據，並參考《雜寶藏經・優陀羨王緣》的記載，使之構成一個有相夫人生天因緣比較完整的形態，拿來和〈長恨歌〉所描述的故事內容進行對照研究，就會發現，〈長恨歌〉加工、提煉的這個風靡一代的民間傳聞，竟有絕大部份情節內容是在附會〈歡喜國王緣〉的基礎上形成的。根據學者的研究推斷，我們很有理由相信〈長恨歌〉是以變文〈歡喜國王緣〉在民間流傳的故事爲底本，經過加工、再創造，甚至情節也大同小異。（註五）

（三）〈長恨歌〉突破〈歡喜國王緣〉為悲劇的現實意義

然而，〈長恨歌〉並沒有如〈歡喜國王緣〉出現人天會合的大團圓喜劇結束，卻用「天長地久有時盡，此恨綿綿無絕期」來映襯中唐詩人對安史之亂戰亂後對照盛唐光輝的棘藜叢生、國困民弊的悲痛，餘恨悠悠，〈長恨歌〉作爲一首感傷詩所以能激起如此巨大的反響，根本原因就在通過李、楊這個具有象徵意義的悲劇故事的敘述，傳遞出了中唐整個一代人嘆恨時世變遷的感傷情緒。這種從現實生活觸發起來的思想衝突，是不可能簡單地用某些宗教慰安內容來取得調和的，〈長恨〉故事到最終保持一個悲劇的結局，無疑是它的作者忠於客觀實際生活的表現。正因爲如此，盡管這一故事在極大程度上受到過變文和佛經緣起的濡染薰陶，差不多它的整個藝術構思都是貫穿著因果緣起和苦空無常的人生觀，的確從它的母胎裡帶來許多佛教意識形態的斑記，但是它終究還是反應了它所賴以產生的那個時代。（註六）如果說〈長恨歌〉有所謂的諷喻精神的話，大概只有把從〈歡喜國王緣〉爲摹本、加工、再創造，最後突破〈歡喜國王緣〉天人相聚的喜劇爲悲劇，這點是最合乎反映社會現實的諷喻精神的。

（四）〈長恨歌〉主題

〈長恨歌〉膾炙人口，這是因它的主題與創作態度所決定。而創作態度又取決於主題的先行。其主題就是爲李、楊愛情而感慨。

〈長恨歌〉讓白居易（七七二—八四六）在詩壇享有極高的聲譽，（註七）但是，這首詩的主旨是什麼呢？可謂莫衷一是。大概有三種說法。那就是諷刺說，愛情說（又分歌頌李、楊愛情與爲李、楊愛情感慨兩說）、逞藝能三等種說法。

甲、諷刺說

這是認爲詩歌要透過諷刺對政治進行干預服務，使人君有所鑑戒。持這種主張者有陳鴻（與白居易同時）、沈德潛（一六七三—一七六九）、唐文德（現代學者）所主張。陳鴻〈長恨傳〉說：

> 樂天……，意者不但感其事，亦欲懲尤物，窒亂階，垂於將來者。（註八）

王夢鷗也認爲陳鴻這句「出於史家之義旨，以私愛召致邦國傾危，而作者身受其餘殃。」有「聲色俱厲，理勝而情絕」的效果。（註九）諷喻之旨已甚爲明瞭。（註一〇）唐文德也對明皇之沉迷女色作如是觀，（註一一）認爲〈長恨歌〉的主旨在提醒君王如果重色而不重賢，只思慕傾國的美人而不以天下國家爲念的後果就是綿綿長恨，強調〈長恨歌〉的主旨是提供人君警醒垂誡之用。陳鴻、沈德潛、唐文德三人是站在詩歌爲政治道德服務的觀點而發；當然，沈、唐二人都是順著陳鴻的觀點而下的。但是，在詩文中有些諷喻應是漢賦鋪陳夸飾的遺意，不少同時代的傳奇小說也如此作，在元稹〈鶯鶯傳〉之後，也有：

> 大凡天之所命尤物，不妖其身，必妖於人。……昔殷之辛，周之幽，據百萬之國，其勢甚厚，然而一女子敗之。（註一二）

這是元稹決定拋棄崔鶯鶯之後，寫來與之決絕的一封掩飾虛假的無情信。可見這種議論「是一種虛應的套話，名義上模仿古人『曲終奏雅』，實際上與主題無甚關係。試問讀過〈長恨歌〉者只要不抱成見，有誰能產生『懲尤物，窒亂階』的思想以至仇恨封建統治階級的感情，可見這種譏刺說實在近乎深文周納，沒有多少說服力」。（註一三）我們認為這是對的。而「漢皇重色思傾國」的「漢」，有人認為這是藉漢來諷唐的避諱，（註一四）勒極蒼就持否定的態度，因為唐人常自比為漢。（註一五）更何況唐人稱太宗為「文皇」，（註一六）也不是避諱。（註一七）

既然不是什麼避諱的問題，那麼，譏刺說就有些牽強了。唐宣宗悼白居易詩云：「童子解吟〈長恨曲〉，胡兒能唱〈琵琶篇〉。文章已滿行人耳，一度思卿一愴然。」羅聯添說「如果主題果在諷喻，豈宜任其傳唱流播？」（註一八）我們試圖為人們如此的觀點做以下的探討，那就是因為一般論者都分不清史實與創作的不同，勒極蒼也從史書與創作不同做了很好的佐證，（註一九）前者要如實、要垂戒；後者是文筆，有想像、加工與創造。若不能釐清史書與創作的不同，硬將史實的觀點在欣賞創作時對號入座，從接受美學的立場言，無異是隔靴搔癢，千年不得其正解。

乙、逞藝能

〈長恨歌〉從頭至尾都是在刻意經營中完成的，故是逞藝能的風情之作，（註二〇）〈長恨歌〉一開始就說玄宗「漢皇重色思傾國，御宇多年求不得。楊家有女初長成，長在深閨人未識。」這不是一開始就在營造一個坐擁三千粉黛、威權至高無上的唐玄宗多年苦苦尋訪一個情竇初開的清純玉女的純潔愛情嗎？白居易的創作意圖已是非常明顯，宋人早就議論紛紛，（註二一）黃永年更是不憚其煩地爲〈長恨歌〉扒梳背離史實之處，認爲這是白居易的明知故犯，（註二二）都可顯見〈長恨歌〉努力經營純潔愛情的苦心，並不是只純粹說故事而已，黃永年大概沒注意到陳鴻〈長恨歌傳〉說白居易是「深於詩，多於情者也」的詩人特質，所以，爲「情」作使，主題（長恨）先行，才是白居易〈長恨歌〉創作的主要態度。（註二三）

丙、愛情說

又分成兩派，一派認爲是歌頌李、楊的愛情；另一派認爲是爲李、楊的愛情的淒美感慨萬千。

（甲）歌頌李、楊的愛情。

勒極蒼從「漢皇重色思傾國」說起，認爲「重色思傾國」正是多情皇帝玄宗的特點，（註二四）何況是「御宇多年求不得」，一個「求」字，貴妃完全處於被動；「多年」，形容求之艱辛，多年的等待，只爲一個清純的玉女（儘管事實並不如此），這樣，玄宗可謂「多情」之至了。（註二五）把〈長恨歌〉的創作意旨界定在「視生死不渝之愛情爲第一義」上，也就是在歌頌唐玄宗與楊貴妃生死不渝的愛情上。也認爲是熾熱地贊頌李楊之間深篤的愛情，這是很合理的。

（乙）爲李、楊愛情的淒美而「長恨」。

但是，有些人主張〈長恨歌〉主題雖在男女愛情上，但更大的傾向卻是在抒發對李、楊淒美愛情的感慨。宋，王楙（一一五一—一二一三）對邵博（？—一一五八）《邵氏聞見後錄》以及陳長方（一一〇八—一一四八）《步里客談》引陳師道（字無己）〈古墨行〉詩來懷疑玄宗自己夜深挑燈的真實性，提出詩人白居易自有作意的主張，他說：

> 詩人諷詠，自有主意。觀者不可泥其區區之詞。樂天〈長恨歌〉云：「夕殿螢飛思悄然，孤燈挑盡未成眠。」豈有興慶宮中夜不點燭，明皇自挑燈之理？《步里客談》曰：「陳無己〈古墨行〉，謂：『睿思殿裡春將半，燈火闌殘歌舞散。自書小字答邊臣，萬國風煙入長算。』「燈火闌殘歌舞散」，乃村鎮夜深景色，睿思殿不應如是！」二說甚相類。僕謂二詞正所以狀宮中向夜蕭索之意。使言高燒畫燭，貴則貴矣，豈復有「長恨」等意邪？觀者謂其情旨，斯可矣。（註二六）

王楙已認爲若言宮中高燒畫燭，固是符合宮中實況，但就不存有「長恨」的意旨了。對邵博、陳長方的質疑，提出「長恨」以逆白居易的詩意，這是對的。（註二七）

依此看來，似乎在愛情的前提下，「長恨」說是比較可信的。何況與白居易生活相及的李商隱（八一三—八五八）也說：

> **海外徒聞更九州，他生未卜此生休，空聞虎旅傳宵柝，不復雞人報曉籌。此日六軍齊駐馬，當時七夕笑牽牛。如何世紀為天子，不及盧家有莫愁。（註二八）**

這不是無語問天的綿綿長恨嗎？（註二九）也認爲玄宗只是利用貴妃脫困而已，在「不見玉顏空死處」的「空」字，有詩人最深重的感慨。所以，綜合以上諷喻、歌頌愛情、傷淒美愛情的長恨、逞藝能等三說，我們相信長恨說是最合乎白居易〈長恨歌〉的創作意旨的。這種推測，印證於〈長恨歌〉悖離諸多史實的創作態度，是非常合理的。本書對宋人「意」、「理」世界的探討就從白居易〈長恨歌〉的主題與創作態度入手。

註釋

註一：交通方士導致嚴重後果的事例，如：（一）、《舊唐書・三后妃玄宗廢后王氏傳》云：「后兄守一以后無子，常懼有廢立，導以符驗之事，有左道僧明悟爲祭南北斗，刻霹靂木，書天地字及上諱，合佩之，且咒曰：『佩此有子，當與則天皇后爲比。』事發，上親究之，皆驗，……下制：『皇后王氏，可廢爲庶人，別院安置。』……。守一賜死。」卷五一，頁二一七七，臺北，鼎文書局。（二）、同書（四），〈玄宗諸子棣王琰傳〉又云：「寵二孺人，……孺人乃密求巫者，書於琰履中以求媚。琰與監中官有隙，中官聞其事，密奏於玄宗，云琰厭魅聖躬。玄宗人掩其履而獲之，玄宗大怒，……命囚於鷹狗坊中，絕朝請，憂懼而死。」卷一〇七，頁三二六〇。（三）、同書〈楊慎矜〉又云：「慎矜性疏快，素昵於（王）珙，嘗話讖書於珙，又與還俗史敬忠游處。……珙於（李）林甫構成其罪，云『慎矜是誰隋家子孫，心規克復隋室，故蓄異書，與凶人來往，而說國家休咎』。……令人發之，玄宗震怒，……詔楊慎矜、（及兄）慎余、弟）慎名並賜自盡。」卷一〇五，頁三二七七。以上三件子都是玄宗親自處理過，下場不是賜死就是憂懼而死。

註二：陳寅恪說：「後半節暢述人天生死形魂離合之關係，實由漢武帝李夫人故事轉化而來。」《元白箋證稿・新樂府・李夫人》，第五章，頁二六二－二六六，臺北，里仁書局，一九八一。漢武帝與李夫人事，見《筆記小說大觀》，第十六編，臺北，新興書局，一九七七。

註三：黃永年說：「這段方士尋覓貴妃的情節，並非白居易採集已在社會上流播的故事傳說，而係白居易以漢武帝、李夫人故事爲藍本所編造，因爲在唐人雜記小說中有關玄宗貴妃的逸聞至多，中還有若干牽涉到方士羅公遠、葉法善之類的，但從未見到這樣請方士尋覓貴妃的故事。」《唐史事考釋・〈長歌〉新解》，頁二四九，臺北，聯經出版社，一九九八

註四：黃永年認爲白居易〈長恨歌〉有很多與事實相左之處，不是它不諳史事，而是明知故犯，如七夕長生殿密誓一事，應是驪山華清宮寢殿，而且最嚴重的錯誤是幸華清宮的季節是在每年冬十月，〈長恨歌〉上卻說：「春寒賜浴華清池」，白居易不知史實嗎？非也，因爲白詩曰：「是時天下太平久，年年十月坐朝元。」《白氏長慶集・江南遇天寶樂叟》，卷十二，商務，四部叢刊。「朝元」就是朝元閣，在華清宮。〈傳〉上也說：「時每歲十月駕幸華清宮」，都是白居易明知故犯的鐵證。

註五：陳允吉〈從〈歡喜國王緣〉變文看〈長恨歌〉故事的構成——兼述〈長恨歌〉與佛經文學的關係〉，《佛教唐音辨思錄》，頁一〇一——一二九，上海古籍出版社，新華書局發行，一九八八。

註六：同註五，頁一二七。

註七：清趙翼說：「是古來詩人，及身得名，未有如是之速且廣者。蓋其得名，在〈長恨歌〉其事本易傳，以易傳之事，爲絕妙之詞，有聲有情，可歌可泣，文人學士既歎文不可及，婦人女子亦聞而樂誦之。以不逕而走，傳遍天下。」——《甌北詩話》，郭紹虞輯《清詩話續編・中》頁一一七四，臺北，木鐸出版社，一九八三。

註八：陳鴻〈長恨歌傳〉，王夢鷗《唐人小說校釋・上》，頁一〇五，臺北，正中書局，一九八三。

註九：同註八，頁一二三。

註一〇：沈德潛說：「此譏明皇之迷於色而不悟也。以女寵亡國，應知從前之謬戾矣。」《唐詩別裁・上》，頁一〇六，臺北，商務印書館，一九九八

註一一：唐文德說：「然而〈長恨歌〉實在也存在許多諷喻的意識，篇名作「長恨」即是表明了他的創作意圖和主旨，說明君王如果重色而不重賢，只思慕傾國的美人而不以天下國家爲念，那麼最後必然是一種悲劇，而遺留下綿綿長恨。」——《中國古典文學論集・〈長恨歌〉的諷喻意識及其他》，頁一〇七——一一一，臺北，國彰出版社，一九八七。

註一二：元稹〈鶯鶯傳〉，同註十四所揭書。一般都相信〈鶯鶯傳〉就是元稹戀情的自白。此段所引者，出於元稹得第後，寄書於鶯鶯以明「忍情」決絕之心。他虛構一套尤物妖孽、女人禍水的論虛假的託辭。參見黃士中〈論〈鶯鶯詩〉的創作心態—兼論「文不必如其

人」〉，中國唐代文學學會、西北大學中文系、廣西師範大學出版社主編《唐代文研究》，第五輯，頁四三九—四五三，廣西師範大學出版社，一九九三。

註一三：黃永年《唐代史事考釋‧〈長恨歌〉新解》，頁二六一，臺北，聯經出版社，一九九八。

註一四：藉古諷今是一種很常見的寫作技巧，故人們有此看法。

註一五：勒極蒼說：「原來，因漢時國勢極強，威震遐邇，所以外人多稱中國爲漢，久之，漢人也以此自稱。唐開元之強盛，類于漢時，所以漢人也多以漢自稱。比白氏（居易）早些的高適，在所作〈燕歌行〉序上說「開元二十六年」，這點明唐時，而詩上卻說：「漢家煙塵在東北，漢將辭家破殘賊。」這不明明稱唐爲漢嗎？李益〈過馬嵬〉，「漢將如雲直不言，寇來翻罪綺羅恩」，也很明顯稱唐爲漢了。」《〈長恨歌〉及其同題材詩詳解》，頁一〇，河南，中洲古籍出版社，一九八九。

註一六：後晉劉昫《舊唐書‧太宗記‧下》：「百僚上賜爲文皇帝。」《新校本新唐書附索引（一）》，藝文印書館。〈聖教序〉一開始也就稱爲「太宗文皇帝」，即其明證。鼎文書局。

註一七：勒極蒼說：「開元時國勢極盛，因此，比之於漢之文帝武帝，於是稱玄宗爲武皇、武帝、漢皇等。如王建〈霓裳詞〉：「武皇自選西王母，新換霓裳日色裙。」又王建〈過綺岫宮詞〉：「武帝去來羅袖寒，野花黃蝶飲春風。」張祜〈華清宮〉之四：「武皇一夕夢不覺，十二樓空月明。」張籍〈華清宮〉：「武帝時人今欲盡。」……都是明明用指的玄宗，所以稱唐爲漢，稱玄宗爲漢皇、武帝、武皇等是對玄宗的的尊稱或通稱，絕不是什麼避諱的問題。」同註一五所揭書。

註一八：羅聯添《唐代文學論集‧〈長恨歌〉與〈長恨歌傳〉「共同機構」問題及其主題探討》，頁五四，臺北，學生書局，一九八九。

註一九：勒極蒼說：「千百年來，對這篇偉大的作品之所以眾說紛紜，莫衷一是，就在於文筆和史筆不分，記實與創作的混淆，極可感慨。誰都知道，在理論上，有純情至情的作品的說法，而對純情至情的作品，卻偏偏要以實論之，真是奇怪。「楊家有女初長成，養在深閨人未識，……一朝選在君王側」，也都不是實際。所以說這是文學作品而不是史書。」同註一五所揭書。

註二〇：黃永年說：「像〈長恨歌〉這樣的作品是十分成功的，思想上則說不上麼。……也無是以藝術上的成功自誇，若與講求思想性的諷喻『正聲』相比，則自然要重『正聲』而輕「風情」。」同註一三，頁二六四。

註二一：白居易寫〈長恨歌〉是三十五歲（八〇七）在盩厔縣尉時作，至安史之亂（七五五）雖然已有五十二年之遙，但是白居易並非昧於事實，而是有意地背離史實。宋人早已議論紛紛，如沈括（一〇二九—一〇九三）就曾爲玄宗奔蜀經過峨嵋山而質疑，他說：「白樂天〈長恨歌〉云：『峨嵋山下少人行，旌旗無光日色薄。』峨嵋在嘉州，與幸蜀全無交涉。」《夢溪筆談・譏謔・文章弊病條》，頁三〇二，巴蜀書社，一九九六。范溫（？—？）也說：「白樂天〈長恨歌〉，工矣。而用事猶誤。『峨嵋山下少人行』，明皇幸蜀，不行峨嵋山也。當改云『劍門山』。」《潛溪詩眼・〈長恨歌〉用事之誤條》，《宋詩話全編・貳》，頁一二五九，南京，江蘇古籍出版社，一九九八。

註二二：黃永年以唐明皇「幸華清宮」的季節在每年冬十月，白居易卻說「春寒賜浴華清池」爲例，認爲是白居易的明知故犯。同註一三，頁二五一。

註二三：王夢鷗說：「〈長恨歌〉與〈長恨傳〉，又不僅韻語與史筆之風貌不同，而二者寫作之旨趣亦頗異。〈長恨歌〉雖亦不離其諷喻之旨，然而敘事甚隱約而持慎，篇中極力迴避唐玄宗以媳爲妻之內醜，而〈長恨傳〉則直書不諱。〈長恨歌〉以『天長地久有時盡，此恨綿綿無絕期』二語結篇，蓋所重者在『情』，故寄其無窮之美意於『情』字；而與

〈長恨傳〉之以『懲尤物，窒亂階，垂於將來者』爲結語，可謂聲色俱厲，理勝而情絕矣。用是可知：白居易與陳鴻雖有取乎同一題材，然而，一則出於詩人之風旨，視生死不渝之愛情爲第一義，以國之治亂爲次要；一則出於史家之義旨，以私愛招致邦國傾危，而作者身受其餘殃，其作意不特見於此〈傳〉且於〈華清湯池記〉直斥其爲『窮奢極欲，古今罕匹』。其立意之嚴峻，與〈長恨歌〉之惻豔相去懸遠矣。」同註八，頁一二二。

註二四：勒極蒼說：「以此爲特點，而以欣賞的口吻出之。可見，這是作者的作意所在，體會全篇，更可見這解法是合于作者的心意和全詩的實際的。」同註一五

註二五：日□入谷仙介說：「〈長恨歌〉的構成複雜，措辭又極華麗，主題卻集中在男女之間超越生死的堅貞愛情上。」〈關於〈琵琶行〉的創作—重點研究與杜甫的關係〉，中國唐文學學會、西北大學中文系、廣西師範大學出版社主編，《唐代文學研究》，第五輯，頁四六八—四七九，廣西師範大學出版社，一九九四。

王夢鷗也說：「〈長恨歌〉與〈長恨傳〉，又不僅韻語與史筆之風貌不同，而二者寫作之旨趣亦頗異。〈長恨歌〉雖亦不離其諷喻之旨，然而敘事甚隱約而持慎，篇中極力迴避唐玄宗以媳爲妻之內醜，而〈長恨傳〉則直書不諱。〈長恨歌〉以『天長地久有時盡，此恨綿綿無絕期』二語結篇，蓋所重者在『情』，故寄其無窮之美意於『情』字；而與〈長恨傳〉之以『懲尤物，窒亂階，垂於將來者』爲結語，可謂聲色俱厲，理勝而情絕矣。用是可知：白居易與陳鴻雖有取乎同一題材，然而，一則出於詩人之風旨，視生死不渝之愛情爲第一義，以國之治亂爲次要；一則出於史家之義旨，以私愛召致邦國傾危，而作者身受其餘殃，其作意不特見於此〈傳〉且於〈華清湯池記〉直斥其爲『窮奢極欲，古今罕匹』。其立意之嚴峻，與〈長恨歌〉之惻豔相去懸遠矣。」同註八，頁一○八。

註二六：王楙《野客叢書・二公言宮殿條》，卷五，程毅中主編《宋人詩話外編・下》，頁一〇五八，北京，國際文化出版公司，一九九六；吳文治主編《宋詩話全編・第柒冊・詩人諷詠條》，頁七四一四，南京，江蘇古籍出版社，一九九八。邵博之言，見《宋詩話全編・第參冊・白樂天〈長恨歌〉條》，頁三二一五。陳長方之言，各個版本皆見其書，獨不見王楙所引該語，備考。

按：邵博之言，原作：「白樂天〈長恨歌〉有『夕殿螢飛思悄然，孤燈挑盡未成眠』之句，寧有興慶宮中夜不燒蠟油，明皇帝自挑盡者乎？書生之見可笑耳。」

註二七：羅聯添也說〈長恨歌〉主題，就在「長恨」二字，他說：「〈長恨歌〉主題，即在標題「長恨」二字，也就在結尾「此恨綿綿無絕期」一句。實不必捨近求遠，費心求索。」同註一八，頁五三四—五三五。

註二八：清，朱鶴齡箋註《李義山詩集箋註・馬嵬之二》，卷上，頁三七一，臺北，廣文書局，一九八一。

註二九：陳永明說：「「不見玉顏空死處」一句就是〈長恨歌〉的精義所在，白居易一個「空」字，爲貴妃提出了控訴，也戳破了傳統的偏見，并爲玄宗貴妃的故事所以爲長恨點了睛，一字千鈞，有唐一代的詩歌，再也沒有另外一個字比這個「空」字用得更恰當，更有力，樂天的筆力於茲可見其雄健，豈可因其淺易，而譏爲卑陋！」——〈「不見玉顏空死處」新詁〉，中國唐代文學學會、西北大學中文系、廣西師範大學出版社主編《唐代文學研究》，第七輯，頁五三一——五三七，廣西師範大學出版社，一九九八。

第二節 〈長恨歌〉的創作態度

上面提到〈長恨歌〉的主題就是爲李、楊淒美的愛情而「長恨」。白居易秉著他「深於詩，多於情」的詩人特質，完成這一膾炙人口的佳篇；「情」，才是這篇作品成功的主導力量。這是一種創作而非史實（背離史實是很正常的），它只是依託於歷史的某一事件而盡情發揮得淋漓盡致。（註一）白居易的話也可以印證：「事物遷於外，情理動於內，隨感遇而形於詠嘆。」（註二）以情爲主，形於詠嘆，這與王質夫請白居易作〈長恨歌〉的實際是相吻合的。（註三）

以情爲主的〈長恨歌〉既然是純任感慨抒發長恨之作，爲了這樣的創作法則，白居易除了對史實就明知故犯之外，還包括：（一）、對唐代七夕的巧妙轉化。（二）、對漢武帝、李夫人故事的轉化。以上三者是白居易〈長恨歌〉創作時的明知故犯，也就是三種以意爲主的創作方式。

（一）對史實的背離

根據前人的扒梳，〈長恨歌〉有很多地方是與史實不合的，如：

甲、「漢皇重色思傾國，御宇多年求不得。楊家有女初長成，長在深閨人未識。」

陳鴻〈長恨傳〉說：「開元中，泰階平，四海無事。玄宗在位歲久，倦於旰食宵衣，政無大小，始委於右丞。稍深居遊宴，以聲色自娛。先是，元獻皇后、武淑妃皆有寵，相次即世。宮中雖良家子千數，無可悅目者；上心忽忽不樂。」（註四）可見唐玄宗在遇到楊貴妃之前，已是有過武妃、淑妃二女子的情史。可是，〈長恨歌〉上卻接著說：「御宇多年求不得」，將玄宗說成為一個心目中的美嬌娘而癡心等待（純情之至）！〈長恨歌〉是經過一番精心刻畫的主觀創造。

乙、接著是塑造楊貴妃的清純。

〈長恨歌〉上說：「楊家有女初長成，長在深閨人未識。」〈長恨歌傳〉上卻說：「時每歲十月，駕幸華清宮，內外命婦，熠耀景從，浴日餘波，賜以湯沐。春風靈液，澹蕩其間，上心油然，若有所遇，顧左右前後，粉色如土。詔高力士潛收外宮，得弘農楊玄琰女於壽邸。」〈長恨歌〉將楊貴妃塑造成清純玉女；〈長恨歌傳〉上卻將玄宗與初見貴妃做了明確的交代。原來，貴妃在入宮之前，已是玄宗第十四子壽王李瑁之妃；（註五）有一天，宮中所有封號品位之婦女都去洗溫泉。玄宗初見貴妃，頓時覺得左右女子皆「粉色如土」，暗中派高力士去尋訪，才在壽王李瑁邸得到貴妃。可見出〈長恨歌傳〉比〈長恨歌〉更近於寫實。（註六）

丙、〈長恨歌〉上說馬嵬之變是因六軍兵困馬疲而起，實際上在玄宗默許下，由陳玄禮、高力士主導預謀縊死楊妃。當然，也就沒有〈長恨歌〉所謂「君王掩面救不得，迴看血淚相和流」的不捨與悽慘的掙扎。（註七）

丁、「六軍不發無奈何，宛轉峨眉馬前死」，玄宗當時只有左右羽林、左右龍武四軍，〈長恨歌〉仍沿襲古時天子六軍之說。

戊、玄宗對楊貴妃的不捨，故交通方士求貴妃魂魄，是不曾有過的。

己、「春寒賜浴華清池」，有兩個史誤：

子、時間之誤：駕幸華清宮是在每年十月，不在春天，白居易只是刻意營造一個春暖的戀愛心境。

丑、華清宮本名驪宮，是在天寶六載才改為「華清宮」，前此名為「溫泉宮」。

庚、〈長恨歌〉說「黃埃散漫風蕭索，雲棧縈紆登劍閣。峨嵋山下少人行，旌旗無光日色薄」四句，有兩個史誤：

子、劍閣就是劍門山。峨眉山當改為劍門山，沈括、范溫都已言其詳。丑、時間上，玄宗奔蜀是在天寶十四載七月，既不是蕭索的秋天，也不是冬天，更不會「日色薄」。（註八）

辛、「天旋地轉迴龍馭，到此躊躇不能去，馬嵬坡下泥土中，不見玉顏空死處；君臣相顧盡沾衣，東望都門信馬歸」。

馬嵬兵變既是在玄宗默許下的預謀，就不會有君王的躊躇，君臣的沾衣了。

癸、「歸來池苑皆依舊，太液芙蓉未央柳；芙蓉如面柳如眉，對此如何不淚垂」？

據史所載：明皇返駕時乃次年十二月的嚴冬，荷花已凋萎淨盡，更不會是柳條初綠、鮮荷映面，所以下句的「芙蓉如面柳如眉」，純粹是白居易想像明皇思憶貴妃容顏而不禁淚垂了。

申、「梨園弟子白髮新，椒房阿監青娥老」。

此句極言梨園弟子爲玄宗得的不幸而愁白了頭。其實，從玄宗出奔到回宮，前後僅有一年半的光景，弟子如何能頭白如此之速，何況又生出新髮？極盡誇張之能事。

酉、七月七日長生殿的密誓。

這有時間和地點之誤：七月七日密誓之誤（見下）。其次是唐明皇每歲十月幸驪山華清宮，長生殿是驪山的寢宮，因爲「安史之亂」之後，驪山已成淫樂的代稱，（註九）故白居易以長生殿代之，也象徵李、楊這段愛情長長久久之意。

以上十一點是參考各家所提出的觀點，證明〈長恨歌〉的內容有諸多背離史實之處，也更可以看出白居易是以其創作企圖貫穿在〈長恨歌〉的以意爲主。

（二）對唐代七夕的巧妙轉化

唐代小說以傳奇名世，與唐詩並爲唐文學的雙璧，小說至唐已是文人刻意創作，白居易用傳奇手法來寫〈長恨歌〉自是很平常的事。唐代小說創作手法有實錄、傳聞、寓言三種，〈長恨歌〉用的就是傳聞，如李、楊七夕密誓（神話傳說）、後半部道士訪仙道求貴妃魂魄就是以漢武帝與李夫人故事（民間傳聞）爲原型，都是以傳聞爲基礎而虛構轉化。這種傳聞的寫作特點就是主要情節都是虛幻的，以虛構爲主，強調藝術真實、藝術創造，作家有意識地運用想像、虛構等文學手段，構築曲折、生動的情節，（註一〇）七夕密誓與道士尋訪貴妃魂魄就是符合上述的藝術要求。白居易的在〈長恨歌〉中營造了令人極爲贊賞的七夕密誓，將李、楊愛情推向亙古不逾的永恆，唯其這份永恆的熱切期盼，當不可避免的悲劇來臨時，恨才能如此之長，這都是經過白居易的精心構思。七夕密誓就是很典型的以意爲主的例子。首先，是否真有七夕密誓？這要先從七夕風俗說起。

七夕風俗本來就是一種傳聞中的神話。演變至唐，尤其在玄宗天寶年間，七夕已從乞手之巧經過多元化的演變以至有乞男女姻緣恩愛者。董乃斌就七夕節慶意義的轉變，指出中國文化雖以男性爲中心，但也沒有忽略女性內心深處的委曲，也有關心女性、尊重女性的一面，民俗尤其是如此；七夕更不例外。董乃斌研究之後，將七夕意義的轉變歸結爲：甲、序題：七夕乞巧與婦女命運；乙、本題：渴望與愁怨；丙、轉題：七夕夜的高唐夢；丁、以儒家倫理反民俗；戊、借題：假七夕之名，做討「巧」檄文。綜合上述五點，白居易似乎比較取用超逸地寫男女愛情的高唐夢爲原型，因爲同時代相近的詩人李賀、溫庭筠都有以南齊名妓蘇小小爲典故的詩篇。李賀詩云：「錢塘蘇小小，更值一年秋。」溫庭筠詩云：「蘇小橫塘通桂楫，未應淸淺隔牽牛。」他們在以七夕爲題的詩中作鄭重地寫到這種愛情關係，應該是對這個民俗節目通常含義的一種超逸。尤其值得注意的是李賀詩，它是詩人細心體貼女子的心情，從女子角度所寫出，因而常常顯得更加深沉哀婉。（註一一）至天寶年間，七夕乞巧已有爲夫婦乞求恩愛者，對女子乞手工之巧已是大躍進的轉化。（註一二）

可見唐玄宗、楊貴妃七月七日長生殿的密誓開後世乞姻緣者的先河，這是白居易以意爲主的創造，因爲根據黃永年的考定：七月七日的意義，還是在乞巧上爲多，「作爲玄宗、貴妃男女相誓的時間，以天上牛女與人間夫婦相比附，誠可說是天衣無縫，錙銖悉稱。」（註一三）那麼，夜半相誓爲何硬要說成七月七日？主要是比附牛郎織女故事愛情的意義，所以，白居易善巧地化用七夕乞巧的習俗加添自己的構思來轉化此牛郎織女一年一度相會習俗爲愛情盟誓的美麗約會，七月七日長生殿的密誓更有生生世世爲夫婦的亙古期盼。所以，七月七日長生殿的密誓是假的，當然，那美麗的盟約也是不存在的。

何況七夕密誓間也是値得懷疑。因爲唐玄宗是在每年冬天十月才到驪山華清宮避寒，而不是在夏天或秋天前去的。白居易詩曰：「是時天下太平久，年年十月坐朝元。」（註一四）「朝元閣」是華清宮的建築物，（註一五）可見白居易本人是知道每年十月幸華清宮這個故事的。與〈長恨歌〉同時的陳鴻〈長恨歌傳〉也說：「時每歲十月坐幸華清宮。」加以〈長恨歌〉本身「春寒賜浴華清池」之不曰「夏暑」而作「春寒」，都可作爲白居易明知行幸季節的鐵證。黃永年認爲：「不諳典故缺乏常識自可不論，明知故犯就不能不探討其故犯的原因」，（註一六）這原因就是創作主體憑傳聞加以主觀馳騁的主觀、流露作者創作企圖的以意爲主。

（三）元、白以意為主的創作特色

託名白居易的《金針詩格》中說：

> 詩有內外意。內意欲盡其理，理謂義理之理，美刺箴誨之類皆是也；外意欲盡其象，意謂物象之象，日月山河蟲魚草木之類是也。（註一七）

「內意」是指詩長恨歌形象內的含意，之所以稱爲「內意」，因爲它是隱蔽於形象之中。內意要盡理，「理」就是義理之理，就是美刺箴誨。倒也符合白居易的創作目標與態度。托名賈島（七七九—八四三）寫的《二南密旨》，也有類似的話：

風論一：風者諷也，即與體定，句須有感，外意隨篇目自彰，內意隨入諷刺，歌君臣風化之事。（註一八）

「內意」是用諷刺，主旨是要「歌君臣風化之事」，也與居易的創作理念不謀而合。白居易的創作態度是「篇無定句，句無定字。繫於意不繫於文」，（註一九）「意」就是內容，「文」就是形式。他說：

頃在科試間，常與足下同筆硯，每下筆硯，輒相顧語，共患其意太切而理太周，故理太周則辭煩，意太切則意激。然與足下為文，所長在于此，所病亦在于此。（註二〇）

白居易也知道自己所長適爲己之所短。〈長恨歌〉基本創作基調是爲李、楊愛情的不能天長地久而感慨，（註二一）所以是以情爲主；但在創作過程中，更是流露主體有刻意企圖的以意爲主的主觀導向。

元、白詩風尙坦易，主要是出於多情、又因事起意，是以意爲主的創作。（註二二）宋，張戒早就將情、意合觀，他說：

> 梅聖俞云：「狀難寫之景，如在目前。」元微之云：「道得人心中事。」此固白樂天長處，然情、意失于太詳，景物失于太露，遂成淺近，略無餘蘊，此其所短處。如〈長恨歌〉雖播於樂府，人人稱誦，然其實乃樂天少作，雖欲悔而不可追也。……（註二三）

張戒以〈長恨歌〉爲例，認爲白居易情、意失于太詳，景物失于太露，遂有「淺近」、「無餘蘊」之弊。故張戒謂白居易「意盡」，他說：

> 元白張籍詩，皆自陶阮中出，專以道得人心中事為工，本不應格卑，但其詞傷於太煩，其意傷於太盡，遂成冗長卑陋耳。（註二四）

又說：

> 元白張籍以意為主，而失於少文。（註二五）

此處情、意混用不嚴格區分。總歸一言：情意是個很難斬釘截鐵地分開，它們之間有太多的模糊與交集。（註二六）孟二冬認爲白居易「兼濟的諷喻詩是有關社會政治的，而獨善的閑適詩則是抒寫一己之情的」，（註二七）可見白居易兼濟的諷喻詩是以意（主觀）爲主，故意流露作者創作意圖而背離史實，獨善的閑適詩則是抒寫一己之情，以感情的抒發爲主。

既然意是作家創作意圖的流露，那麼，在感情的主導下，就很容易憑著自己的主觀運筆行文，就有很多悖於歷史真相之處，不僅〈長恨歌〉是如此，元稹、白居易的〈新樂府〉亦然。洪邁說：

> 元微之、白樂天在唐元和、長慶間齊名，其賦詠天寶時事，〈連昌宮詞〉、〈長恨歌〉，皆膾炙人口，使讀之者情性搖蕩，如身生其時，親見其事，殆未易以優劣論也。（註二八）

洪邁以元、白天寶時事的〈連昌宮詞〉、〈長恨歌〉膾炙人口爲例，說明它們風行的原因就是「使讀之者情性搖蕩」，彷彿親眼目睹一般。其實，白居易寫〈長恨歌〉時（八〇七）距天寶時事（七五五）已有五十二年了，因爲有許多背於史實之處而如此動人，故說「彷彿」，這也就是很明顯的以意爲主的創作態度對史實真相的鬆動，也就是白居易真正創作意圖所在，明顯地看出主觀理念很強，（註二九）諷諭詩如此，感傷詩如〈長恨歌〉、〈琵琶行〉（註三〇）等亦不例外。

（四）中晚唐詩人以意為主的構思方式——以韓愈、李賀、李商隱為例

我們觀察白居易（七七二——八四六）同時或稍後的詩人如韓愈（七六八——八二四）、李賀（七九〇——八一六）、李商隱（八一三——八五八）等人的創作，就知道白居易的以意爲主的創作態度是整個時代思潮而絕不是單一的現象。

爲什麼取這三個人做爲白居易以意爲的創作態度的對照者呢？因爲他們生當同時或相及，又是在詩歌史上有不可磨滅的地位。在社會環境而言：面對安史之亂後，藩鎮割據，民生凋敝，如果說詩歌是反映現實的工具，詩人的構思方式將隨著時代脈動而不同，中唐國勢已非盛唐可比，詩人的構思方式已迥異於盛唐，嚴羽說：「盛唐諸公，惟在興趣」，（註三一）說的就是盛唐人憑興會作詩，把義理化入興象當中，不露痕跡，興象之間取得平衡。然而進入中唐以來，意象之間的平衡被打破了：一方面是特別強調物象，不要情意的統合作用；一方面是特別強調情意的表達，以情意統攝物象，置物象本身特點於不顧。杜甫就是最早打破意象之間平衡的第一人。他說：「凌雲健筆意縱橫」，（註三二）特別強調「意」的作用，以意統象，任意揮灑。

甲、韓、白之異

中唐詩人的創作，「特別是韓、孟詩派的創作，基本上是朝著杜甫在興會方式更重主觀意趣的傾向發展的。」（註三三）杜甫是中唐詩人構思方式轉折的開始。韓愈、孟郊承繼杜甫打破意象之間的平衡，（註三四）作詩特別強調主觀，一切物象都因主觀情緒而轉移。韓愈寫詩帶有更多的主觀性，「情炎於中，利欲鬥進，有得有喪，勃然不釋」，（註三五）進而把勃郁的情感釋出到藝術中，其詩往往難作到寓主觀於客觀，主觀意志與主觀情感都顯得特別突出。韓詩的議論化固然是純任主觀，即使是取象於社會生活和自然景物的詩，由于主觀方面過份地干預和介入，亦與客觀拉開很大差距。「腸胃繞萬象，精神驅五兵」（註三六）捕捉驅遣宇宙萬象，爲表現其主觀情感服務，而很少體貼客觀事物本身的性質情感與相互關係。司空圖謂其「驅駕氣勢，若掀雷抉電，撐抉於天地之間，物狀奇怪，不得不鼓舞而徇其呼吸也。」（註三七）韓愈確實是以一種凌駕萬物的氣勢，讓各種物象任其擺佈。他的山水詩，主體（人）對客體（自然）處于支配地位，山水的面貌變形得很厲害。他的敘事和詠物作品，有時窮形盡相，大肆鋪陳，實際用意卻不在描繪客觀事物本身而是強調某種意念。給人印象最深的，可能不是客觀之物，而是主觀情感的宣泄。

韓愈年長於白居易四歲。彷佛是沒有任何消息相通的兩個人，（註三八）卻是「元和」詩壇兩大派：奇崛險怪與淺切坦易的領袖。中唐詩壇回復至盛唐氣象的努力已是無徒勞無功，詩壇上又經歷了一番新變。白居易說：「詩到元和體變新。」（註三九）這種新變，使中唐詩壇蔚成奇崛險怪與淺切坦易兩大主流。兩人都承襲杜甫的現實主義精神，在元和詩壇都各有一番奇崛險怪與淺切坦易的氣象。（註四〇）「險怪派」詩人把詩歌當作玩味和傾吐苦悶的途徑，尤其是韓愈，「不平則鳴」就是他的文學觀，也是韓愈文學思想中最可珍視的精華，韓愈說：

> 唐之有天下，陳子昂、蘇源明、元結、李白、杜甫、李觀，皆以其所能鳴。其存而下者，孟郊東野始以其詩鳴。其高出魏晉，不懈而及於古，其他浸淫乎漢氏矣。從吾游者，李翱、張籍其尤也。三子者之鳴信善矣。仰不知天將和其聲，而使鳴國家之盛耶？抑將窮餓其身，思愁其心腸，而使自鳴其不幸耶？（註四一）

在韓愈看來，不平而鳴之作才是最有價值的作品。他不但以此觀點評價本朝文章家和詩人，而且以此觀點評價唐以前歷代的文章家和詩人，這是把詩歌當作傾吐苦悶的途徑，就是一種主觀的創作態度，哀憤怨激之思，任由精神駕馭一切，正是韓愈的基本文學觀，也就是不平則鳴，（註四二）抒憂娛悲的反映。（註四三）葛立方說韓愈詩多寄慨，他說：

> 韓退之〈秋懷〉詩十一篇，其一云：「斂退就新儒，趨盈悼前猛。」此陶淵明覺今是昨非之意，似有所悟也。然考他篇，有曰：「低心逐時競，苦勉只能暫。」又曰：「尚須勉其頑，王事有朝請。」則進退之事尚未覺也。至第十篇云：「世累忽進退，外憂遂侵城。詰屈避語阱，冥茫觸心兵。敗虞千金葉，得此

> 寸草榮。」其籌慮世故尤深。至第十篇云：「鮮鮮霜中菊，既晚何用好？揚揚弄芳蝶，爾生還不早。」似有不遇時之歎也。（註四四）

這是正確的；然而，有學者認爲「白居易提倡詩歌反映社會現實，因而十分重視客觀再現。……白居易的諷喻詩明顯具有重客觀、尚功利的特點，既強調詩歌反映客觀現實，又強調詩歌作用於客觀現實」（註四五）的觀點，這是值得商榷的：（一）、白居易提倡詩歌反映社會現實，這是無可置疑的。但是，白居易反映社會現實的詩歌並不一定都是客觀。就像〈長恨歌〉，如果定爲諷喻詩，那麼，本身就有很多背離史實之處，何況它是一首抒發同情李、楊愛情淒美的「長恨」詩。（二）、白居易曾發表他的創作宣言：「篇無定句，句無定字，繫於意不繫於文。……總而言之，爲君、爲臣、爲民、爲物、爲事而作，不爲文而作也。」（註四六）這顯然就是爲了詩歌的現實諷喻而刻意重在主觀的意志表達，如果〈長恨歌〉是重於抒寫「長恨」主觀抒情，那麼，反映現實的諷喻詩則是透過藉用史事爲底本加以主觀的展現，這與杜甫詩史（註四七）式的以史證詩及以詩證史是不同的。洪邁說：

> 元微之、白樂天在唐元和、長慶間齊名，其賦詠天寶時事，〈連昌宮詞〉、〈長恨歌〉皆膾炙人口，使讀之者情性搖蕩，如身生其時，親見其事。（註四八）

可見元、白只以天寶時事爲底本馳騁其才，達到「使讀之者情性搖蕩」的目的，彷彿是他們親身經歷一般。因爲時隔逾半個世紀，所以有些事就顯得「拙」—不真實貼切，魏慶之《詩人玉屑》引《復齋漫錄》說：

> 老杜陷賊賦詩，有〈哀江頭詩〉，……予愛其詞氣，如百金戰馬，注坡驀澗，始履平地，得詩人之遺法。如白樂天詩詞甚工，然拙於記事，寸步不遺，猶恐失之。此所以望老杜之藩籬而不及也。（註四九）

因爲不是身與聞見，故雖「寸步不遺」，卻遠不如杜甫的「詞氣如百金戰馬」，後人都忽略了白居易只用其事便加以渲染的道家創作態度（見第二章，第三節），故硬將與杜甫比，必然是不稱人意的。

總之，韓愈和白居易的創作態度都有很明顯的以意爲主的主觀傾向。（註五〇）韓愈稱孟郊云：「有窮者孟郊，受材實雄驁。冥觀洞古今，象外逐幽好。橫空盤硬語，妥貼力排奡。敷柔肆紆徐，奮狂卷海潦。」（註五一）韓愈這裡稱孟郊的「幽好」，就是孟郊擅長將個人「幽渺之理、想象之事、惝恍之情」（註五二）的主觀情思的表達。當然，白居易以意爲主的創作態度也不例外。

乙、李賀與韓愈之異

李賀（七九〇——八一六）是韓門中人，他因父名晉肅，故無應進士舉資格，也註定了他一生的窮愁憂苦。（註五三）韓愈詩歌創作的主觀性，到李賀達到進一步的發展。（註五四）李賀創作上的主觀傾向在其詩集幾乎無處不在。甚至可以說，李賀的生命本來就是只為了這趟沒落王孫吐血至死，抒發其不遇潦倒窮苦之歎的旅程。李賀的作品常在他自己的虛構世界裡。比如：〈秋來〉寫古代詩人才士的「香魂」來向他吊問；〈長平箭頭歌〉寫古戰場戰死的鬼魂來送別吊客，這是人鬼為伴，生猶如死；〈蘇小小墓〉寫鬼魂遊樂、生死交織，這是死猶如生，生死的界限已不復存在、其它如〈夢天〉、〈天上謠〉、〈帝子歌〉、〈仙人〉、〈巫山高〉、〈神仙曲〉、〈貝宮夫人〉、〈蘭香神女廟〉等，無不是幻覺的產物，也就是說李賀完全憑一己主觀的空想來構思，完全不理會外界客觀現實的存在，這幾乎是一種潛意識的幻覺，是主觀化進一步的加強，經常置客觀物理、事理于不顧的表現。（註五五）

因為感情的強烈作用而造成意與象的錯亂，更是明顯地以意為主的「師心」創作態度。（註五六）當然，李賀這種心態形成的原因，前人有諸多探討，應該就是變態心理的反映。（註五七）而且，李賀的創作活動主要在憲宗一朝，唐王朝的鼎盛時期早已結束，盛世的繁榮只是在老人們的回憶中殘留著，現實卻是暗淡而陰沈的。土地兼併、藩鎮割據和宦官擅權，成為當時最嚴重的三個問題。詩人有他的政治熱情，也有政治家的敏銳和勇氣，對民生的疾苦、統治者的殘暴、宦官藩鎮的驕橫，都無情地加以揭露。袁行霈認爲「苦悶」就是李賀詩歌創作的基調，苦悶也是當代普遍的感覺，他說：

李賀的詩歌主題是苦悶的，他的詩歌創作活動也是一種苦悶。創作的苦悶本是那時代普遍的感覺。詩歌創作經過盛唐的高潮，進入中唐以後，出現了難乎為繼的局面。正如一個精彩絕倫的節目演完之後，下一個節目的演員所感到的困惑和苦惱一樣。經過盛唐之後，到了中唐，詩人們反而不知道應該怎樣寫詩才好了。（註五八）

這是個苦悶的時代，李賀走出了自己的道路，用自己的幻覺與虛幻的想像構築虛荒誕幻的意象又專心於瑣碎細微的事物，卻也顯得于「理不足」，杜牧說：

雲煙綿聯，不足為其態也；水之迢迢，不足為其情也；春之盎盎，不足為其和也；秋之明潔，不足為其格也；風檣陣馬，不足為其勇也；瓦棺篆鼎，不足為其古也；時花美女，不足為其色也；荒國侈殿，梗莽丘壟，不足為其恨怨悲愁也；鯨呿鼇擲，牛鬼蛇神，不足為其虛荒誕幻也；蓋騷之苗裔，理雖不及，辭或過之。騷有感怨刺懟，言及君臣理亂，時有以激發人意。乃賀所為，無得有是？賀能探尋前事，所以深嘆恨今古未嘗經道者，如〈金銅仙人辭漢歌〉、〈補梁庾肩吾宮體謠〉，求取情狀，離絕遠去筆墨畦逕間，亦殊不能知之。賀生二十七年死矣，世皆曰：「使賀且未死，少加以理，奴僕命騷可也。」（註五九）

杜牧認爲李賀死得太早，而且連綿跳躍，其意難以聯貫，假以時日，在「理」上加強，定可與屈原〈離騷〉媲美。錢鍾書就指出〈離騷〉勝過李賀詩之處即在「情意貫注、神態籠罩」，他說：

余嘗謂長吉文心，如短視人之目力，近則細察秋毫，遠則大不能睹輿薪，故忽起忽結，忽轉忽折，復出旁生，酸心刺骨之字，如明珠錯落，與〈離騷〉之連犿荒幻，而情意貫注、神態籠罩者，固不類也。（註六〇）

錢鍾書認爲〈離騷〉與李賀的詩歌都是以情意爲主，但是二者的不同在於李賀詩起結無端、轉折無緒；〈離騷〉則是情意貫注、神態籠罩，二者有很顯著之異。所謂「如短視人之目力」，就是說李賀的詩歌有時候「就像是近視眼的視力，近則細察秋毫，即指修詞設色，有驚心動魄，爽肌刺骨的力量。遠則不見輿薪，指命意謀篇不能做到情意貫注。」（註六一）錢鍾書認爲李賀詩善修詞設色，有驚心動魄，爽肌刺骨的力量，卻無情意貫注於命意謀篇之中，這與李賀詩本身爲幻覺及以虛幻構築詩中的世界有密不可分的關係，因爲幻覺與虛幻從來就是不講條理貫串的，（註六二）只是嘔心瀝血地抒發個人苦悶的創作生命的展現而已。

丙、李商隱對韓、白、李賀的繼承

李商隱（八一三—八五八）的創作在李賀「師心」的基礎上更進一步推展。在內容上，雖同屬主觀，李商隱轉向個人內心世界受煎熬、無法抒發的鬱結與淒迷，如〈錦瑟〉、〈無題〉等，李賀則雖主觀（師心），但描寫的仍然是外在的世界，他展示出不窮的幻想，不是歸向內心，而是指向由幻想編織的外在空間，如〈天上謠〉之神遊天上世界，〈蘇小小墓〉之設想墓地情景，這類詩都不能算是向內心的機轉，而是帶有幾分虛幻的外在世界的投射。李商隱與李賀相比，心理負荷著實要沉重得多，精神內轉，內心體驗往往比對於外物的感受更爲深入細膩。他的主觀化，不是指向外部世界，而是較李賀更進一步內在化、內心化。如李商隱的〈無題詩〉，藉男女愛情之體驗，寫思慕、追求、期待、分離、阻隔、失落、幻滅、悵惘，乃至迷幻的情絲與心理狀態。又如李商隱的詠物詩，物與人的主觀世界最爲貼近，甚至遺形取象，物即自我，物象即心象。「五更疏欲斷，一樹碧無情」（蟬），「欲斷者」不光是蟬聲，同時就是詩人的心聲、心魂。「碧無情」更是詩人羈役幕府，舉目無親，對周遭環境覺得冷極幻極的內心感受。「芭蕉不展丁香結，同向春風各自愁」（〈代贈二首〉其一），是對內心情緒一種物象式的把握，這都可以看出李商隱把韓愈、李賀以來的主觀性進一步發展了，表現爲內心的自我審視。他的〈錦瑟〉、〈無題〉等詩，無意於敘述事件、表現過程，他直接面向複雜變化甚至悵惘莫名的心緒，心靈圖景紛見雜出，意象的跳躍與非邏輯化超過李賀，也比李賀更爲「欠理」，但讀者卻淡化了對理的要求，只覺得有一種深婉迷濛的風格在心中激盪徘徊。

論者都注意到了中唐以來，韓愈和白居易對杜甫「意」的承繼關係，也把焦點鎖在韓愈、李賀、李商隱在創作上的穿透與移位現象—那就是從韓愈主觀描寫現實經過李賀的虛構外在世界到李商隱遺落物象轉向純內心淒迷感受的主觀世界的遞變軌跡，卻對白居易與李商隱的過從以及受到韓愈、白居易怨刺詩風刺激所形成的淒迷婉切就稍得有些忽略。（註六三）如果說韓愈覷定杜甫「語不驚人死不休」而開闢險怪一派，透過李賀爲中介，李商隱有所繼承，那麼，白居易的坦易，無疑地，對李商隱深婉淒迷風格的形成也是一種刺激。李商隱就曾發表他的論詩綱領，他說：

> 況屬詞之工，言志為最。自魯毛兆軌，蘇、李揚聲，代有遺音，時無絕響。雖古今異制，而律呂同歸。我朝以來，此道尤盛。皆陷於偏巧，罕或兼材，枕石漱流，則尚於枯槁寂寞之句；攀鱗附翼，則先於驕奢豔佚之篇。推李杜則怨刺居多，效沈宋則綺靡為甚。至於秉無私之刀尺，力莫測之門牆，自非托於眾神，安可定夫眾制？（註六四）

「推李杜則怨刺居多」，說的就是指韓愈與白居易，而韓愈的「怨」，白居易的「刺」，就是最被公認的（註六五）。但是，李商隱把韓愈怨的部份更內心化、更深沈，將白居易因爲要達到刺所造成的淺切也有所深化。（註六六）他更在論文觀點上與韓愈針鋒相對，對韓愈念茲在茲維護的周公、孔子之道，並不以認爲「道」是只有周、孔才能體現，因爲周、孔之軀與常人無異。他說：

愚生二十五年矣，五年誦經書，七年弄筆硯，始聞長老言：學道必求古，為文必有常法。常悒悒不快，退自思曰：夫所謂道，豈古周公、孔子獨能邪？蓋愚與周孔俱身之耳，以是有行道不繫今古，直揮筆為文，不愛攘取經史，諱忌時世。百經萬書，異品殊流，又豈能意分出其下哉！（註六七）

李商隱視周、孔之軀與常人無異，所謂道不是周公、孔子所獨能的，而是「愚與周公俱身之耳」—任何人都有可能成就與周、孔相同的道。因此作文時就不必依傍古人，而可以憑自己的意思「揮筆爲文」了。他對元結之作不依周公、孔子提出正面肯定，他說：

論者徒曰次山不師孔氏為非。嗚呼！孔氏于道德仁義外有何物？百千萬年，聖賢相隨於途中耳。次山之書曰：「三皇用真而恥聖，五帝用聖而恥明，三王用明而恥察。」嗟嗟此書，可以無乎？孔氏固聖矣，次山安在其必師之邪！（註六八）

李商隱認爲道並只不是周公、孔子所獨專，而且更大膽地提出「孔氏于道德仁義外有何物」的質疑，對當時盲目崇拜傳統的思想，專以「攘取經史」爲能的人，真是當頭棒喝。

從杜甫揭明「凌雲健筆意縱橫」之後，韓愈和白居易都承繼著他以意爲主的創作道路。二人都視以意爲主爲前提，韓愈用筆抒憂娛悲，描寫下層士大夫的不遇；白居易則捉定某一現實的歷史事件，以他「深於詩，多於情」的詩人氣質，將歷史事件用詩歌作爲政治服務的工具，爲達到此一目的，故要淺近，所以求其流播廣遠，〈長恨歌〉的創作態度也是如此。（註六九）接著以李賀爲中介，李賀雖是仍然描寫其不遇與困頓，但筆下營造的詩文意象已不像韓愈詩文中的意象爲現實所具有的物象，而是純任主觀幻覺虛構的空幻世界，不管外在物象的營造來自於現實世界的描寫（如韓愈）或純任主觀幻覺虛構的空幻世界（如李賀），韓、李的主觀都是爲外在物象的描寫而服務，都還專注在外物的投注與虛構，換句話說，李賀的外界景物雖是虛幻卻也是在描寫外在的「實」世界，不像李商隱，純是心靈主觀的宣泄，完全是個人的心境的抒發，已經是遺物取情了。如果說李賀詩中欠理（不合邏輯），那麼，李商隱詩中的理更是欠缺，純粹是不管景物的存在，即使是寫景之句也是在抒其鬱結之情，這是中唐詩人創作態度以意爲主的大概。

註釋

註一：勒極蒼說：「我們在這篇（〈長恨歌〉）中，作者以史實爲基點、爲素材，創造成功了在特殊環境中、特殊條件下，表現出特殊性格的兩個特殊人物。按恩格斯的說法：就是典型環境中表現出典型性格的兩個純情主義者的典型形象。環境並不是原樣的或實有的；人物也不是原樣的或實有的；是以情爲主，並不是以事爲主。是依情的發生發展，而利用環境或構造環境，利用史實或潤色史實、構造事實來進行寫作的。總之，是創作而不是記實。……理解和評議〈長恨歌〉，再也無比於實際，錯誤地以合不合實際而要求它了。比于實際也可以，從比中，可看出記實和創作的不同，以提高我們對兩類不同性質作品的理解和評議的能力。」《〈長恨歌〉及其同題詩材詳解》，頁三四，河南，中洲古籍出版社，一九八九。

註二：白居易《白氏長慶集‧與元九書》，卷二八。

註三：元和元年，白居易爲盩厔縣尉，與陳鴻、王質夫同住該處。暇日談及唐明皇與楊貴妃的愛情往事，王質夫舉酒對白居易說：「夫希代之事，非遇出世之才潤色之筆，則與時消沒，不聞於世。樂天深於詩，多於情者也，試爲歌之。」可見「深於詩，多於情」就是王質夫請白居易作長恨歌的原因。王夢鷗校釋《唐人小說校釋‧長恨傳》，頁一〇八，臺北，正中書局，一九八三。

註四：陳鴻《長恨歌傳》，王夢鷗《唐人小說校釋‧上》，頁一〇五。

註五：李商隱詩曰：「龍池賜酒賞雲屏，羯鼓聲高眾樂停。夜半宴歸宮漏永，薛王沉睡壽王醒。」從壽王的不寐，可見李商隱諷喻之深。清，朱鶴齡箋註《李義山詩集箋註‧龍池》，卷中，頁四六四，臺北，廣文書局，一九八一。

註六：但是，就〈長恨歌〉與〈長恨傳〉二篇的意旨而言，自是不同的。王夢鷗曾對二篇加以比較後，得出結論說：「抑有進者，〈長恨歌〉與〈長恨傳〉，又不僅韻語與史筆之風貌不同，而二者寫作之旨趣亦頗異。〈長恨歌〉雖亦不離其諷喻之旨，然而敘事甚隱約而持慎，篇中極力迴避唐玄宗以媳爲妻之內醜，而〈長恨傳〉則直書不諱。〈長恨歌〉以『天長地久有時盡，此恨綿綿無絕期』二語結篇，蓋所重者在『情』，故寄其無窮之美意於『情』字；而與〈長恨傳〉之以『懲尤物，窒亂階，垂於將來者』爲結語，可謂聲色俱厲，理勝而情絕矣。用是可知：白居易與陳鴻雖有取乎同一題材，然而，一則出於詩人之風旨，視生死不渝之愛情爲第一義，以國之治亂爲次要；一則出於史家之義旨，以私愛召致邦國傾危，而作者身受其餘殃，其作意不特見於此〈長恨傳〉且於〈華清湯池記〉直斥其爲『窮奢極欲，古今罕匹』。其立意之嚴峻，與〈長恨歌〉惻豔相去懸遠矣。」王夢鷗校釋《唐人小說校釋》，頁一〇五，臺北，正中書局，一九八三。

註七：黃永年《唐代史事考釋‧〈長恨歌〉新解》，頁二二九—二三八，二三九—二七〇，臺北，聯經出版社，一九九八。

註八：若用日形容國君，以此說玄宗威嚴盡失，亦無不可。但就史實而言，總是有誤的。

註九：王讜《唐語林‧三》記載：「寶歷中，敬宗皇帝欲幸驪山，時諫者多，上意不決。拾遺張權輿伏紫宸殿下叩頭諫曰：『昔周幽王幸驪山，爲犬戎所殺；秦始皇葬驪山，國亡；明皇帝宮驪山，而祿山亂；先皇帝（穆宗）幸驪山，而享年不長。』帝曰：『驪山若如此之凶邪？我宜往驗彼言。』」四庫珍本，別集，卷六補遺，頁四二。當時人認爲驪山本是個凶地，人主沾惹該地，就非喪即亡；尤其是安史之亂因玄宗淫侈遊樂，而淫樂之中心在驪山，人主除個別外多不敢蹈此覆轍，幾以行幸驪山爲惡德。當時人不能不受影響。因此舉凡中唐以還詩人歌詠玄宗、貴妃故事多涉驪山，歌詠驪山亦必及玄宗、貴妃。身爲詩人的白居易亦不能免俗而寧願在〈長恨歌〉違背史實而將七月七日夜半相誓的地點放到驪山，卻將驪山華清宮改爲長生殿更符合他的「長恨」的寫作主旨。詳見黃永年《唐代史事考釋‧〈長恨歌〉新解》，頁二五三—二五四，臺北，聯經出版社，一九九八。

註一〇：程國斌〈論唐代小說的創作手法〉，中國唐代文學學會、西北大學中文系、廣西師範大學出版社主編《唐代文學研究》，第五輯，頁一三一，廣西師範大學出版社，一九九八。

註一一：董乃斌〈女兒節的情思—唐人七夕詩文略論〉，同上所揭書，頁二九—四一。

註一二：洪淑苓說：「在此姑不論長生殿密誓的真假，而是要藉以探討其所反映的意義。就唐玄宗與楊貴妃的密誓來看，其係以牛郎織女的愛情故事爲誓願的對象，又恰好在七夕行之。歷來七夕乞巧，著重在對織女的信仰，也就是女紅之「巧」的乞求。有關於牛郎織女故事愛情的意義，反而相對地被遮掩了。因此這則密誓故事，可說是首先將七夕風俗與牛郎織女的愛情故事聯結在一起的記載，如同《開元天寶遺事》所說的「求恩於牽牛織女星」也；此應爲後世「乞巧」有乞姻緣者的先河。」——《牛郎織女研究》，頁二四八，臺北，學生書局，一九八八。在該書附表中，也有「玄宗天寶年（七四二—七五五），七夕結綵樓乞恩愛（牽牛織女爲司愛之神）」。

註一三：同註七，頁二五一——二五三。

註一四：白居易〈白氏長慶集・江南遇天寶樂叟〉，卷十二，上海，商務印書館，四部叢刊。

註一五：見《舊唐書・玄宗紀》天寶七載十二月戊戌條。

註一六：同註七，頁二五一——二五三。

註一七：王大鵬、張寶坤、田樹生、諸天寅、王德和、嚴昭柱編選《中國歷代詩話選・上》，頁六二，岳麓書社，一九八五。

註一八：同註一七。二書雖是托名之作，但是反映中唐以意爲主的創作風氣恰是相合。

註一九：白居易《白氏長慶集・新樂府序》，卷三。

註二〇：白居易《白氏長慶集・與元九書》，卷二八。

註二一：雖然也有人認為是為貴妃之死而不平，但是，就〈長恨歌〉結尾「天長地久有時盡，此恨綿綿無絕期」的無限遺憾觀之，似乎是感慨居多。張高評說：「實則白氏〈長恨〉，意在歌詠生死不渝之深情。」〈《春秋》書法與宋代詩學——以宋人筆記為例〉，《宋代文學研究叢刊》，第三期，頁九九，麗文出版社，一九九七。

註二二：清，趙翼說：「中唐以後，詩人皆求工於七律，而古體不甚精詣；故閱者多喜律體，不喜古體。唯香山詩，其七律不甚動人，古體則令人心賞意愜，得一篇輒愛一篇，幾乎不忍釋手。蓋香山主於用意。用意，則屬對排偶，轉不能縱橫如意；而出之以古詩，則唯意所之，辯才無礙。且其筆快并剪，銳如昆刀，無不達之隱，無稍晦之詞；工夫又鍛鍊至潔，看是平易，其實精純。」——《甌北詩話》，卷四，郭紹虞輯《清詩話續編》，中，頁一一七四，臺北，木鐸出版社，一九八三。

註二三：張戒《歲寒堂詩話・上》，丁福保輯《歷代詩話續編・上》，頁四五七，臺北，木鐸出版社，一九八三。

註二四：同註二三，頁四五九。

註二五：同註二三，頁四六二。

註二六：關於志、情、意的相關性，前人似乎也有些模糊：「詩言志」的「志」從「ㄓ」從「心」，本義是停在心上或藏在心中。因而在秦漢典籍中，即多訓「志」為「情」、為「意」。如《左傳・昭公二十五年》太叔答趙簡子問禮：「民有好、惡、喜、怒、哀、樂，生於六氣。是故審則宜類，以制六志。」孔穎達《正義》云：「此六志《禮記》謂之六情。在己為情，情動為志，情志一也。」漢人又以「意」為「志」，《禮記・學記》：「一年視離經辨志。」鄭玄：「辨志，謂別其心意所趨向也。」漢末鄭康成注《堯典》「詩言志，歌永言」也說：「詩所以言人之志意也；永長也，歌又所以長言詩之意。」故《廣雅・釋言》曰：詩，意。」《漢書・司馬遷傳》引董仲舒曰：「詩以達意。」《毛詩大序》更淸楚地說：「詩者，志之所之也。在心爲志，發言爲詩。情動於中而形於言，言之不足故嗟歎之，嗟歎之不足故永歌之，永歌之不足，不知手之舞之，足之蹈之也。」在這些詮釋與理解，「志」的內涵就是「情」與「意」，也就是詩人內心的情感與意志。可見情與意在秦、漢是不分的。另外，可參考聞一多《神話與詩》，頁一九二——二一〇，華東師範大學出版社，一九九七。對詩歌如何發生會有更明晰的概念。

註二七：孟二冬〈中國古代的詩歌發生論〉，《國學研究》，一九九八，第五期，頁一四三。

註二八：洪邁《容齋隨筆・連昌宮詞條》，卷十五，頁一四七，臺灣商務印書館，一九七九。

註二九：許總說：「與元稹相比，白居易的新樂府五十首所表現的諷喻時事的動機與強度無疑更爲鮮明而強烈。這五十首詩，雖非一時所作，但從其所涉及的廣泛內容看，實際上表達了詩人對當時一系列政治經濟問題較爲全面的認識，顯然是集中表現白居易政治思想的有計劃之作。如〈海漫漫〉「戒求仙」，〈上陽白髮人〉「愍曠怨」，〈新豐折臂翁〉「戒邊功」，〈道州民〉「美賢臣遇明主」，〈八駿圖〉「戒奇物，懲佚游」，〈紅線毯〉「憂蠶桑之費」，〈杜陵叟〉「傷農夫之困」，〈繚綾〉「念女工之勞」，〈賣碳翁〉「苦宮市」，〈母別子〉「刺新間舊」，〈官牛〉「諷執政」，〈黑潭龍〉「疾官吏」等。或美聖賢，或刺貪暴，或愍貧困，就其選材本身而言，固然正如白居易所自言「其事核而實，使採之者傳信也」（〈新樂府序〉）爲當時社會現象中的尖銳問題與真實事件，具有強烈的寫實傾向，但這些事件本身卻並不一定是詩人親目所見與親身所，他寫這些詩的目的亦並非觸物以起情，而是「爲君。爲臣、爲民、爲物、爲事而作，不爲文而作也」。完全是一種藉以發表政治見解的實用性利行爲，因此，在這種寫實表象的深層，實際上更多是主觀理念的成份。」〈論元稹、白居易的文學觀〉，《江蘇社會科學》，一九九七，第三期，頁一三一——一三七。

註三〇：《長恨歌》的部分已在本節論述，《琵琶行》則有抒其天涯淪落之感。洪邁說：「白樂天〈琵琶行〉讀者但羨其風致，敬其辭章，至形於樂府，詠歌之不足，遂以謂真爲長安故倡所作。予竊疑之。唐世法網雖於此爲寬，然樂天嘗居禁密，且謫官未久，必無肯夜入獨處婦人船中，相從飲酒，至於極彈絲之奏，中夕方去。豈不疑商人者它日議其後乎？樂天之意，直欲攄寫天涯淪落之恨爾。」《容齋詩話》，卷三，吳文治主編《宋詩話全編・六》，頁五六二七，南京，江蘇古籍出版社，一九九八。另外：白居易又有詩云：已愁花落荒巖底，復恨根生亂石間。幾度欲移移不得，天教抛擲在深山。」《白氏長慶集・木蓮樹圖》，卷十八。身世感慨，不言可喻。

註三一：嚴羽《滄浪詩話・詩辯》，何文煥輯《歷代詩話・下》，頁六八八，臺北，木鐸出版社，一九八二。

註三二：杜甫著，錢謙益註《杜詩錢註・下・戲爲六絕句之一》，卷十二，頁六二〇，臺北，世界書局，一九九六。原詩作：「庾信文章老更成，凌雲健筆意縱橫。今人嗤點流傳賦，不覺前賢畏後生。」雖是說庾信，但是認爲杜甫自況亦無不可。

註三三：吳相洲〈論盛中唐詩人構思方式的轉變對詩風新變的影響〉，《首都師範大學學報（社會科學版）》，一九九七，第三期，頁七六—八五。

註三四：余恕誠說：「在中唐詩人中，韓、孟一派是傾向于任主觀的一個群體。」〈詩歌：從韓愈到李商隱—文學演進中的穿透與移位現象〉，《文學遺產》，一九九九，第四期，頁三九—四七。而且，王自周以董仲舒的〈士不遇〉、司馬遷〈悲士不遇賦〉、陶淵明〈感士不遇賦〉爲例，對照中唐士之不遇迫切現實與韓愈自己也在這種籠罩中的詩文創作，充滿抒情語境的亢烈濃郁的感情，語義的片斷場景無一不飛動亢奮，充溢激盪著極其巨烈的個性情緒。如〈後十九日復上書〉文：「則將大其聲疾呼而望其仁之也……則將狂奔盡氣，濡手足，焦毛髮，救之而不辭。」〈應科目時與人書〉文：「天地之濱，大江之濆，日有怪物焉，蓋非常鱗凡介之品匯匹儔也。」〈送窮文〉：「又其次曰交窮，磨肌戛骨，吐出心肝，企足以待，置我仇冤……」〈聽穎師彈琴〉詩：「喧啾百鳥群，忽見孤鳳凰，躋攀分寸不可上，失勢一落千丈強。」〈調張籍〉詩：「想當施手時，巨刃磨天揚。垠崖劃崩豁，乾坤擺雷硠。惟地兩夫子，家居率荒涼。地欲長吟哦，故遣起且僵。剪翎送籠中，使看百鳥翔。」〈試論韓愈詩文的文學語境〉，《中國人民大學學報》，一九九三，第三期，頁九九—一〇五。

註三五：韓愈著，清，馬其昶校，《韓昌黎文集校註·二·送高閑上人序》，卷四，頁一五七，臺北，漢京出版社，一九八三。

註三六：韓愈著，清，馬其昶校，《韓愈全集校註·城南聯句》，卷二，頁一〇二一，四川人民大學，一九九六。

註三七：司空圖《司空表聖集·題柳柳州集後》，卷二，商務印書館，四部叢刊

註三八：魏泰《臨漢隱居詩話》對韓愈與白居易往來之詩亦多考證，證實二人確曾有過短暫的交往。詳見何文煥輯《歷代詩話·上》，頁三一九—三二〇，木鐸，一九八二。朱琦也對韓愈與白居易的交往、詩風、彼此在詩壇地位做過一番述評，可見韓、白二人不僅生當同時，在詩壇上也互相較勁，也有一些心結。見朱琦〈論韓愈與白居易〉，中國唐代文學學會、西北大學中文系、廣西師範大學出版社主編《唐代文學研究》，第四輯，頁一九五—一九七，廣西師範大學出版社，一九九三。

註三九：白居易《白氏長慶集·餘思未盡，加爲六韻，重寄微之》，卷五三，商務印書館，四部叢刊。

註四〇：張清華說：「『詩到元和體變新』，……白居易繼承杜詩現實主義傳統，表現出尚坦易的風格；韓愈定杜詩奇險處，劈山開道創立奇崛詩風新徑，而自成『韓體』，惟其他們的詩都體現元和時期詩壇的新氣象，故稱『元和體』。」〈詩到元和體變新—論韓詩對

杜詩藝術的繼承〉，《殷都學刊》，一九九二，第三期，頁五三—六〇陳炎也說：「在「險怪派」詩人極力使詩歌變得怪誕、晦澀，從而超越現實的同時，另一批詩人則反其道而行之，盡力把詩歌寫得通俗、平易，以切近生活。這後一批詩人在文學史上被稱爲「淺切派」，主要包括元結、顧況、白居易、元稹。與「險怪派」詩人不同，「淺切派」詩人不是把詩歌當作玩味和傾吐苦悶的途徑，而是把詩歌當成揭露和拯時救弊的工具，因此，他們的樂府詩無論是沿用古題還是自創新題，都力求用樸實無」〈盛唐之音・中唐之響・晚唐之韻〉，文史哲》，一九九二，第二期，頁七八——八五。

註四一：同註三五〈送孟東野序〉，卷四，頁一三六。

註四二：朱琦說：「既然是強調詩歌抒寫個人的不平則鳴，因而高度重視主觀表現；白居易提倡詩歌反映社會現實，因而十分重視客觀再現。韓愈追所尋求的藝術世界是精神自由馳騁的世界，也就是〈調張籍〉一詩所描述的那個藝術世界。韓孟作於元和元年的〈城南聯句〉詩云：『恣韻激天鯨，腸胃繞萬象。（郊）精神驅五兵，蜀雄李杜拔。愈』」……表現出哀憤怨激之思，任由精神駕馭一切，這就是韓愈的基本文學觀。白居易創作諷喻詩的時間雖然很短，但他平生最看重的還是自己的諷喻詩，而且其學思想主要就表現在對諷喻詩的倡導。白居易的諷喻詩明顯具有重客觀、尙功利的特點，既強調詩歌反映客觀現實，又強調詩歌作用於客觀現實。」——〈論韓愈與白居易〉，中國唐代文學學會、西北大學中文系、廣西師範大學出版社主編《唐代文學研究》，第四輯，頁一九五——一九七，廣西師範大學出版社，一九九三。

註四三：季鎭淮認爲：「韓愈的不平之鳴，不能不受『道』或『道統』的侷限，他多爲士大夫鳴不平，不能看到當時現實中最大的不平。這是韓愈所不能理解的，因而這又是時代和階級的侷限。」——〈韓愈論〉，《文學遺產》，一九九五，第二期，頁五四——五九。

註四四：葛立方《韻語陽秋》，何文煥輯《歷代詩話・下》，頁五六五，木鐸出版社，一九八二。房日晰對杜甫、韓愈加以比較之後，發現韓愈繼承杜甫的地方有兩點，也因此開啓宋詩的先河。他說：杜甫詩中的賦化現象與某些怪奇的表現以及句式的創新，在扭轉與改變盛唐詩風上，邁出了新的一步，啓迪了韓愈，并開宋詩的先河。梅、歐、王、東坡、山谷皆遠紹杜甫近承韓愈。二、杜詩無意，客觀；韓愈是有意，主觀。「杜詩是客觀的，爲了寫好詩而出現了某些怪奇現象，而非有意識地追求故怪奇以炫人耳目；韓愈詩中的怪奇現象，大部份是有意識地追求，有意識地創造，有意識的標新立異，並以散文的句式、章法、結構寫詩，以此闖出一條非詩之詩的路子，也就是『以文爲詩』了。」——《唐詩比較論》，頁一九一——一九二，三秦出版社，一九九八。而且，「以文爲詩」是自韓愈開始的，朱剛說：「文學史上所謂『以文爲詩』，作爲與『宋詩』之形成密切相關的創作風氣，大致亦以韓愈爲始，歐陽脩爲繼，蘇軾爲高峰。」——《唐宋四家的道論與文學・引言》，頁二，北京，東方出版社，一九九七。

註四五：同註四三。

註四六：白居易《白氏長慶集・與元九書》，卷二八。

註四七：最早稱杜甫詩爲「詩史」的，應推晚唐孟棨《本事詩》云：「杜逢祿山之難，流離隴蜀，畢陳於詩，推見至隱，殆無遺事，故當時號爲『詩史』。」丁福保輯《歷代詩話續編・上・高逸第三》，頁一五，臺北，木鐸出版社，一九八三。魏慶之《詩人玉屑》引孫僅序說：「先生（杜甫）以詩鳴於唐，凡出處去就，動息勞佚，悲歡憂樂，忠憤感激，好賢惡惡，一見於詩，讀之可以知其世學，士大夫謂之「詩史」。卷十四，頁二四八，臺北，商務印書館，一九八三。吳喬也說：「杜詩是非不謬於聖人，故曰『詩史』。」郭紹虞輯《清詩話續編・上・圍爐詩話》，卷四，頁五八四，臺北，木鐸出版社，一九八三。周興陸也認爲杜甫詩是善用史實與良史之識與德，因而是「以史證詩」，故「詩史」之譽當之無愧。——參考周著〈「詩史」之譽和「以史證詩」〉，《杜甫研究學刊》，一九九九，第一期，頁八——一三。

註四八：洪邁《容齋隨筆・連昌宮詞條》，卷十五，頁一四七，商務印書館，一九七九。

註四九：魏慶之《詩人玉屑》，卷十四，頁二五三，商務印書館，一九八三。

註五〇：朱琦認爲韓愈、白居易爭執的基本分歧點就是：韓愈重視「怨」，白居易重視「刺」。（朱琦〈論韓愈與白居易〉，國唐代文學學會、西北大學中文系、廣西師範大學出版社主編《唐代文學研究》，四輯，頁一九五——一九七，廣西師範大學一九九三）。因爲重視「怨」，故要以詩抒憂娛悲，強調「不平則鳴」。就〈長恨歌〉而言，抒發長恨總比諷刺來得多，詳見上所論。

註五一：韓愈撰《韓昌黎先生集・韓昌黎詩繫年集釋・薦士》，卷五，頁二三一，臺北，河洛出版社，一九七五。

註五二：葉燮說：「可言之理，人人能言之，又安在詩人之言之？可徵之事，人人能述之，又安在詩人之述之？必有不可言之理，不可述之事，遇之於默會意象之表，而于理于事無不燦然于前者也。」他認爲杜甫實際上已做到了這點。而且總結說：「要之作詩者，實寫理、事、情，可以言，言可以解，解即爲俗儒之作。惟不可名言之理，不可施見之事，不可逕達之情，則幽渺以爲理，想象以爲事，惝恍以爲情，方爲理至、事至、情至之語。」丁福保輯《清詩話・原詩・內篇下》，卷二，木鐸出社，一九八三。

註五三：韓愈還寫一篇氣勢磅礴的文章來爲李賀抱不平。見韓愈著《韓昌黎文集校註・諱辯》，卷一，頁三四，臺北，漢京出版社，一九八三。

註五四：李賀對杜甫的繼承就是對鬼意象的描寫，詭譎情調的追求，詩句的精心錘鍊，也就是浪漫主義色彩與情調。參閱房日晰《唐詩比較論》，頁二〇三，三秦出版社，一九九八。

註五五：朱庭珍對韓愈、李賀加以比較後說：「韓退之特從奇偉處，力造光怪陸離之境，欲自闢生面，力樹赤幟，實則仍係得杜一體，不過擴充恢張，略變面目耳，非能外李、杜而另創壁壘，以期凌誇也。長吉奇而篇幅局勢不寬，退之奇而堂廡意境甚闊。長吉奇偉，專工鍊句；退之奇偉，兼能造意入理。」《筱園詩話》，卷三，郭紹虞主編《清詩話續編》，頁二三八四。尹占華也說：可以說李賀是經常地生活在幻覺之中，……這是由於感情的強烈作用而造成「意」的錯亂，由「意」的錯亂又造成「象」的錯位與變形。〈李賀詩歌創作中的心態〉，中國唐代文學學會、西北大學中文系、廣西師範大學出版社主編《唐代文學研究》，第四輯，頁二二二——二三二，廣西師範大學出版社，一九九三。袁行霈也認爲李賀詩中的意象是虛幻的，他以〈李憑箜篌引〉爲例：「吳絲蜀桐張高秋，空山靈雨頹不流。江娥啼竹素女愁，李憑中國彈箜篌。崑山玉碎鳳凰叫，芙蓉泣露香蘭笑。十二門前融冷光，二十三斯動紫皇。女媧鍊石補天處，石破天驚逗秋雨。夢入神仙教神嫗，老魚跳波瘦跤舞。不眠倚桂樹，露腳斜飛濕寒兔。」以白居易、韓愈與李賀比較，認爲「空山凝雲、江娥啼竹、崑山玉碎、芙裡描寫蓉泣露、石破天驚、瘦跤跳舞」，這一系列的意象是何等光怪陸離！白居易在〈琵琶行〉裡描寫琵琶聲也用許多比喻，但多半是現實生活中的事物，如急雨私語，珠落玉盤、間關鶯語、幽咽流泉。韓愈〈聽穎師彈琴〉裡描寫琴聲也是用『呢呢兒女語』、『勇士赴戰場』之類現實生活中的比喻，而李賀描寫李憑的箜篌，卻是用虛幻的意象，造成奇崛的效果。」——《中國詩歌藝術研究・苦悶的詩歌與詩歌的苦悶—論李賀的創作》，頁三四二，北京大學出版社，一九九六。

註五六：就「師心」的主觀性加強和發展的角度言，李賀的「師心」有三點值得注意：甲、內容上屬於主觀方面成份增加。李賀閱歷不廣，經常生活在主觀世界裡。筆下所寫，直接來自現實生活中的成份減少，出自主觀的成份增加。乙、是在意象、意境的取象上，多心造之象。丙、意象組合的非邏輯化。杜牧爲其詩作序時即已指出其詩「虛荒誕幻」，于「理」有所不及。

註五七：尹占華卻說這是變態心理的反映，見〈李賀詩歌創作中的心態〉，中國唐代文學學會、西北大學中文系、廣西師範大學出版社主編《唐代文學研究》，第四輯，頁二二二—二三二，廣西師範大學，一九九三。

註五八：袁行霈《中國詩歌藝術研究・苦悶的詩歌與詩歌的苦悶》，頁三四〇，北京大學出版社，一九九七。

註五九：杜牧《樊川文集・李賀集序》，卷十，頁一四八，漢京出版社，一九八三。

註六〇：錢鍾書《談藝錄・論李長吉詩修詞設色條》，頁五四，未署出版社及年月。

註六一：周振甫、冀勤編著《談藝錄導讀・作家作品論・評李賀詩及學李賀詩》，頁二六三，洪葉文化事業出版，一九九五。

註六二：杜牧爲李賀詩作序說其詩「虛荒誕幻」，于「理」不足，指的就是李賀詩命意謀篇不能做到情意貫注，于「理」不足指的就是不講條理貫串，因爲幻覺與虛幻從來就是不講理的。

註六三：長久以來，受到唐詩分期的影響，將李商隱列入晚唐，但是，李商隱（八一三—八五八）存活于世的時間和白居易（七七二—八四六）有很久的重疊，參閱黃奕珍《宋代詩學中的晚唐觀》，頁二六，臺北，文津出版社，一九九八。

註六四：李商隱《樊南文集・獻侍郎鉅鹿公啓》，卷三，中華四部備要集部。

註六五：朱琦也認爲韓愈、白居易詩爭執的基本分歧點就是：韓愈重視「怨」，白居易重視「刺」。——〈論韓愈與白居易〉，中國唐代文學學會、西北大學中文系、廣西師範大學出版社主編《唐代文學研究》，第四輯，頁一九五—一九七，廣西師範大學出版社，一九九三。

註六六：謝思煒說：「他（李商隱）對元、白詩風確實有所不滿，……然而，他又并不認爲元、白詩無論是諷喻還是感傷真的在內容上有何不妥，因此也不會板起莊士面孔橫加譴責。由〈獻侍郎鉅鹿公啓〉的口氣來看，與其說商隱視元、白爲必除之異態，不如說視爲莫大之挑戰。」——〈白居易與李商隱〉，《文學遺產》，一九九六，第三期，頁二九—三八。

註六七：李商隱《樊南文集・上崔華州書》，卷八，中華四部備要集部。

註六八：同註六七所揭書，〈容州經略使元結文集後序〉，卷七，臺北，中華四部備要集部。

註六九：白居易將〈長恨歌〉編入他詩集的四類（諷喻、閒適、感傷、雜律）中的感傷類。

第四章 〈長恨歌〉在唐宋引起的評論

〈長恨歌〉以抒發李、楊愛情悲劇的感慨爲主題，用主觀、背離史實、以意爲導向來創作；融入儒家憂患意識、關懷百姓生命的尊嚴（以背離史實哀明皇寧棄貴妃以自保），道家哲學物我合一、道教思想（漢武帝派道士尋訪李夫人魂魄，衍爲道士楊通幽尋訪貴妃精魂），加上神話傳說（牛郎織女七夕鵲橋之會衍爲七夕長生殿密誓），可謂思想豐富，感人至深，盛況空前。但是，卻有毀譽兩極的評價，這也可見〈長恨歌〉接受史的痕跡。（註一）

第一節 從詩旨切入

白居易憑著〈長恨歌〉，使他在生前就享有至高的聲譽。趙翼還認爲就算沒有其他作品，只此一篇，已足夠讓白居易在詩壇永垂不朽。（註二）根據接受美學的觀點：一件藝術品能被廣泛地接受，那麼，它一定有很足以代表其獨特藝術魅力的所在。這個魅力，就是它的特徵。

（一）白居易及身之譽

〈長恨歌〉的藝術特徵就是淺切坦易。白居易將其詩作分爲諷喻、感傷、閒適、雜律四大類。其中又有「風情」之目與「正聲」之名。白居易說：

> 一篇〈長恨〉有風情，十首〈秦吟〉是正聲。每被元老偷格律，苦教短李伏歌行。世間富貴應無份，身後文章有令名。莫怪氣麤言語大，新排十五卷詩成。（註三）

〈秦吟〉者，即《白集》卷一中的〈秦中吟〉十首，前有序言，所謂「貞元、元和之際，予在長安，聞見之間，有足悲者，因直歌其事」，〈新樂府〉等同屬以諷喻爲目的之作品。他認爲關懷民生疾苦，「惟歌生民病，上達天子知」的寫作內容才是符合《詩經》傳統的「六義四始」的詩歌創作。白居易說：

> 僕當此日，擢在翰林，身是諫官，手請諫紙，啟奏之外，可以救人病，裨補時闕而難於指言者，輒詠歌之，欲稍稍遞進於上，上以廣宸聽，副憂勤，次以酬恩獎，塞言責，下以復吾平生之志。豈圖志未就而悔已生，言未聞而謗已成矣，又請左右終言之：凡聞僕〈賀雨詩〉，而眾口籍籍已謂非宜矣；聞僕〈哭孔戡詩〉，眾面脈脈盡不悅矣；聞〈秦中吟〉，則權豪貴近者相目而變色矣；聞〈樂游園〉寄足下書，則執政柄者扼腕矣；聞〈宿紫閣村〉詩，則握軍要者切齒矣；大率如此，不可篇舉。不相與者號為沽名，號為詆訐，號為訕謗；苟相與者，則

> 如牛僧儒之戒焉；乃至骨肉妻孥，皆以我為非也；其我不非者，舉不過兩三人。……嗚呼，豈六義四始之風，天將破壞不可支持耶？（註四）

其實，這種關懷民生疾苦的「正聲」雖然遭到權貴之抵制，卻是白居易最重視的篇章。

元稹對白居易詩的流傳有詳細的記載：

> 樂天〈秦中吟、賀雨〉諷喻等詩篇，時人罕能知者。然而二十年間，禁省觀寺郵候牆壁之上無不書；王公妾婦牛同馬走之口無不道。至於繕寫模勒衒賣於市井，或持之以交酒茗者，處處皆是。其甚者，有至於盜竊名姓苟求市售，雜亂間廁，無可奈何！予於平水市中見村校諸童競習詩，召而問之，皆對曰：「先生教我樂天、微之詩。」固亦不知予之為微之也。又云：「雞林賈人求市頗切。」自云：「本國宰相每以百金換一篇，其甚偽者，宰相輒能辨別之。」自篇章以來，未有如是流傳之廣者。（註五）

可見，白居易的諷喻詩，知道的人不多。〈長恨歌〉卻比「正聲」——十首〈秦中吟〉，更受重視，流播千里，甚至傳播朝鮮、日本等國。白居易就無限感慨地說：

> 今僕之詩，人所愛重者，悉不過雜律詩與〈長恨歌〉以下耳。時之所重，僕之所輕。至於諷喻者，意激而言質，閒適者，思澹而言迂，以質合於迂，宜人之不愛也。（註六）

因為正聲詩質又迂，所以不受歡迎，風情詩的〈長恨歌〉卻廣受歌誦，那盛況除了元稹所描述之外，白居易又是如何說呢？

> 及再來長安，又聞有軍使高霞寓者，欲聘倡妓，妓大誇曰：「我誦得白學士〈長恨歌〉，豈同他妓哉！」由是增價。又足下書云：「到通州日見江館柱間有題僕者，復何人哉？」又昨過漢南，日適遇主人集眾賓，他賓諸妓，見僕來指而相顧曰：「此是〈秦中吟〉、〈長恨歌〉主耳！」自長安抵江西三四千里，凡鄉校、佛寺、逆旅、行舟之中，往往有題僕詩者；士庶、僧徒、孀婦、處女之口，每每有詠僕詩者。此誠雕蟲之戲，不足為多。然今時俗所重，正在此耳。雖前賢如淵、雲者，前輩如李、杜者，亦未能忘情於其間哉！（註七）

倡妓因會誦讀〈長恨歌〉而身價不凡，這是〈長恨歌〉的全民運動，白居易卻認為這是「雕蟲之戲」，沒啥好誇的。可見風情長恨，以淺切坦易廣受歌女傳唱的〈長恨歌〉卻與他自己期望諷喻詩應受到的重視有很大的落差。

（二）白居易身後唐人的批判

白居易對〈長恨歌〉的流播之廣且速與諷喻詩的不被重視之間的懸殊很難釋懷。唐人（尤其是晚唐）也就針對〈長恨歌〉的風靡加以批判，李戡（約與杜牧同時）就曾說〈長恨歌〉是淫言媟語，他說：

> 詩者可以歌，可以流於竹，……自元和以來有元白詩者，纖豔不逞，非莊士雅人，多為其所破壞。流于民間，疏於屏壁，子父女母，教口教授，淫言媟語，冬寒夏熱，入人肌骨，不可除去。吾無位，不得用法以治之。（註八）

李戡對〈長恨歌〉的廣爲流行不能遏止，卻也恨得牙癢癢的，這主要是因李戡對於非儒家「仁義之論，一概不言」的人。（註九）杜牧（八〇三—八五二約）在其墓誌中轉載李戡的言論，可見杜牧也是認同李戡批判元白「淫言媟語」的。（註一〇）那麼，杜牧贊同的原因何在呢？應是出於私人的恩怨。因爲白居易在〈秦中吟□不致仕〉藉恩師高郢掛冠（註一一）來批評杜牧的祖父杜佑年老不致仕（尸位素餐），杜牧沿用李戡的批評就是出於意氣用事的報復。（註一二）後來，黃滔爲白居易〈長恨歌〉辯護道：

> 大唐前有李杜，後有元白，信若滄溟無際，華岳干天。然自李非數閒，多以粉黛為樂天之罪。殊不謂三百篇多乎女子，蓋在所指說如何耳。至如〈長恨歌〉云：「遂令天下父母心，不重生男重生女。」此刺以男女不常，陰陽失倫。其意險而奇。其文平而易，所謂言之者無罪，聞之者足以自戒哉！（註一三）

可謂白居易在唐代第一知音。但是，似乎擋不住宋人的聲浪，因爲杜牧肯定李戡「纖豔」與「淫言媟語」的言論，對宋人批判白居易的作品，似乎是只開了一個單一的窗口，雖然諷喻、感傷、閒適、雜律等詩，皆有可觀者，（註一四）但宋人批評白居易的觀點，彷彿只因襲杜牧嚴厲指摘的唯一思考路徑，注意到他全面作品特性，尤其是承襲白居易諷喻詩風批判時政的人，（註一五）一般是較少被承認爲宋詩正宗的。（註一六）所以，杜牧對〈長恨歌〉的態度，也左右了後人對白居易人品的黜降，因而也似乎更不去探究這長篇鉅著的豐富思想、內容及創作態度了。

（三）宋人對〈長恨歌〉的態度

田錫是白居易在北宋的第一個知音。他說：

> 樂天有〈長恨詞〉，〈霓裳曲〉，五十諷諫，出人意表，大儒端士，誰敢非之？（註一七）

看起來，「誰敢非之」一詞似乎顯示〈長恨歌〉批評的輿論更爲險峻了。田錫之後，北宋有曾鞏、蘇轍、魏泰、惠洪等，南宋有張戒、洪邁、張邦基、陳模及車若水等人，都對〈長恨歌〉以史鑑、詩教或傳統的詩學理論，於〈長恨歌〉注重詩藝與詩旨的雙重責難。（註一八）本節專就詩旨來看宋人如何批評〈長恨歌〉。

宋代理學發達，南宋尤其是理學發展的高峰。（註一九）南、北宋之交的葉夢得（一〇七七——一一四八），對李戡批評白居易〈長恨歌〉是「淫言媟語」有些不平，他說：

> 杜牧作李戡墓誌，載李戡詆元白詩語，所謂非莊人雅士所為，淫言媟語，入人肌骨者。元稹所不論，如樂天諷喻、閒適之辭，可概謂淫言媟語耶？戡不知何人，而牧稱之過甚。古今妄人不自量，好抑揚予奪，而人輒信之，類爾。觀牧詩纖豔淫媟，乃正其所言而不自知也。（註二〇）

葉夢得對李戡批評元白的話很不以爲然。認爲如果要說「淫媟」，那麼，杜牧詩更是當之無愧。可惜葉夢得的批駁卻不能擋退這種對白居易淫言媟語的輕鄙。大約與葉夢得同時的魏泰（註二一）就不稍假辭色了，他說白居易〈長恨歌〉不知文章體裁、造語蠢拙、失臣下事君之禮：

> 唐人詠馬嵬之事者多矣，世所稱者，劉禹錫曰：「官軍誅佞幸，天子捨妖姬。群吏伏門屏，貴人牽帝衣。低迴轉美目，風日為無輝。」白居易曰：「六軍不發無奈何，宛轉蛾眉馬前死。」此乃歌詠祿山能使官軍皆叛，逼迫明皇，明皇不得已而誅楊妃也。噫！豈特不曉文章體裁，而造語蠢拙，抑不知臣下事君之禮矣。（註二二）

這段話的重點應該就是在「失臣下事君之禮」。魏泰與北宋提出「性即理」命題的程頤（一〇三三—一一〇七）約略同時，程頤說：

> 性出於天，才出於氣，氣清則才清，氣濁則才濁。譬猶木焉，曲直者性也，可以為棟樑，可以為榱桷者才也。才則有善與不善，性則無不善。「惟上智與下愚不移」，非謂不可移也，而有不移之理。所以不移者，只有兩般，為自暴自棄，不肯學也。使其肯學，不自暴自棄，安不可移哉？（註二三）

人性之本質上的根據在於天。程頤「將此天地間之常理，賦予道德上的意義，並將人之性理與天理結合在一起，使具有倫理性格之天理統攝倫理、物理、事理和性理等，而建立一通天人的儒者之學」。（註二四）也許，魏泰說白居易〈長恨歌〉「失臣下事君之禮」就是程頤對「性即理」命題的另一種道德發明，更是君臣倫理制約下的另一種背叛。魏泰此一觀點，更啓發了張戒，（註二五）張戒更一一解析〈長恨歌〉的種種不堪，他說：

> 〈長恨歌〉雖播於樂府，人人稱誦。然其實乃樂天少作，雖欲悔而不可追也。其敘楊妃進見專寵行樂事，皆穢褻之語。首云「漢黃重色思傾國，御宇多年求不得」，後云「漁陽鼙鼓動地來，驚破霓裳羽衣曲」，又云「君王掩面救不得，迴看血淚相和流」，此固無禮之甚。「侍而扶起嬌無力，始是新承恩澤時」，此下云云，殆可掩耳也。「遂令天下父母心，不重生男重生女」，此等語

乃樂天自以為得意處，然而亦淺陋甚。「夕殿螢飛思悄然，孤燈挑盡未成眠」，此尤可笑，南內雖淒涼，何至挑孤燈耶？（註二六）

張戒的批評比魏泰更嚴厲，他甚至認爲〈長恨歌〉有穢褻、無禮、不堪入耳、淺陋、可笑等種種不堪。

（四）宋人對〈長恨歌〉批評的理學意蘊

這裡隱藏著宋人獨特的道德審美觀，更向臣下事君之禮邁入傳統道德意識，希望詩人能達到仁、義、達的理想人格，具有大恕孔悲、高雅得體、自然超逸的達者智慧。（註二七）於是，在仁、義、達的理想人格要求下，張戒說張籍、元白的樂府詩創作是「以意爲主，而失於少文。」（註二八）這「文」除了一些技巧要求外，應該就是思想性的內涵。宋人對於詩人主體的道德修養要求很高，對於〈長恨歌〉所描寫的內容總覺得不夠高雅，對道德有些虧缺，人格是低俗的。因爲宋人要求文學與道德、政治相結合統一，進而拓展出文學境界，以道德充實文學，在道德人格充沛圓滿的完善中達成藝術創造的超越，強調「人品」重於「文品」，爲人先於爲文，強化了學養、識見、胸襟、意趣、風格、人性等「主體性」方面的主題。（註二九）既然文學要放在道德的秤上來衡量，文論、詩論都要以人品爲前提，於是張戒說的種種不堪，就是〈長恨歌〉的敗筆了。反觀杜甫與韓愈則不同了。杜甫「每飯不忘君」，相較於白居易在〈長恨歌〉的「淫言褻語」，可要莊重得多多。許總認爲韓愈是整個宋詩的發端，除了他的「以文爲詩」之外，（註三〇）更與韓愈倡導古文運動，尊孔宗孟，提倡道統，排斥佛老等復興儒學的努力有關，這些似乎是晚年自號「香山居士」、以詩酒自娛的白居易比較缺乏而且爲宋儒所拒斥的，（註三一）雖然韓愈和佛教、道教的界限也不是劃得一清二楚，但是，至少韓愈已經在往孔孟儒學復興的道路上吹響了第一聲號角，不管音色如何，總是起了振聾發聵的作用，這也是在生前的詩名就比韓愈響亮的白居易始料未及的。（註三二）

從晚唐李戡、杜牧到宋的魏泰、張戒等人這一系列認爲白居易以〈長恨歌〉爲代表的長篇樂府歌行是淫言媟語的言論，尤其是對宋人而言，更是主體人格精神修養、事事如實合理的創作態度各方面的呈現。（註三三）唐宋人對白居易評價的改變，正是宋人在理學思想籠罩下發展出的〈長恨歌〉接受史觀念的調整。

註釋

註一：像從接受美學的觀點言，選家選否，本身就是一種肯定與貶抑，何況批評家們對白居易〈長恨歌〉大概是毀多於譽。參考陳文忠《中國古典詩歌接受史研究·經典作品的審美闡釋史》，第二編，頁九四——一一一，安徽大學出版社，一九九八。

註二：見第三章第一節，註七。

註三：《白氏長慶集・編集拙詩成一十五卷，因題卷末，戲贈元九李二十》，卷一六。

註四：《白氏長慶集・與元九書》，卷二八。

註五：元稹《元氏長慶集・白氏長慶集序》，卷五一，上海，商務印書館，四部叢刊。

註六：《白氏長慶集・與元九書》，卷二八。

註七：同註六所揭書。

註八：杜牧《樊川文集・唐故平盧軍節度巡官隴西李府君墓志銘》，卷九，商務，四部叢刊。

註九：據杜牧爲李勘所作的墓志銘上來看，他著書，若「非仁義之論，一概不言」。見杜牧《樊川文集・唐故平盧軍節度巡官隴西李府君墓志銘》，卷九，頁一三六，漢京出版社，一九八三。

註一〇：杜牧主張文章要經世致用，「鋪陳功業，稱校短長」。裴延翰〈樊川文集序〉，見杜牧《樊川文集》，卷首，上海，商務印書館，四部叢刊。

註一一：元稹《元氏長慶集・白氏長慶集序》，卷五一，上海，商務印書館，四部叢刊

註一二：羅聯添說：「其實，『纖豔』與『淫言媟語』正是杜牧自己作的特色，其所以假借來詆誚白居易，純是爲了報復白居易對他的祖父的譏刺。白居易的〈不致仕〉詩即確是爲杜佑而發。……總括來說，元和初年杜佑年過七十而未致仕是一件事實，白居易的〈不致仕〉詩即根據這件事實而作的。」〈白居易〈秦中吟〉的寫作背景〉，《唐代文學論集・下》，頁五〇六，臺北，學生書局，一九八九。經過羅聯添詳加考證之後，當時兵部尚書高郢致仕，中書舍人裴度草制詞說：「以年致仕，抑有前聞，近代寡廉，罕由斯道。」時人認爲隱譏杜佑。而且，高郢致仕後，白居易有詩稱揚說：「富貴人所愛，聖人去其泰。所以致仕年，著在禮經內。……遑遑名利客，白首千百輩。唯有高射僕，七十懸車蓋。」（同上）。高郢及時懸車，不貪尊名榮利，白居易既如此深致讚揚，對於

年過七十猶無意致仕的杜佑作詩加以譏刺，也是很自然的事。寇養厚卻認為杜牧的攻擊有兩種可能的原因；一是為好友張怙打抱不平，二是杜牧本人與白居易有宿怨。見寇養厚〈杜牧對元白詩的態度〉，《文史哲》，一九八六，第五期，頁七五—七九。從羅聯添的分析，所謂「宿怨」，大概就是白居易〈秦中吟・不致仕〉詩譏刺杜牧祖父杜佑年過七十未致仕的事。

註一三：黃滔《蒲陽黃御史集・二・答陳磻隱論詩書》，下帙，頁一八九，中華書局叢書集成初編，一九八九。

註一四：元稹對白居易曾做了一番評價，他說：「大凡文人之文，各有所長。樂天之長，可以為多矣。夫以諷喻之詩，長於激；閒適之詩，長於遣；感傷之詩，長於切；五字律詩，百言而上，長於贍；五字七字，百言而下，長於情；賦贊箴戒之類，長於當；碑記敘元稹《元氏長慶集・白氏長慶集序》，卷五一，上海，商務印書館，四部叢刊。

註一五：筆者曾考察蘇軾自號「東坡居士」的原因，其中有個很顯著的承襲關係就是寫詩諷喻朝政的態度相同。見拙作〈蘇軾自號「東坡居士」的原因〉一文，《國文天地》，一九九八，一四卷，第七期，頁五三—六〇。

註一六：自從蘇軾因詩招禍後，宋人大多引以為誡。如陳師道說：「蘇詩始學劉禹錫，學不可不慎也。」《後山詩話》，《歷代詩話・上》，頁三〇六，臺北，木鐸出版社，一九八二。黃庭堅也告誡外甥洪駒父說：東坡文章妙天下，其短處在好罵，慎勿襲其軌也。」《豫章黃先生文集・與洪駒父書（三之一）》，卷十九，上海，商務，四部叢刊。周裕鍇說此處的「變體」指的是蘇軾，因為蘇軾曾自稱其「文如流水」——《蘇軾全集・上・答謝民師書》頁五八七，臺北，世界書局，一九九六。周裕鍇又說：「范溫以『行雲流水，初無定質』來形容『變體』，的正是蘇軾〈答謝民師詩〉中論文學創作的話頭。范溫強調『正體』而非『變體』，透露出宋詩人宗黃者比宗蘇者多的原因。畢竟天才是難以追步的。」——〈黃庭堅法理論探微〉，《宋代文學研究叢刊》第二期，頁二六一—二七二，高雄，麗文事業版社，一九九六。　黃啓方說：「蘇舜欽、梅堯臣、歐陽修、蘇軾諸人，詩名高一世，而歐、蘇更爲時人尊如泰山北斗。……其後黃庭堅繼蘇軾崛起，開宗立派，獨步一時。」——《北宋文學批評資料彙編・緒論》，頁七〇，臺北，成文出版社，一九七八。

註一七：田錫《咸平集・貽陳季和書》，卷二，臺灣，商務印書館，四庫珍本四集，一九七三。

註一八：宋人對〈長恨歌〉的批評大概有四點：一、詩旨作意：無鑑戒規諷之意。二、創作態度：無惻怛憂愛。三：詩中敘事，「拙於記事，寸步不移」。四；文章體裁：一篇不如一句。見陳文忠《中國古典詩歌接受史研究》，頁一〇五，安徽大學出版，一九九八。

註一九：江西詩派也在南宋取得詩壇盟主的地位，主要是因爲黃庭堅的詩學理念與理學家較爲相近，故較爲理學家所接受，朱熹批評蘇軾，對黃庭堅卻甚少不滿之辭。參見馬積高〈江西詩派與理學〉，《文學遺產》，頁六六—七二，一九八七，第二期。陳文忠也說：「宋人尚理輕情。」《中國古典詩歌接受史研究》，頁一〇五。顯然指理學家樂於接受的以黃庭堅爲主的江西詩派而言。

註二〇：葉夢得《避暑錄話》，《宋人詩話外編・上》，頁三〇六。

註二一：生卒年不詳，根據劉德重、張寅彭合編《詩話概說》云：「其（姐丈）曾布是王安石變法的重要人物，他本人與王安石、沈括、呂惠卿、章惇等新黨人物也都有交往。」，頁四六，臺北，學海出版社，一九八三，可見是與葉夢得同時活躍在北宋末年。

註二二：魏泰《臨漢隱居詩話》，《歷代詩話・上》，頁三二四。

註二三：程顥、程頤撰《二程集・上》，卷十九，頁二五二，臺北，漢京出版社，一九八三。

註二四：鄧克銘《宋代理概念的開展》，頁四九，臺北，文津出版社，一九九三。關於性與理及宋代詩學的關係，將在本書第五章第三節詳細討論。

註二五：生卒不詳，僅知他在高宗紹興年間當過國子監丞。詳見劉德重、張寅彭合編《詩話概說》，頁六六，臺北，學海出版社，一九八三。

註二六：張戒《歲寒堂詩話》，丁福保輯《歷代詩話續編・上》，頁四五七。

註二七：周裕鍇說：「（宋人）認爲詩最重要的功能之一就是要使人與自然、社會保持一種理智的和諧的聯係，就是要締造出一種具有大恕孔悲的仁者情懷、高雅得體的義者風範、自然超逸的達者智慧的理想人格。」——《宋代詩學通論》，頁五四，成都，巴蜀書社，一九九七。

註二八：張戒《歲寒堂詩話》，丁福保輯《歷代詩話續編・上》，頁四六二。

註二九：程杰《宋詩學導論・宋詩與宋代的道德思潮》，頁三四，天津人民出版社，一九九九。

註三〇：許總〈從歐陽脩看宋詩的興盛及其特徵的形成〉，《宋代文學研究叢刊》，創刊號，一九九五，頁一六九。

註三一：但是，就以意爲主的創作態度言之，「以文爲詩」在白居易諷喻詩似乎也是個非常顯著的特徵。白居易生前除了崇儒之外，與佛、道二教的交往，曾有傳說云：有商客過海値風，俄抵一所，門宇聳秀，珍器爛然。云是樂天之宮。樂天聞之，作二絕云：「近有人從海上迴，海山深處見樓臺。中有仙龕虛一室，皆言此待樂天來。」又云：「吾學空門不學仙，恐君此語是虛傳。海山不是吾歸處，歸則需歸兜率天。」李頎《古今詩話三則》，其一，吳文治《宋詩話全編・第二冊》，頁一二七四。歸道與歸佛，皆是爲戮力恢復儒學道統的宋代士大夫所不齒的。按：雖然宋儒本身也親釋與道，如程頤也接受仙丹，呂本中《紫薇詩話》記載：「邢和叔尙書嘗以丹遺伊川先生，先生以詩謝之曰：『至神通化藥通神，遠寄衰翁救病身。我亦有丹君信否？用時還解壽斯民。』」《歷代詩話・上》，頁三七二。但是他們畢竟還心繫「斯民」，並非一味地追求捨離世間而求一己之出世，以此見其儒者入世的擔當，此爲儒學獨特之所在。

註三二：朱琦說：「從元和元年〈長恨歌〉問世到元和四年創作新題樂府五十首，白居易在詩壇的地位已不在韓愈之下，而且他的詩傳唱民間，遠比韓詩受歡迎。」——〈論韓愈與白居易〉，中國唐代文學學會、西北大學中文系、廣西師範大學出版社主編《唐代文學研究》，第四輯，頁一八一，廣西師範大學出版社，一九九三。

註三三：宋人對白居易〈長恨歌〉的批評就是不高雅得體。見周裕鍇《宋代詩學通論》，頁五四，成都，巴蜀書社，一九九七。李戡說〈長恨歌〉是淫言媟語，也就是宋人說的不高雅得體。

第二節　從詩藝切入

白居易〈長恨歌〉的創作態度是以意爲主，其方法就是賦（註一）。《周禮・太師》曰：

> 教六詩：曰風，曰賦，曰比，曰興，曰雅，曰頌。（註二）

鄭玄註云：

> 賦之言鋪直；鋪陳今（疑當作「君」）之政教善惡。（註三）

孔穎達正義云：

> 凡言賦，直陳君之善惡，更假外物為喻，故云鋪陳者也。（註四）

可見政治是眾人之事，諷喻大眾詩篇，爲求人人易懂，其表現方式就是平鋪直敘—「賦」，也就是鋪敘、直陳，（註五）特色就是「直」說，本來就應該是毫無曲折地直敘其事。

（一）賦法的大量運用

唐人杜牧批評白居易猶在〈長恨歌〉靡靡之音的蠱惑人心，後人則大多針對以賦法完成的作品頗有微詞，如：明白淺切、直言無隱、毫無餘味……等。宋人重學術輕詞章，關心治亂，重視世用，曾鞏就是個著例，他說：

由漢以來，益遠於治，故學者雖有魁奇拔出之材，而其文能馳騁上下可喜者甚眾，然是非取舍不當於聖人之意者，亦以多矣。故其說未嘗一，而聖人之道未嘗明也。士之生於是時，其言能當於理者亦可謂難矣。由是觀之，則文章之得失，豈不繫於治亂哉？（註六）

又說：

足下自稱有憫時病俗之心，信如是，是足下之有志乎道，而予之所愛且畏者也。……夫道之大歸非它，欲其得諸心，充諸身，擴而被之國家天下而已，非汲汲乎辭者，非得已也（註七）。

認爲文章要講道（憫時病俗之心）與理（繫於治亂），不能汲汲乎辭。因此就有人說「曾鞏不善詩」，所作之詩多尚賦體，其實，「賦」就是宋詩的創作方法（註八），因爲宋人深於經術，得其理趣，不愛流連光景，吟風弄月，故後人謂曾鞏詩重理趣（註九）。白居易雖也愛流連光景，吟風弄月，但他是深於經術的（註一〇），具備儒家仁心仁術，繼承《易經‧卦爻辭》與《詩經‧小雅》的憂患意識，關懷民生苦痛的社會現實主義詩人（註十一），故宋人評其詩也稱多「賦」體（見下），就連感傷詩〈長恨歌〉也不例外。

（二）宋人的微詞

北宋末年的魏泰是第一個針對以賦法爲主之詩有意見的人，他提出詩要有餘味（註一二），優柔感諷而不豪放怒張：

> 劉攽詩話載杜子美詩云：「蕭條六合內，人少豺虎多。少人慎勿投，多虎信所過。飢有易子食，獸猶畏虞羅。」言亂世人惡甚於豺虎也。予觀老杜潭州詩云：「岸飛送客，檣燕語留人。」與前篇同。言喪亂之際，人無樂善喜士之心，至於一將一迎，曾不若岸花檣燕也。詩主優柔感諷，不在逞豪放而致怒張也。老杜最善評詩，觀其愛李白深矣，至稱白則曰：「李侯有佳句，往往似陰鏗。」又曰：「清新庾開府，俊逸鮑參軍。」信斯言也。而觀陰鏗鮑照之詩，則知所謂主優柔感諷，而不在豪放者為不虛矣。（註一三）

「優柔感諷」意思就是即使在詩中有寄託諷喻，不可一逕地率直，而這也就是「賦」—平鋪直敘，後人多注意到此，雖是針對宋詩而言，但是，很顯然地，白居易已開其端。（註一四）魏泰又說白居易淺切，使人易厭，他說：

> 白居易亦善作長韻敘事，但格調不高，局於淺切，又不能更風操，只如一篇，故使人讀而易厭也。（註一五）

「長韻敘事」，指的就是〈長恨歌〉與〈琵琶行〉而言，魏泰把它們歸入「淺切」之風，因此，也就更惹人厭了。「賦」體的鋪陳直言是造成淺直的原因。於是，有人說近乎「罵」。宋，黃裳說：「羅隱寓以罵，孟郊鳴其窮。」（註一六）黃庭堅認爲蘇軾詩之缺失就是好罵（註一七）。自蘇東坡（一〇三六—一一〇一）因詩招禍之後（註一八），宋詩人就把白居易的現實主義諷喻精神轉爲詩律的布置與字句雕琢的工夫，（註一九）清，吳喬也說：「樂天之後，又有羅昭諫（隱）。安得不成宋人詩？」（註二〇）直接明言白居易是這種近乎罵——淺直的源頭，他說：

> 詩貴和緩優柔，而忌率直迫切。元結、沈千韻是盛唐人，而元之〈舂陵行〉、〈賊退詩〉，沈之「豈知林園主，卻是林園客」，已落率直之病。樂天〈雜興〉之「色禽合為荒，政刑兩已衰」，〈無名稅〉之「奪我身上暖，買爾眼前恩。進入瓊林庫，歲久化為塵」，〈輕肥篇〉之「是歲江南旱，衢州人食人」，〈買花篇〉之「一叢深色花，十戶中人賦」，率直更甚。（註二一）

宋人以賦法爲詩承前啓後的關係既如上述，其實，翻閱宋代文學史，比較具有社會關懷，與民同歡樂、共患難的寫實派詩人，大多是以承襲白居易的現實主義精神爲畢生的志業。

（三）踵武白居易賦法的現實主義詩人

白居易的社會寫實詩篇使宋人的書生政治有其進一步關懷的榜樣，王禹偁、歐陽修、梅堯臣、蘇軾、陸游、周必大諸人，都可明顯地看出其追蹤白居易的痕跡。

甲、王禹偁——直諫三謫官

王禹偁，（九五四—一〇〇一）的創作受白居易影響很深的，（註二二）他彷照白居易新樂府的精神，對窮苦百姓投下很大的關注。首先，他從現實生活出發，學白居易的淺切（註二三）。王禹偁剛毅不屈的諷喻精神，更與白居易新樂府是一貫的。秉性剛直，遇事敢於直言，公開申明「屈於身兮不屈其道」、「守正直兮佩仁義」（註二四），「直道逆君耳，斥逐投天涯」，（註二五）敢言直諫就是王禹偁屢遭貶謫的主要原因（註二六）。這種敢言直諫的精神，不就是白居易〈秦中吟〉的再現嗎？這從〈橄欖〉詩所含蘊「雅正」人格可以看出其中消息（註二七），對於人間不平的抗議及舉揚正義的用心（註二八）；很顯然地，王禹偁繼承了杜甫與白居易（註二九）的現實主義創作理念，「本與樂天爲後進，敢期子美是前身」，（註三〇）正是他的明確宣言，指出他是依循杜甫、白居易的關懷社會民生的道路前進的。所以和白居易詩風相近（註三一）這種承襲的軌跡，也展現在北宋詩文革新運動中，由梅堯臣、歐陽脩、蘇軾的創作更加確定白居易對宋詩形成有很顯著的影響（註三二）。

乙、梅堯臣——未到二雅未忍捐

因爲白居易賦法率直作詩的影響，宋人更認爲這種作詩法幾乎是罵人罵得毫無掩飾——赤裸裸，朱熹說梅堯臣就是這樣：

> 聖俞詩不好底多，如〈河豚〉詩，當時諸公說道恁地好，據某看來，只似個上門罵人底詩；只似脫了衣裳，上人門罵人父一般，初無深遠底意思。（註三三）

原因無他，梅堯臣特別注重二雅（說〈小雅〉更恰當），他說：

> 我於詩言豈徒爾，因事激風成小篇。辭雖淺陋頗刻苦，未到二雅未忍捐。（註三四）

梅堯臣認爲他的創作一定要達到寓託社會現實的關懷。他又說：

> 聖人於詩言，曾不專其中。因事有所激，因物性以通。自下而磨上，是之謂國風。雅章及頌篇，刺美亦道同。（註三五）

他把《詩經》風、雅、頌都視爲可供諷喻，（註三六）很顯然地，對於裨補國計民生、抒發下情以達君上的「刺」，（註三七）才是他最大的堅持。

丙、歐陽脩——開口攬時事，議論爭煌煌

歐陽脩也不例外，他踵武王禹偁關懷百姓疾苦的白居易精神（註三八），所不同的是藉著情感的外顯達到「刺」的作用，〈與高司諫書〉、〈與尹師魯〉等書，都是在這種情況下寫成的。更期勉自己不要封閉在象牙塔，而要「開口攬時事，議論爭煌煌」。（註三九）不得不言的感情，使歐陽脩甘冒被貶之禍。他更是高度肯定詩人以詩敘事說理的能力，誇讚梅堯臣道：

其體長於本人情，狀風物，英華雅正，變態百出。（註四〇）

又讚美韓愈詩：

然其資談笑，助諧謔，敘人情，狀物態，一寓於詩，而曲盡其妙。（註四一）

「這在韓愈、白居易等人的古詩、樂府詩中體現得尤其顯著。」（註四二）

丁、蘇軾——根到九泉無曲處

蘇軾更因寫詩譏諷王安石新政之不便民（註四三），又因為詩譏諷李定不服庶母喪，遭李定（一〇二八—一〇八七，揚州人）挾怨彈劾其詩怨刺宋神宗，幾死（註四四）。如果說蘇軾的「烏臺詩案」是因對宋神宗的不敬而起，不如說是因對儒家倫常的堅持而種下他險些喪命的禍根（註四五）。蘇軾自己說：

> 余性不愼語言，與人無親疏，輒輸寫腑臟，有所不盡，如茹物不下，必吐之乃已（註四六）。

蘇軾因「不擇言」（註四七）、凡事都「以意盡爲樂，緣其意盡，故每以文字賈禍」。（註四八）烏臺詩禍因以爆發。故白居易儼然是東坡最仰慕的前賢，也因慕白居易之故，蘇軾自號「東坡居士」（註四九）。

戊、陸游——悲憤積鬱而有詩

南宋四大家中，陸游（一一二五—一二一〇）更是有意地仿傚白居易淺直坦易的詩風。陸放翁詩風更加淺直（註五〇）。陸游也主張詩歌應當抒發悲憤之情，他說：

> 蓋人之情，悲憤積於中而無言，始發為詩，不然無詩矣。蘇武、李陵、陶潛、謝靈運、李白，激於不能自已，故其詩為百代法。（註五一）

可見詩歌要抒發悲憤積於心中無告之情是陸游的主張，因而也被認爲是接續白居易淺直詩風的重要詩人，造成詩風更加淺直是必然的。

己、周必大——效樂天體

周必大（一一二六—一二〇四）仿傚白居易之跡也很顯著，如周詩就直接明言「效樂天體」：

昭君顏如花，萬里度鸛漉。古今罪畫手，妍醜亂群目。誰知漢天子，袪服自列屋。有如公主親，尚許穹廬辱。況乃嬪嬙微，未得當獯鬻。奈何弄文士，太息爭度曲。生傳琵琶聲，死對青塚哭。向令老後宮，安得千載牘？一時抱微恨，千古留剩馥。因嗟當時事，賢佞手翻覆。守道蕭傅死，效忠京房戮。史臣一張紙，此外誰復錄？有琴何人操？有塚何人宿？重色不重德，聊以砭時俗。（註五二）

周必大以昭君事託喻，指出朝廷「重色不重德」，故要「砭時俗」。既是點明「效樂天體」，那麼，語言質樸，很少渲染藻飾，直抒己見，篇終顯志，「樂天體」之跡顯然可見（註五三）。

看來，〈長恨歌〉以意爲主的賦法鋪陳，使宋人批評爲赤裸裸，毫無曲折委婉可言，宋詩大家如王禹偁、梅堯臣、歐陽修、蘇軾、陸放翁、周必大等，都自覺地承襲白居易這種創作方法。毫無疑問地，白居易這種創作態度和方法，對宋詩而言，開啓了意盡、了無餘味、好議論、說理、以學問爲詩的先導作用（註五四）。

註釋

註一：現實主義詩多賦體，自杜甫已然。清，喬億說：「杜子美原本經史，詩體專是賦，故多切實之語。」《劍谿說詩》，卷上，郭紹虞編《清詩話續編・中》，頁一〇八七，臺北，木鐸出版社，一九八三。另外，周興陸也贊同這說法，見〈「詩史」之譽和「以史證詩」〉，《杜甫研究學刊》，一九九九，頁八—一三。許建華也說：「杜甫詠史詩以賦為主而兼比興，」〈杜甫李商隱詠史詩之比較〉，《杜甫研究學刊》，一九九九，第一期，頁四二—四八。

註二：十三經註疏本，藝文印書館。

註三：同註二。

註四：同註二。

註五：劉勰論「賦」云：「賦者，鋪也，鋪采摛文，體物寫志也。」《文心雕龍・詮賦》，頁一三四，臺南，唯一書業中心，一九七五。此處的賦是指詞人之賦而言，並不是六義之本源，與政治工具的諷喻詩是不同的。

註六：曾鞏《元豐類稿・王子直文集序》，卷十三，上海，商務書館，四部叢刊。

註七：同註六所揭書，〈答李沿書〉，卷十六。

註八：清人注意宋詩賦法者頗不乏人，清，吳喬說：「宋詩率直，失比興而賦猶存。」郭紹虞主編《清話續編・上》，頁四八二。清，陳沆也說：「……（比興箋）視中唐以純乎賦體，固升降之殊哉」——《詩比興箋・序》，臺北，鼎文書局，一九七九。田同之說：「宋、元詩味薄，亦有數家可觀者，總是排布處多，含蓄處少，風氣囿人如此。」——《薑齋詩話》，同上書，頁七六一。潘德輿也說：「學詩當先求六義，唐以前比興多，宋以來賦多，故韻味迴殊。」——《養一齋詩話》，同上書，頁二〇一四。朱庭珍也說：「宋人詩多為賦體，絕少比興，古意盡失。」——《筱園詩話》，同上書，頁二三九〇。雖然胡仔對陳師道所述頗有微詞，見《苕溪漁隱叢話・前集》，卷三八，頁二五五，臺北，木鐸出版社，一九八二。但是，後人接受的觀點業已形成。又案：胡仔此論是針對有人說蘇洵不擅長詩而發，但也可視為他對這一觀點的不滿，胡仔說：《後山詩話》云：「世語云：蘇明允不能詩，歐陽永叔不能賦；曾子固短於韻語，黃魯直短於散語；蘇子瞻詞如詩，秦少游詩如詞。」苕溪漁隱曰：「《後山（詩話）》談何容易，便謂老蘇不能詩，何誣之甚？觀前二聯，豈愧作者？」——《苕溪漁隱叢話．前集》，卷三八，頁二五五，臺北，木鐸出版社，一九八二。又案：胡仔說蘇洵：詩不多見，然精深有味，語不徒發，正類其文。如〈讀易詩〉云：「誰爲善相應嫌瘦，有知音可廢彈。」婉而不迫，哀而不傷，所作自不必多也。——同上。又案：蘇洵〈讀易詩〉在所著《嘉祐集》未見，今從闕。

註九：劉壎說：「自曾子固不能作詩之論出，而無識者遂以爲口實，乃不知此先生非不能詩者也。蓋其平生深于經術，得其理趣，而流連光景，吟風弄月，非其好也。往往宋人詩體多尙賦，而比與興寡，先生之詩亦然。故惟當以賦體觀之即無憾矣。」——《隱居通議．曾南豐詩》，王大鵬、張寶坤、田樹生、諸天寅、王德和、嚴昭柱編選——《中國歷代詩話選．二》，頁一〇三七，長沙，岳麓書社，一九八五。

案：曾鞏深於經術，指的是他不接近儒家之外的典籍，周紫芝說：曾子固（鞏）舍人爲太平州司戶時，張伯玉操作守，歐公王荊公諸人，皆與伯玉書，以子固屬之，伯玉殊不爲禮。一日，就設廳召子固，作大排，唯賓主二人，亦不交一談也。既而召子固於書室，謂子固曰：「人謂公爲曾夫子，必無所不學也。」子固辭避而退。一日，請子固作〈六經閣記〉，子固屢作，終不可其意，乃謂子固曰：「吾試爲之。」即令子固書曰：「六經閣者，諸子百家皆在焉，不書，尊經也。」其下文不能具載。又令子固問書傳中隱晦事，其應答如流，子固大服，始有意廣讀異書矣。」——《紫薇詩話》，《歷代詩話．上》，頁三六四，臺北，木鐸出版社，一九八二。又案：論者因是，便說曾鞏不善作詩，陳師道記載坊間流傳說：蘇明允不能詩，歐陽永叔不能賦。曾子固短於韻語，黃魯直短於散語。蘇子瞻詞如詩，秦少游詩如詞。——《後山詩話》，《歷代詩話．上》，頁三一二，臺北，木鐸出版社，一九八二。

註一〇：詳見第二章第一節〈儒學思潮〉：他也因爲深耕經術而得第。

註一一：同註一〇。

註一二：劉德重、張寅彭指出魏泰論詩主要有兩個觀點：一是重餘味，二是對黃庭堅的批評。見《詩話概說》，頁四六—四七，臺北，學海出版社，一九九三。

註一三：魏泰《臨漢隱居詩話》，何文煥輯《歷代詩話・上》，頁三一九，臺北，木鐸出版社，一九八二。

註一四：清，陳世鎔更把這種宋詩風氣的濫觴擴大至大歷十才子，他說：「唐詩之衰，衰於大歷十子，及許渾、姚合諸公，率意盡句中，不能高瞻遠矚，遂爲宋人濫觴。」《求志居集外集》，道光同治間刊本。

註一五：魏泰《臨漢隱居詩話》，何文煥輯《歷代詩話・上》，頁三三七，臺北，木鐸出版社，九八二。

註一六：黃裳《演山集》，卷三，四庫珍本初集。

註一七：蘇軾因〈王復秀才所居檜木〉二首之二：「根到九泉無曲處，世間唯有蟄龍知」之句（《集註分類東坡詩》，卷十三，商務，四部叢刊），遭人彈劾，下獄，幾死。故黃庭堅以此告誡諸外甥，他說：「東坡文章妙天下，其短處在好罵，愼勿襲其軌也。」黃庭堅《豫章黃先生文集・答洪駒父書（三首其二）》，卷十九，上海，商務印書館，四部叢刊。

註一八：承註一七，詩人都以議時政爲誡，如陳師道（一〇五三—一一〇一）說：「蘇詩始學劉禹錫故多怨刺，學不可不愼也。」《後山詩話》，何文煥輯《歷代詩話・上》，頁三〇六。

註一九：最具有代表性的就是以黃庭堅爲首的「江西詩派」。黃庭堅的句法理論更可見其中轉變的軌跡，分三個階段演進：一是「行布佺期近」，稍入繩墨，二是「飛揚子建親」，變化出奇，三是「彭澤意在無絃」，無意於文。詳見周裕鍇《宋代詩學通論・詩法篇・規則與自由：「拾遺句中有眼，彭澤意在無絃」》，第四章，頁二〇三—二一四，成都，巴蜀書社，一九九七。又見周裕鍇〈黃庭堅句法理論探微〉，張高評主編《宋代文學研究叢刊》，第二期，頁二六一—二七二，高雄，麗文文化事業公司，一九九六。

註二〇：吳喬《圍爐詩話》，郭紹虞輯《清詩話續編．上》，頁六〇六。

註二一：同上揭書，郭紹虞輯《清詩話續編．上》，頁五一八。

註二二：《蔡寬夫詩話》指出宋初詩風遞嬗的情形，他說：「國朝初沿襲唐五代之餘，世大夫皆宗白樂天詩，故王黃州主盟一時。」郭紹虞《宋詩話輯佚》，頁三九八，臺北，華正書局，一九八一。

註二三：嚴羽說：「國初之學，尚沿襲唐人。王黃州學白樂天，楊文公、劉中山學李商隱。」《滄浪詩話．詩辯》，何文煥輯《歷代詩話．下》。頁六八八。

註二四：王禹偁《小畜集．三黜賦》，卷一，上海，商務印書館，四部叢刊

註二五：王禹偁《小畜集．橄欖》，卷六，上海，商務印書館，四部叢刊。

註二六：墨鑄說：「王禹偁屢遭貶謫的原因，從主觀上說，是因爲他直言敢諫，」剛正不阿，不肯隨波逐流；從客觀上說，則是由于北宋封建朝政腐敗紊亂，崇佛亂政，群小讒毀，致使王禹偁『三黜而死』。」——〈王禹偁三次謫官源由〉，《文史哲》，一九八四，第五卷，頁七一—七二。

註二七：呂興昌在論及王禹偁〈橄欖〉詩的古淡時，引《周禮．天官．亨人》，認爲其中含著「雅正」的人格，他說：「這種詩的古淡，王禹偁以「啜鉶羹」爲喻，意旨乍看平淡，其實有味。《周禮．天官．亨人》云：「祭祀供大羹鉶羹」，疏：「大羹盛於登，謂太古之羹，不調以鹽菜五味，調以五味，盛之於鉶器，即之鉶羹。」此外，這有味的平淡，還具有鏗然有如木鐸的警世作用，從而與「文雅」互相表裡。因此，古淡並非枯淡，而是在平淡中蘊含著雅正的古味。」——〈消息還依道，生涯只在詩——王禹偁詩

析論〉，國立臺灣大學中國文學研究所主編《宋代文學與思想》，頁五二八，臺北，學生書局，一九八九。

註二八：呂興昌接著又說：「因爲雅正云云，原就有繼承《詩經・風・雅》傳統中，對於人間不平的抗議及舉揚正義的用心。」同註二七所揭書，頁五三二。

註二九：清・翁方綱《石洲詩話》云：「（王禹偁）五言學杜，七言學白。」郭紹虞輯《清詩話續編・中》，頁一四〇一。

註三〇：王禹偁《小畜集・前賦春居雜興二首，間自賀》，卷九，上海，商務，四部叢刊。

註三一：黃美玲《歐、梅、蘇與宋詩的形成》，頁二七，臺北，文津出版社，一九九八。

註三二：龔鵬程認爲元和體影響宋詩甚大，他說：「宋代詩歌以文爲詩的傾向、和韻酬唱風氣、對律體格外注意，和詩以載道……等特徵，大抵都承元和體而來；……宋代詩人所選取的唐代詩家，除李、杜外，幾乎是元和、貞元間人，如歐陽脩選韓愈，蘇東坡選韋應物、柳宗元、白居易、劉禹錫等。」黃永武、張高評主編《宋詩論文選輯・知性的反省—宋詩的基本風貌》，頁一三四，高雄，復文書局，一九九八。

註三三：宋，黎靖德輯《朱子語類》，卷一百四十，頁三三三四，北京中華書局，一九八四。吳喬也認爲唐人詩有不盡之意，宋人就像裸體般毫無餘蘊，他說：「唐詩有意，而託比興以雜出之，其辭婉而微，如人而衣冠；宋詩亦有意，惟賦而少比興，其詞徑以直，如人而赤體。」吳喬《圍爐詩話》，郭紹虞輯《清詩話續編・中》，頁四七三，臺北，木鐸出版社，一九八三。只是未言明其濫觴者爲白居易。

註三四：梅堯臣著，朱東潤校注《梅堯臣集編年校注・上・答裴煜送序意》，卷十五，頁三〇〇，臺北，源流出版社，一九八二。

註三五：梅堯臣著，朱東潤校注《梅堯臣集編年校注・上・答韓三子華韓五持國韓六玉汝見贈述詩》，卷十六，頁三三六。

註三六：如〈靈烏賦〉、〈靈烏後賦〉二詩，就是直指范仲淹而作。朱東潤爲〈靈烏後賦〉補注說：「這篇和〈靈烏賦〉一樣，都指范仲淹，所不同的是這篇賦指范仲淹執政以後的措置不當，以致引起政治的失敗和堯臣的不滿。」見梅堯臣著，朱東潤校注《梅堯臣集編年校注・上》，卷六，頁九六；卷十五，頁三三一。朱東潤補注說：「仁宗景祐三年（一〇三六），呂夷簡、范仲淹二人政爭中，堯臣的立場站在仲淹一面，愛憎分明，集中諸詩歷歷可指，仲淹至謫饒州，堯臣且遠至饒州奉訪。」又案：堯臣至饒州訪仲淹，有〈范饒州坐中客語食河豚魚〉詩爲證（見上引梅堯臣詩集，卷十五，頁一一七）。其中「春洲生荻芽，春岸飛楊花」，歐陽修說：「知詩者謂祇破題兩句，已道盡河豚好處。」《六一詩話》，何文煥輯《歷代詩話・上》，頁二六五。案：〈喻烏〉詩見上引梅堯臣詩集，卷十五，頁二九一。

註三七：雖是美刺連用，但是，著重點應該就在刺。朱自清也認爲〈詩大序〉的主要意念是刺，他說：「〈詩序〉主要的意念是美刺。風雅各篇序中，明言「美」的二八，明言「刺」的一百二十九。兩共一百五十七，占風雅詩全數百分之五十九強。」《詩言志辨》，頁六八，臺北，漢京文化出版，一九八三。認爲〈詩大序〉的主要意念是刺，這也與漢儒說詩的旨趣是相合的。

註三八：吳文治說：「歐陽脩提出了詩文革新的理論，倡導詩文革新運動，實際是繼承並發揮了王禹偁所標舉的『韓柳文章李杜詩』的主張。」・序》，頁五八。無寧說是接步白居易諷喻精神更爲恰當。

註三九：歐陽修《歐陽文忠公文集・鎮陽讀書》，卷二，上海，商務印書館，四部叢刊。洪本健也針對歐陽修的寫實諷諭精神發表看法道：「歐陽脩認爲詩人「內有憂思感憤之鬱積，其興於怨刺」，自然產生動人的傑作，情動於中而形於言，歐陽脩的許多優秀散文作品，正是他那厚而真摯的情感的結晶。情感是歐陽脩爲文的巨大動力。著名的〈與高司諫書〉就是在感憤異常難以抑制的情況下寫成的。在〈與尹師魯〉書中，歐陽脩稱：「當與高書時，蓋已知其非君子，發于極憤而切責之。」——」〈論六一風神〉，《文學遺產》，一九九六，第一期，頁六六。按：「內有憂思感憤之鬱積，其興於怨刺。」歐陽脩《歐陽文忠公文集・梅聖俞詩集序》，卷四二，上海，商務印書館，四部叢刊。

註四〇：歐陽脩《歐陽文忠公文集・書梅聖俞稿後》，卷七二，上海，商務印書館，四部叢刊。

註四一：歐陽脩《六一詩話》，何文煥輯《歷代詩話・上》，頁二七二，臺北，木鐸出版社，一九八二。

註四二：劉寧〈論歐陽脩詩歌的平易特色〉，《文學遺產》，一九九六，第三期，頁五二—六〇。按：指的是他們以意爲主、諷喻現實的作品，雖然韓、歐二人詩風相反，卻是某種程度的互補與映襯出時代的需求、呼聲與走向。見第三章第二節：〈中唐以意爲主的構思方式——以韓愈、李賀、李商隱爲例〉一文。案：梅堯臣詩集就是從他三十歲（天聖九年，一〇三一）編起，此時歐陽脩任西京留守推官。對白傅故居時常造訪，有〈依韻和希深遊大字院【原注：白傅舊宅】〉爲證。（同上引梅堯臣詩集，卷頁五）他們也學白居易當年在洛陽組成九老圖的遺意有洛中諸公等八人（梅堯臣、歐陽脩、尹洙、楊愈、王願、王復、張汝士、張先）的文人集團。參見王水照〈北宋洛陽文人集團與域環境的關係〉，《文學遺產》，一九九四，三期，頁七四——八三。

註四三：胡仔《苕溪漁隱叢話・上》，自卷四二至四五，凡三四則，頁二八八—三一一，皆記載蘇軾言新政不便民之詩。臺北，木鐸出版社，一九八二。

註四四：蘇軾因作詩疑有訕謗宋神宗之語：「根到九泉無曲處，世間唯有蟄龍知」，（〈王復秀才所居檜木（二首之二）〉，（《集註分類東坡詩》，卷十三，商務，四部叢刊）。指當時御史台官李定所主導的「烏臺詩案」。見葉夢得《石林詩話》，卷上，何文煥輯《歷代詩話・上》，頁四一〇，臺北，木鐸出版社，一九八二。

註四五：李定不服庶母之喪，蘇軾便借用朱壽昌（？—？）生不見母面，刺血書佛經尋訪歸養來諷刺李定，詩曰：「嗟君七歲知念母，憐君壯大心愈苦。羨君臨老得相逢，喜極無言淚如雨。不羨白衣作公卿，不愛白日昇青天，愛君五十著彩服，兒啼卻得償當年。烹龍爲炙玉爲酒。鶴髮初生千萬壽，金花詔書錦作囊，白藤肩輿簾蹙繡。感君離合我酸辛，此事今無古或聞。長陵朅來見大（姊），仲孺豈意逢將軍？開皇苦挑空記面，建中天子終不見。西河郡守誰復譏？潁谷封人羞自薦。」（蘇軾《蘇東坡全集・朱壽昌郎中少不知母所在，刺血寫經，求之五十年，去歲得之蜀中，以詩賀之》，臺北，世界書局，一九九六，頁三七。）邵伯溫也說：「朱壽昌者，少不知母所在，棄官走天下以求之，刺血書佛經，志甚苦。熙寧初見于同州，迎以歸。朝士多以詩美之。蘇內翰子瞻詩云：『感君離合我酸辛，此事今無古或聞。』王荊公荐李定爲台官，定嘗持母服，臺諫、給、舍俱論其不孝，不可用。內翰因壽昌作詩貶定。故曰：『此事今無古或聞』也。后御史中丞，言內翰多作詩訕上。……」程毅中主編《宋人詩話外編》，上，邵氏聞見錄》，頁二六一。蘇軾又有〈朱壽昌梁武懺贊偈一首〉云：「暫以此身，出生入死，母若不見，我亦隨盡。在衆人中，猶人狂人。終日皇皇，四十餘年。乃見其母。我初不記，母之長短，大小肥瘠，云何一見，便知母？母子天性，自然冥契，如磁如鍼，不謀而合。」《蘇東坡全集・下》，卷四十，臺北，世界書局，一九九六，頁二四二。道盡孺慕之情及母子天性的自然發露，比起李定來，不知醇厚多少？更耐人尋味的是，朱壽昌與李定都是揚州人，設譬諷刺之心，不言可喻。案：蘇軾藉著朱壽昌的孝行來譏諷李定不孝，查慎行說：「結二句，諷刺之意凜然可見。」曾棗莊、曾濤合編《蘇詩彙評》引查慎行《初白庵詩評》，卷一。臺，文史哲出版社，一九九八，頁二八四。蘇軾也因這首譏諷李定的詩伏下日後被李定劾奏爲詩訕謗君上的積怨。

註四六：《蘇東坡全集・續集・密州通判廳題名記》，卷十二，頁三七一，臺北，世界書局，一九九六。

註四七：閻福玲說：「宋文士都以理性駕馭情感，蘇軾因不謹語言，未能以理御情才遭烏臺詩禍。其詩如其人，真率超脫卻不合時宜。」〈宋代理學與文學創作〉，《河北師院學報》，一九九六，第二期。
張高評編《宋詩綜論叢編》頁六二四，高雄，麗文出版社，一九九三。

註四八：黃淑賢〈三蘇學養探源〉，《新埔學報》，一九七六，第二期，頁二八

註四九：參見拙作〈蘇軾號「東坡居士」的原因〉一文，《國文天地》，一九九八，第一六三期，頁五三－六〇。案：蘇轍在蘇軾墓志銘中云蘇軾築室「東坡」，因自號「東坡居士」，似乎是對白居易影響蘇軾的認識不夠充份。或許，蘇轍對詩歌的現實諷喻作用是比較持保留的態度。

註五〇：明，李東陽說：「楊廷秀學李義山，更覺細碎；陸務觀學白樂天，更覺直率；概之唐調，皆有所未聞也。」丁福保輯《歷代詩話續編・下》，頁一三六八。清，李重華也說：「趙宋詩家，歐、梅始變西崑舊習，然亦未詣其盛。至坡公始以其才涵蓋今古，觀其命意，殆欲兼擅李、杜、韓、白之長；各體中七古猶闊視橫行，雄邁無敵，此亦不可時代限者。黃山谷雖同時並稱，才調迥不相及，至謂江西詩祖，追配杜陵者，妄也。南宋陸放翁堪與香山踵武，益開淺直路徑，其才氣故自沛乎有餘。人以范石湖配之，不知石湖較放翁，則更華薄少味，同時求偶對，惟紫陽朱子可以當之。蓋紫陽雅正明潔，斷推南宋一大家。故知范、陸並稱，猶之溫、李，元、白，優劣自較然也。」——《貞一齋詩說》，丁福保輯《清詩話》，頁九二六。沈家庄也說：「放翁詩之擬中唐氣象，主要取法白樂天。」——〈論「放翁氣象」〉，《文學遺產》，一九九六，第二期，頁三六－四五。

註五一：陸游《渭南文集．澹齋居士集序》，卷十五，上海，商務印書館，四部叢刊。

註五二：周必大《文忠集．乙丑二日，雨中讀〈漢元帝紀〉，效樂天體》，四庫珍本，臺北，商務印書館，一九七一。

註五三：顧之京說：「『樂天體』指白居易創作的那種語意淺顯，篇終點明主旨的政治諷喻詩。周必大此詩語言質樸，很少渲染藻飾，直抒己見，篇終顯志，顯然可見樂天體的痕跡。」——上海辭書出版社編輯《宋詩鑑賞辭典》，頁一〇四九，上海辭書出版社，一九八八。像同時詩人范成大（一一二六——一一九三）也有仿傚白居易之作，如《石湖居士集．續〈長恨歌〉七首》，卷一；以及〈題開元天寶遺事〉諸詩，卷三。上海，商務印書館，四部叢刊。

註五四：謝思煒認爲白居易和李商隱正是在中晚唐詩壇上雙峰并峙的二人，他說：「白居易和李商隱二人交替發生的影響，從晚唐五代一直持續到清代，在北宋中葉以前，甚至壓倒杜甫。」〈白居易與李商隱〉《文學遺產》，一九九六，第三期，頁二九—三八。沈家庄也說：「放翁詩之擬中唐氣象，主要取法白樂天。白居易爲宋人效法者，是對實生活的熱切關注；二是語言的明白如話，老嫗能解；三是其閑適詩中淡泊虛靜的神情氣味。」〈論「放翁氣象」〉，《文學遺產》，一九九六，第二期，頁三六—四五。影響宋詩最大的他是白居易和李商隱。」雖然宋詩人對唐諸家多所汲取，如韓愈、杜的影響更不在話下，但是，白居易的重要性卻也是不爭的事實。

第五章 〈長恨歌〉與宋人重意的詩學表現

第一節 創作主體中情、意的釐析

以「情」論詩，是中國詩學理論的傳統，在經典的權威性下，歷代的批評家，大多謹奉「詩言志」一語爲圭臬，無法逸離〈毛詩序〉「詩者，志之所之也，在心爲志，發言爲詩。情動於中而形於言。言之不足，故嗟嘆之；嗟嘆之不足，故詠歌之；詠歌之不足，不知手之舞之，足之蹈之也」的範疇。

（一）情無所謂主觀與客觀

就詩歌發生的本體論而言，情的發動是不知不覺、無意識的（un-conscious）、盲目的，並無所謂主觀與客觀之別。就像〈毛詩序〉說人的情感受到外在事物的觸發而有所反應，用語言表達出來。接著是鍾嶸《詩品》：

> 氣之動物，物之感人，故搖蕩性情，形諸舞詠。照燭三才，暉麗萬有，靈祇待之以致饗，幽微誡之以昭告。動天地，感鬼神，莫近於詩。……若乃春風春鳥，秋月秋蟬，夏雲暑雨，冬月祁寒，斯四後之感諸詩者也。（註一）

提到人受外界刺激而有詩，劉勰也說：

人稟七情，應物斯感，感物吟志，莫非自然。（註二）

春秋代序，陰陽慘舒，物色之動，心亦搖焉。蓋陽氣萌而玄駒步，陰律凝而丹鳥羞。微蟲猶或入感，四時之動物深矣！若夫圭璋挺其蕙心，英華秀其清氣，物色相召，人誰獲安？是以獻歲發春，悅豫之情暢；滔滔孟夏，鬱陶之心凝。天高氣清，陰沈之志遠；霰雪無垠，矜肅之慮深。歲有其物，物有其容，情以物遷，辭以情發。一葉且或迎意，蟲聲有足引心。況清風與明月同夜，白日與春林共朝哉？（註三）

情因外界的觸動而有所感，故形於吟詠，這是非常自然之事。可知情之發用往往是不由自主的，很少有作者刻意的成份在，雖然〈毛詩序〉是情、志並言，但情、志很顯然是有區別的；（註四）「情」是比較個人化傾向，偶然無常，因時空而不同，只是心有所感的吐露而已；所以，根據〈毛詩序〉，鍾嶸、劉勰的言論，都認為情是個人受到外在事物的觸動，內心情感起了波濤，也就是說情的發動是無關主觀與客觀，它是人之性情的自然流露，勞人思婦，游子他鄉的宣洩，唐詩之感人，也就是個人情感的自然呈現，用嚴羽的話說：

唐人好詩，多是征戍、遷謫、行旅、離別之作，往能感動激發人意。（註五）

因爲征戍、遷謫、行旅、離別之作能寫出人類共同的感情而得到廣大群眾的共鳴（廣泛地被接受），方岳也說：「本朝諸公，喜爲議論，往往不深諭唐人主於性情，使雋永有味，然後爲勝。」（註六）由此可知，「情」是人類共有的，唐人也因主於情使唐詩花朵燦爛，卻不是創作主體有任何目的的主觀；就如鍾嶸說的「非陳詩何以展其義？非長歌何以騁其情？」（註七）如一個人已被水淹到鼻子，非吐不快；大體而言，宇宙萬象，百千萬端，就如水流東西，「情」因而自然流露，否則，就是矯情、不真。北宋蘇軾對「性」也有如「情」的看法，他認爲「情」就是「性」，就是人性的本然，好人、壞人都有的：

世之論性命者多矣，因是請試言其粗：君子日修其善，以消其不善，以消其不善，不善者日消，有不可得而消者焉；小人日修其不善，以消其善，善者日消，亦有不可得而消者焉。夫不可得而消者，堯舜不能加焉，桀紂不能亡焉。是豈非性也哉！君子之至於是，用是為道，則去聖不遠矣！雖然，有至是者，有用是者，則其為道常二，猶器之用于手，不如手之自用，莫知其所以然而然也。性至於是，則謂之命。命，令也，君之令曰命，天之令曰命，性之至者亦曰命。性之至者非命也，無以名之而寄之命也。死生禍福莫非命者，雖有聖智，莫知其所

以然而然。君子之於道，至於一而二，如手之自用，則亦莫知其所以然而然矣。此所以寄之命也。（註八）

這意思就是朱剛所謂的「最好的人與最壞的人身上所共同的東西」，（註九）也就是說，只要是「人」，不管品德如何都具備的，因此，「唐代詩學與六朝詩學有其內在一致性。二者的區別是：六朝詩學更重視『情性』的本體地位，目的是區分文學作品與非文學作品的本質差異；唐代詩學則側重于探討詩歌本體與其表現技巧和表現形式之間的關係」，（註一〇）然而，唐代詩歌因爲創作主體著重在詩歌以情爲主而蔚成繁花簇錦，繁榮空前。故嚴羽說：「唐人好詩，多是征戍、遷謫、行旅、離別之作。」〈長恨歌〉之感人就是李、楊二人永別之恨透過深於詩、多於情的白居易而達到廣爲傳播的目的。白居易自已也說他是「吟詠情性」的人，他說：

彭城劉夢得，詩豪者也。其鋒森然少敢當者。予不量力，往往犯之。夫合應者聲同，交事者力敵，一往一復，欲罷不能。繇是每製一篇，先相視草，是竟則興作，興作則文成。一二年來，日尋筆硯，同和贈答，不覺滋多。至大和三年春已前，紙墨所存者，凡一百三十八首，其餘乘興扶醉，率然口號者，不在此數。因命小姪龜兒，一授夢得小兒崙郎，各令收藏。附兩家集。予頃以微之唱和頗多，或在人口。常戲微之云：「僕與足下，二十年來為文友詩敵，幸也亦不幸也。吟詠情性，播揚聲名，其適遺形，其樂忘老，幸也！然江南士女，云才子者，多云元白，以予子之故，使僕不得獨步於吳越間。亦不幸也。」今垂老復過夢得，得非重不幸耶？夢得夢得，文之神妙，莫先於詩，若妙與神，則吾豈敢？如夢得「雪裡高山頭白早，海中仙果子生遲。沉舟側畔千帆過，病樹前頭萬木春」之類，真謂神妙。在在處處，應當有靈物護之。豈唯兩家子姪祕藏而已！已酉歲，三月五日，樂天解。（註一一）

說明最神妙的文體就是詩，而吟詠情性之作才能神妙。白居易也承認自己因不能忘情才有詩之作：

鬻駱馬兮放楊柳枝，掩翠黛兮頓金羈。馬不能言兮長鳴而卻顧。楊柳枝再拜長跪而致辭。辭曰：「素事主十年，凡三千有六百日，巾櫛之間，無違無失。今素貌雖陋，未至衰催。駱力猶壯，又無虺隤。即駱之力，尚可以代主一步，素之歌，亦可以送主一杯。一旦雙去，有去無回，故素將去，其辭也苦；駱將去，其鳴也哀。此人之情也。豈主君獨無情哉？」予俯而嘆，仰而咍，且曰駱駱爾勿嘶，素素爾勿啼，駱反廄，素反閨。吾疾雖作年雖頹，幸未及項及之將死，亦何必一日之內棄騅兮而別虞兮。乃目素兮，素兮為我歌〈楊柳枝〉，我姑酌彼金罍，我與爾歸醉鄉去來。（註一二）

白居易因情而感，故對自己也有不能自制者，故情是人類共有的感情的自然流露，雖欲不爲，有所不能。張耒說：

> 古之言詩者，以謂動天地，感鬼神，莫近於詩；夫詩之興，出於人之情，喜怒哀樂之際，皆一人之私意，而至大之天地，極幽之鬼神，感動之者，何也？蓋天地雖大，鬼神雖幽，而惟至誠能動之，彼詩者，雖一人之斯意，而要之必發於誠而後作。故人之於詩，不感於物，不動於情者而作者，蓋寡矣！今夫世之人，有順於其心而後樂，有逆於其心而後怨，當極而反悲，當怨而反愛者，世之所未嘗有，而樂與怨者，一有使之，莫之其然而然者也，此非至誠之動也哉！彼詩之，宜所樂所怨之文也，夫情動于中而無偽，詩其導情而不苟，則其能動天地感鬼神者，是至誠之悅也！夫文章蓄其變多矣，惟詩獨邇於誠，故觀人者末如詩。故古之君子，相與讌樂酬酢之際，必賦詩以觀賓主之意，雖不作於其人，而必取古人之詩以見其志，故先王之詩，大至朝廷之政事，屑至於觀四方之風俗，微至於匹夫賤士之悲嗟，婦人女子之幽怨，一考于詩而知之，而使有可以時陳，取而藏諸太師，又播之樂章，大者薦之郊廟，而次者陳之燕享，則夫詩之可以觀故察物。其重蓋如此。自周衰以來，後世作者，紛紛並出，以至於今數千年，其間變制異技，奇言詭術，不可生記，其卓然而可稱者，不過數人，其餘紛紛籍籍，皆

> 不足道，而違情拂志之作，往往或有，非如古之於詩必出於誠意而不誣也。然違情拂志者，蓋有之矣，至於顯情之真，發志之實者，尚十九也。某不肖，自幼至今，頗考知歷世之為詩者，上自風雅之興，而中觀騷人之作，下考蘇李以來，至於唐，掃除蕃穢，而摭其真，刑落曼衍，而食其實，頗有得於前人，而時時心中之所感發，亦竊見于詩，且夫人生之于天地之間，目之所見，耳之所聞，心之所思，一日之間，無頃刻之休，而又觀乎四時之動，敷華秀於春，成材布實於夏，淒風冷露，鳴蟲隕葉而秋興，重雲積雪，大寒非霰而冬至，則一歲之間，無一日之隙，以人之無定情，對物之無定候，則感觸交戰，旦夜相召，而欲望其不發于文字言語，以消去其情，蓋不可得也，則又知詩者，雖欲不為，有所不能。（註一三）

這就是張耒的詩作緣起觀，他認爲人不可能無感也不可能無詩，雖不想作詩卻又不能不爲，葛立方也認爲人對境興情，雖在困頓，也會很自然地寫詩：

> 自古文人，雖在艱危困　之中，亦不忘於製述。蓋性之所適，雖鼎鑊在前不恤也，況下於此者乎？李後主在圍城中，可謂危矣，猶作長短句。所謂「櫻桃落盡春歸去，蝶翻金粉雙飛，子規啼月小樓西」，文未就而城破。蔡約之嘗親見其遺稿。東坡在獄中作詩〈贈子由〉：「是處青山可埋骨，他年夜雨獨傷神。」猶

有所託而作。李白在獄中作詩上崔相云：「賢相燮元氣，再欣海縣康。應念覆盆下，雪泣敗天光。」猶有所訴而作。是皆出於不得已者。劉長卿在獄中，非有所託訴也，而作詩云：「斗間誰與看冤氣？盆下無由見太陽。」一詩云：「壯志已憐成白髮，餘生猶待發青春。」一詩云：「冶長空得罪，夷甫不言錢。」又有〈獄中見畫佛〉詩，豈性之所適？則縲絏之苦，不能易雕章績句之樂與？（註一四）

詩文之作本是由天性而來，不管外界是如何，突然有一吐爲快的衝動，不計後果地揮筆，這就是人情之所不得不然，故情是無方、無任何目的的。葉夢得舉陶淵明爲例：

> 詩本觸物寓興，吟詠情性，但能書寫胸中所欲言，無有不佳。而世多役于組織雕鏤，故語言雖工而淡然無味，與人意了不相關。嘗觀陶淵明〈告儼等書〉云：「少學琴書，偶愛閒靜，開卷有得，便炘然忘食。見樹木交陰，時鳥變聲，亦復歡然有喜。嘗言五六月中北窗下臥，遇涼風至，自謂是義皇上人。」此皆其平生真意。及讀其詩，所謂「孟夏草木長，遶屋樹扶疏。眾鳥欣有託，吾亦愛吾廬。既耕亦已種，時還讀我書」；又「微雨從東來，好風與之俱」。直是傾倒所有，借書於手，初不自知語言文字也。此其所以不可及。人誰無三間屋，夏月飽睡讀書，藉木陰聽鳥聲，而惟淵明獨知為至樂，則知世間好事人所均有，而不能

> 自受用者，何可勝數？吾今歲辟東軒，自伐林間大竹為小榻，一夫負之可趨，擇美木佳處，即曲肱跂足而臥，殆未覺有暑氣。不知與淵明所享孰多少，但恨無此詩耳。（註一五）

葉夢得認爲觸物感興是無須造假的，只有陶淵明能做到。方岳也認爲詩是本於性情之作：

> 詩無不本於性情。自詩之體隨代變更，由是性情或隱或見，若存若亡，深者過之，淺者不及也。昔坡公云：「蘇李之天成，曹劉之自得，陶謝之超然，固已至矣。李杜以英偉絕世之姿，凌跨百代，古之詩人盡廢。然魏晉以來，高風絕塵，亦少衰矣。」坡公本不以詩專門，使非上下漢、魏、晉、唐，出入蘇、李、曹、劉、陶、謝、李、杜，潛窺沉玩，實領懸悟，能自信其折衷如是之的乎？（註一六）

詩本是道性情之作。由於時代變更，性情將隨每個人而或顯或隱，故各時代皆有傑出之詩人。也只有本於性情之作才會感人。更證明情本是無意、無目的性，純就感情的抒發而已。

（二）「意」是有主觀意圖

「志」是較嚴肅、恆久，具有固定目標，通常與個人志向及對國家社會的關懷繫聯爲一，我們似乎發現：此處的「志」與白居易的「意」是相通的，白居易在〈新樂府序〉說：

> 凡九千二百五十二言，斷為五十篇，篇無定句，句無定字，繫於意不繫於文。首章句標其目，卒章顯其志，詩三百之義也。其辭直而徑，欲見之者易喻也；其言直而切，欲聞之者深誡也；其事覈而實，使采之者傳信也；其體肆而順，可以播於樂章歌曲也；揔而言之：為君、為臣、為民、為物、為事而作，不為文而作也。（註一七）

很顯然地，林保淳所謂的「志」就是白居易的「意」。從白居易對〈新樂府〉的序也可以看出「意」是有詩人一定的企圖與目的，從白居易「其……，欲……也；其……，欲……也；其……，使……也；其……，可以……也」的行文語句看來，其個人志向及對國家社會的關懷已經繫聯爲一的「其……欲……」的模式了，這種改造的主觀意圖已非常明顯，所謂的「以意爲主」就是帶有個人的主觀期望，意圖用某種手段達到其目的，白居易寫〈長恨歌〉是藉由對史實的悖離、虛構、借用通俗變文、神話傳說來表達對李、楊生死不渝愛情的綿綿長恨而歎息；其諷喻詩則以直徑直辭，切直之言，覈實之事，肆順之體而達到其詩歌干預現實的政治目的，故白居易充滿「風情」的〈長恨歌〉

與十首「正聲」〈秦中吟〉，以及〈新樂府〉五十篇，都是行個人主觀期望，意圖用某種手段達到目的的心態，儘管〈長恨歌〉與〈新樂府〉所造成的效果不同，但其中透露出創作主體的主觀意圖是非常明顯的。

中唐已漸漸走上「以意爲主」的創作道路，這種透露出一己爲關懷政治現實理想與施展個人抱負的主觀，與屬於偶然、流變無常，因時地而異的，比較個人一點、無所謂的主觀客關的「情」是有很大差別的。而要說明的是「情」的發動是與生俱來，是未知其然而然的，如生不見母，死生契闊，見而知是母的天性然，「意」是創作主體的特定創作意圖透過作品展現出來。

既然意是作家創作意圖達到寫作目的的流露，那麼，在感情的主導下，就很容易憑著自己的主觀運筆行文，就有很多悖於歷史真相之處，不僅〈長恨歌〉是如此，元稹、白居易的〈新樂府〉亦然。洪邁說：

> 元微之、白樂天在唐元和、長慶間齊名，其賦詠天寶時事，〈連昌宮詞〉、〈長恨歌〉，皆膾炙人口，使讀之者情性搖蕩，如身生其時，親見其事，迨未易以憂劣論也。（註一八）

洪邁以元、白天寶時事的〈連昌宮詞〉、〈長恨歌〉膾炙人口爲例，說明它們風行的原因就是「使讀之者情性搖蕩」，彷彿親眼目睹一般，其實，白居易寫〈長恨歌〉時（八〇七）距天寶時事（七五五）已有五十二年了，因爲有許多昧於史實之處而如此動人，故說「彷彿」，這也就是很明顯的以意爲主的創作態度對史實真相的鬆動，更是白居易的創作意圖所在，完全是一種藉以發表政治見解的實用性功利行爲，所描寫的社會現象中的尖銳問題與真實事件，具有強烈的寫實傾向，但這些事件本身卻並不一定是詩人親目所見與親身所歷，他寫這些詩的目的亦並非觸物以起情，而是「爲君。爲臣、爲民、爲物、爲事而作，不爲文而作也」。因此，在這種寫實表象的深層，實際上更多的是主觀理念的成份。（註一九）這在他的感傷詩也幾乎適用，如〈長恨歌〉、〈琵琶行〉也都是白居易以意爲主的傑作。（註二〇）其中，雖有詩人「多於情」的感愴，（註二一）但卻是完全在以個人主觀理念爲主導的創作。

然而，宋人論詩，除了注重情，也重視理智的制約，也就是說，詩歌要從情感中超拔出來而達到「誠」，情有節、言有序，黃徹說：

後人多嗜為詩，觀其感寓，無復古人之風趣。雖使大師拾其遺者，播之金石，被之絲竹，薦之宗廟，奏之閨門族黨，其能使聽之者或和而恭，或和而順，或和而親，猶古之樂乎？吾不知也。詩之所自，根詩之所自，根于心，本於情。性有所感，志有所適，然後著於色，形於聲。乃至舞蹈而後已。烏有人偽與其間哉？聖人以詩無邪斷詩三百篇，所謂無邪者，味其思誠耳。詩由思誠而作，則聲

> 音舞蹈之間，特誠之所寓焉。故其用大，明足以動天地，幽足以感鬼神，上足以事君，內足以事父，雖至衰世，其澤猶在，野甿閨婦羈臣賤妾類能道其志，其情有節，其言有序，豈苟以為文哉？今世之人，天倫風度與古人所受同，然內蔽於徇己而失詩之理，外蔽於翫物而喪詩之志，嘉美憂怨，規刺傷閔，適一時之私意，先物而遷就之，此徇己者也。風雲泉石春花秋月，與其情相適則酣醉歌舞，揮毫而逐其後，以寫一實之逸興，此翫物者也。二人之詩出於偽，非天理之自然，雖清辭麗句有足愛者，而實不及鄉唱之所感，故後世採詩之官廢，亦不足為恨也。予方惜古之詩不復作，及讀君所為樂府詩，窮其詩之來，當在虛靜中有物採之然後發也，故其言有感物而興者，有託物而興者，其嘉美憂傷、喜怒哀怨，能道人情物態之難言者，然君無意乎為詩也，寓其誠而已，故雖難言之物，君亦以無意而得之。意其言優游而有斷，放肆而有節，不可為畔岸也，使播之金石，被之絲竹，薦於宗廟，奏於閨門族黨，必有應之者。若夫內蔽於徇己而失詩之理，外蔽於翫物而喪詩之志，茲實辭人之詩，乞予所以待哉？（註二二）

認為詩要以「誠」出之，更要情有節、言有序，而不能內蔽於徇己而失詩之理，外蔽於翫物而喪詩之志，要求對情要以節、以序制約。指出詩歌要以情為基礎，但是，要志意與思誠的制約才不會使情泛濫。白居易〈琵琶行〉「座中泣下誰最多，江州司馬青衫溼」，宋人主張從「志意」制約「情」：

年光過眼如車轂，職事羈人似馬銜。若遇琵琶應大笑，何須涕泣滿青衫。（註二三）

陶令歸來為逸賦，樂天謫宦起悲歌。有絃應被無絃笑，何況臨絃泣更多。（註二四）

樂天當日最多情，淚滴青衫酒重傾。明月滿船無處問，不聞商女琵琶聲。（註二五）

平生趣操號安怡，退亦怡然進不貪。何事潯陽恨遷謫，輕將清淚溼青衫。（註二六）

及泉曾改莊公誓，勝母終回曾子車。素綆銀床堪淚墮，更能賦詠獨如何？（註二七）

張高評說這種故意從他人詩中翻出新意的爲「翻案詩」，（註二八）可見翻案詩是以「意」之翻空出奇見其優長，而宋人更是對翻案詩津津樂道，也可見宋人論詩在「情」、「志」、「意」三者中最重意之精神。（註二九）以情爲主的創作態度到了宋代就常常以「意」的字眼出現。創作主體對詩學本體的認識到了宋代有了改變，就是由「情性」本體變爲以「意」或「理」爲本體，徐林說：

詩三百篇，上而公卿大夫歌於朝廷，薦於郊廟，下而小夫賤隸詠于閭巷，播于田野，莫不傳焉。達者以理，昧者以情，皆成於自然者也。文從字順，宜乎無得而議矣。至其不可通，則猶當以意逆志。理與情者，志所寓也，苟通矣，辭為可略。（註三〇）

可見宋人已把意慢慢取代情，於是，情、志、意三者常混沌不明。（註三一）宋人的詩學觀已從「情性」變而爲「意」（或「理」）。也就是說：宋人詩學理論已由情性變而爲「意」；另外一種可能是由情性變而爲「理」。

但是，宋人詩學觀由唐人的主情、重意和主理是不能截然劃分的，集宋代理學大成的朱熹論詩也很重視情，一反兩漢以來，傳統的儒家諷喻政治現實的詩教觀解釋《詩經》十五國風和比興的解說。他說：

吾聞之，凡詩之所謂風者，多出於里巷歌謠之作。所謂男女相與詠歌，各言其情者也。（註三二）

明確把「風」詩的大部份視爲民間男女言情之作。而漢儒言詩則把「風」詩認作「上以風化下，下以風刺上的美刺君臣國政之作，在詩序中以史證詩，從社會政治的角度來看待詩歌創作。對此，朱熹深不以爲然，他認爲「大率古人語言作詩，與今人作詩一般，其間亦自有感物道情，吟詠情性，幾時盡是譏刺他人？」（註三三）又說：「今人不以詩說《詩》，卻以〈序〉解《詩》，是以委曲牽合，必欲如序者之意，寧失詩人之本意不恤也。此是序者大害處。」（註三四）因此，「去〈序〉言《詩》，以詩說《詩》，從詩人感物道情的角度來理解詩意，就成爲朱熹《詩經》研究的創舉，體現了作爲詩人的朱熹對詩歌創作吟詠情性的肯定。」（註三五）這是我們還要再認識的一個觀念。宋，黃裳說：

或言陶潛之詩古淡有味，必能不為諸家之體，然後可及，非至論也。人固有識高而才短者，其勢易為古淡，才高而識短者，其勢易為豪華，夫能用其所長，處其所易，已足為智者，有才識兼至而學為古今體者，趨古淡則為陶潛，趨飄逸則為李白杜牧，何可以為常哉！夫詩之為道，要在吟詠情性，發於自然，乃得至論，有意於是體，牽合而後為之，不亦有傷於性乎？非詩之至也。（註三六）

就是說詩要出於吟詠情性，發於自然；朱熹也將詩之起源視爲因物而感，情因感而動，他說：

或有問：「詩何為而作也？」予應之曰：「人生而靜，天之性也，感於物而動，性之欲也。夫既有欲矣，則不能無思，既有思矣，則不能無言，既有言矣，

則言之所不能盡，而發於咨嗟詠歎之餘者，必有自然之音響節族而不能已矣，」此詩之所以作也。（註三七）

朱熹這觀念是由《禮記・樂記》而來，也是情感無定說。以集大成之理學家朱熹亦以情言詩，故宋人論詩也未嘗不主情。只是情流動不居、無所謂主觀與客觀，純是吟詠情性，發乎自然而已。

註釋

註一：鍾嶸《詩品》，何文煥輯《歷代詩話・上》，頁二——三。

註二：劉勰《文心雕龍・明詩篇》，卷二，頁六五，臺南，唯一書業中心，一九七五。

註三：同註二，〈物色篇〉，卷四十六，頁六九三。

註四：林保淳說：「〈毛詩序〉中也提到『吟詠情性』之語，故『言志』和『言情』，有時是可以互通的。不過，細加析別，仍可略見其不同：『志』是較嚴肅、恆久，具有固定目標的，通常與個人志向及對國家社會的關懷繫聯爲一；而『情』則屬於偶然、流變無常，因時地而異的，比較個人一點。」《經世思想與文學經世——明末清初經世文論研究》，頁一八七，臺北，文津出版社，一九九一。林保淳雖是針對經世散文而言，但詩、文在某些方面是可以相通的。

註五：嚴羽《滄浪詩話》，何文煥輯《歷代詩話・下》，頁六九九。案：以「行役」之詩而言，大多懷歸感嘆而意同，張邦基說：唐人詩行役異鄉，懷歸感嘆而意相同者，如賈島云：「客舍汴州以十霜，歸心日夜憶咸陽，更渡桑乾水，卻望汴州是故鄉。」竇鞏云：「風雨荆州二月天，問人初雇峽中船。西南一望雲和水，猶道黔南有四千。」柳宗元：「林邑山聯瘴海秋，牂柯水向郡前流。勞君更向龍池地，正北三千到錦州。」李商隱：「君問歸期未有期，巴山夜雨漲秋池，何當共剪西窗燭，卻話巴山夜雨時。」皆佳作。——張邦基《默庄漫錄》，程毅中主編《宋 人詩話外編・上》，頁五二五。因爲主於情才會感人，故是「佳作」。

註六：方岳《深雪偶談》，同上所揭書，下冊，頁一三四〇。

註七：同註一，頁三。

註八：蘇軾《易傳》，卷一，臺北，中華書局叢書集成本。

註九：朱剛《唐宋四家的道論與文學》，頁一三六，北京，東方出版社，一九九六

註一〇：李春青〈「吟詠情性」與「以意爲主」－論中國古代詩學本體論的兩種基本傾向〉，《文學評論》，一九九九，第二期，頁三三－四〇。

註一一：白居易《白氏長慶集・劉白唱和集解》，卷六十，上海，商務印書館，四部叢刊。

註一二：同註一一所揭書，〈不能忘情吟并序〉，卷七十。案：洪邁因柳枝終是別樂天而去，東坡不知，用柳枝不忍別樂天美朝雲與他萬里相隨，東坡寫此詩不及二年而東坡病亡，甚爲感慨：觀公之文，固以遣情適意耳，素竟去也。此文在一集最後卷，故讀之者未必記憶。東坡猶以爲柳枝不忍去，因劉夢得「春盡絮飛」之句方知之。于是美朝雲之獨留，爲之作詩，有「不似楊枝別樂天，恰如通德伴伶玄」之語。然不及二年而病亡，爲可嘆也。——《容齋隨筆・五筆》，卷九，程毅中主編《宋人詩話外編・下》頁八七四。

註一三：張耒《柯山集・上文潞公獻所著詩書》，拾遺，卷十二，臺北，中華書局叢書集成本。

註一四：葛立方《韻語陽秋》，卷三，何文煥輯《歷代詩話・下》，頁五〇四。

註一五：葉夢得《玉澗雜書》，程毅中主編《宋人詩話外編・上》，頁三一三。

註一六：方岳《深雪偶談》，同上，頁一三四三。

註一七：白居易《白氏長慶集》，卷三，上海，商務印書館，四部叢刊。

註一八：洪邁《容齋隨筆・連昌宮詞條》，卷十五，頁一四七，臺灣商務印書館，一九七九。

註一九：許總〈論元稹、白居易的文學觀〉，《江蘇社會科學》，一九九七，第三期，頁一三一——一三七。

註二〇：《長恨歌》的部分已在本節論述，《琵琶行》則有抒其天涯淪落之感。洪邁說：白樂天〈琵琶行〉一篇，讀者但羨其風致，敬其辭章，至形於樂府，詠歌之不足，遂以謂真爲長安故倡所作。予竊疑之。唐世法網雖於此爲寬，然樂天嘗居禁密，且謫官未久，必無肯乘夜入獨處婦人船中，相從飲酒，至於極彈絲之奏，中夕方去。豈不疑商人者它日議其後乎？樂天之意，直欲攄寫天涯淪落之恨爾。——《容齋詩話》，卷三，吳文治主編《宋詩話全編・六》，頁五六二七。白居易又有詩云：「已愁花落荒巖底，復恨根生亂石間。幾度欲移移不得，天教抛擲在深山。」《白氏長慶集・木蓮樹圖》，卷十八。身世感慨，不言可喻。

註二一：宋人韓維也說白居易富於感情：「才高文贍富詩名，感物傷時動有情，不識無生真自體，一塵才遣一塵生。」《南陽集・讀白樂天傳及文集》，四庫全書珍本二集本。

註二二：黃裳《演山集・樂府詩集序》，卷二十，四庫珍本初集。

註二三：引自劉攽《中山詩話》，《歷代詩話・上》，頁二九七。

註二四：同註二三。

註二五：同註二三。案：關於白居易江州琵琶的故事，宋人似乎有很濃厚的興趣，除了上述之外，尚有：江州琵琶亭，下臨江津，國朝以來，往來者多題詠，其工者輒爲人所傳。淳熙己亥歲，蜀士郭明復以中元日至亭，賦〈古風〉一章：「香山居士頭欲白，秋風吹作湓城客。眼看世事等虛空，雲夢胸中無一物。舉觴獨醉天爲家，詩成萬象遭梳扒。不管時人皆欲殺，夜深江上聽琵琶。賈胡老婦兒女語，淚濕青衫如著雨。此公豈作少狂夢？

與世浮沈聊爾汝。」——洪邁《容齋隨筆・三筆》，卷六，程毅中主編《宋人詩話外編・下》，頁八二七。

註二六：葛立方對白居易謫九江淚溼青衫也很不以爲然。他說：「盜殺武元衡也，白樂天爲京兆掾，初非言責，而請捕盜，以必得爲期。時宰惡其出位，坐賦〈新井篇〉，逐之九江。故因聞琵琶，乃有天涯流落之感，至於淚溼青衫之上，何憊如此哉！余先文康公嘗有詩云：『……。』又云：『……。』」對白居易的多情也有不能「安怡」的微詞。《韻語陽秋》，卷九，何文煥輯《歷代詩話・下》，頁五五一。

註二七：同註二六。

註二八：「翻案」之作，在宋人著作中，無論詩、古文，比比皆是。詩有翻案詩，古文有歐陽脩〈縱囚論〉、王安石〈讀孟嘗君傳〉、蘇軾〈留侯論〉等，已蔚爲奇觀。張高評在《宋詩之傳承與開拓——以翻案詩、禽言詩、詩中有畫爲例》一書，有專篇論及翻案詩，見該書上篇，頁一三——一一三，臺北，文史哲出版社，一九九〇。

註二九：郭玉雯說：「雖然「意」常常被視爲與「情」、「志」相似，同指作品的內涵，但仔細分辨，三者並不全同。「情」字最能彰顯情感動發的文學本質；則是指一種有方向感的倫理關懷；「意」則是意念、意旨，可以說是作品成立的精神基礎；作者將此意念表現於作品中時也不是直接的，因此，意不止存於作品之中，且漫溢於作品之外。」〈有關奪胎換骨法若干問題的探討〉，國立臺灣大學中國文學研究所主編，《宋代文學與思想》，頁一八一，臺北，學生書局，一九八九。

註三〇：〈韻語陽秋・序〉，何文煥《歷代詩話・上》，頁四八〇。

註三一：李春青說：「到了宋代，「吟詠情性」的詩學創作觀已極少見之於詩學論著中。這是由於宋學的勃興使文化語境發生了根本性的變化，在以「義理之學」、「心性之學」爲核心的學術話語的影響下，宋代詩學對詩學本體的認識由「情性」變而爲「意」或

「理」。」——〈「吟詠情性」與「以意爲主」——兼論中國詩學本體論的兩個傾向〉，《文學評論》，一九九九，第二期，頁三三——四〇。

註三二：朱熹《詩集傳・序》，臺北，新陸書局，一九六八。

註三三：朱熹《朱子語類》，卷八十，北京，中華書局，一九九四。

註三四：同註三三。

註三五：張毅《宋代文學思想史》，頁二五一，北京，中華書局，一九九五。

註三六：黃裳《演山集・書子虛詩集後》，卷三十五，四庫珍本初集。

註三七：朱熹《詩集傳・序》，臺北，新陸書局，一九六八。

第二節 〈長恨歌〉與宋人重意的詩學表現

（一）唐人捨傳求經學術思潮的賡續

中唐對宋詩的影響越來越多人注意到了，從接受史的觀點而言，這是宋人對中唐學術思想接受的結果。如查屏球、朱剛就從啖（助）、趙（匡）、陸質的《春秋》學棄傳求經開始，考察元、白諷喻詩風對這一學說的接受過程與態度，并由其詩歌的具體內容觀照這一學派對貞元、元和諷喻詩風的影響。（註一）儒學的轉變使學風逆轉，使啖、趙、陸《春秋》學派由私學躍爲官學，進而影響元和諷喻詩風，這個關鍵，就是棄傳求經、斷以己意的治經思潮。（註二）「求經」，就是直接探究經書本文本義，不要曲爲之說，隔靴搔癢。最顯著的就是對於禮文要「原情斥禮」革時代之弊，實質上是民本主義的高昂，這對元、白諷喻詩風的形成是個很大的驅動力，因爲他們就是爲君、爲臣、爲民而作的向下層百姓看的文學，所以，中唐「舍傳求經」的學風帶來貞元、元和諷喻詩風的誕生。

（二）北宋以意說經，本於人情——以歐陽修、梅堯臣、蘇軾為例

前面也論述過元、白諷喻詩風的以意爲主；當然，這是整個時代思潮的共同走向，〈長恨歌〉自然也是如此。生唐之後的宋人，固然處處要有自家面目，但是中唐學風就如母親的臍帶輸與宋人的養分，最值得注意的是以意說經，這是在宋人疑經、非孟、非韓的思想氛圍中，（註三）歐陽修《詩本義》扒梳漢儒說《詩經》的臆斷與不合理處，就是以事物本來之真理做根據，真是契合人心。（註四）而歐陽修就是以意說經，在《春秋》的爭論上，歐陽修就堅持以孔子的意見爲折衷，他說：

以事有不幸出於久遠而傳乎二說，則奚從？曰：「從其一之可信者。」然則安知可信者而從之？曰：「從其人而信之可也。」眾人之說如彼，君子之說如此，則捨眾人之說而從君子。君子博學而多聞矣，然其傳不能無失也。君子之說如彼，聖人之說如此，則捨君子而從聖人，此舉世之人皆知其然，而學《春秋》者獨異乎是，孔子聖人也，萬世取信一人而已。若公羊高、穀粱赤、左氏三子者，博學而多聞矣，其傳不能無失者也。孔子之於經，三子之於傳，有所不同，則學者寧捨經而從傳，不信孔子而信三子，甚哉！其惑也。（註五）

信孔子就是研治《春秋》最根本的方法，而其根據就是本於人情。歐陽修針對《春秋》學謬誤的產生提出其觀點：

孔子何為而修《春秋》？正名以定份，循名而責實，別是非、明善惡，此《春秋》之所以作也。……夫不求其情，不則其實，而善惡不明，如此則之意疏而《春秋》謬矣！（註六）

以經本意說《春秋》才能得到真正情、實，對唐太宗縱囚一事，他也以「人情」來批判唐太宗好名，他說：

信義行於君子，而刑戮施於小人，刑入於死者，乃罪大惡極，此又小人之尤甚者也。寧以義死，不苟幸生，而視死如歸，此又君子之尤難者也。方太宗之六年，錄大辟囚三百餘人，縱使還家，約其自歸以就死，是以君子之難能期小人之尤者以必能也。其囚及期而卒自歸無後者，是君子之尤難而小人之所易也，此豈近於人情？（註七）

歐陽修論斷經書是非的根據就是本於人情的「以意說經」。（註八）集學哲學家、政治家、文學家於一身是宋代文化的特色之一，歐陽修就是個著例。既然宋代極力匡復的儒學是以意說經，各門學術界限早已泯滅，（註九）文學創作接受《詩三百篇》、《春秋》的以意爲主的說經方式更不足爲奇，所以梅堯臣說：

詩家雖率意，而造語亦難。若意新語工得前人所未道者，斯為善也。必能狀難寫之景如在目前；含不盡之意見於言外，然後為至矣。（註一〇）

由前所述，梅堯臣的「意」就是：

我欲之許子有贈，為我為學勿所偏，誠知子心苦愛我，欲我文字無不全。居常見我足吟詠，乃以述作為不然，始曰子知今則否，固亦未能無喻焉。我於詩言豈徒爾，因事激風成小篇，辭雖淺陋頗刻苦，未到二雅未忍捐。安取唐季二三子，區區物象磨窮年。苦苦著書豈無意，貧希祿廩塵俗牽。書辭辯說多碌碌，吾敢虛語同後先。唯當稍稍緝銘志，願以直法書諸賢恐子未喻我此意，把筆慨嘆臨長江。（註一一）

聖人於詩言，曾不專其中，因事有所激，因物興以通。自下而磨上，是之謂國風，雅章及頌篇，刺美亦道同。不獨識鳥獸，而為文字工。屈原作離騷，自哀其志窮，憤世嫉邪意，寄在草木蟲。邇來道頗喪，有作皆言空，煙雲寫形狀，葩卉詠青紅，人事極諛諂，引古稱辯雄。經營唯切偶，榮利因被蒙。遂使世上人，只曰一藝充，以巧比戲弈，以聲喻鳴桐，嗟嗟一何陋，甘用無言終。然古有登歌，緣辭合徵宮，辭由士大夫，不出於瞽蒙，予言與時輩，難用猶篤癃，雖唱誰能聽，所遇輒瘖聾，諸君前有贈，愛我言過豐，君家好兄弟，響合如笙叢。雖欲一一報，強說恐非衷。聊書類頑石，不敢示磨礱。（註一二）

仲尼著《春秋》，砭骨常苦笞，後世更有史，善惡亦不遺。君能切體類，鏡照嫫與施，直辭鬼膽怯，微文姦魄悲。不書兒女書，不作風月詩，唯存先王法，好醜使無疑。安求一時譽，當期千載知。（註一三）

從上面三詩，可知堯臣的主張：他主張學《詩三百篇》、學《春秋》。他要在詩中有褒貶、有諷刺，而反對「嘲風雪、弄花月」。朱東潤說：

在這裡我們可以看到他的主張是和白居易的〈與元九書〉一致的，而提出《春秋》的「砭骨常苦笞」，加強批判，比白居易的止言六義，更進一層。（註一四）

朱東潤也注意到白居易在北宋中葉的影響力，尤其值得住一提的是梅堯臣也主張學《詩三百篇》與《春秋》，更是以意說經向詩學的滲透，歐陽修就說梅堯臣善寫人情之難言，故工於詩：

予聞世謂詩人少達而多窮，夫豈然哉？蓋世所傳詩者多出於古窮人之辭也。凡士之蘊其所有而不得施於世者，多喜自放於山巔水涯之外，見蟲魚草木風雲之狀類，往往探其奇怪，內有憂思感憤之鬱積，其興於怨刺以到羈臣寡婦之所歎，而寫人情之難言，蓋愈窮則愈工（註一五）。

在詩學上，歐陽修就直接以《詩三百篇》之本義說《詩經》，（註一六）邵雍也認爲只有詩才能曲盡人情：

> 愛君難得似當時，曲盡人情莫若詩；無雅豈明王教化？有風方識國興衰。知音未若吳公子，潤色曾經魯仲尼。三百五篇天下事，後人誰敢更譏非？（註一七）

曲盡人情才是好詩，與梅堯臣寫人情之難言而工詩是一致的。蘇軾也從人情論《中庸》之「誠」，他說：

> 君子之欲，誠也。莫若以明。夫聖人之道，自本而觀之，則皆出於人情，不循其本而逆觀之於其末，則以為聖人有所勉強力行而非人情之所樂者。夫如是，則雖欲誠之，其道無由，故曰：「莫若以明。」使吾心曉然知其當然而求其樂。今夫五常之教，惟禮為若強人者，何則？人情莫不好逸豫而惡勞苦，今吾必也使之不敢箕踞而磬折百拜以為禮。人情莫不樂富貴而羞貧賤，今吾必也使之不敢自尊而卑遜退抑以為禮。用器之為便而祭器之為貴，褻衣之為便而袞冕之為貴；哀欲其速已而伸之三年，樂欲其不已而不得終日，此禮之所以為強人而觀之於其末者之過也。盍亦反其本而思之：今吾以為磬折不如立之安也；而將惟安之求則立不如坐，坐不如箕踞，箕踞不如偃臥，偃臥而不已，則將裸袒而不顧，苟為裸袒

而不顧，則吾乃亦將病之。夫豈獨吾病之，天下之匹夫匹婦莫不病之也。苟為病之，則其勢將必至於罄折而百拜。由此言之，則是罄折而百拜生於不欲裸袒之間而已也，夫豈惟罄折百拜將天下之所謂強人者，其皆必有所生也，辨其所從生，而推之至於其所終極，是之謂明。（註一八）

這就是說不強人以爲禮，要順著人之本情，既然情無所謂好壞，當然，蘇軾也主張要情要所節制，那就要盡天理，也就是誠，因爲只有誠才能盡天下之至理：

夫無心而一，一而信，則物莫不得盡其理，以生以死。故生者不德，死者不怨，無怨無德，則聖人者豈不備位于其中哉！吾一有心于其間，則物有僥倖夭狂不盡其理者矣。（註一九）

故北宋論爭議事都要本乎人情，歐陽修、梅堯臣、蘇軾都在詩歌中以表現人情爲主的意，因而是形成宋詩散文化、議論傾向的原因之一，也是黨爭的主要利器之一。（註二〇）

（三）北宋後期：詩法的堅持與倫理道德的呈現——以黃庭堅、張耒、黃裳為例

因爲「烏臺詩案」使蘇軾的人生思想有了重大的改變，也因他的厄運使詩人開始迴避政治現實鬥爭的「開口攬時事，議論爭煌煌」的問政態度，（註二一）隨著理學的發展，宋人也慢慢自書生政治的實踐者變成君主專制宿命的擁護者，同時，由於黨爭日益意氣酷烈，詩人爲了避禍全身，詩人對時政不再熱烈批判，就政治現實的關懷而言，這是一種倒退。從表面說，黃庭堅稱讚周敦頤是「光風霽月」，（註二二）詩人已走向理學人格，就思想的深一層結構說，這是詩人躲在理學封閉、內斂的精神裡遠禍全身。理學家對黃庭堅的批評比對蘇軾客氣多了，固然黃庭堅孫黃　是朱熹弟子，黃庭堅人格呈現的理學特質也是個主因。總之，北宋末年的詩人從歐陽修、梅堯臣、蘇軾對政治現實的關懷——實際的「意」的內容，轉向「意」的形式與理想人格的呈現——詩法的堅持與倫理道德的恪守，並未能繼續北宋中期書生論政的熱情與元白重意的傳統（包括感傷詩與諷喻詩），這是北宋末年，「意」的一大轉變。黃庭堅正是此時重視詩法與倫理道德最佳的代表。

甲、倫理道德的實踐乃黃庭堅「意」內涵之一

黃庶（庭堅父）說文章（此處指詩歌）不可淫靡：

廣文先生呂公，天聖中為許昌掾，……其時文章用聲律最盛，哇淫破碎不可讀，其於詩尤甚，，士出於其間，為辭章，能主意思而不流者最難，……凡文章非其意高，雖貴，時則不傳。（註二三）

黃庶顯然是偏重於詩中倫理道德而言。黃裳認爲意是要表達作者體道有得之言：

道本於心，以性為體，以情為用，志者存於心而行者也意者思於心而作者也，言者發於心而應者也。著述之士，雖累千百萬言，反本而求之，則貫乎一而已。言意之為書，識性為之根蒂，才性為之文飾，記性為之證據，合是三性，而本於心，稟其可否，著為群言，猶之讀書萬卷，歷歷可引其文義，胸中洞然，曾無一點實乎其中，善觀夫言意，亦如是而已。彼我之心一也，有道則通乎一愚，不肖不敢以為有道，觀者考焉。（註二四）

言是要將個人體道有得之意表達清楚，否則不是最精當的語言，大體言之，黃裳是將文詞視爲道德修養之載體，他說：

……常回顧性分中，求其所謂養心治氣之道，立之以志，作之以情，有感而後動，合養而為意，思一寓之翰墨，則其所書者意耳，不主乎言！孟子曰：「……」，故其七篇之書，發於心氣之所養，雖其立言，亦如與人答問之時，近而遠，約而詳，不為艱苦輕揚之辭。……若夫採摭歷代之史，百家之集，巧語奇

字，隱奧難見之事跡，聯綴為文，出人不意，然後以為文，豈其志哉？（註二五）

可以想見，黃裳此語是爲蘇軾而發，他不贊成蘇軾「採摭歷代之史，百家之集，巧語奇字，隱奧難見之事跡，聯綴爲文，出人不意」的引史論政態度，觀乎蘇軾行文爲詩，輒好引古事以高其論證之理，「意」就是博極群書，留心朝代興替放言論政的出入古今，史論就成爲黃裳指摘的標的，蓋蘇軾說：

所示書教及詩賦雜文，觀之熟矣，大略如行云流水，初無定質，但常行於所當行，常止於不可不止，文理自然，姿態橫生。孔子曰：「言之不文，行之不遠。」又曰：「辭達而已矣。」夫言止於達意，則疑若不文，是大不然，求勿之妙，如繫風捕影，能使是物了然於心者，概千萬人而不一遇也，而況能使了然於口與手乎？是之謂辭達，詞至於能達，則文不可勝用矣！揚雄好為艱深之辭，以文淺易之說，若正言之，則人人知之矣，此鄭所謂雕蟲篆刻者，其太玄法言，皆是物也，而獨悔於賦，何哉？終身琱蟲，而獨變其音節，便謂之經可乎？屈原之作離騷經，蓋風雅之再變者，雖與日月爭光可也，可以其似賦而謂之琱蟲乎？……歐陽文忠公言文章如精金美玉，市有定價，非人所能以口舌貴賤也。（註二六）

蘇軾一再表明諷喻精神才是屈原作離騷的旨趣，他詳博史論也是立足這個基本觀點，所以他應進士舉的〈刑賞忠厚之至論〉一文，使歐陽修大爲吃驚，原來他是推究聖人之本情而言，但黃裳卻說他好「採摭歷代之史，百家之集，巧語奇字，隱奧難見之事跡，聯綴爲文，出人不意」，基本因素就是黃裳已經迴避政治現實的批判了。

黃庭堅更是挑明著向諸位外甥勸誡「慎勿襲」蘇軾詩軌，給外甥寫信說：

寄詩語意老重，數過讀不能去手，繼以歎息，少加意讀書，古人不難到也。諸文亦皆好，但少古人繩墨耳。可更熟讀司馬子長、韓退之文章。凡作一文，皆須有宗有趣，終始關鍵，有開有闔，如四瀆雖納百川，或匯而為廣澤，汪洋千里，要自發源注海耳！老夫紹聖以前不知作文章斧巾，取舊所作讀之，皆可笑。紹聖以後，始知作文章。但以老病懶弱，不能下筆也。外甥勉之，為我雪恥。罵犬文雖雄奇，然不可作也。東坡文章妙天下，其短處在好罵，慎勿襲其軌也。（註二七）

此時作者似乎都在檢討蘇軾那種適意爲樂的創作精神，而蘇軾賞物之樂就是「超然」，他說：

凡物皆有可觀者，苟有可觀者，皆有可樂，非必怪奇瑰麗者也。餔糟歠漓，皆可以醉，果蔬草木，皆可以飽，推此類也，吾安往而不樂？夫所謂求福而辭禍者，以福可喜，而禍之可悲也。（註二八）

無往而不適意的智慧就是超乎物欲得失、禍福的悲喜，還有與萬物爲一體的胸襟，這在黃裳看來，就是翫物，他說：

今世之人，天倫風度與古人所受同，然內蔽於徇己而失詩之理，外蔽於翫物而喪詩之志，嘉美憂怨，規刺傷閔，適一時之私意，先物而遷究之，此徇己者也；風雲泉石春花秋月，與其情相適則醉酣歌舞，揮毫而逐其後，以寫一時之逸興，此翫物者也。（註二九）

歐陽脩、蘇軾都是「嘉美憂怨，規刺傷閔，適一時之私意，先物而遷究之」的徇己之人；他們又有〈醉翁亭記〉、蘇軾前、後〈赤壁賦〉，都是黃裳所謂「風雲泉石春花秋月，與其情相適則醉酣歌舞，揮毫而逐其後，以寫一時之逸興」的翫物者，這些都不是以儒家理學修養爲期向的詩人所認可的。張耒說：

我雖不知文，嘗聞於達者；文以意為車，意以文為馬，理強意乃勝，氣盛文如駕，理維當即止，妄說即虛假。氣如決江河，勢盛乃傾瀉。文莫如六經，此道亦不舍，但于文最高，窺不見隙罅。故令後世儒，其能極者寡，文章古亦眾，其

> 道則一也，譬如張眾樂，要以歸之雅，區區為對偶，此格最汙下，求之古無有，欲學固未暇。（註三〇）

理強意馬文車是張耒的文學創作觀。此時詩人因爲對現實政治的疏離，故詩之內容貧弱而以形式技巧來彌補這份空疏之弊，因而有「奪胎換骨」、「點鐵成金」之說，二者都與黃庭堅有關。

乙、「奪胎換骨」、「點鐵成金」是黃庭堅的詩法理論

所謂「點鐵成金」，根據黃庭堅自己說：

> 所寄釋權一篇，詞筆縱橫，極見日新之效，更須治經，深其淵源，乃可到古人耳！青瑣祭文語意甚工，但用字時有未安處；自作語最難，老杜作詩，退之作文，無一字無來處，蓋後人讀書少，故謂韓杜自作此語耳！古之能為文章者，真能陶冶萬物，雖取古人之陳言，入於翰墨，如靈丹一立，點鐵成金也。文章最為儒者末事，然索學之又不可不知其曲折，幸熟思之。至於推之使高如泰山之崇，崛如垂天之雲；作之使雄壯如滄江八月之濤，海運吞舟之漁，又不可守繩墨令儉迫也。（註三一）

可知「點鐵成金」要有幾個要件：甲、治經爲始；乙、杜甫、韓愈因爲能博極群書，故詩文皆有來歷，後人因爲讀書比杜、韓少，故以爲杜、韓語語皆是創作；丙、能陶冶萬

物、用古語表今意才是最佳的詩人，也就是最佳的「點鐵成金」手。不過，黃庭堅的意思並不僅於「無一字無來處」，他最終目的是自鑄偉詞，就要閑居時多讀「《左傳》、《國語》、《楚辭》、《莊周》、《韓非》，欲下筆略體古人致意曲折處，久久乃能自鑄偉詞，雖屈宋亦不能超此步驟也。」（註三二）先從古人作品涵詠其意，久之便能自鑄偉詞。

至於「奪胎換骨」，並不見於黃庭堅文集中，首見於釋惠洪《冷齋夜話》：

> 山谷云：「詩意無窮，而人之才有限，以有限之才，追無窮之意，雖淵明少陵不得工也。」然不易其意而造其語，謂之換骨法；規模其意而形容之，謂之奪胎法。（註三三）

歷來有很多人懷疑這句話的真實性，一般相信是惠洪牽合的成份居多，（註三四）但是，也還是只有植基深厚的學問，故「奪胎換骨」也好，「點鐵成金」也罷，都是在飽讀詩書典籍後的悟，（註三五）是否能悟尚不可知，但不下苦功治學要能悟卻萬萬不能的。

好詩從學問中來，幾乎成爲宋人的共識，（註三六）立意的方法如何培養呢？當然要學，葛立方說：

> 東坡在儋耳時，余三從兄諱延之，自江陰擔簦萬里，絕海往見，留一月。坡嘗誨以作文之法曰：「儋州雖數百家之聚，州人之所須，取之市而足，然不可徒得也。必有一物以攝之，然後為己用。所謂一物者，錢是也。作文亦然，天下之事，散在經子史中，不可徒使，必得一物以攝之，然後為己用。所謂一物者，意是也。不得錢不可以取物，不得意不可以明事，此作文之要也。」吾兄拜其言而書諸紳。（註三七）

但如何學立意？蘇軾認為要抓住一個主題研究下去，否則會紛雜摸不著頭緒，他說：

> 少年為學者，每一書皆作數次讀。書之富，如入海，百貨皆有，人之精力不能兼收盡取，但得其所欲求者爾。故願學者每作一意求之，如欲求古今興亡治亂聖賢作用，且說只作此意求之，勿生餘念。又別作一次求事跡文物之類，亦如之。他皆仿此。若學成，八面受敵，與涉獵者不可同日而語。（註三八）

蘇軾要我們鎖定一個主題去讀書，類似今天作研究的人立定目標、找資料、精研熟讀才能寫出一篇好論文一樣；蘇軾又指出意要直貫透徹，才算達：

> 所示書教及詩賦雜文，觀之熟矣。大略如行雲流水，初無定質，但常行於所常行，止於不可不止，文理自然，姿態橫生。孔子曰：「言之不文，行之不遠。」又曰：「辭達而已矣。」夫言止於達意，疑若不文，是大不然。求物之

妙，如繫風捕影，能使是物了然於心者，蓋千萬人而不一遇也，而況能了然於口與手者乎?是之謂辭達。辭至於能達，則文無可勝用矣。（註三九）

訓練心、口、手三者協調一致的功夫，就不會犯文詞粗鄙、淺俗之弊，更要積學以貯寶，多練習自己的表達能力，無非是要使「文意」明白，顯豁其欲說之意。這早已顯現在中唐詩人的創作態度中，韓愈、李賀、李商隱就是個人所要表達的意旨已先蘊釀好，再驅遣物象爲他們的創作服務的。「尊題」就是強調所要表達的觀點的以意爲主的表現。宋，葛立方以白居易聽琵琶、韓愈對石鼓文完全不同的態度爲例：

書生作文，務強此弱彼，謂之尊題。至於品藻高下，亦略存公論可也。白樂天在江州聞商婦琵琶，則曰：「豈無山歌與村笛，嘔啞嘲哳難為聽。今夜聞君琵琶曲，如聽仙樂耳暫明。」在巴峽聞琵琶云：「絃清撥利語錚錚，背卻殘燈就月明。賴是無心惆悵事，不然爭奈子絃聲。」至其後作〈霓裳羽衣歌〉，乃曰：「湓城但聽山哳語，巴峽惟聞杜鵑哭。」乍賢乍佞，何至如此之甚?韓退之美石鼓之篆，至有「羲之俗書逞姿媚」之語，亦強此若彼之過也。（註四〇）

同樣聽琵琶，時空異位，感受不同；同樣欣賞文字之美，韓愈爲了凸顯石鼓文上的古文字之美，竟說王羲之書法是俗書逞姿媚，這原因無他，都是在以意爲主之下才會有褒貶突兀的情況，葛立方說這是「尊題」；葛兆光說這就是白話詩的「凸現意義」，他說：

> 可是，極為有趣的，是在被稱為作「詩體大解放」的本世紀白話詩運動中，我們卻看到了宋詩凸現意義、以文為詩這一精神的真正復活。（註四一）

白居易故意忽略某些歷史真相，以李、楊故事爲底本，創造出淒美又膾炙人口的《長恨歌》卻爲宋詩凸現意義、以文爲詩這一精神提前作了準備。

再申論之：吳相洲曾就中唐構思方式的改變做過一番研析，得出中唐詩人的創作態度是以意爲主，也就是著重內容的主題先行，吳相洲說：

> 元白的以意為主是就意和文的關係而言：包括體裁的選用，字數的多少，題材的處理，手法和語言的運用，都要圍繞意的表達來設置。因此，以意為主有似作文的「主題先行」。這種意多半是由「感遇時事」而來，也無需多少自然物象來表達，只要把帶有社會意義的人事物象組織起來，達到「其言直而切」就行了。（註四二）

也就是說：以意爲主只是出於理性構思、刻意地向外尋求，葉嘉瑩比較杜甫與韓愈、白居易之詩後，總結道：

> 昌黎載道之文與樂天諷喻之詩，他們的作品中所有的道德也往往僅只是出於一種理性的是非善惡之辨而已。而杜甫詩中所流露的道德感則不然，那不是出於理性的是非善惡之辨，而是出於感情的自然深厚之情。是非善惡之辨乃由于向外

之尋求，故其所得者淺；深厚自然之情則由于天性之含蘊，故其所有者深。所以昌黎載道之文與樂天諷喻之詩，在千載而下之今日讀之，於時移世變之餘，就不免使人感到其中有一些極淺薄無謂的話，而杜甫詩中所表現的忠愛仁厚之情，自讀者看來，固然有合於世人之道德，而在作者杜甫而言，則并非如韓、白之為道德而道德，而是出於詩人之感情的自然流露。（註四三）

葉嘉瑩所謂「理性的是非善惡之辨」，就是刻意地向外尋求、以意爲主。孫明君比較杜甫「詩史」與白居易諷喻詩之不同後，也作結論說：

兩種文學最大區別是：杜甫詩史是其仁者心的自然流露，而白居易的新樂府是一種主題先行的「向外尋求」。（註四四）

吳相洲所謂的「主題先行」，孫明君所謂的「向外尋求」，就是以主題的呈現爲主，形式考慮是次要的，而在程朱理學盛行後，對小說創作的影響最大的就是這種「主題先行」的觀念，作家們先是有了某種哲學的與社會的觀點，然後才尋找生活中的故事，或者虛構出故事，來說明這樣的觀點，也是受中唐構思方式的改變與宋明理學的激盪而產生小說創作技巧的改變。（註四五）

這種尊題、凸現意義，就是黃庭堅說的：

> 新詩日有勝句，甚可喜。要當不已，乃到古人下筆處，小詩文章之末，何足甚工，然足下試留意，奉為道之，詞意高盛，要從學問中來，爾後來學詩者，詩有妙句，譬如闔眼摸象，隨所觸體，得一處非不即似，要且不是，若開眼則全體見之，合古人處不待取證也。作文不必多，每作一篇，要商榷精盡，檢閱不厭勤耳！舉場中下筆遲澀，蓋是平時讀書不貫穿也，宜勉強於學問。歲月如流，須及年少精力，讀書不貴雜駁，而貴精深，作文字須摹古人，百工之技，亦無有不法而成者也。但始學詩，要須每作一篇，輒須立一大意，長篇須曲折三致焉，乃為成章耳！因按所聞動靜念之，觸事輒有得意處，乃為學問之功。文章惟不構空強作，詩遇境而生，便自工耳。（註四六）

「每作一篇，輒須立一大意，長篇須曲折三致焉」，就是對要表達的意思先擬清楚，就如張耒「文以意爲車，意以文爲馬，理強意乃勝，氣盛文如駕，理維當即止，妄說即虛假」的意思。故從學問中來，除了汲取書中營養也是借鑑古人修身養志，也就是儒家的經書：

> 有學詩於黃山谷者，山谷云：「公治何經？且熟讀經書。」其人未達，退而問人。有答之者云：「不明經旨，則不識是非，不知輕重，何以為詩」。（註四七）

於是，宋詩人也常常「識是非」、「知輕重」的人格的呈現。

丙、學問為利器，作詩意原型的追尋

同理，「奪胎換骨」、「點鐵成金」也都是讀書後的結果，宋人以能辨出某詩自某處出而甚自喜，尤其是蘇、黃二家更是詩話作者（批評者）自我功力的挑戰，可以說：宋人不止以學問作詩，更以學問評詩，追尋詩句的源頭。

（子）辨認蘇軾詩出於何人，以出於白居易最爲人樂道，如：

樂天云：「近世韋蘇州歌行，才麗之外，頗近興諷。其五言詩文，又高雅閒淡，自成一家之體，今之秉筆者，誰能及之。」故東坡有「樂天長短三千首，卻愛韋郎五字書。」——吳聿《觀林詩話》（註四八）

白樂天〈女道士〉詩云：「孤山半峰雪，遙水一枝蓮。」以花比美婦人；東坡〈海棠〉云：「朱唇得酒暈生臉，翠袖卷紗紅映肉。」此以美婦女比花也——楊萬里《誠齋詩話》（註四九）

東坡作〈定風波序〉云：「王定國歌兒曰柔奴，姓宇文氏。定國南遷歸，予問柔廣南風土應是不好？柔應曰：『此心安處，便是吾鄉。』因用其語綴詞云：

『試問嶺南應不好？卻道，此心安處是吾鄉。』」予嘗以此語本出白樂天，東坡偶忘之耶？樂天〈吾土〉詩云：「身心安處為吾土，豈限長安與洛陽？」又〈出城留別〉詩云：「我生本無鄉，心安是歸處。」又〈重題〉詩云：「心態身寧是歸處，故鄉可獨在長安？」又〈種桃〉詩云：「無論海角與天涯，大抵心安即是家。」——吳幵《優古堂詩話》（註五〇）

東坡和章質夫〈楊花〉詞云「思量卻是，無情有思」，用老杜「落絮遊絲亦有情」也。「夢隨風萬里，尋郎去處，依前被鶯呼起。」即唐人詩云：「打起黃鶯兒，莫教枝上啼。啼時驚妾夢，不得到遼西。」「細看來不是楊花，點點是離人淚。」即唐人詩云：「詩人有酒送張八，惟我無酒送張八。君有陌上梅花紅，盡是離人眼中雪。」皆奪胎換骨手。——曾季貍《艇齋詩話》（註五一）

（丑）辨黃庭堅詩出何人，如：

山谷〈謝人茶〉詩云：「涪翁投贈非世味，自許詩情合得嘗。」出薛能〈茶〉詩，云：「粗官乞與真抛卻，只有詩情合得嘗。」——曾季貍《艇齋詩話》（註五二）

《山谷集》中有絕句云：「草色青青柳色黃，桃花零落杏花香。春風不解吹愁卻，春日偏能惹恨長。」此唐人賈至詩也，山谷特改五字耳。賈云：「桃花歷亂杏垂香。」又：「不為吹愁惹夢長。」——吳幵《優古堂詩話》（註五三）

山谷詠明皇時事云：「扶風喬木夏陰合，斜谷鈴聲秋夜深。人到愁來無處會，不關情處亦傷心。」全用樂天詩意。樂天云：「峽猿亦無意，隴水復何情。為到愁人耳，皆為腸斷聲。」此所為奪胎換骨者是也。——曾季貍《艇齋詩話》（註五四）

山谷黃魯直詩話曰：「船如天上坐，人似鏡中懸。」「船如天上坐，魚似鏡中懸。」沈雲卿之詩也。雲卿得意於此，故屢用之。老杜「春水船如天上坐」，祖述佺期之語也，繼之以「老年花似霧中看」，蓋觸類而長之也。苕溪胡元任曰：「沈雲卿之詩，源於王逸少〈鏡湖詩〉所謂『山陰路上行，如在鏡中』之句。然李太白〈入青溪詩〉云：『人行明靜中，鳥度屏風裡。』雖有所襲，語益工也。」——蔡夢弼《杜工部草堂詩話》（註五五）

唐朱晝《喜陳懿老至》詩云：「一別一千日，一日十二憶。苦心無閒時，今日見玉色。」乃知山谷「五更歸夢三千里，一日思親十二時」之句取此。——吳幵《優古堂詩話》（註五六）

山谷「百年中半夜分去，一歲無多春再來。」全用樂天兩句：「百年夜分半，一歲春無多。」——曾季貍《艇齋詩話》（註五七）

不只蘇軾、黃庭堅二人喜歡對古籍名句加以翻用，王安石也擅長此道，經、史、子、集之書，無所不閱，蘇軾、黃庭堅二人對後代更有莫大的沾溉，援引相攜，風氣漸廣，於是有「蘇門」、「蘇體」、「江西詩派」的形成；尤其是黃庭堅，其影響力比蘇坡更加深廣，當時幾乎籠罩整個詩壇，劉克莊說：

元祐以後，詩人迭起，一種則波瀾富而句律疏；一種則鍛煉精而情性遠，要之不出蘇、黃二體而已。（註五八）

明顯地指出蘇、黃二人之異：蘇「波瀾富而句律疏」，出入隨意，千變萬化，不太注意形式；黃則是「鍛煉精而情性遠」，求新求奇，卻也漸漸顯得太過於人工雕琢，有欠自然。宋人更是以認辨出某人詩出於某人某書或將某人詩句作品稍稍改動則成自己的詩句而自豪，王若虛對黃庭堅提出奪胎換骨、點鐵成金之說很不以爲然：

> 魯直論詩，有奪胎換骨、點鐵成金之喻，世以為名言，以予觀之，特剽竊之點者耳。（註五九）

王若虛對黃庭堅詩法甚爲不滿，說他沒特別功夫，只是「偷」的技巧比別人高明而已；雖是過激之詞，但也反映出重詩法甚於內容者會惹人厭。

（四）南渡前後，承蘇軾「有為而作」意

靖康之難（一一二七），宋室匆匆南渡，此時詩人在匡復之志下，已漸漸再拾起蘇軾犯顏直諫的鬥爭勇氣，那些「慎勿襲其軌」的告誡也因國土淪喪、徽、欽二帝被擄的民族慘痛而被拋到九霄雲外了，他們以高亢的主旋律唱出時代的最強音，在詞中形成豪放派，「強烈的愛國激情和必勝的信念，使豪放派作家能夠昂首浩歌，恃才騁氣，給文壇帶來了跳躍動盪的虎虎生氣。他們才氣縱橫的創作受到人們的敬仰，推崇天才和發揚個性遂成爲這一派作家的自覺意識」。（註六〇）這時的詩人，都不自覺地又蹈上蘇軾以詩爲忠勤國事的載體，就是：憂國憂民，敢於指陳時政，激昂頓挫，儘管他們之中有人自以爲出自「江西詩派」，但他們的創作個性更近於蘇軾那種才情縱橫、自由揮灑。嘻笑怒罵皆成文章的自然爲文。惠洪詩云：

看君落筆夾風霜，渙然行文風行水。坐令前輩作九原，子固精神老坡氣。（註六一）

表明承繼蘇軾。汪藻也說：

臣竊惟金人為中國患難已五年，而自陛下即位以來，祖宗土宇日蹙一日，生靈塗炭歲甚一歲。臣嘗稽之載籍，雖至微之邦，至衰暗之主，敵人臨境，猶能使其國人勉強一戰。未聞以堂堂中國之大，州縣所存者大半，陛下英明之資，勵精求治無失德於天下，而敵騎長驅去巢穴萬有餘里，如入無人之境。至山東則破山東，至淮南則破淮南，至浙江則破浙江。嘻笑而來，飽滿而去。坐令原野厭人之肉，川谷流人之血。宗社不絕如線，以萬乘之尊，至於乘桴入海，悵悵然未知稅駕之所。其所以至此者何哉？將帥不得其人，而陛下所以馭將帥者未得其術也。（註六二）

如此直諫時政，痛快淋漓之文，自歐、蘇之後實不多見。作者痛哀國事，感憤激發，行文汪洋閎肆，展示的完全是蘇文那種風行水上、自然成文的風采，而且有很強的批判諷喻精神。孫覿爲汪藻《浮溪集》作序云：

貫穿百氏，網羅舊文，推原天地道德之旨，古今理亂興壞得失之跡，而意有所適者，必寓之於此。登高望遠，屬思千里，凡耳目之所接，雜然觸于中而發於詠歎者，必寓之於此。歧嶇兵亂，潛深伏隩，悲劇慷慨，酣醉無聊，而不平有動於心者，亦必寓之於此。伎與道俱，習與道合文從字順，體質渾然不見刻劃。（註六三）

汪藻自己也說：

所貴於文者，以能明當世之務，達群倫之情，使千載之下讀之者如出乎其時，如見其人也。（註六四）

這種風行水上、自然成文的思想顯然來自蘇軾，其實質是創作主體的任情率性，由此可導出對現實社會的不平之鳴。李綱也為自己在建炎元年所作詩序文中明卻指出「詩以風刺為主」的創作主張，認為：

漢唐間以詩鳴者多矣，獨杜子每得詩人比興之旨。雖困躓流離而不忘君，故其辭章慨然有志士仁人之大節，非止模寫物象風容色澤而已。（註六五）

韓元吉說：

自唐以來，詩人寖盛，有得於天才之自然者，有茲於學問而成之者。……嗚呼！若吾安國之詩，其幾於天才之自然者歟！（註六六）

為詩要以學問為根，已是宋人的共識，蘇軾也不例外，（註六七）但他「行於所當行，止於不可不止」的自然說，又是「得於天才之自然者」之絕佳代表，一般也都認為這是蘇軾的創作特徵。故此時可謂蘇軾「風行水上、自然成文」適意詩風的再被重視，當然，豪放派詞人兼詩人陸游及詞人辛棄疾也都注意到這種狂放疏蕩、以個人感憤鬱積、懷才不遇的悲苦發爲豪放的創作精神。而「狂放精神是豪放派作家創作中最能顯示個性風采的部份，然而卻與當時理學家所講的正心誠意不甚相宜。」（註六八）朱熹對陸游頗有微詞：

> 放翁詩書錄寄，幸甚。此亦得其近書，筆力愈精健。頃嘗憂其跡太近，能太高，或為有力者所牽挽，不得全此晚節。（註六九）

我們可以看到朱熹對愛國詩人兼豪放派詞人陸游的不滿，似乎也是它非議蘇軾的主要理由，潛在原因就是他們放言敢諫、以詩歌干預時政的意。

（五）南宋中期，流轉圜美的「活法」說

蘇軾、黃庭堅似乎席捲北宋末詩壇，如劉克莊所謂「一種則波瀾富而句律疏；一種則鍛煉精而情性遠，要之不出蘇、黃二體而已」，提出綜合觀點——活法說。所謂「活法」，呂本中說：

> 學詩當識活法。所謂活法者，規矩備具而能出於規矩之外，變化不測而亦不背於是規矩也。是道也，蓋有定法而無定法，知是者則可以語活法矣！謝玄輝有

> 言：「好詩流轉圜美如彈丸。」此真活法也。近世惟豫章黃公首變前作之弊，而後學者知所趣向，畢精盡知，左規又矩，庶幾至於變化不測。然予區區淺末之論，皆漢魏以來有意於文者之法，而非無意於文者之法也。子曰：「興於《詩》。」又曰：「《詩》可以興，可以觀，可以群，可以怨，邇之事父，遠之事君，多識於鳥獸草木之名。」今之為詩者，讀之果可以使之知事父事君而能識鳥獸草木之名之理乎？為之而不能使人如是，則如勿作。吾友夏均父賢而有文章，其於詩，蓋得所謂規矩備具而出於規矩之外，變化不測者。後更多從先生長者游，聞聖人之所以言詩者，而得於其要妙，所謂無意文之文也。（註七〇）

呂本中的理論看似老生常談，但卻指出當時詩壇之弊。「規矩備具而出於規矩之外」，這是黃庭堅「稍入繩墨」與「不可守繩墨令儉陋」（註七一）的翻版；「變化不測而亦不背於背於規矩」，這又是蘇軾「出新意於法度之中，寄妙理於豪放之外」（註七二）的重申。也就是劉克莊所謂「一種則波瀾富而句律疏；一種則鍛煉精而情性遠，要之不出蘇、黃二體而已」的再演繹而已。也就是說最成功的創作態度就是要有琢磨但不失自己風格，將蘇、黃之優長短失折中爲自己之特色，在這方面，楊萬里很傑出，劉克莊對呂本中不見楊萬里的成就很遺憾：

> 後來誠齊出，真得所謂活法。所謂流轉完美如彈丸者，恨紫薇公不及見耳。（註七三）

關於「活法」，前人議論紛紛，有時還將禪理融入，（註七四）說得十分玄虛。但質而言之，「只是作詩需隨著不同的感興，別出心裁，不落俗套，別具新意罷了。這樣的詩才能顯示作者自己的性格，不致千人一面，千篇一律，這就叫『活』」。（註七五）當然，禪宗與道家、道教的影響也不可忽略。只是，參照劉克莊的結論：跳出蘇、黃之失兼取二者之長應該是「活法」應世而生的主要原因。

（六）南宋末年的遺民意——啼鵑帶血的亡國春恨

如果以對國家民族的慷慨悲歌作爲時代最強音，那麼，南宋遺民的亡國血淚更不容忽視。遺民以詩著稱，如文天祥、謝翱、真山民、家鉉翁、林景熙、謝枋得、鄭思肖等，或身死殉國，或遁隱世外，其詩篇中，一字一句，莫不宣洩遺民之悲怨、沉痛。大抵皆直抒胸臆。如：感傷國事，自悼身世。

> 草舍離宮轉夕輝，孤雲漂泊復何依？山河風景元無異，城郭人民半已非。滿地蘆花和我老，舊家燕子傍誰飛。從今別卻江南路，化作啼鵑帶血歸。（註七六）——文天祥，〈金陵驛〉二首（其一）

此詩作於祥興元年（一二七八）文天祥被俘後，次年押赴元都燕京（今北京）所作。詩中以啼鵑帶血為原型，象徵亡國之痛。（註七七）而杜宇悲劇流傳最廣的一說是因色亡國，魂化杜鵑，啼血哀鳴是他因此而擔荷痛苦的表現。文天祥此詩寄寓對故國刻骨銘心的眷戀和耿耿之情，是杜鵑啼血的另一個審美蘊含。忠魂由此「啼鵑帶血歸」可鑑。王國維謂「一切文學，余愛以血書者」，（註七八）文天祥此詩可謂「化作啼鵑帶血歸」，真泣血而成。這感慨絕不亞於「黍離之悲」。

愁鎖巴雲往事空，只將遺恨寄芳叢。歸心千古終難白，啼血萬山都是紅。枝帶翠煙深夜月，魂飛錦水舊東風。至今染出懷鄉恨，長挂行人望眼中。（註七九）——真山民，〈杜鵑花得「紅」字〉

那滿山的紅杜鵑原來是用碧血染出，漂泊天涯的亡國遺孤見此，能不傷心淚零？結句正面出現「行人」，點出題意，詩人的家國之恨，也是碧血染成永無休止。與文天祥「從今別卻江南路，化作啼鵑帶血歸」，同樣是借啼血的杜鵑，抒寫家國興亡之痛，感人至深。

曾向錢塘住，聞鵑憶蜀鄉。不知今夕夢，到蜀到錢塘？（註八〇）——家鉉翁，〈寄江南故人〉

> 有懷長不釋，一語一酸辛。此地暫胡馬，終身只宋民。讀書成底事？報國是何人？恥見干戈里，荒城梅又春。（註八一）——鄭思肖，〈德祐二年歲旦〉，二首之二

家鉉翁將南宋故都杭州與故鄉蜀（眉州，今四川眉山）委婉比並，但是，不管故都與故鄉，都遠在被拘執的北都（今北京）之南，深切而不直露。鄭思肖承諾自己「終身只宋民」，展現亡國遺民對故國的誓死追思。這與當時理學也有關係，就以文天祥而言，其師歐陽守道雖非赫赫有名，但為朱熹三傳弟子，歐陽守道本人是「憂道不憂貧」的地道學者，畢生以「仁義道德」教人，但及卒，竟「家無一錢」，文天祥即受這樣的老師教育而成。（註八二）故清賀貽孫說：

> 謂宋詩不如唐，宋末詩又不如宋，似矣！然宋之歐、蘇，其詩別成一派，在盛唐中亦可名家。而宋末詩人，當革命之際，一腔悲憤，盡洩於詩。如家鉉翁〈憶故人〉詩云：「曾向錢塘住，聞鵑憶蜀鄉。不知今夕夢，到蜀到錢塘？」王曼之〈幽窗詩〉云：「西風枕寒池，池邊老松樹。渴猿下偷泉，見影忽驚去。」謝皋羽詠〈商人婦〉云：「抱兒來拜月，去日爾初生。已自滿三載，無人問五行。孤燈寒杵石，殘夢遠鐘聲。夜夜鄰家女，吹簫到二更。」又〈過杭州詩〉二首云：「禾黍何人為守閽？落花臺殿暗銷魂。朝元閣下歸來燕，不見前頭鸚鵡

言。」「紫雲樓閣讌流霞，今日淒涼佛子家。殘照下山花霧散，萬年枝上挂袈裟。」皆宋、元間人也，情真語切，意在言外，何遽減唐人？（註八三）

認爲南宋遺民與歐陽修、蘇軾的創作態度是一脈相續的，也就是說他們都以意爲主，前者是寄託其亡國之恨；後者正當宋仁宗聖明之世，論政愷切，敢犯權貴，但是都以詩爲關懷現實的利器。吳喬認爲南宋將亡時的詩篇最感人，他說：

> 詩壞而宋衰，垂亡而詩道反振。林景熙詩曰：「『開池納天影，種竹引秋聲』『日斜禽影亂，水落樹根懸』『香飄苔徑花誰惜？影落沙泉鶴自看』『老愛歸田追靖節，狂思入海訪安期』『萱草堂深衣屢寄，桃花觀冷酒重攜』『僧閒時與雲來往，鶴老應知城是非』」何讓唐人？（註八四）

認爲宋詩只有遺民詩可以和唐人爭鋒要勝，而遺民詩人卻是在亡國家恨之催迫下發爲時代的最強音，引發千古的共鳴，也不在乎所謂詩法如何？點鐵成金、奪胎換骨又如何，只是一腔洩恨，就如自從元稹、白居易以來有目的性、恆久性的個人主觀創作一樣，是一脈相承的。

註釋

註一：查屏球申明《唐學與唐詩——中晚唐詩風的一種文化考察》一書的著作旨趣說「本書在考察學術本身與詩歌發展的關係時，以考察啖、趙、陸《春秋》學派爲重點。因爲這一學派最早表現了中唐儒學在學術上的變異，整個中唐的變化就與這一學派的影響極有關係。本書以元、白諷喻詩風爲例，具體分析當時詩人對這一學說的接受過程與態度，并由其詩歌的具體內容觀照這一學派對貞元、元和諷喻詩風的影響。」見該書〈序言〉，北京，商務印書館，二〇〇〇。

註二：朱剛說：「啖助這樣取舍三《傳》，斷以己意，就是所謂『舍傳求經』」。——《唐宋四家的道論與文學》，頁二〇，北京，東方出版社，一九九七。

註三：疑經就是中唐「舍傳求經」的發展；王安石有詩嘲韓愈云：「區區易盡百年身，舉世無人識道真。力去陳言誇末俗，可憐無補費精神。」〈韓子〉，除王安石外，宋人對韓愈不滿的也很多，如司馬光〈顏樂亭頌〉、〈善惡混辨〉、〈荅陳充秘校書〉更否定了韓愈提出的「道統論」，鼓勵陳充「求道之真」，朱剛認爲這是對韓愈思想的超越。李景儉也著〈孟子評〉指摘孟子的錯誤——（見柳宗元《註釋音辨唐柳先生集·與呂道州溫論〈非國語〉書》，卷三一，上海，商務印書館，四部叢刊），都是對儒家經書、韓愈、孟子持否定態度的言論。

註四：說詳第六章，第二節〈物理〉。

註五：歐陽修《歐陽文忠公全集·春秋論（上）》，卷十八，頁一五八，上海，商務印書館，四部叢刊。

註六：同註五，〈春秋論（中）〉，頁一五九。

註七：同註五，〈縱囚論〉，頁一五九。

註八：朱剛說：「疑經就是『舍傳求經』的發展，在歐陽修身上已表現得很突出，其實質就是『以意說經』。同註二，頁二一一。

註九：張高評用「破體」，錢鍾書用「出位之思」來說明這種現象。

註一〇：歐陽修《六一詩話》引，何文煥輯《歷代詩話．上》，頁二六七。

註一一：梅堯臣撰，朱東潤校注《梅堯臣集編年校注．答韓三子華韓五持國韓六玉汝見贈述詩》，卷十五，頁三〇〇。

註一二：同註一一，〈答裴煜送序意〉，頁三三六。

註一三：同註一一，〈寄滁州歐陽永叔〉，頁三三〇。

註一四：同註一一，〈敘論一：梅堯臣詩的評價〉，頁二七。

註一五：歐陽修《歐陽文忠公全集．梅聖俞詩集序》，卷四十二，頁三一七，商務印書館，四部叢刊。

註一六：詳第六章，第二節〈物理〉。

註一七：邵雍《伊川擊壤集．觀詩吟》，卷十五，商務印書館，四部叢刊。

註一八：蘇軾《經進東坡文集事略．中庸論（下）》，卷四，上海，商務印書館，四部叢刊。

註一九：蘇軾《易傳》，卷七，臺北，中華書局叢書集成本。

註二〇：造成宋詩散文化、議論傾向的原因有很多，如三教（儒、釋、道）合流、佛偈的說理、通俗文學（變文、話本、小說）盛行、酷烈的黨爭等。

註二一：歐陽修《歐陽文忠公全集．鎮陽讀書》，卷二，上海，商務印書館，四部叢刊。

註二二：黃庭堅《豫章黃先生文集．濂溪詩》，卷一，上海，商務印書館，四部叢刊。

註二三：黃庶《伐檀集．呂先生許昌十詠後序》，卷下，雜文上，文淵閣四庫全書本。

註二四：黃裳《演山集．言意文集序》，卷十九，四庫珍本初集。

註二五：同註二四，〈書意集序〉，卷二十一。

註二六：蘇軾《蘇東坡全集．答謝民師書》，後集，卷十四，臺北，世界書局，一九九六。

註二七：黃庭堅《豫章黃先生文集・答洪駒父書（三首其二）》，卷十九，上海，商務印書館，四部叢刊。黃庭堅此書是勸戒甥兒們勿學東坡以言招禍，詳見拙作〈北宋詩壇的裙帶——以西崑體、宛陵體、山谷體爲例〉，《中華文化月刊》，二二五期，一九九八，頁八〇——九四。

註二八：同註二六，〈超然臺記〉，頁三四九。

註二九：同註二四，〈樂府詩集序〉，卷二十一。

註三〇：張耒《張右史文集・與友人論文，因以詩投之》，卷三，商務印書館，四部叢刊。

註三一：同註二七。

註三二：黃庭堅《山谷別集・書枯木道人賦後》，卷十，四庫全書本。

註三三：見該書卷一，《詩話叢刊》，臺北，弘道文化公司，一九七二。

註三四：黃永武、張高評主編《宋詩論文選輯（三）》，頁四七三——四九六。黃師考證甚詳，茲不贅言。惠洪批評之可信度受到質疑，除黃師啓方所提出的吳曾、陳善、朱熹等人之外，在此補充數家：袁文也說惠洪用事時有錯誤，他說：洪覺範有文采，作詩殊可喜，黃太史諸公皆愛之，嘗與唱和，但不讀儒書，用事時有錯誤，爲可恨也。其作《冷齋夜話》，竊笑杜子美〈彭衙行〉押兩「餐」字，夫子美〈彭衙行〉云：「小兒強解事，故所苦李餐。」是押「餐」字無疑，若乃「眾雛爛熳睡，喚起沾盤餐」，此「盤餐」字，蓋用《左氏傳》「乃饋盤飧置璧」者，「飧」字音蘇昆切，或印本誤寫「餐」字，然豈得謂之「盤餐」也？「盤餐」有何據依？惟覺範不知所出，故以謂子美押兩「餐」字，豈不重可笑耶？非獨此也，又嘗作詩云：「人生如逆旅，歲月苦催逼，安知賢與愚，同作土一杯。」此「一杯」字乃《前漢・張釋之傳》所謂「取長陵一抔土」者，「抔」字音步侯切，豈可作杯字用也？此無他，皆是不讀儒書，故錯誤至此。然則學爲文者，其可不本書之所出乎？《甕牖閒評》，程毅中主編《宋人詩話外編・下》，頁五九四。

吳子良也說惠洪誤認他人詩，他說：《冷齋夜話》夜話云：「余客漳水，見瑩中侄勝柔自九江來，出詩示余曰：『仁者難逢思有常，平居慎勿恃何妨？爭先事路機關惡，近後語言滋味長。可口物多終作疾，快心事過必爲殃。與其病後求良藥，不若病前能自妨。』余謂勝柔曰：『公癡叔詩，如食鯽魚，惟恐遭骨刺。』」此詩爲堯夫作，而冷齋誤以爲瑩中。或者瑩中手書此書，冷齋不知爲堯夫作歟！《荊溪林下偶談》，程毅中主編《宋人詩話外編・下》，頁一二七八。洪覺範于《猩猩集》詩中「平生幾兩屐，身後五車。」謂魯直本用阮孚「人生能著幾兩屐」之句，以下句非全，改人生爲平生，且曰：「若以人生對身後，豈不佳哉？」余謂山谷豈不知人生身後是佳對，蓋猩猩不可言人，故改之耳。「老妻畫紙爲棋局，稚子敲針作釣鉤。」此蓋言士君子宜以直道事君，而當小人反以爲曲直故也。覺範今以妻比臣，稚子比君，如此則臣爲母，君爲子，可乎？何不察物理人倫至此耶？人言覺範爲僧中龍，恐誤耳。《藏一話腴》，程毅中主編《宋人詩話外編・下》，頁一三六八。

註三五：有人把這種悟的功夫與禪宗相提並論，像張伯偉就提出「禪宗造就妙悟論」的觀點（《禪宗與中國古代詩歌藝術》，頁二一九——二三三，麗文文化公司，一九九三），似乎把苦讀古代虛擬化了。其實，如果視爲熟悉後的變通大概就不那麼神秘了。故嚴羽說宋人以學問爲詩，應該是從這方面去理解。以禪說詩之論，畢竟不合鈍根之資。

註三六：黃庭堅感慨當時讀書人不願意好好讀經及研讀歷史，《後山詩話》記載：魯直與方蒙書：「頃洪甥送令嗣二詩，風致灑落，才思高秀，展讀賞愛，恨未識面也。然近世少年，多不肯治經術及精讀史書，乃縱酒以助詩，故詩人致遠則泥。」——《歷代詩話・上》，頁三一一。思有窒礙，涵養未至也，當益以學。——姜夔《白石道人詩說》，同上所揭書，下冊，頁六八二。案：除明言學之重要外，「點鐵成金」、「奪胎換骨」也可見宋人勤學涵詠之深。

註三七：葛立方《韻語陽秋》，卷三，何文煥輯《歷代詩話・下》，頁五〇九。蘇軾的「了然」說來自於他的一段話，他說：孔子曰：「言之不文，行之不遠。」又曰：「辭達而已矣。」夫言止於達意，即疑若不文，是大不然！求物之妙，如繫風捕影。能使是物了然於心者，蓋千萬人不一遇也，而況能使之文了然於口與手乎？是之謂辭達。辭至於能達，則文不可勝用矣。——《經進東坡文集・答謝師民書》，卷四六，商務印書館，四部叢刊。

註三八：曾季貍《艇齋詩話》，丁福保《歷代詩話續編・上》，頁二九一。

案：此語僅見曾季貍《艇齋詩話》，該則下註云：「王郎即子由之婿，今《坡集》亦有此書，但有論說及賈誼陸贄之學者，不見此幅，此蓋書之別紙也。」然《經進東坡文集事略》作〈又答王庠書〉（卷四十六，上海，商務印書館，四部叢刊）；《蘇東坡全集》亦有〈與王庠書（二則）〉，（頁三五九，世界書局，一九九六）則無之。蘇軾本書信題爲〈又答王庠書〉，曾季貍在此與開頭即云：「東坡與王郎書云……」恐是記載有誤。

註三九：蘇軾《蘇東坡全集・續集・與謝民師推官書》，卷十一，頁三六一，臺北，世界書局，一九九六。

註四〇：葛立方《韻語陽秋》，卷十五，《歷代詩話・下》，頁六〇三。

註四一：葛兆光〈從宋詩到白話詩〉，張高評主編《宋詩綜論叢編》、頁一二五，高雄，麗文出版社，一九九三。

註四二：吳相洲〈論盛中唐詩人構思方式的轉變對詩風新變的影響〉，《首都師範大學學報》（社會科學版），一九九七，第三期，頁七六－八五又說：「中唐人的創作，特別是韓、孟詩派的創作，基本上是朝著杜甫在興會方面更重主觀意趣的傾向發展的。」（同上）可見重主觀意趣不僅是元、白詩派而已。

註四三：葉嘉瑩《杜甫秋興八首集說》，頁六，河北教育出版社，一九九七。

註四四：孫明君〈解讀「詩史」的精神〉《北京大學學報》（哲學社會科學版）一九九九 第二期，頁九三—九九。

註四五：朱恆夫說：「程朱的知行觀對于對於小說創作的影響主要表現在主題的提前定位上。作家們先是有了某種哲學的與社會的觀點，然後才尋找生活中的故事，或者虛構出故事，來說明這樣的觀點。從宋元話本到晚清小說，作家的創作動機都是這樣表現的。」〈宋明理學與小說表現手法〉，《中國古代、近代文學研究》，二〇〇〇，第三期，頁三五——四一。

註四六：黃庭堅《山谷別集・論作詩文》，卷六，四庫全書本。

註四七：俞琰《書齋夜話》，卷四，程毅中主編《宋人詩話外編・下》，頁一一五五。

註四八：丁福保輯《歷代詩話續編》，上，頁一三一。

註四九：同註四八，頁一四八。

註五〇：同註四八，頁二六二。此則亦見吳曾《能改齋漫錄》頁六八五。案：白居易詩為宋人廣為取用，正可見白居易詩在宋朝影響之大。此時各家詩話所論，大多以能辨出某人某詩出於某人自豪，也是以學問論詩的表現，周必大《二老堂詩話》、曾季貍《艇齋詩話》、吳幵《優古堂詩話》、吳可《藏海詩話》、黃徹《䂬溪詩話》、范晞文《對床夜話》等，都對此津津樂道。以上各書均見丁福保《歷代詩話續編・上》。

註五一：同註四八，頁三〇九。

註五二：同註四八，頁二八八。

註五三：同註四八，頁二七九。案：此語亦見楊萬里《誠齋詩話》，云：山谷集中有絕句云：「草色青青柳色黃，桃花零落杏花香。春風不解吹愁卻，春日偏能惹恨長。」此唐人賈至詩也，山谷改五字耳。丁福保輯《歷代詩話續編・上》，頁一三六。

註五四：同註四八，頁三一五。

註五五：同註四八，頁一九六。

註五六：同註四八，頁二二七。

註五七：同註四八，頁三一五。

註五八：劉克莊《江西詩派小序》，丁福保輯《歷代詩話續編‧上》，頁四八六。

註五九：王若虛《滹南詩話》，卷三，丁福保輯《歷代詩話續編‧上》，頁五二三。

註六〇：張毅《宋代文學思想史》，頁一九八，北京中華書局，一九九五。

註六一：惠洪《石門文字禪‧南昌重會汪彥章》，卷二，上海，商務印書館，四部叢刊本。

註六二：汪藻《浮溪集‧奏論諸將無功狀》，卷二，上海，商務印書館，四部叢刊本。

註六三：孫覿《鴻慶居士集‧《浮溪集》序》，卷三十，文淵閣四庫全書本。

註六四：同註六二，〈蘇魏公集序〉，卷十七。

註六五：李綱《梁溪集》卷十七，文淵閣四庫全書本。

註六六：韓元吉《南澗甲乙稿‧張安國詩集序》，臺北，中華書局叢書集成初編本。

註六七：見註三三、註三四。案：張毅也說：「但此派（豪放派）中成就較高的代表作家而言，在看似任意揮寫，自然天成的創作活動背後，實有著深厚的文學素養做基礎。」同註六〇，頁二〇二。

註六八：同註六〇，頁二〇一。

註六九：朱熹《朱文公全集‧答鞏仲至（二十首之四）》，卷六十四，頁一一七八，上海商務印書館，四部叢刊。

註七〇：劉克莊《江西詩派小序》引呂本中《紫薇集‧夏均父集序》，丁福保輯《歷代詩話續編‧上》，頁四八五。

註七一：此語可參考黃庭堅《豫章黃先生文集‧與王觀復書》、〈答洪駒父書〉（卷十九）、〈跋書柳子厚詩〉（卷二十六）等，上海，商務印書館，四部叢刊。案：黃庭堅〈答洪駒父書〉只有二首，《文集》作三首，恐有誤。

註七二：此語出蘇軾《經進東坡文集事略・書吳道子畫後》，卷六十，商務印書館，四部叢刊。原文如下：知者創物，能者述焉。非一人而成者也。君子之於學，百工之於技，自三代歷漢至唐而備矣，故詩至於杜子美，文至於韓退之，書至於顏魯公，畫至於吳道子，而古今之變，天下之能事畢矣。道子畫人物，如以燈取影，逆來順往，旁見側出，橫斜平直，各相乘除，得自然之數，不差毫末。出新意於法度之中，寄妙理於豪放之外，所謂游刃餘地，運斤成風，概古今一人而已。余於他畫，或不能必其主名，至於吳道子望而知其真僞也。然世罕有真者如史全叔所藏，蓋平生一二見而已。元豐八年，十一月七日書。

註七三：劉克莊《後村大全集・江西詩派小序》，卷九十五，上海，商務印書館，四部叢刊。

註七四：關於「活法」，我們都知道這是要矯正黃庭堅過於講究「詩法」之弊以及蘇軾「句律疏」之短而形成的詩學理論。有很多深耕於哲學園地的學者提出精闢的論點，如：張鳴〈宋詩活法論與理學關係初探〉，《中國文藝思想論叢（三）》，頁一七○——一八五，北京大學出版社，一九八八；祁志《中國文學原理・中國古代的創作方法論》，第五章，頁一○四——一一六，上海：學林出版社，一九九三；束景南〈活法：對法的審美超越〉，《文學評論》，頁七七——八八，一九九三，四月；陳良運《中國詩學批評史・江西詩派的詩法理論及其嬗變》，第十五章，頁三五九——三六五，江西人民出版社，一九九五；蕭華榮《中國詩學思想史・宋元第技進於道》，頁一八七——一九二，華東師範大學出版社，一九九六；張榮翼〈「說法」與「活法」——文學中人的表達與其存在矛盾的論析〉，《寧夏大學學報》（社會科學版），頁五二——五九，一九九六，第二期。但是，以筆者駑頓資質而言，似乎在理解上有些費力，俟他日再研究。

註七五：上海辭書出版社《宋詩鑑賞辭典》，頁一〇五九，一九八七。

註七六：同註七五，頁一三六二。

註七七：在杜鵑啼血的典故溯源上有諸端：一、蜀王杜宇（號望帝）因自己因色德薄但知羞愧而讓位去時恰聞杜鵑啼，蜀人因而悲之，後人託杜鵑寄慨。（華陽國志・蜀志）二、杜宇主動讓賢，修道所居乃荒涼西山，時值二月鵑啼，時人視爲「失位」，視子規爲杜宇所化，悲劇氛圍逐漸擴大。（同上）三、經過一場激烈鬥爭宇失勢，委屈沉冤，其心不甘，化鵑啼血。（《說郛》宛委山堂本卷六十輯《寰宇記》）。眾說紛紜。「杜宇的神話傳說有一些分歧。也許正是這些分歧，使得它可以往多方面生發意義；而無論如何分歧，與鵑鳥相關係卻是一致的。故事的最哀婉動人處便是化鵑啼血，這在後世文人筆下得到最廣泛的認同，人們普遍接受這個悲劇。文學題材『杜鵑啼血』審美底蘊內核正在於此。」李亮偉〈"杜鵑啼血"景物題材之審美意蘊〉，《寧波師院學報》（社會科學版），頁一五——一九，一九九七，四月。

註七八：王國維《人間詞話》，第一八則引尼采語，與《蕙風詞話》合刊，頁一九八，臺北，河洛圖書出版社，一九七五。

註七九：同註七五，頁一三八五。案：真山民，不詳其名，據《宋季忠義錄》云：「真山民，浦城人，西山真先生之裔，宋亡後埋名隱跡，字號不得而傳。其詩有云：『世換山如醉，田荒草自新。』亦可悲也。」（四明叢書本）；《四庫全書總目提要》云：「山民始末不可考，宋末竄跡隱淪，以至好題詠，因傳於世，或自呼山民，因以稱之。或云：『李喬生嘗歎其不愧乃祖父文忠西山。』考真德秀號曰『西山』，謚曰『文忠』，以是疑其姓真。或云本明桂芳，括蒼人，宋末進士。要之，亡國遺民，鴻冥物外，自成採薇之志，本不求見於世，世亦無從而知之，姓名里籍，疑皆好事者以意爲之，未必遂確。」——頁三四五二，台灣商務印書館，一九七五。

註八〇：同註七五，頁一四二四。

註八一：同註七五，頁一四二七。

註八二：楊丙安〈伊洛諸子與兩宋士風〉，《中州學刊》，頁三六——三九，一九八八，第二期。

註八三：賀貽孫《詩筏》，郭紹虞輯《清詩話續編·上》，頁一九五。

註八四：吳喬《圍爐詩話》，同註八三，頁六四六。

第三節〈長恨歌〉與宋人重意的評詩觀點

（一）宋人「意」的文本

清人張惠言將晏殊、歐陽修詞都賦予「微言大義」，王國維卻說張惠言的「深羅織」發出「固哉」之歎！可見王國維是不贊成張惠言將詞義作太深泛的引申，（註一）但是，王國維自己卻以三闋情詞來比喻古今成大事業、大學問者必經三階段的心路歷程，（註二）詩詞批評學者葉嘉瑩因此對於晏殊、歐陽修詞有無更深意涵的探討，借用法國學者羅蘭・巴特（R. Barthes）說法而提出「文本」的觀念，闡釋「文本」如下：

> 文本的意思是說一個文字組成的作品，但是我們並不去把它作為一種已經固定的文章來看待，而是說這一篇文字、這一篇語言、這一串符號，它的本體，那不斷產生作用的那個本體，即是所謂「文本」。（註三）

但是，後來的接受美學家 Wolfang Iser 又提出一個理念，他認為文本中有一種潛能，英文叫做"Potential effect"。Wolfang Iser 在他的書《The act of reading》裡面，曾經有一句話，他說：「The text represents a potential effect that is realized in the reading process」（文本代表一種影響讀者了解的潛在效果——筆者），「文本」已從作者轉移到讀者了，所以，葉嘉瑩又說：

現在的接受美學，就把詮釋的重點從作者轉移到讀者這一方面來了。因為一個作品沒有經過一個讀者的閱讀，它只是一個藝術成品，不管是讀古詩、或歐陽修的詞，不管他寫的多麼好，如果一個沒有詩詞古典訓練的人，他面對這些作品是沒有作用的，是沒有意義的，所以按照接受美學的評論，我們在閱讀作品的時候，我們自己就參加了再創造的過程。（註四）

閱讀的本身，同時就是參與了創造，宋人對唐以前文化的解讀的接受觀點，就是「意」的呈現，而在挽著高度文明的風帆中，宋人「意」的文本則是豐富多彩的。

盛唐以吟詠情性爲主，興象融合，不太論詩之法；中晚唐、五代則傾向以意爲主，（註五）慢慢地有詩格出現；（註六）宋人評詩也不以情感爲勝，而是強調詩要包含多重意蘊，也就是要從文本探求很多詩人作意；有些詩人本身就是批評家，如歐陽修、梅堯臣、蘇軾等，如：

> 詩家雖率意，造語亦難。若意新語工，得前人所未道者，斯為善也。必能狀難寫之景如在目前，含不盡之意見於言外。（註七）（梅堯臣）

> 詩以意為主，又須篇中鍊句，句中鍊字，乃得工耳。（註八）（張表臣）

陳無己先生語余曰：「今人愛杜甫詩，一句之內，至竊取數字以彷彿像之，非善學者。學詩之要，在乎立格命意用字而已。」余曰：「如何等是？」曰：「〈江漢詩〉，言乾坤之大，腐儒無所寄其身；〈縛雞行〉言雞蟲得失，不如兩忘而寓於道，茲非命意之深乎？」（同上）（註九）

老杜〈劍閣〉詩云：「吾將罪真宰，意欲剗疊嶂。」與李太白「搥碎黃鶴樓，剗卻君山好。」語亦何異？然〈劍閣〉詩意在削平僭竊，尊崇王室，凜然有義氣；搥碎、剗卻之語，但一味豪放了。故昔人論文字，以意為主。（註一〇）（黃徹）

凡看詩，須是一篇立意，乃有歸宿處。（註一一）

宋人強調詩要以意爲主，幾乎是眾口一辭。（註一二）「意」是觀念性、精神性的東西，包括主體的感覺、情緒、意志、觀念、認知等等精神性內容，是詩人向內省察的結果。（註一三）就是指出宋人對詩的審美觀念已由唐人外在物象轉爲純任主體意識馳騁，心對物已經超越，所以，從接受美學角度來看「意」的文本，可將宋人意的內容大概可以分三部份：

甲、事理的意。指的是對現實政治之理加以論爭，

這在北宋激烈黨爭中是常被提供來討論的，他們所抗顏力爭的依據就是事物合於「理」的信心。王安石就是這方面的代表。王安石變法時敢放手做去的勇氣就是他推行的種種變法措施合於「理」，對外在事物進行了解後，所得到的客觀法則之意的表達，純粹是理念上表達的事理觀，（註一四）當然就較少含有如含蓄、平淡等審美價值的意蘊，歐陽修、梅堯臣、蘇軾等人反映政爭的詩就是個明證。魏泰就對王安石認爲歐陽修詩有「餘味」不贊成：

> 頃年與王荊公評詩，予謂：「凡為詩，當使挹之而不竭，咀之而味愈長。至如永叔之詩，才力敏邁，句亦清健，但恨其少餘味爾。」荊公曰：「不然，如『行人仰頭飛鳥警』之句，亦可謂有味矣！」然余至今思之，不見此句之佳，亦竟莫原荊公之意。（註一五）

與其說歐陽修對梅堯臣詩贊許爲「平淡」，（註一六）倒不如說他們共同努力的目標就是「平淡」：

> 尊王興霸國，古莫重齊桓。仲尼書大法，亦莫重更端。文章革浮澆，近世無如韓。健筆走霹靂，龍蛇奮潛蟠。颶風何端倪，古蕩巨浸瀾，明珠及百怪，容蓄知曠寬。其後漸衰微，餘襲猶未彈。我朝三四公，合力興憤歎，幸時構明堂，願

為爐與樂。期琢宗廟器，願備次玉玕。謝公唱西都，予預歐陽觀，乃復元和盛，一變將為難。行將三十載，衣被劇纖紈。後生喜成功，往往舞朱干，君家兄弟賢，挺拔尤堅完。譬彼登泰山，孰辨雲徑槃，忽在高高嶺，兩腋猶插翰，我久知子名，曾未接子驩。前者和君詩，薄言慚兒肝，淮南喜子來，袖刺字未漫，明日聞渡江，留書特相安，今又獲嘉辭，至味非鹹酸。（註一七）

作詩無古今，唯造平淡難。譬身有兩目，瞭然瞻視端。邵南有遺風，源流應未殫。所得六十章，小大落珠槃。光彩若明月，射我枕席寒。含香視草郎，下馬一借觀。既坐觀長歎，復想李杜韓，願執戈與戟，生死事將壇。（註一八）

這個要學《詩》三百篇、《春秋》、恢復元和以詩干預政治現實的詩人，立志作詩壇出生入死捍衛詩壇諷諭託刺的戰士，根本無絲毫的「平淡」可言，（註一九）把他的作品歸結爲平淡，不符合梅詩的實際情況，也是違反堯臣對自己的期許，（註二〇）所以，事理的意是很少有多重意蘊的，這也顯現宋詩議論走向對審美價值的衝擊。

乙、是文義要無限寬廣。

（子）強調抒發個人的意見與情感要委婉，司馬光：

詩云：「牂羊墳首，三星在罶。」言不可久。古人為詩，貴於意在言外，使人思而得之，故言之者無罪，聞之者足以戒也。近世詩人，惟杜子美最得詩人之體，如「國破山河在，城春草木深。感時花濺淚，恨別鳥驚心」。山河在，明無餘物矣；草木深，明無人矣；花鳥，平時可娛之物，見之而泣，聞之而悲，則時可知矣！他皆類此，不可偏舉。（註二一）

（丑）意在言外，梅堯臣所云：

詩家雖率意，而造語亦難。若意新語工，得前人所未道者，斯為善也。必能狀難寫之景如在目前，含不盡之意見於言外，然後為至矣。賈島云：「竹籠拾山果，瓦瓶擔石泉。」姚合云：「馬隨山麓放，雞逐野禽棲」等，是山邑荒僻，官況蕭條，不如「縣古槐根出，官清馬骨高」為工；余曰：「工者如是，狀難寫之景，含不盡之意，何詩為然？」聖俞曰：「作者得於心，覽者會以意，殆難指陳也。雖然，亦可略道其彷彿。若嚴維『柳唐春水漫，花塢夕陽遲』，則天容時態，融合駘蕩，豈不在目前乎？又若溫庭筠『雞聲茅店月，人跡板橋霜』，賈島『怪禽啼曠野，落日恐行人』，則道路辛苦，羈旅愁思，豈不見於言外乎？」（註二二）

（寅）含不盡之意，司馬池（光父）〈行色〉詩亦多被許爲「含不盡之意」：

「冷於陂水淡於秋，遠陌初窮到渡頭；賴是丹青不能畫，畫成應遣一生愁」。公諱池，是生丞相溫公。梅聖俞嘗言：「詩之工者，寫難狀之景如在目前，含不盡之意見於言外」，此詩有焉。（註二三）

「含不盡之意」，就是留給讀者無限寬廣的想像空間，像《詩人玉屑》引《老杜補遺》說：

鮑當〈孤鴈〉云：「更無聲接續，空有影相隨。」孤則孤矣！豈若子美「孤鴈不飲啄，飛鳴猶念群。誰憐一片影，相失萬重雲」，含不盡之意乎？（註二四）

含不盡之意，或謂之「不動聲色」，釋洪範云：

王維書事云：「輕陰閣小雨，深院晝慵開。坐看蒼苔色，欲上人衣來。」舒王云：「若耶溪上踏莓苔，興盡張帆載酒迴，汀草岸花渾不見，青山無數逐人來。」兩詩皆含不盡之意，子山謂之不動聲色。（註二五）

（卯）「野意」，南宋陳知柔（高宗紹興年間人）所主張：

人之為詩，要有野意。蓋詩非文不腴，非質不枯，能始腴而終枯，無中邊之殊，意味自長，風人以來得野意者，惟淵明耳。如太白之豪放，樂天之淺陋，至於郊寒島瘦，去之益遠，予嘗欲作「野意亭」以居，一日題山石云：「山花空有

相，江月多清渾。野意寫不盡，微吟浩忘歸。」人多與之，吾終恐其不似也。（註二六）

（辰）立意深遠：

李義山〈錦瑟〉詩云：「錦瑟無端五十絃，一絃一柱思華年。莊生曉夢迷蝴蝶，望帝春心託杜鵑。滄海月明珠有淚，藍田日暖玉生煙，此情可待成追憶，只是當時已惘然。」山谷道人讀此詩，殊不曉其意，後以問東坡。東坡云：「此出古今樂志。云：『錦瑟之為器也，其絃五十，其柱如之，其聲也適怨清和。』」案李詩「莊生曉夢迷蝴蝶」，適也；「望帝春心託杜鵑」，怨也；「滄海月明珠有淚」，清也；「藍田日暖玉生煙」，和也。一篇之中，曲盡其意，史稱其瑰邁千古，信然。（註二七）——黃朝英《靖康緗素雜記》

（巳）耐人咀嚼，魏泰認爲詩要使人「咀之而味愈長」：

頃年嘗與王荊公評詩，予謂：「凡為詩，當使挹之而不竭，咀之而味愈長。至如永叔之詩，才力敏邁，句亦清健，但恨其少餘味爾。」（註二八）

沈括存中、呂惠卿吉父、王存正仲、李公擇常，治平中，同在館下談詩。存中曰：「韓退之之詩，乃押韻之文爾，雖健美富贍，而格不近詩。」吉父曰：

「詩正當如是。我謂詩人以來如退之者。」正仲是存中，公擇是吉父，四人交相詰難，久而不決。公擇忽正色謂正仲曰：「君子群而不黨，公何黨存中也？」正仲勃然曰：「我所見如是，顧豈黨邪？以我偶同存中，遂謂之黨，然則君非吉父之黨乎？」一坐大笑。予每評詩，多與存中合。（註二九）

魏泰此二則在強調詩必須有多種涵義，也就是言外之意。對照於取仿中唐韓愈、元稹、白居易等人的北宋歐陽修、梅堯臣等人的諷喻現實詩風，劉攽也略顯其不滿云：

詩以意為主，文詞次之。或意深義高，雖文詞平易，自是奇作。世效古人平易句，而不得其意義，翻成鄙野可笑。盧仝云「不即溜鈍漢」非其意義，自可掩口，寧可效之邪？韓吏部古詩高卓，至律詩雖稱善，要有不工者，而好韓之人，句句稱述，未可謂然也。韓云：「老公真個似童兒，汲水埋盆作小池。」直諧戲耳。歐陽永叔江鄰幾論韓〈雪〉詩，以「隨車翻縞帶　逐馬散銀杯」為不工，謂「坳中初蓋底，凸處遂成堆」為勝，未知真得韓意否？（註三〇）

這表明歐陽修、梅堯臣等人仿傚中唐韓愈、盧仝諸人詩，語句俗淺可笑，似有文字戲謔之失，顯然不符合宋人對意在詩學上的多重意蘊要求。

（午）狀索寞之意：

淇川人楊萬舉，字通一，梧桐夜雨詩云：「千里暮雲山已黑，一燈孤館酒初醒。」索寞之意盡於此。（註三一）

（未）用意深遠：

〈贈同遊〉詩：「喚起窗全曙，催歸日未西。無心花裡鳥，更與盡情啼。」山谷曰：「吾兒時每哦此詩，而不了解其意，自謫峽川，吾年五十八矣，時春晚，憶此詩，方悟之，喚起、催歸二鳥名若虛設，故人不覺耳，古人於小詩用意精深如此，況其大者乎？」催歸，子規鳥也，喚起，聲如絡緯，圓轉清亮，偏於春曉鳴。亦謂之春喚。（註三二）

（申）語新意妙：

退之〈征蜀聯句〉云：「始去杏飛蜂，及歸柳絲蛰。」語新意妙。詩曰「昔我往矣，楊柳依依，今我來思，雨雪霏霏。」記時也。（註三三）

（酉）意脈貫通：

「打起黃鶯兒，莫教枝上啼，幾回驚妾夢，不得到遼西。」此唐人詩也。人問詩法於韓子蒼，子蒼令參此詩以為法。「汴水日馳三百里，扁舟東下更開帆，旦辭杞國風微北，夜泊寧陵月正南。老樹挾霜鳴窣窣，寒花承露落毿毿。茫然不

悟身何處？水色天光共蔚藍。」人問詩法於呂公居仁，居仁令參此詩以為法。後之學詩者，熟讀此二篇，思過半矣。（註三四）

（戊）工於命意：

東坡〈和貧士〉詩云：「夷齊恥周粟，高歌誦虞軒，祿產彼何人，能致綺與園。古來避世士，死灰或餘煙，末路益可羞，朱墨手自研。淵明初亦仕，絃歌本誠言。不樂乃徑歸，視世嗟獨賢。」此詩言夷齊自信其去，雖武王、周公不能挽之使留，若四皓自信其進，雖祿產之聘，亦為之出。蓋古人無心於功名，信道而進退，舉天下萬世之是非，不能回奪，伯夷之非武王，綺與園之從祿產，自合為世所笑，不當有名，偶然聖賢辯論之，於後乃信於天下，非其始望，故其名之傳，如死灰之餘煙也。後世君子，既不能以道進退，又不能忘世俗之毀譽，多作文以自明其出處，如〈答客難〉、〈解嘲〉之類，皆是也。故曰：「朱墨手自研。」韓退之亦言……「朱丹自磨研。」若「淵明初亦仕，絃歌本誠言」，蓋無心於名，雖晉末亦仕，合於綺園之出，其去也亦不待以微罪行，「不樂乃徑歸」，合於夷齊之去，其事雖小，其不為功名以累其進退，蓋相似。使其易地，未必不追蹤二子也。東坡作文工於命意，必超然獨立於眾人之上，非如昔人稱淵明以退為高耳。故又發明如此。（註三五）

從上面的諸多意蘊，可以歸納出平淡含蓄是宋人對意的概括，梅堯臣、歐陽修、蘇軾、黃庭堅諸大家都是矻矻研求。如梅堯臣：「作詩無古今，惟造平淡難。」（註三六）「因吟適情性，稍欲到平淡」，（註三七）歐陽修云：「嗟哉我豈敢知子？論詩賴子初指迷。子言古淡有真味，大羹豈須調以虀？」（註三八）蘇軾論韋應物柳子厚詩「發纖濃於簡古，寄至味於淡泊」，（註三九）「外枯而中膏，似淡而實美」（註四〇），黃庭堅學杜，謂杜詩之最高境界即夔州以後詩：「簡易而大巧拙，平淡而山高水深」，（註四一）都展現宋代詩學平淡含蓄的旨趣；這也象徵宋詩學之至高風格之美，實不只於詩藝，是宋詩學與經學相契合，「始終含蓄一份自覺的人文意識，重人文涵養，重人格境界，以此爲詩歌藝術風貌之深度模式，故又與宋人詩道合一思想相關」。（註四二）故宋人意的文本中，雖有多種，但歸結言之，平淡含蓄即可概括，縱使用語不同，意義也大體不出乎此。

丙、藝術審美的直覺。

指附于整個作品之上的某種意味、意趣。只能得之于詩人的體驗、感受，或者說是得之于宇宙審美的直覺，純是審美屬性的。詩（含文）意要有多重意思才耐人尋味，也似乎在含蓄上打轉。再者，如果用個人審美價值觀而言，蘇軾就很能把握主體剎那間的審美感受，也就是對宇宙萬物的領略與欣賞是憑藉審美主體個人的直覺，那便是「意」的藝術表達層面。如歐陽修贊美梅堯臣寫物能在瞬間捕捉到事物之美感：

淺山嶙嶙，亂石矗矗，山石磽聱車碌碌，山勢盤斜隨澗谷，側轍傾轅如欲覆。出乎兩崖之隘口，忽見百里之平陸。坡長阪峻牛力疲，天寒日暮人心速。楊褒忍饑官太學，得錢買此纔盈幅。愛其樹老石硬，山回路轉，高下曲直，橫斜隱見，妍媸嚮背各有態，遠近分毫皆可辨。自言昔有數家筆，畫古傳多名姓失。後來見者知謂誰？乞詩梅老聊稱述。古畫畫意不畫形，梅詩寫物無隱情。忘形得意知者寡，不若見詩如見畫。乃知楊生真好奇，此畫此詩兼有之，樂能自足即為富，豈必金玉名高貲？朝看畫，暮讀詩，楊生得此可不饑。（註四三）

梅堯臣也有「燕馬易畫，吳牛難圖」之歎：

燕馬易畫，吳牛難圖，馬骨隱細牛骨麤，馬毛厚密牛毛疏。麤疏必辨別，細密多模胡。乃知戴嵩筆，能出韓幹徒。幹馬精神在韁勒，嵩牛怒鬥無拘牽。昨日何家觀小軸，絹雖破爛色不渝，二頭相觸角競掎，前腳如跪後腳舒，尾株榻直脊膂蹙。筋力寫盡蹄腕殊，一勝一敗又苦似。勝者很逐敗者趨，卷窮赤印置小字，置字乃是陶尚書。尚書國初人，愛畫收幾廚。買時不惜金顉與帛，帛載牛車錢幾驢，後世兒孫不能保，賣入窮市無須臾。凡目矜新不重故，千前酬直皆笑愚，四牛遂為何氏有，裝背入眼天下無，坐中吾儕趣已異，又喜玄女傳兵符。此本實稱閻令畫，下筆簡速容顏姝。三人鬼狀一牛首，八女二十美丈夫，黃帝中間蔭葩蓋，霞扇錯玳旌擁朱，冠服難知歲月遠，但見儀衛森清都。復觀鹿臺獨夫受，妲己不笑何由娛？酒池肉林騎行炙，剖腹斮脛堪悲吁。數幅吳王宴西子，採舟張樂當孤蘇，宮娥數百簇高下，鬟髻一一紅芙蕖。黛峰細浪得平遠，前對洞庭傍太湖。商紂夫差可垂誡，歷世傳翫參盤盂。雕鷹草木不足記，特詠此事心何如？（註四四）

「燕馬易畫，吳牛難圖」，是因其「意」——氣韻難以掌握，（註四五）因此，歐陽修贊揚梅堯臣以詩寫物能將其意（氣韻）酣暢淋漓地展現出來，達到「無隱情」的境界。創造力豐沛的蘇軾，對宇宙審美有獨特的直覺：

物一理也，通其意，則無適而不可。分科而醫，醫之衰也。占色而畫，畫之陋也。和緩之醫不別老少，曹吳之畫，不擇人物，謂彼長於是則可，曰能是不能是則不可。世之書，篆不兼隸，行不及草，殆未能通其意者也。如君謨真行草隸，無不如意，其遺力餘意，變為飛白，可愛而不可學，非通其意，能如是乎？（註四六）

以他敏銳的直覺對藝術審美發出蔡襄書法高妙的讚嘆，是由把握「通其意，則無適而不可」的「物一理也」的原則來的。

> 東坡〈與子由論書〉云：「吾雖不善書，曉書莫如我。苟能通其意，常謂不學可。」故其子叔黨跋公書云：「吾先君子豈以書自名哉？特以其至大至剛之氣，發於胸中而應之以手，故不見其有刻劃嫵媚之態，而端乎章甫，若有不可犯之色。少年喜二王書，晚乃喜顏平原，故時有二家風氣。俗手不知，妄謂學徐浩，陋矣！」觀此則知初未嘗規規然出於翰墨積習也。（註四七）

表明蘇軾之書純出自胸中平日之所蓄養之意，而非東施笑顰於他人。故蘇軾評他人書法一再地以意爲權衡：

> 永禪師欲存王氏典型，以為百家法祖，故舉用舊法，非不能出新意求變態也，然其意已逸于繩墨之外矣。（註四八）

> 李公擇初學草書，所不能者，輒雜以真行。劉貢父謂之鸜哥嬌。其後稍進，問僕吾書比來何如？僕對可謂秦吉了矣。與可聞之大笑。是日，坐人爭索與可草書，落筆如風，初不經意。（註四九）

「無意於書」、「積學」、「心手相應」、「自出新意」幾乎是蘇軾藝術論的主軸：

書初無意於佳，乃佳耳。草書雖是積學乃成，然要是出於欲速。古人云：「匆匆不及草書。」此語非是。若匆匆不及，乃是平時有益於學，此弊之極，遂至於周越，仲翼，無足怪者。吾書甚不甚佳，然自出新意，不踐古人，是一快也。（註五〇）

故藝術創作上的意是一種獨到的審美眼光，是出於無意的自然，雖然也透過學習的功夫，（註五一）但終究是要自出新意始爲至善。這似乎也與宋人詩歌發展前進的路徑相一致：始於有爲而作，入書海尋覓所欲表達之文辭，再來是自鑄偉詞。換句話說，平日勤於讀書，治心養性，作詩要有目的（如諷喻時政），接著是迴避政治現實，講究詩法（奪胎換骨、點鐵成金），於是「活法」誕生；這幾乎與宋人以意爲詩的表現詩風與創作精神相映照，本非巧合，而是必然之理。

（二）以理節意

但是，隨著理學慢慢昌盛，宋人漸漸以理來衝破情的藩籬，如白居易〈琵琶行〉「座中泣下誰最多，江州司馬青衫溼」，宋人對於白居易的多情主張用理智來克制：

年光過眼如車轂，職事羈人似馬銜。若遇琵琶應大笑，何須涕泣滿青衫。——夏竦

> 陶令歸來為逸賦，樂天謫宦起悲歌，有絃應被無絃笑，何況臨絃泣更多。——梅摯

> 樂天當日最多情，淚滴青衫酒重傾。明月滿船無處問，不聞商女琵琶聲。——葉氏女名桂女，字月流。（註五二）

宋人更以合不合理來評詩，（註五三）故「意」與「理」有時是可以互通的。有些學者就把「理」稱爲「志」或叫做「義」，特徵就是強調文藝與政治、教化的聯繫，文藝情感特性處於次要甚至是受到一定壓抑的地位。（註五四）宋人的理學，可以說是爲封建綱常服務的，所以是與政治、教化相聯繫的。梅堯臣云：

> 有內外意：內意欲盡其理，外意欲盡其象，內外含蓄，方入詩格。如「旌旗日暖龍蛇動，宮殿風微燕雀高。」旌旗喻號令，日暖喻明時，龍蛇喻君臣，言號令當明時，君所出臣奉行也。宮殿喻朝廷，風微喻政教，燕雀喻小人，言朝廷政教才出，而小人向化，各得其所也。（註五五）

「內意欲盡其理」，說明詩的隱含義是某種道理，譬如其所引的詩句，乃是講君臣和諧、天下太平的道理。由此可知，「在宋代詩學中，『意』作爲本體概念與『理』相通，就是說，『理』也是一個詩學本體論範疇。」（註五六）如王安石所說：

某嘗患近世之文，辭弗顧於理，理弗顧於事，以襞積故實為有學，以雕繪語句為精新。（註五七）

就是說當時人作文辭不及理，事理也不兼顧。蘇轍說：

李白詩類其為人，俊發豪放，華而不實，好事喜名，不知義理之所在也。語用兵，則先登陷陣，不以為難；語游俠，則白晝殺人，不以為非：此豈其誠能。白始以詩酒奉事明皇，遇讒而去，所至不改其舊。永王將據江淮，白起而從之不疑，遂以放死。今觀其詩固然。唐詩人李、杜稱首，今其詩皆在，杜甫有好義之心，白所不及也。漢高祖歸豐沛作歌曰：「大風起兮雲飛揚，威加海內兮歸故鄉，安得猛士兮守四方？白詩反之曰：『但歌大風雲飛揚，安用猛士守四方？』其不識理如此。（註五八）

針對李白的詩細堪其爲人就是「不知義理」，如以俠犯禁、不及杜甫的好義之心，作詩譏譫漢高祖，凡此種種，皆是不莊重、華而不實的議論，是重在人格的層面立論。（註五九）黃庭堅更說：

> 好作綺語，自是文章一病。但當以理為主，理得而辭順，文章自然出類拔萃。（註六〇）

指文章達理，雖沒有華麗文彩，也可以不朽。張耒說：

> 文以意為車，意以理為馬。理勝意乃勝，氣勝文如駕；理惟當即止，妄說即虛假。（註六一）

可以明顯地看出理要能駕馭意才是好作品，一方面是宋人重意的表徵，同時也是理要能包蘊得住意（此處是指情），宋代是個理學發達、重理的時代，更可謂是「意在理中」，詩人雖是要把情意一吐爲快，但仍要受到理的制約，如：

> 吟詩喜作豪句，須不畔於理方善。如東坡〈觀崔白驟雨圖〉（按：當作「冬景圖」）云：「扶桑大繭如甕盎，天女織絹雲漢上。往往不遺鳳啣枝，誰能鼓臂投三丈？」此語豪而甚工。石敏若詠雪詩有「燕南雪花大於掌，冰柱懸崖一千丈」之語，豪則豪矣，然安得爾高屋耶？雖豪，覺畔理。……予又觀李白〈北風行〉云：「燕山雪花大如席。」〈秋浦歌〉云：「白髮三千丈。」其句可謂豪矣，奈無其理何？如秦少游〈秋日絕句〉：「連卷雌蜺拱面樓，逐雨追晴意未休，安得萬妝相向舞，酒酣聊把作纏頭。」此語豪且工。（註六二）

就是說詩人的情意要受到「理」的約束，袁文說：

白樂天詩云：「病與樂天相伴住，春隨樊子一時歸。」余每讀至此，未嘗不為之淒然。嗟乎！無情者，其草木也，若猶有情，當此時何以自處耶？余然後之情惑人甚矣！自非胸中有大過人者，而能以理自遣，不為其所陷溺者幾希矣。（註六三）

「不爲其所陷溺」，也就是情意的抒發要受到理的牽制。

（三）理向情意滲透

理學盛行後，「理」的意思漸漸變得無所不包，「理」的精神浸透宋人的每個生活角落。（註六四）在宋人觀念中，性與理是相通的，唐代以情性爲主的詩學在宋代也變成以意爲主，而且，慢慢形成性善情惡的觀念。

甲、性善情惡的觀念可以肇自《禮記．中庸》與〈樂記〉，將情性二分。〈中庸〉云：

> 喜怒哀樂之未發，謂之中；發而皆中節，謂之和。（註六五）

透露出未發爲性，有善無惡；已發爲情，善惡相混。〈樂記〉云：

> 樂者，音之所由生也，其本在人心之感於物也。是故其哀心感者，其聲　以殺，樂心感者，其聲嘽以緩；其喜心感者，其聲發以散，其怒心感者，其聲粗以厲，其敬心感者，其聲柔以和。六者非性也，感於物而動也。（註六六）

「六者」即哀、樂、喜、怒、敬、愛等六種情感，「非性也」是說這六種感情並非人心之常，而是因感物而生的隨機性心理反映，這裡已有將情性二分的意思。

乙、董仲舒將情性對立。

他認爲天造作和主宰萬物，是通過陰陽之氣的出入隱顯變化來實現的。天地陰陽之氣施予人體生命，人便具有貪仁的天性。董仲舒說：

> 人之誠，有貪有仁。仁貪之氣，兩在其身。（註六七）

許愼解釋云：「仁者愛人之名也。」物欲（貪）和愛人天生具備於人身，同爲人的天性，是人性的內容。人的善惡差別，便由人內在的貪仁之性的消長變化決定。物欲又表現爲情，因此也可以說性爲陽、爲仁、爲善；情爲陰、爲貪、爲惡。董仲舒用陰陽仁貪釋性情，實際已包含有性善情惡觀念。性與情處於緊張對立的關係之中。

丙、李翺直接說性善情惡。

〈樂記〉、〈中庸〉的未發爲性（全善）、已發爲情（善惡相混），到了唐代李翺那裡有了進一步發展，形成了性體情用、性善情惡的理論觀點並對宋明理學產生了重大影響。李翺說：

> 性者，天之命也；聖人得之而不惑者也。情者，性之動也，百姓溺之而不能知其本者也。」（註六八）

這是講性爲體，乃純然至善，惟聖人能依之而行；情爲用，乃令人沉溺者，百姓即陷于其中而不能自拔。李翺又云：

> 人之所以為聖人者，性也；人之所以惑其性者，情也。喜、怒、哀、懼、愛、惡、欲七者，皆情所為也。情既昏，性斯溺矣。（註六九）

這即是說，性雖是善的，但當其動，具體表現的情卻可能是昏的，而且善的性還會被昏的情所遮蔽。性與情處于一種緊張的狀態之中。這一觀點對宋儒影響至深，是著名的天理、人欲之辨的理論準備。自道學產生之後，如何壓制和消解情（人欲）而使性（天理）朗然呈現就成了宋明學者殫精竭慮的第一要事；而如何通過人格的提昇、胸襟的開拓而使詩文臻于上乘境界也就成了儒家文學家們的時時縈懷的大問題。

情（意）透過〈樂記〉、〈中庸〉將情性二分，經過董仲舒將情性對立，李翺性善情惡、滅情復性的歷程，宋明新儒學視情爲惡就已經滲透到詩文理論之中，已成了創作本體的一部份了。於是白居易〈長恨歌〉就受到宋人的激烈攻訐也就可以理解了。

丁、評詩以理為準則

宋人因在理學昌明的哲學背景中，故作詩、解詩都以「理」爲前提，不但以「理」來寫詩，（註七〇）更以理來評詩，「理」已經滲入到文學理論之中。（註七一）可見「理」影響宋人的深遠。（註七二）既然作詩、解詩都以「理」爲前提，重理智，輕情感是宋人對詩的態度，於是，我們先來回顧「理」的意義，包括本義、引申義、文學義、哲理義……等等。

（四）理字意義的演變

「理」字之始，指的是治玉的功夫，在引申爲對某事的處理、治理國家、事物的條理、人事的道理、物理、倫理、天理等。但是，除了治玉之外，其他的理幾乎都是抽象的。先秦典籍之理大概是指事理而言，東漢許慎《說文解字》則從其本義解釋，段玉裁註就連天理、倫理當然也包其師戴震與宋人理學相異處羅列，故段玉裁對「理」的解釋似乎是最周詳的。

甲、事、物之理

「理」並不宋儒新創的字，早在先秦時期便很通用，如：

> 易簡則天下之理得矣！天下之理得，而成位乎其中矣！（註七三）
>
> 心之所同然者何也？謂理也，義也。（註七四）
>
> 知道者必達於理。（註七五）

荀子說：

古之所謂仕者，敦厚者也、合群者也……務事理者也。

依楊倞註：

務事有條理。（註七六）

道者，萬物之所然也，萬里之所稽也。理者，成物之文也。道者，萬物之所成也。物有理，不可以相薄，故理之為物之制。萬物個異理，而道盡稽萬物之理，故不得不化。（註七七）

似皆指事情之條理。韓非子又說：

思慮熟則得事理……得事理則必成功。（註七八）

皆指事情之條理。東漢許慎解釋「理」爲：「治玉也」，太過於簡單，段玉裁註就詳細多了：

《戰國策》鄭人謂玉之未理者為璞，是理為剖析也。玉雖至堅而治之得其鰓理，以成器不難，謂之理。凡天下一事一物，必推其情至於無憾而後即安，是之謂天理，是之謂善治；此引申之意也。戴先生《孟子字義疏證》曰「理者察之而幾微。」必區以別之名也，是故謂之分理。在物之質曰肌理、曰腠理、曰文理。

得其分則有條而不紊，謂之條理。鄭注〈樂記〉曰：「理者分也。」許叔重曰：「知分理之可相別異也。古人之言天理，何謂也？曰理也者，情之不爽失也；未有情不得而理得者也。天理云者，言乎自然之分理也。」（註七九）

可見理的本義是治玉。天下每一事物都要推原其真相而無憾，求得心安，是第一層引申。條分縷析，明察秋毫，是第二層引申。實物之理又不同，如肌肉的筋絡、文章的思路，是第三層引申。最後是繼承戴震「理在欲中」的觀點，理得也要人情得，顯然是有悖於宋儒性善情惡的認識。（註八〇）

宋人理的意義顯然與戴震、段玉裁不同。首先，既然宋人的情意向理慢慢傾斜，所以，因爲情意要受到理的制約，意才能完美，白居易的重意精神也在宋代反映無遺：經過幾次重大的黨爭，從「開口攬時事，議論爭煌煌」（註八一）到蘇軾「烏臺詩案」後，陳師道、黃庭堅的以東坡爲戒，到南宋張戒說白居易無禮之甚，不知事君之禮，這是一幅情意被理滲透的漫泛圖，也可以說就是白居易詩歌在宋朝的接受史。這幾乎也與理學的蘊釀、奠基、成熟是同步發展的；這意味著理學之初，白居易詩是很受宋人欣賞的，理學在二程時達到奠基階段，與蘇軾的衝突也日益加深，到南宋朱熹（一一三〇—一二〇〇）理學達到成熟，使張戒（生卒不詳，徽宗宣和六年一一二四進士）說〈長恨歌〉的種種不堪，重意詩學與理的折衷是難取得平衡的。

乙、哲學之理

元人陳繹曾將宋人的理分成物理、事理、倫理、天理、天理等五項，（註八二）筆者將宋人的「理」分爲物理、事理、倫理、天理、意理等五大項。（註八三）大體而言，皆與理學家活躍的年代相嵌合，（註八四）他們猶如齒輪與腳踏車的關係。理學與宋代文學是宋文化參天大樹的兩棵分枝。（註八五）

理學之理，除了有些地方保留法則，規律之外，更多的地方是作爲哲學最高範疇使用的。這些都在說明理是宇宙萬物生成的本體，世界萬象存在的根源。例如二程（顥、頤）提出了「萬事皆只是一個天理」的命題，認爲世界萬物皆從「理」這裡出去。從表面上看，世界上的具體事物千差萬別，各不相同，但從「一理」的角度去考察，只能是「萬物一體」，事物之間的差別就會泯滅，世界在理的基礎上統一起來了。朱熹說得更明確：「未有天地之先，畢竟也只是理。有此理便有此天地。若無此理，便亦無天地，無人無物。」（註八六）理學家認爲世界上其他事物都有生有滅，理卻是永恆。理不爲堯存，亦不爲桀亡。對於它，說不得「存亡加減」。儘管大千世界氣象更新，但理原來依舊，甚至世界毀滅了，「畢竟理卻是在這裡」。簡言之，在理學家看來，唯有理才是自然界的本源，唯有理才是絕對的存在，這就清楚地表明其唯心的本質。在宋人心中，就已認爲理學超乎古文、書法、詩而獨盛，陳郁（南宋理宗時人）說：

> 三代以降，典謨訓誥之後，有董、賈、司馬遷、揚雄、二班之文不可繼，曰文止於漢。八分、大隸之餘，鍾、衛、二王之書莫可肩，曰書止於晉。《三百篇》往矣，五字律興焉。有杜工部出入古今，衣被天下，蕩然忠義之氣，後之作者未之有加，曰詩止於唐。本朝文不如漢，書不如晉，詩不如唐，惟道學大明。自孟子而下，歷漢、晉、唐，皆未有能為天地立心，為生民立極，為萬世繼絕學，開太平者也。（註八七）

認爲理學（道學）是宋代學術的特色。而宋人所說的理，很明顯地受儒、釋、道的影響，三教合一，象徵宋人議論說理是生活中的一部份，到處都可議論，到處都可作詩，用詩反映生活。（註八八）關心社會現實，這就是宋人的「道」的體現，（註八九）也就是理無時、無處不在的表徵，並不是宋人有意爲議論而作詩，正因爲要將意思表達清楚，不憚其煩一再申辯，所以形成宋詩好議論的特質是很自然的事。意在理學滲透之下，也一如無事不入詩，無事不議論，宋人用得很寬泛。然而，意必須受到理的制約，因爲宋詩處處講求實，若是不合「理」、使意奔縱是會受到非議的。

註釋

註一：此語本王國維：「固哉！皋文之爲詞也！飛卿〈菩薩蠻〉、永叔〈蝶戀花〉、子瞻〈卜算子〉，」皆興到之作，有何命意？皆被皋文深文羅織。」——《人間詞話刪稿》，頁二三四，臺北，河洛圖書出版社，一九七五。

菩薩蠻　　溫庭筠

小山重疊金明滅，鬢雲欲度香腮雪，懶起畫蛾眉，弄妝梳洗遲，照花前後鏡，花面交相映，新貼袖羅襦，雙雙金鷓鴣。——唐圭璋主編《唐宋詞鑑賞辭典》，頁四九，新地出版社，一九九一。

蝶戀花　　歐陽修

庭院深深深幾許，楊柳堆煙，簾幕無重數，玉勒雕鞍遊冶處，樓高不見章臺路，雨橫風狂三月暮，門掩黃昏，無計留春住。淚眼問花花不語，亂紅飛過鞦韆去。——《歐陽文忠公文集（二）》，卷一百三十一，商務印書館，四部叢刊。

卜算子　　蘇軾

缺月挂梳桐，漏斷人初靜，誰見幽人獨往來，飄渺孤鴻影。　驚起卻回頭，有恨無人省，揀盡寒枝不肯棲，寂寞沙洲冷。——曾棗莊、曾濤合編《蘇詞彙評》，頁一一八，臺北，文史哲出版社，一九九八。

註二：王國維提出人生三境界說，認爲古今成大事業、大學問的人都必須經歷過的三個歷程：古今之成大事業大學問者，必經過三種之境界：「昨夜西風凋碧樹，獨上高樓，望盡天涯路」，此第一境也；「衣帶漸寬終不悔，爲伊消得人憔悴」，此第二境也；「眾裡尋他千百度，驀然回首，那人卻在燈火闌珊處。」此第三境也。此等語皆非大辭人不能道。然遽以此意解釋諸詞，恐爲晏、歐諸公所不許也。——《人間詞話》，頁二〇三，臺北，河洛圖書出版社，一九七五。

註三：葉嘉瑩〈談北宋初期晏、歐令詞中文本之潛能〉，《社會科學戰線・文藝研究》，一九九八，第三期，頁一二一——一二八。

註四：同註三。

註五：參考第二章及三章第一節。托名爲白居易作的《金針詩格》中說：「詩有內外意。內意欲盡其理，理謂義理之理，美刺箴誨之類皆是也；外意欲盡其象，意謂物象之象，日月山河蟲魚草木之類是也。」與筆者前面所主張白居易以意爲主的創作不謀而合。

註六：如釋皎然《詩式》、《中序》，傳白居易作的《金針詩格》、《文苑詩格》，傳賈島《二南密旨》、劉禹錫《劉賓客嘉話錄》、孟棨《本事詩》、張爲《詩人主客圖》、司空圖《二十四詩品》、齊己《風騷詩格》、孫光憲《北夢瑣言》等。

註七：歐陽脩《六一詩話》引，何文煥輯《歷代詩話・上》，頁二六七，臺北，木鐸出版社，一九八二。

註八：張表臣《珊瑚鉤詩話》，何文煥輯《歷代詩話・下》，卷一，頁四五五，臺北，木鐸出版社，一九八二。

註九：同註八，頁四六四。

註一〇：黃徹《蛩溪詩話》，丁福保輯《歷代詩話續編・上》，頁三四七。按：魏慶之《詩人玉屑》：「主」作「上」，頁一〇四，臺灣商務印書館，一九八三。

註一一：丁福保輯《歷代詩話續編・上》，頁三二九。

註一二：宋詩話中關於「意在言外」的重要論述除上面舉例者外，尚有《苕溪漁隱叢話》《詩人玉屑》《藏海詩話》《歲寒堂詩話》《竹坡詩話》《潛溪詩眼》《童蒙詩訓》《白石道人詩說》、《捫虱新語》《滄浪詩話》《對床夜語》、釋保暹《處囊訣》等，都曾有過一些論述。嚴羽說：「意貴透徹，不可隔靴搔癢。」《滄浪詩話・詩法》，何文煥《歷代詩話・上》頁六九四。吳可說：「凡裝點者好在外，初讀之似好，再三讀之則無味。

要當以意爲主，輔之以華麗，則中邊皆甜也。裝點者外腴而中枯故也，或曰：『秀而不實』。晚唐詩失之太巧，只務外華，而氣弱格悲，流爲詞體爾。又子由〈敘陶詩〉『外枯中膏，質而實綺，臞而實腴』，乃是敘意在內也。」《藏海詩話》，丁福保《歷代詩話續編・上》，頁三三一。案：子由〈敘陶詩〉當作〈追和陶淵明詩引〉，見蘇軾《蘇東坡全集・後集》，卷三，頁七二，臺北，世界書局，一九九六。

註一三：周裕鍇說：「宋人論詩，特別注意一個「意」字，這個「意」是觀念性、精神性的東西，包括主體的感覺、情緒、意志、觀念、認知等等精神性內容，是詩人向內省察的結果。」《宋代詩學通論》，頁八五，成都，巴蜀書社，一九九七。

註一四：鄧克銘說：「王安石之事理觀，係人對外在事物進行了解後，所得之客觀法則。因此，人與理之間可以說是一種相對關係。」《宋代理概念的開展》，頁一三，臺北，文津出版社，一九九三。

註一五：魏泰《臨漢隱居詩話》，何文煥輯《歷代詩話・上》，頁三二三。

註一六：此爲歐陽修贊梅堯臣詩「其初喜爲清麗閒肆平淡」，見《歐陽文忠公全集・梅聖俞墓誌銘并序》，卷三十三，上海，商務印書館，四部叢刊。

註一七：梅堯臣撰，朱東潤校注《梅堯臣集編年校注・依韻和王平甫見寄》，卷二十六，頁八三三，臺北，源流出版社，一九八三。

註一八：同上所揭書，〈讀邵不疑學士詩卷，杜挺之忽來，因出示之，且伏高致，輒書一時之語以奉承〉，卷二十六，頁八四五。

註一九：同上所揭書。朱東潤對梅堯臣詩的「平淡」質疑著：「世間有這樣平淡的詩人嗎？」〈梅堯臣詩的評價〉《梅堯臣集編年校注》，敘論一。

註二〇：朱東潤又說：「把梅堯臣作品歸結爲平淡，不但不符合梅詩的實際情況，也是違反堯臣的主觀要求的。」同註一九所揭書。

註二一：司馬光《溫公續詩話》，何文煥《歷代詩話．上》，頁二七七，臺北，木鐸出版社，一九八二。案：此則於魏慶之《詩人玉屑》中作《迂叟詩話》，見頁一〇六，臺灣，商務印書館，一九八三。

註二二：歐陽脩《六一詩話》引，何文煥輯《歷代詩話．上》，頁二六七，臺北，木鐸出版社，一九八二。案：此則亦見於魏慶之《詩人玉屑》，卷六，頁一〇七，文字略有出入，但不害其意。

註二三：魏慶之《詩人玉屑》，卷六，頁一〇七，引張耒語。

註二四：同註二三，頁一〇八。

註二五：惠洪《天廚禁臠．比物句法條》，卷中，上海中華書局，一九六八。

註二六：王大鵬、張寶坤、田樹生、諸天寶、王德和、嚴昭柱編選《中國歷代詩話選．下．休齋詩話》，頁六六二，長沙，岳麓書社，一九八五。

註二七：程毅中主編《宋人詩話外編．上》，頁二九五，北京，國際文化出版公司，一九九六。

註二八：魏泰《臨漢隱居詩話》，何文煥輯《歷代詩話．上》，頁三二三，臺北，木鐸出版社，一九八二。

註二九：同註二三。

註三〇：劉攽《中山詩話》，何文煥輯《歷代詩話．上》，頁二八五。

註三一：同註二三，頁一〇八引《詩史》。

註三二：同註二三，頁一〇九引《冷齋夜話》。

註三三：同註二三，頁一〇九引《雪浪齋日記》。

註三四：同註二三，頁一一一引《小園解後錄》。

註三五：同註二三，頁一一〇引《潛溪詩眼》。

註三六：梅堯臣撰，朱東潤校註《梅堯臣集編年校註・讀邵不疑學士詩卷，杜挺之忽來，因出示之，且伏高致，輒書一時之語以奉承》，卷二十六，頁八四五。

註三七：同上所揭書，〈依韻和晏相公〉，卷十六，頁三六八註三八：歐陽修《歐陽文忠公全集・再和聖俞見答》，卷五，上海商務印書館，四部叢刊。

註三九：曾棗莊、曾濤合編《蘇文彙評・書黃子思集後》，卷上，頁一二三，臺北，文史哲出版社，一九九八。

註四〇：蘇軾《東坡題跋・評韓柳詩》，頁一〇〇，上海遠東出版社，一九九六。評韓柳詩蘇軾柳子厚詩在陶淵明下韋蘇州上，退之豪放奇險則過之，而溫麗精深不及也。所貴乎枯淡者，謂其外枯而中膏，似淡而實美，淵明子厚之流是也。若中邊皆枯淡，亦何足道？佛云：「如人食蜜，中邊皆甜」，人食五味，知其甘苦者皆是，能分其中邊者，百無一二也。

註四一：黃庭堅《豫章黃先生文集・與王觀復書三首之二》，卷十九，上海，商務印書館，四部叢刊。

註四二：胡曉明《中國詩學之精神》，頁一一五，江西人民出版社，一九九三。

註四三：歐陽修《歐陽文忠公全集・盤車圖和聖俞呈楊直講》，卷六，上海，商務印書館，四部叢刊。

註四四：梅堯臣著，朱東潤編年校注《梅堯臣集編年校注・觀何君寶畫》，卷二十二，頁六一四。

註四五：此處「畫意不畫形」之「意」當為「氣韻」。葛立方：歐陽文忠公詩云：「古畫畫意不畫形，梅詩寫物無隱情。忘形得意知者寡，不若見詩如見畫。」東坡詩云：「論畫以形似，見與兒童鄰。賦詩必此詩，定知非詩人。」或謂；「二公所論，不以形似，當畫何物？」曰：「非謂畫牛作馬也，但以氣韻為主爾。」謝赫云：「衛協之畫，雖不該備形妙，而有氣韻，淩跨雄傑。」其此之謂乎？陳去非作〈墨梅〉詩云：「含章檐下春風面，造化工成秋兔毫。意得不求顏色似，前身相馬九方皋。」《韻語陽秋》，卷十四，何文煥輯《歷代詩話・下》，頁五九七。

註四六：蘇軾《東坡題跋・跋君謨飛白》，卷上，頁二一五，上海遠東出版社，一九九六。

註四七：葛立方《韻語陽秋》，卷五，何文煥輯《歷代詩話・下》，頁五二八。

註四八：蘇軾《東坡題跋・跋葉致遠所藏永禪師千文》，卷四，頁二〇五，上海，遠東出版社，一九九六。

註四九：同註四八，〈跋文與可草書〉，頁二一八。

註五〇：同註四八，〈評草書〉。案：蘇軾〈跋劉景文歐公帖〉云：「此數十紙，皆文忠公沖口而出，縱手而成，初不加意者也。其文采字畫，皆有自然絕人之姿。信天下之奇跡也。」同上，頁二四〇。

註五一：蘇軾稱蔡襄天資高又積學：「獨自顏、柳氏沒，筆法衰竭，加以唐末喪亂，人物雕落磨滅，五代文采風流掃地盡矣。獨楊公凝式筆跡雄傑，有二王顏柳之餘，此真可謂書之豪傑，不爲世俗所汩沒者。國初李建中號爲能書，然格韻卑濁，猶有唐末以來衰陋之氣。其餘未見有卓然追配前人者；獨蔡君謨書，天資既高，積學深至，心手相應，變態無窮，遂爲本朝第一。」同註四六所揭書，〈評楊氏所藏歐蔡書〉，頁二二五；「惟近日蔡君謨天資既高，而學亦至當，爲本朝第一。」同註所揭書，〈王文甫達軒評書〉，頁二二六。

註五二：此三人詩皆見劉攽《中山詩話》，何文煥輯《歷代詩話・上》，頁二九七。

註五三：如宋人喜歡以物理、事理、倫理爲評詩之標準即是，詳見第六章。

註五四：曾祖蔭說：「『理』有時叫『志』，有時叫做『義』。……所謂重理時期，它的基本特點是重視文藝的理性作用，強調文藝與政治、教化的聯繫，相對來說，文藝情感特性處於次要甚至是受到一定壓抑的地位。這種觀念，主要表現在先秦和兩漢。」——《中國古代美學範疇》，頁一，頁二，臺北，丹青圖書公司，一九八七。

註五五：王大鵬、張寶坤、田樹生、諸天寅、王德和、嚴昭柱編選《中國歷代 詩話選一》》，頁一五〇，長沙，岳麓書社，一九八五。

註五六：李春青〈「吟詠情性」與「以意爲主」—論中國古代詩學本體論的兩種基本傾向〉，《文學評論》，一九九九，第二期，頁三三—四〇。

註五七：宋張鎡撰《仕學規範》，四庫珍本，一九七二。

註五八：蘇轍《欒城集．雜說．詩病五事》，上海，商務印書館，四部叢刊。胡仔《苕溪魚隱叢話．前集》，卷五，頁二八亦見此語。陳善卻認爲詩是「妙思逸想」，寄託寓意，所以李白醇酒婦人只是一種寄託，他說：荆公編李杜韓歐四家詩，而以歐公居太白之上，曰：「李白詩語迅快無疏脫處，然其識汙下，十句九句言婦人酒耳。」予謂詩者妙思逸想，所寓而已。太白之神氣，當游戲翰墨之表，其于詩，特寓意焉耳，豈以婦人與酒能敗其志乎！不然，則淵明篇篇有酒，謝安石每游山必攜妓，亦可謂其識不高耶？歐公文字寄興高遠，多喜爲風月閑適之語，蓋是效太白爲之，故東坡作歐公集序，亦云：「詩賦似李白」，此未可以優劣論也。黃魯直初作豔歌小詞，道人法秀謂其以筆誨淫，于我法中當墮泥犁之獄。魯直自是不復作，以魯直之言能誨淫則可，以爲其識汙下則不可。《捫虱新語》，程毅中《宋人詩話外編》，上，頁四二四，北京，國際文化出版公司，一九九六。

註五九：王安石也對李白甚爲不滿，他說：「白詩近俗，人易悅故也。白識見汙下，十首九說婦人與酒。」胡仔《苕溪魚隱叢話．前集》，卷六，頁三七。

註六〇：黃庭堅《豫章黃先生文集．與王觀復書三首之一》，卷十九，上海，商務印書館，四部叢刊。

註六一：張耒《柯山集》，卷九，叢書集成初編本。
註六二：胡仔《苕溪魚隱叢話・後集》，引《藝苑雌黃》，卷二六，頁一九〇。
註六三：《甕牖閒評》，卷三，武英殿聚珍版叢書。像柳宗元被貶之後的情緒低潮，胡仔就認爲「不達理」，也就是太悲哀，不知要節制，他說：「子厚之貶，其憂悲憔悴之歎，發於詩者，特爲酸楚。閔己傷志，固君子所不免，然亦何至是？卒以憤死，未爲達理也。樂天既退閑，放浪物外，若真能脫屣軒冕者，然榮辱得失之際銖銖校量，而自矜甚達，每詩未嘗不著此意。」《苕溪漁隱叢話前集》，卷十九，引《蔡寬夫詩話》，頁一二三，臺北，木鐸出版社，一九八二。
註六四：二程說：「所以能窮者，只爲萬物皆是一理，至如一事一物，雖小皆有是理。」程顥、程頤著《二集・上・河南程氏遺書》，卷十五，頁一五七，臺北，漢京文化出版公司，一九八三。
註六五：《禮記・中庸》，首章，十三經註疏本，藝文印書館。
註六六：《禮記・樂記》，十三經註疏本，藝文印書館。
註六七：董仲舒《春秋繁露・深察名號》，卷十，頁五二九，鍾肇鵬主編，孔子文化大全編輯部編輯，山東友誼出版社出版，一九九四。
註六八：李翺《李文公集・復性書・中》，文淵閣四庫全書。
註六九：同註六八。
註七〇：謝肇淛說：「唐以詩爲詩，宋以理學爲詩，元以詞曲爲詩，本朝好以議論、時政爲詩。」——《謝肇淛詩話》，吳文治主編《明詩話全編》，頁六六七九。
註七一：明楊慎說：「唐人詩主情，去三百篇近；宋人詩主理，去三百篇卻遠矣。匪惟作詩也，其解詩亦然。」——《升庵詩話》，卷八，丁福保輯《歷代詩話續編・中》，頁七九九。鄧克銘也說：「宋代理概念除了在禮、法領域中，有積極影響外，似亦可從對歷史觀念、文學理論、科學技術等層面來探討。」——《宋代理概念的開展・序章》，頁四，臺北，文津出版社，一九九三。章培恆說：「宋詩是壓制自我，以理智爲基礎的，重理智，故輕情感。」〈宋詩簡論〉，張高評主編《宋詩綜論叢編》，頁四二，高雄，麗文出版社，一九九三。

註七二：《二程集・上・河南程氏遺書》說：「窮理亦多端，或讀書、或講明義理；或謂古今人物，別其是非；或應接事物而處其當，皆窮理也。」卷十八，頁一八八，臺北，漢京文化出版公司，一九八三。又說：「所以能窮者，只爲萬物皆是一理，至如一事一物，雖小皆有是理。」同上所揭書，卷十五，頁一五七。又說：「問格物是外物，是性分中物？曰不拘，凡眼前無非是物，物物皆有理。如火之所以熱，水之所以寒，至於君臣父子間皆是理。」同上所揭書，卷十九，頁二四七。

註七三：《周易・繫辭傳第一章》，十三經註疏本，藝文印書館。

註七四：《孟子・告子・上》，十三經註疏本，藝文印書館。

註七五：郭慶藩輯《莊子集釋・秋水》頁五八八，臺北，河洛出版社，一九七四。

註七六：《荀子集解》，頁六三，台北世界書局，一九七二，《新編叢書集成》第二冊。

註七七：《韓非子・解老》，卷六，上海，商務印書館，四部叢刊。

註七八：原文爲「人有禍則心畏恐，心畏恐則行端直，行端直則思慮熟，思慮熟則得事理。行端直則無害，無禍害則盡天年，得事理則必成功。」《韓非子・解老》，頁九九，臺北，世界書局，一九七二，《新編叢書集成》第五冊。

註七九：許慎撰，段玉裁注《說文解字》，頁一五，黎明書局，一九七六。

註八〇：戴震一向認爲宋儒講理滅情（人之情欲）與殺人無異，他說：「理也者，情之不爽失也。未有情不得而理得者也。凡有所施于人，反躬而靜思之，人以此施于我，能受之乎？凡有所責于人，反躬而靜思之，人以此責于我，能盡之乎？以我絜之人則理明。天理云者，言乎自然之分理也。自然之分理，以我之情絜人之情，而無不得其平是也。」（戴震《孟子字義疏證》，卷上，嚴靈峰主編，無求備齋孟子十疏，藝文印書館，不著年月。）段玉裁很明顯地順著其師的觀點下筆，與宋儒之說有異。

註八一：歐陽脩《歐陽脩全集．上》，卷二，頁一四，世界書局，一九七一。

註八二：陳繹曾《諸儒奧論策學統宗增入文筌》，元刊本，國立中央圖書館藏微卷。

註八三：詩文雖有交集，但並不等同，而意理則是詩人在理學的壓縮下情感的抒發，故捨文理取意理，本論文是著重「理」與宋代詩學，而不是「理學」與宋代詩學，遂與陳繹曾所分稍有出入。

註八四：程杰說：「宋代倫理道德思潮急劇高漲，并最終行成了『道學』即『理學』。無論是從邏輯上，還是從實際過程上來看，宋代倫理道德的思想的建構都分兩個層次（邏輯），兩個階段（過程）。這是：儒學復興（復古）與理學建立。儒學復興實際上至遲應追溯到韓愈時代，至宋仁宗朝進入高潮；仁宗朝後期以來，是思想史上所謂『北宋五子』。」《宋詩學導論．宋詩與宋代道德思潮》，頁二六，天津，人民出版社，一九九九。

註八五：程杰說：「講宋代文學，不能講理學的形成限制了文學的發展，它們是同一塊生活沃土上的兩棵大樹，或者從宋代文化發展的整體進程看，是宋文化參天大樹的兩棵分枝。」——《宋詩學導論．宋詩與宋代道德思潮》，頁三〇，天津人民出版社，一九九九。

註八六：黎靖德輯《朱子語類》，卷一，頁一，北京中華書局，一九九四。

註八七：陳郁《藏一話腴》，程毅中主編《宋人詩話外編．下》，頁一三六四。

註八八：簡錦松說：「我在此並無意說，北宋人好釋道甚於儒家經典，也並非說北宋人在寫到「理」「理趣」「讀經」時，不會就儒家來說，我只是指出，當這些字彙出現時，也可能是儒，也可能釋，甚至可能是道家，這種廣泛的自由，乃是北宋人朋輩之間在閒中議論的實況，被具體反映出來到詩中，換言之，「詩」正好反映了這個自由議論的現象，詩人乃是在寫生活中本有的議論之趣，而不是議論而作詩。」〈從一個新觀點試論北宋詩〉，國立臺灣大學中國文學研究所主編《宋代文學與思想》，頁四一一，臺北，學生書局，一九八九。因爲這種在議論滲雜儒家、釋、道的自由，所以鍾來因便說蘇軾一生除了儒家思想外，都信道家與道教，談禪只是社交的門面語，似乎有些斷言得早。參考《蘇軾與道家道教》一書，臺北，學生書局，一九九〇；另外，蔣兆生也持相同的看法，見所著〈一部具有獨到見解的學術專著——鍾來因的《蘇軾與道家道教》讀後〉一文，《書目季刊》，第二十六卷，頁三一——三六。其實，蘇軾思想之雜是有目共睹的，硬貼他宗奉那一家是不太妥當的。

註八九：只將歐陽脩的「道」與韓愈之「道」相比，便得知其中消息，而當時亦正是理學開始蒙發期，邵雍的觀物思想可以爲北宋這種詩風找到時代思潮的根據。詳見拙作〈宋詩去俗的審美意識〉，《大陸雜誌》，二〇〇〇，第一〇〇卷，第一期，頁一——九。

第六章〈長恨歌〉與宋人重理的詩學表現

宋人論詩，有很明顯的唯心傾向，也就是說常有主觀再創造；但是，從另一方面說，理既然也有準則、法則和規律的意義，宋人也常拿這把尺論詩，總而言之，不管理有多少意涵，包括事理、天理、物理、倫理、意理等，都統攝在「理」的無所不包的籠罩下。以下就根據第三章第二節白居易〈長恨歌〉昧於史實處，宋人評爲不合事理之詩論起。

第一節 事理

其實，白居易也很重視事理，以淺近語言關懷天下事，也道盡古今事理，他說：

> 天地有常道，日月有常度，水火草木有常性，皆不易之理也。（註一）

白居易這種以淺近之語言道盡天下事理，（註二）宋人則將它擴大爲每一事物的關心，不止國家大事而已；歐陽脩等人，在疑古疑經的思想引導下，提出了『人理和天道相應』的準則，啓迪了北宋中期理學的形成——周敦頤的「洛學」、張載的「關學」、二程（程顥、程頤）的理學，以及王安石的「新學」、蘇軾兄弟的「蜀學」，它們相互論辯鬥爭，「突出地體現了儒、釋、道三家鬥爭復合的複雜過程，最後導致了南宋朱熹對理學的最後完成」。（註三）其實，梅堯臣也對事理非常重視，他說：

揮毫試析理，已厭前輩繁。（註四）

行人反飫我，於理殊未安。（註五）

慎勿笑我癡，萬事難可擬，摘筍復盈檐，緡魚新出水，此又食之珍，因書析條理。（註六）

沈洵說：

余以是知觀古人文詞者，必先質其事而揆之以理。言與事乖，事與理違，則雖記言之史，如《書》之〈武成〉，或謂不可盡信；質於事而合，揆之理而然，則雖閭巷之談，童稚之謠，或足傳信于後世，而況文士之詞哉？（註七）

質事、揆理，都要當之爲貴。姜廣輝更爲事理在理學中找到一條臍帶，他說：

「理」雖然玄妙，但又無能脫離事物而獨立存在，因而要體認理的本體，不必離開這現象界另有所求。為此，二程提出「體用一源，顯微無間」的命題來闡述「理」與事物的體用關係。（註八）

理與事是「體用一源，顯微無間」，二程說：

> 至微者理，至著者象，體用一源，顯微無間。（註九）

又說：

> 至顯者莫如事，至微者莫如理，而事理一致，微顯一源，古之君子所謂善學者，以其能通於此而已。（註一〇）

這些都是理與事本來是密不可分的一體兩面。宋人詩論中，或以哲理的橫向探析爲宗，或以藝術技巧的縱向深化爲主，或對人物臧否，定其優劣，或顯現己意，抒發千古之歎。不管如何，皆可顯現宋詩人對事理的擴大且要合乎天理，又要合於客觀規律的要求。

（一）禪韻悠悠半夜鐘

歐陽脩接續梅堯臣對事理的觀點，表現出宋人對事理的看法，不只具有一定的客觀規律或法則，且有自己的見解，更甚多地表現出更深一層的藝術結構。關於「半夜鐘」，前人曾熱烈地討論過。它起於歐陽脩的一段話，他說：

> 詩人貪求好句，而理有不通，亦語病也。……唐人有云：「姑蘇臺下寒山寺，夜半鐘聲到客船。」說者亦云：「句則佳矣，其如三更不是打鐘時。」（註

（一）

歐陽脩認爲詩人爲使詩句感動人的張力達到極限，即使不合「理」的事情也捨不得割愛，張繼寒山半夜鐘是有悖平常打鐘的時間。

首先，鐘聲在詩人筆下代表的意象是值得思考的方向。唐詩寫鐘聲的詩人很多，不止張繼（中唐詩人，生卒年不詳）。

花間午時梵，雲外春山鐘。——劉長卿〈登東海隆興寺高頂海簡演公〉

孤村樹色昏殘雨，遠寺鐘聲帶夕陽。——盧綸〈與從弟瑾同下第後出關言別〉

蒼蒼竹林寺，杳杳鐘聲晚。——劉長卿〈送靈澈上人〉

一山分做兩山門，兩寺原是一寺分。東澗水流西澗水，南山雲起北山雲。前台花發後台見，上界鐘聲下界聞。遙想吾師行道處，天香桂子落紛紛。——白居易〈寄韜光禪師〉

寫鐘聲的唐詩人何其多，討論鐘聲的宋詩人亦不少。第一個提出這議題的是歐陽脩；

宋詩人也就興高采烈地加入討論的隊伍：

「姑蘇臺下寒山寺，夜半鐘聲到客船。」此唐張繼提城西楓橋寺詩也。歐陽文忠公嘗病其夜半非打鐘時。蓋公未嘗至吳中，今吳中山寺，實以夜半打鐘。（註一二）——葉夢得《石林詩話》

歐公言唐人有云：「姑蘇臺下寒山寺，夜半鐘聲到客船。」說者亦云：「句則佳矣，其如三更不是撞鐘時。余觀于鵠〈送宮人入道詩〉云：「定知別往宮中伴，遙聽緱山半夜鐘。」而白樂天亦云：「新秋松影下，半夜鐘聲後。」豈唐人多用此語也？儻非遞相沿襲，恐必有說耳。溫庭筠詩亦云：「悠然逆旅頻回首，無復松窗半夜鐘。」（註一三）——《王直方詩話》

世疑半夜非鐘聲時，某案《南史・文學傳》：「丘仲孚，吳興烏程人，少好學，讀書常以中宵鳴鐘為限。」然則半夜鐘固有之矣。丘仲孚，吳興人，而庭筠言姑蘇城外寺，則半夜鐘，乃吳中舊事也。（註一四）——《學林新編》

予考唐詩，知歐公所譏乃唐張繼〈楓橋夜泊〉詩，全篇云：「……」此歐公所識也。然唐時詩人皇甫冉有〈秋夜宿嚴維宅〉詩云：「昔聞玄度宅，門向會稽峰。君住東湖下，清風繼舊蹤。秋深臨水月，夜半隔山鐘。世故多離別，良宵詎可逢？」且維所居正在會稽，而會稽鐘聲亦鳴于半夜，乃知張繼詩為不誤，歐公不察。而半夜鐘聲亦不止于姑蘇，如陳正敏說也。又陳羽〈梓州與溫商夜別〉詩：「隔水悠悠半夜鐘」，乃知唐人多如此。（註一五）

> 白首重來一夢中，青山不改舊時容。烏啼月落橋邊寺，倚枕猶聞半夜鐘。——
> ——孫覿（一〇八一——一一六九）〈楓橋三絕〉之一

綜合以上各家的說法，有下列幾點：一、半夜鐘確有其事。二、有半夜鐘之處不止姑蘇、會稽，連四川（梓州在其境）都有。三、南宋時仍有（改爲普明禪院）。（註一六）不管寫的人或是討論的人，爲什麼對鐘聲如此地感興趣呢？因爲鐘聲代表著以下幾個意義：一、獲救與希望。傅道彬說：

> 在時間上，唐詩的鐘聲總是響在寂靜的夜裡，大家熟知的張繼的「姑蘇臺下寒山寺，夜半鐘聲到客船」，就是典型的夜鐘形式。加拿大學者N．弗萊把夜——冬天——毀滅列入文學的基本主題之一，但是在唐詩中由于有了鐘聲，夜所昭示就不是死亡與毀滅，而是希望與獲救。（註一七）

生計無著輾轉漂泊的詩人，一夜無眠，悠揚的寺鐘再度撞響，黎明雖然霜重酷寒，但也帶來希望、獲救；二、反映中晚唐人審美形式、生命層次的不同於盛唐。就審美形式言：

盛唐鐘聲是天風浪浪海風蒼蒼的雄渾之美，晚唐鐘聲表現著深幽冷豔落葉荒村的淒婉之美。在聲音形式上，盛唐是『羽旄飛馳道，鐘鼓震岩廊』、『樂成人神合，鐘成律度圓』，洪亮的鐘聲充斥天地，聲韻清圓，顯示出飽滿旺盛的精神力量。而至晚唐鐘聲發生了明顯的變化，鐘聲越來越纖細綿長。（註一八）

「深幽冷豔落葉荒村的淒婉之美」，可用梅堯臣的話加以證明：

賈島詩云：「竹籠拾山果，瓦瓶擔石泉。」姚合詩云：『馬隨山鹿放，雞逐也禽栖。』等是山邑荒僻，官況蕭條。」（註一九）

賈島、姚合皆是中晚唐詩人。（註二〇）就生命層次言：

鐘聲在盛唐是追求是關注，是生命的享樂，而至中晚則愈來愈顯示出濃重的生命殘敗情緒，鐘聲裡偏重的是士大夫內在的生命體驗。（註二一）

中晚唐生命形態不是盛唐的昂揚與向外追求，卻是個體生命向內的反省與內斂，由前面韓愈、李賀、李商隱等的創作態度便可證明。所以，張繼的寒山鐘聲也是中晚唐人生命層次與審美形式的展現，歐陽脩身爲北宋詩文革新運動的領袖，書生政治的實踐者的代表，（註二二）事事追求合理如實，自然是難以體會鐘聲這樣的意義。而鐘聲本身代表的禪意，以及近禪習禪之人何以偏好鐘聲？周裕鍇認爲有以下六點解釋：

> 鐘聲能把宗教感情轉化審美感情，將禪意轉化為詩情；二、餘意裊裊不絕的鐘聲，最能體現超越於形象之外的無窮的詩的韻味；三、鐘聲平緩的節奏與詩人淡泊閒靜的心態是異質同構；四、鐘聲象徵著一次心靈的頓悟；五、鐘聲是不可捉摸的東西，象徵著禪與詩的本體；六、鐘聲傳達出永恆與本體的靜，把人帶入宇宙與心靈融合一體的美妙神秘的精神世界（註二三）。

鐘聲含蘊著如此多的禪意，詩人在鐘聲裡得到很多的韻味與啓示，這不是事事重理的歐陽脩所能體會的；更何況，據悉，歐陽脩本來是不近禪佛的，葛立方說：

> 歐陽永叔素不信釋氏之說，如〈酬靜照師〉云「佛說吾不學，勞師忽欵關。我方仁義急，君且水雲閒。」〈酬惟悟師〉云「子何獨吾慕？自忘夷其身。韓子亦嘗謂，收斂加冠巾」是也。既登二府，一日被病亟，夢至一所，見十人端冕環坐，一人云：「參政安得至此？宜速反舍。」公出門數步，復往問之，曰：「公等豈非釋氏所謂十王者乎？」曰然。因問：「世人飯僧造經，為亡人追福，果有益乎？」答云：「安得無益。」既寤，病良已，自是遂信佛法。（註二四）

想來，歐陽脩對半夜鐘的質疑，固然是他並未有實際的閱歷，加上他事實如實合理的態度與不近禪之故；（註二五）龔鵬程認爲「這種批評，不能視爲歐陽脩個人的吹求，而應解釋作宋人詩學意識的一種徵象」。（註二六）所謂「詩學意識」到底是什麼思想形成的呢？不可否認的，那就是「理」，凡事要客觀、合理、近人情。歐陽脩論詩主理，也就是要近人情。《詩本義》一一四篇，第一篇〈關雎〉義，辨「毛鄭釋淑女不是太姒，而是三夫人九嬪御以下眾宮人」之非，他說：

> 上言雎鳩，方取物以為比興，而下言淑女，自是三夫人九嬪御以下，則終篇更無一語及太姒。且〈關雎〉本謂文王太姒，而終篇無一語及之，此豈近於人情？古之人簡質不如是之迂也。（註二七）

這是以不近人情辨毛鄭釋〈關雎〉之失。又如第六篇〈出車〉義，歐陽脩曰：

> 詩文雖簡易，然能曲盡人事，而古今人情一也。求詩義者以人情求之，則不遠矣。然學者常至於迂遠，歲失其本義。毛鄭謂出車於牧以就馬，且一二車邪？自可以馬駕而出；若眾車邪？乃不以馬就車，而使人挽車遠以就馬于牧，此豈近人情哉？又言先出車於野，然後召將率，亦於理豈然？（註二八）

認爲不近人情就是不合事理，裴普賢說：

〈關雎〉篇毛鄭義不近人情，〈出車〉篇毛鄭義不合人情，不合事理。必須推求得合格者，才不失詩篇本義。否則，便會犯上「以文害辭、以辭害志」的毛病。歐公說詩，就是以人情的常理為準則，因為事理也就是人情的常理也。……就是因歐公是詩文能手，常以文理說詩，異於毛鄭，所以朱子評毛鄭是山東老學究，說詩不免迂遠不近情理。而歐公則「會文章」注意文理，「故詩意得之亦多。」且能「其說直到底不可移易。」但仍不免「以今人文章，如他底意思去看，故皆局促了詩意。古人文章，有五七十里不回頭者，蘇黃門詩說疏放，覺得好。」歐公自己也說：「古人簡質」，歐公說詩，往往看得文理太嚴密了，若能疏放一些，就更好了。但歐公說詩，揚棄春秋時代流行賦詩的「斷章取義」，後來盛行「引詩為證」的引伸義，……而專致於詩人作詩本志的詩本義，這非但啟發了朱子以玩味《詩經》本文來說詩的路線，並保存了從闕的傳統。（註二九）

歐陽脩以近人情、合事理的準則來以理說詩，前人不明乎此而費力地證明鐘鳴於半夜之真有其事。也許，除了從宋代對「理」的重視來看這件事之外，（註三〇）也從歐陽脩本不近釋氏的思想底蘊去考察，似乎沒有比這樣的推求闡釋更全面周詳了。

（二）審美向下桃花源：桃源非仙境

陶淵明平平淡淡的〈桃花源記〉，（註三一）由於是寄託個人的政治態度，人生理想，飽含著作者熾熱的情感，（註三二）充滿著濃郁的生活氣息，也使宋人興趣盎然地論辯一番。在唐人認爲仙境的認知下，走出迷思。以王維〈桃源行〉詩爲例：

> 漁舟逐水愛山春，兩岸桃花夾去津。坐看紅樹不知遠，行盡青溪不見人。山口潛行始隈隩，山開曠望如平路。遙看一處攢雲樹，近入千家散花竹。樵客初傳漢姓名，居人未改秦衣服。居人共住武陵源，還從物外起田園。月明松下房櫳靜，日出雲中雞犬喧。驚聞俗客爭來集，竟引還家問都邑。平明閭巷掃花開，薄暮漁樵乘水入。初因避地去人間，及至成仙遂不還。峽裡誰知有人事，世中遙望空雲山。不疑靈境難聞見，塵心未盡思鄉縣。出洞無論隔山水，辭家終擬常遊衍。自謂經過舊不迷，安知峰壑今來變？當時只記入山深，青溪幾曲到雲林。春來遍是桃花水，不辨仙源何處尋？（註三三）

王維認爲桃花源是仙境，梅堯臣就已經跳出桃源仙境的迷思，他說：

> 鹿為馬，龍為蛇，鳳皇避羅麟避罝。天下逃難不知數，入海居巖皆是家。武陵源中深隱人，共將雞犬栽桃花，花開記春不記歲，金椎自劫博浪沙。亦殊商顏採芝草，唯與少長親胡麻，豈意異時漁者入，各各因問人間賒。秦已非秦孰為

漢，奚論魏晉如割瓜。英雄滅盡有石闕，智惠屏去無年華，俗骨思歸一相送，慎勿與世言雲霞。出洞沿溪夢寐覺，物景都失同迴槎，心寄草樹欲復往，山幽水亂尋無涯。（註三四）

梅堯臣將桃花源境內的人定義爲英勇抗秦的隱者，投入現實中的宋代環境更別具意義；對照慶曆變法的失敗，好友蘇舜欽的廢死滄浪，詩人彷彿有椎擊媒孽構陷者的衝動，託桃花源人之口以出之，突顯宋人以意爲主、事事如實合理的創作態度。王安石更具體說出遠大抱負與心中改革的迫切願望：

望夷宮中鹿為馬，秦人半死長城下。避時不獨商山翁，亦有桃源種桃者。此來種桃經幾春，採花食實枝為薪。兒孫生長與世隔，雖有父子無君臣。漁郎漾舟迷遠近，花間相見驚相問。世上那知古有秦？山中豈料今為晉？聞道長安吹戰塵，春風回首一沾巾。重華一去寧復得？天下紛紛幾經秦。（註三五）

王維認爲桃花源是個仙境，梅堯臣已把它聚焦於宋代現實；王安石更進一步將它放到對現實政治的迫切作爲，（註三六）以人們最切身的傜役、賦稅爲關注的焦點，顯現王安石身爲熙寧變法的主事者，對人民苦境解救、改善國家財務窘境的急迫性的深思熟慮，（註三七）這也正代表他重視事理之處，（註三八）宋詩議論的特色也在此更趨於成熟，（註三九）宋詩也走入獨具面目的階段。

對照王維、梅堯臣、王安石對於陶淵明〈桃花源詩〉因事感發抒其所感，諸人在審美上的變化，已經達到深度上的向下深化，也就是說，在傳統題旨上異化、深化了。生在「開元盛世」氛圍的王維，優游富足的生活滋養了他對長享安樂神仙世界的企盼。于是在他的〈桃源行〉中，將陶淵明〈桃花源詩并記〉的題旨改造爲對「初因避地去人間，及至成仙遂不還」的「靈境」、「仙境」的追尋和陶醉；梅堯臣則因屢試不第的困頓、喪妻、亡女、政爭的重重打擊的激憤；王安石〈桃源行〉的迫切改革的決心，顯現宋詩議論化、關注現實的民生之理的走向，無異是在審美觀點的異化、深化縱向最顯著成功的傑作。

再審視王安石所處的國窮民困的宋代情況，更能體會王安石〈桃源行〉縱向審美深化、異化的成功。因爲宋代君權更爲集中，封建專制傳統變本加厲。北宋中葉，日益加劇的階級矛盾和社會危機激發了王安石深重的憂患意識和變革現實的強烈要求，表現出政治家的膽略和見識。這篇與王維同題之作，在承襲陶淵明〈桃花源詩并記〉的題旨、題材的同時，又作了進一步的開掘和發展。陶淵明只是抨擊「嬴氏亂天紀」，王安石則云「聞道長安吹戰塵，春風回首一沾巾。重華一去寧復得？天下紛紛幾經秦。」認爲唐虞之後不再有聖君，三代以下無非是以暴易暴，隱然把本朝也列爲「幾秦」之一。詩對禍亂的根源——封建主義專制統治的認識更清醒，抨擊也更猛烈。陶淵明贊賞「秋熟靡王稅」的社會理想，王安石更進而讚美「兒孫生長與世隔，雖有父子無君臣」的理想社會，認爲骨肉之親是淳樸可愛的，而君權統治則是可憎的。從「靡王稅」到「無君臣」的思想跨越實即由反對封建剝削壓迫進而否定推行這種剝削壓迫的政治體制，這一合乎理性邏輯的思想發展，雖如電石火花，只是匆匆一閃，卻突破了王安石變法的思想體係，這在當時無疑是離經叛道、石破天驚的大膽見解。

於是，比較王維、梅堯臣、王安石三關於桃花源的詩，審美頓時縱向深化、異化，意蘊更加豐富，給我們的啓迪就是：

> 使傳統題材在世代傳承中一再被改造，詩的題旨也隨之而變化、更新。根植于詩人所處的時代的社會生活，受到時代社會政治、社會心理則支配題旨的變化和更新的創作意圖和思想感情。如果說王維詩的題旨是由陶詩題旨的異化得以更新，那麼，王安石詩則因陶詩題旨的復歸而深化。異化和深化，是古代詩人改造傳統題材的兩個不同的出發點，不同的詩作可以經由或彼或此的途徑而獲得自身的創造性。（註四〇）

很顯然地，在支配題旨的變化和更新的創作意圖和思想感情，則根植于詩人所處的時代的社會生活，受到時代社會政治、社會心理等等的影響，王安石〈桃源行〉對陶淵明〈桃花源詩并記〉的深化以及王維〈桃源行〉的異化是非常成功的。

然而，也有人認為王安石〈桃源行〉是一時快意之作，也有用事之誤處，胡仔引《高齋詩話》說：

> 荊公〈桃源行〉云：「望夷宮中鹿為馬，秦人半死長城下。」指鹿為馬，乃二世事，而長城之役，乃始皇也。又指鹿事不在望夷宮中，荊公此詩，追配古人，惜乎用事失照管，為可恨耳。（註四一）

這也可見宋人認為事情的真相比臨文痛快更重要，事事求真，是宋人的重要信條。對於陶淵明〈桃花源詩〉，宋人不以為是仙境而把它放到人間來關照世路的艱困，（註四二）它的載體就是詩人對社會的憂患意識以及政治改革的決心，反映在詩文創作裡，也出現了重意——以意為主的主觀，難怪王安石「追配古人」的名篇也還有用事不妥的狀況發生。

此處所選用來闡明事理的典範都是植基於耳熟能詳的詩與詩人，從理觀念中的事理來闡發，更能在前人立論的基礎上做出一番詩意的欣賞與創造來，因為欣賞本身就是一種創造，從接受美學的觀點言之，這種創造無疑是一種價值的再認識。

朱綱說歐陽脩的「道」推本于真，（註四三）這個所謂的「真」，就是以理辨是非、論曲折，以悅人心，但有時卻過了頭，葉適說：

> 歐陽氏〈讀書〉：「正經首唐虞，偽說起秦漢。篇章與句讀，解詁及箋傳。是非自相攻，去取在勇斷。初如兩軍交，乘勝方酣戰。當其旗鼓催，不覺人馬汗。至哉天下樂，終日在几案。」以經為正而不汩于章讀箋詁，此歐陽氏讀書之法也。然其間節目甚多，蓋未易言，以其學考之，雖能信經，而失事理之實者亦不少矣。且箋傳雜亂，無所不有，必待戰勝而後得，則迫切而無味，勉強而非真，几案之間，徒見其勞而未見其樂也。几案之樂，當默識先覺，迎刃自解，如日月之朗曜，雲陰解駁；安在鬥是非，決勝負哉！（註四四）

歐陽脩將讀書視為一場決真理勝負的戰鬥，葉適則認為無趣。一定要融會貫通，豁然頓悟，才是真正的讀書樂。歐陽脩如此，王安石如此，沈括亦然，這原是時代學風——理學勃興所使然。吳喬說宋人不足與言詩，也是沒有在當時學風認知下的論斷。（註四五）也許，宋人認為這樣才是論詩，否則，宋代的詩話不會如雨後春筍般出現，形成獨特的文學批評方式。

（三）仙道現形一凡庸

宋代道教鼎盛，仙道傳說，繪聲繪影，白日昇天頻傳。劉攽曾記載道：

> 海陵人王綸女，輒為神所憑，自稱仙人，字善數品，形製不相犯。〈吟雪

詩〉云：「何事月娥欺不在，亂飄瑞葉落人間。」說云：「天上有瑞木，開花六出。」他詩句詞意飄逸，類非世俗可較。〈題金山〉云：「濤頭風捲雪，山腳石蟠虯。」常謂綸為清非孺厂子，不曉其義。亦有詩贈曰：「君為秋桐，我為春風，春風會使秋桐變，秋桐不識春風面。」居數歲，神舍女去，懵然無知。嫁為廣陵呂氏妻。（註四六）

雖在道教籠罩的學術思潮中，仍保有一份理性、實事求是的精神。神仙附身的不俗妙女，最終也如大多數女子的宿命——爲人妻。再者，傳說仙道可以白日昇天，劉攽又質疑著：

道人張無夢，在真宗朝，以處士見除校書郎。無夢善攝生。梅昌言知蘇州，無夢求見之，先與詩云：「壺中一粒長生藥，待與蘇州太守分。」好為大言，處之不疑，自比李少君。然無夢年九十死。無夢語人，少時絕欲，屏居山中十餘歲，自以為不動。及出見婦人美色，乃復歎然。又入山十餘年，乃始寂定。勸人飲食毋用鹽醋，煮餅淡食，更自有天然味。無夢老病耳聾，其死亦無他異。（註四七）

號稱修道，不但會死，死時也與凡人無異，也斷不了色欲，這與一般凡人何異？一般人也都樂得被騙：

> 蜀人李士寧，好言鬼神詭異事。為予言，嘗泛海值風，廣利王使存問已。又嘗一夜，有人傳相公命己，及往，燕設甚盛，飲食醉飽。既寤，乃在梁門外。疑所謂相公者，二相神也。人皆言士寧能佗心通。士寧過余，余故默作念，侮戲之竟日，士寧不知，烏在其通也？士大夫多遺其金帛錢物，士寧以是財用常饒足。人又以為有術能歸錢，與李少君類矣。（註四八）

劉攽對士大夫「不問蒼生問鬼神」的態度很感慨，特地描繪出一個詐騙神棍的臉孔，對世人真是暮鼓晨鐘。許顗也有類似的記載：

> 有李氏女字少雲，本士族，嘗適人，夫死無子，棄家著道士服，往來江淮間。僕頃年見之金陵。其詩有云：「幾多柳絮風翻雪，無數桃花水浸霞。」殊無脂澤氣。又喜煉丹砂，僕亦得其方，大抵類魏伯陽法，而有銖兩家精詳者也。嘗語僕曰：「我命薄，正恐不能成此藥耳。」後二年再見之，其瘦骨立，蓋丹未成而少雲已病。僕問曰：「子丹成欲仙乎？惟甚瘦則鶴背能勝也。」笑曰：「忍相戲耶？」病中作〈梅花〉詩云：「素豔明寒雪，清香任曉風，可憐渾似我，零落此山中。」尋卒。（註四九）

脫下仙道面紗，畢竟只是凡人，這都是在宋人的事事求如實的學術思潮中的代表，也正是宋人的理性精神的具體表現。此外，宋人對〈長恨歌〉諸多不合事理之處，已在前面論述，如「峨嵋山下少人行」（註五〇）、「孤燈挑盡未成眠」（註五一）等皆是。

註釋

註一：白居易《白氏長慶集・禮部試策》，五道之四，卷三十，上海，商務印書館，四部叢刊。

註二：沈德潛說：「白樂天詩，能道盡古今事理，人以率易少之。然諷喻一卷，使言者無罪，聞者足誡，亦風人之遺意也。」《說詩晬語》，丁福保主編《清詩話》，頁五三八。

註三：朱靖華〈略說宋詩議論化理趣化〉，《中國人民大學學報》，一九九四，第六期，頁八一——八五。案：「人理和天道相應」，出歐陽脩〈歐陽文忠公文・易或問三首之二〉，卷十八，上海，商務印書館，四部叢刊。本是探討《易經》卦象的意義。認爲推原本意才是掌握真理的不二法門，天道與人理才能相應。

註四：梅堯臣撰，朱東潤校注《梅堯臣集編年校注・依韻和李君讀余注孫子》，卷十，頁一五九。

註五：同註四，〈刁景純將之海陵，與二三子送於都門外，遂宿舟中，明日留餞膾〉，卷十四，頁二五九。

註六：同註四，〈弟得臣殿丞簽判越州【原註：前爲山陰宰】〉，卷十五，頁二七五。

註七：葛立方《韻語陽秋・序》，何文煥《歷代詩話・下》，頁四八一。

註八：〈聖賢氣象：理學的精神境界〉，祝瑞開主編《宋明思想與中華文明》，頁一三三——一四六，上海，學林出版社，一九九五。

註九：《二程集・河南程氏粹言・論書篇》，卷一，頁一二〇〇，臺北，漢京文化出版公司，一九八三。

註一〇：《二程集・河南程氏遺書》，卷二十五，頁三二三，臺北，漢京文化出版公司，一九八三。

註一一：歐陽脩《六一詩話》，何文煥輯《歷代詩話・上》，頁二六九。

註一二：葉夢得《石林詩話・中》，何文煥輯《歷代詩話・上》，頁四二六。

註一三：胡仔《苕溪魚隱叢話・前集》引，頁一五五。

註一四：胡仔《苕溪魚隱叢話・前集》，引《學林新編》，一五六。王觀國《學林》也認爲如此，見程毅中主編《宋人詩話外編・上》，頁四九六。

註一五：吳曾〈能改齋漫錄〉，程毅中主編《宋人詩話外編・上》，頁六一四。按：梓州，宋爲西川路地，在今四川省綿陽市東北、涪江之支流梓潼河流域。史爲樂主編《中國地名語源辭典》，頁四五四，上海辭書出版社，一九九五。程大昌也持正面肯定的態度，見《演繁露》，程毅中主編《宋人詩話外編・下》，頁七七五。國際文化出版社，一九九六。陸游《老學庵筆記》亦同，程毅中主編《宋人詩話外編・下》，頁八九八。孫奕《履齋示兒編》亦同，程毅中主編《宋人詩話外編・下》，頁一一一四。

註一六：金性堯說：「孫覿這首詩，說明南宋時還可聽到寒山寺（宋代名普明禪院）的夜半鐘。」《宋詩三百首》，頁二二八，臺南，王家出版社，一九八八。

註一七：傅道彬說：「在時間上，唐詩的鐘聲總是響在寂靜的夜裡，大家熟知的張繼的「姑蘇臺下寒山寺，夜半鐘聲到客船」，就是典型的夜鐘形式。加拿大學者N・弗萊把夜——冬天——毀滅列入文學的基本主題之一，但是在唐詩中由于有了鐘聲，夜所昭示就不是死亡與毀滅，而是希望與獲救。」——《晚唐鐘聲》——中國文化的精神原型，頁二五〇，北京，東方出版社，一九九六。

註一八：同註一七所揭書，頁二六七。

註一九：歐陽脩《六一詩話》，何文煥輯《歷代詩話・上》，頁二六七。

註二〇：賈島（七七九—八四三）、姚合（生卒年不詳，與賈島等人皆有唱和之作）皆是中晚唐人。周裕鍇說：「賈島清幽冷僻的苦吟，代表了中晚唐相當大一批仕進無門、徘徊歧路的青年士子們悲觀絕望的心態。」《中國禪宗與詩歌》，頁八三，高雄，麗文出版社，一九九四。

註二一：同註一七所揭書，頁二六六。

註二二：吉川幸次郎說：「仁宗的時代，不僅是詩歌，中國的文化與文明全體也都在進行著巨大的變化。其中最重要的是重新認識了古代儒家思想的價值，奠定了正統的民族倫理觀念，而以其實踐為個人的以及社會的中心任務。知識份子已不只是儒家政治哲學的闡釋者，也變成了實踐者，於是實現了書生主政的政治體制。政治領袖與文化領袖已合而為一，如范仲淹、富弼、文彥博、韓琦等所謂「名宦」，都是書生出身的新式官吏。歐陽修也不例外。他們看到自六朝以至於唐，儒學的傳統常受佛道兩教的挑戰與妨礙，顯然失去了原有的至高無上的地位，認為這是整個中華文化的衰蔽，所以發出了擺脫佛道影響，重整儒家道統的宣言。」《宋詩概說》，鄭清茂譯，頁八〇，臺北，聯經出版社，一九七九。

註二三：周裕鍇《中國禪宗與詩歌》，頁一一八，高雄，麗文出版社，一九九四。

註二四：葛立方《韻語陽秋》，卷十二，何文煥輯《歷代詩話・下》，頁五七七。同理，歐陽脩也不近仙道。葛立方又說：「歐公常為〈感事〉詩曰：『仙境不可到，誰知仙有無。或乘九斑虯，或觸五雲車，來往幾萬里，誰復遇諸途？』又為《仙草詩》曰：『世說有仙草，得之能隱身，仙書已怪妄，此事況無文。』則凡神仙之說，皆在所麾也。」同上所揭書，頁五七八。這裡，要聲明一下：宋代的禪宗幾乎代表整個佛教的意思。經過唐武宗毀佛之後，不立文字的禪宗一枝獨秀，所以葛立方所有的「不信釋氏之說」，不近禪大概是比較可信的。蘇軾說：成佛就如吃龍肉一般渺不可得，若用佛法來讓自己悠遊人間，就像吃豬肉，就比較實際得多了。蘇軾原文如下：佛書亦嘗看，但闇塞不能通其妙，獨時取其麤淺假說以自喜濯。若農夫之去草，旋去旋生，若無益，然終愈於不去也。若世之君子，所謂超然玄悟者，僕不識也。往時陳述古好論禪，自以爲至矣。而鄙僕所言爲淺陋。僕嘗語述古公之所談，譬之飲食龍肉也，而僕之所學，豬肉也，豬之與龍，則有間矣。然公終日說龍肉，不如僕之食豬肉，實美而真飽也。不知君所得於佛書者果何耶？爲出生死超三乘，遂作佛乎？抑尙與僕輩俯仰也。學佛老者本期於靜而達，靜似懶，達似放，學者或未至其所期，而先得其所似，不爲無害。《蘇東坡全集‧上‧答畢仲舉書》，頁三三七，臺北，世界書局，一九九六。可見蘇軾都認爲習禪成佛之事如吃龍肉般虛渺不可得，但習禪佛來悠游地遊走人間，恐怕是如吃豬肉般地實際，或許，歐陽脩「素不信釋氏之說」，當作如是觀。

註二五：蘇軾也說歐陽脩不喜佛，他說：「予觀范景仁、歐陽永叔、司馬君實皆不喜佛，然其聰明之所照了，德力之所成就，皆佛法也。」《東坡題跋‧跋劉咸臨墓志》，卷一，頁四四，天津，人民出版社，一九九六。

註二六：龔鵬程〈知性的反省——宋詩的基本風貌〉，黃永武、張高評主編《宋詩論文選輯‧一》，頁一三七，高雄，復文書局，一九八八。

註二七：歐陽脩《詩本義‧出車》，卷六，四部叢刊三編經部，上海，商務印書館，一九三五。

註二八：同註二七。

註二九：《歐陽脩詩本義研究》，頁一〇〇、一〇一，臺北，東大圖書公司，一九八一。

註三〇：吳文治說：「歐梅二人詩論同中有異，梅重理也重其用語；歐則更重義理，如『半夜鐘』即是一例。這與宋理學的勃興有關，理學勃興朝是在宋仁宗開啓的機運，恰與歐陽脩倡導古文革新同時。」《宋詩話全編‧序》，頁六，南京，江蘇古籍出版社，一九九八。所謂「重義理」，即要求事實合理、真有其事之意。

註三一：郭學勤說〈桃花源記〉是平平淡淡的，包括平平淡淡的筆調，平平淡淡的語言，敘寫了人世間。平平常常的人，平平常常的事，平平常常的故事，「男女衣著，悉如外人」，這些平平常常的桃源。人不像其他浪漫主義作品中的英雄人物具有神異的特點，就連遊歷桃源的漁人也無奇特之處。所謂平平常常的事，是指桃源社會中的人雖與外界隔絕，但跟『外人』一樣，往來耕作，生活思想跟『外人』一樣，而沒有其他浪漫主義作品中那種不食人間煙火的味道。『見漁人，乃大驚，問所從來，具稱之，便要還家，設酒殺雞作食，村中聞有此人，咸來問訊』，可見『桃花源』中的人并沒有失去人性而神化，他們與『外人』一樣熱情好客，他們雖身居桃源，也關心『外面』的事情。所謂平平常常的故事，是指作者沒有給漁人出入桃源蒙上歷險的色彩，而漁人身遊桃源絕境卻受到熱烈的歡迎。平平淡淡的語言，平平淡淡的筆調，非但沒絲毫減弱作品的感染力，反而在平平淡淡中顯示出了他特有的藝術魅力。」〈淺析〈桃花源記〉的藝術特色〉，《內蒙古民族師院學報》（哲社版）一九九八，第二期，頁四四──四七。

註三二：朱熹說：「陶淵明詩，人皆說是平淡。據某看，他自豪放，但豪放得來不覺耳。其露出本相者，是『詠荊軻』一篇，平淡底人如何說得這樣言語出來。」《朱子語類》，卷一百四十，程毅中主編《宋人詩話外編・下》，頁九九八。朱熹看出陶淵明把熱情化做日常踏實生活的恆久，這樣的豪放才是更爲真實。

註三三：高步瀛《唐宋詩舉要》，卷二，高雄，復文書局，一九九〇。

註三四：梅堯臣撰，朱東潤校注《梅堯臣集編年校注・桃花源詩》，卷二十六，頁八九五。

註三五：王安石〈桃源行〉，《臨川先生文集》，卷四，上海，商務印書館，四部叢刊。

註三六：蘇軾也認爲桃花源非仙境，他說：「世傳桃源事，多過其實。考淵明所記，止言先世避秦亂來此，則漁人所見，似是其子孫，非秦人不死者也。又云殺雞作食，豈有仙而殺者乎？舊說南陽有菊花水甘而芳，民居三十餘家，飲其水皆壽，或至百二三十歲。蜀青城山老人村有見五世孫者，道極險遠，生不識鹽醯，而溪中多枸杞根，如龍蛇，隱其水故壽。近歲道稍通，漸能致五味，而壽亦益衰。桃源蓋此比也。使武陵太守得而至焉，則已化爲爭奪之場久矣。」曾棗莊、曾濤編《蘇詩彙評・和陶桃花源》，（四），卷四十三，頁一八四四，臺北，文史哲出版社，一九九八。胡仔說：「東坡此論，概辨證唐人以爲神仙，如王摩詰、劉夢得、韓退之作〈桃源行〉是也。惟王介甫作〈桃源行〉，與東坡之論暗合。」《苕溪漁隱叢話》，上，卷三，頁一三。可見宋人對桃源仙境的人是不視爲神仙的，反而是藉以對現實政治進行干預的階梯。案：韓愈〈桃源圖〉詩，並不認爲桃源是仙境，他說：「神仙有無何渺茫，桃源之說誠荒唐。」將仙境視爲無稽，結論是「世間寧知僞與真，至今傳者武陵人。」。——朱熹校正，韓文公撰《韓文公集校注・桃源圖》，卷三，上海，商務印書館，四部叢刊這和他一生堅持力排佛老的哲學觀是完全吻合的。鍾優民《陶學史話》，頁三一，臺北，允晨出版公司，一九九一。因此，韓愈被視爲宋明理學的先驅者是對的，難怪宋人對韓愈有一分份獨特的青睞。劉禹錫的觀點也是近於仙境，他說：「俗人毛骨驚仙子，爭來致詞何至此？須臾皆破冰雪顏，笑言委屈問人間，因嗟隱身來種玉，不知人世如風燭。……桃花滿溪水似鏡，塵心如垢喜不去，仙家一出尋無蹤，至今水流山重重。」——劉禹錫，瞿蛻園箋證《劉禹錫集箋證・中・桃源行》，頁八一九，上海古籍出版社，一九八九。

註三七：葉寘認爲王安石屢言「貞觀」，嚮往「貞觀」之治，用世之心甚切。他說：荆公詩多舉「貞觀」，蓋追懷盛時，托興前代，使後來讀之如少陵：「武德開元際，蒼生乞重攀？」可悲矣！〈嘆息行〉云：「官驅群囚入市門，妻子慟哭白日昏。市人相與說囚事，破家劫錢何處村？朝廷法令亦寬大，汝罪當死爲誰冤？路旁年少嘆息汝，貞觀元元之子孫。」〈河北民〉云：「河北民，生近兩邊長苦辛。家家養子學耕織，輸與官家事戎狄。今年大旱千里赤，州縣仍催給河役。老少相攜來就糧，南人豐年自無食。悲愁白日天地昏，路旁過者無顏色。乳生不及貞觀中，斗粟數錢無兵戎。」傷今思古之義具焉。《愛日齋叢鈔》，程毅中主編《宋人詩話外編》，頁一五二○，

註三八：程顥、程頤著《二程集・上・河南程氏遺書》說：「所以能窮者，只爲萬物皆是一理，至如一事一物，雖小皆有是理。」卷十五，頁一五七，臺北，漢京文化出版公司，一九八三。

註三九：王鎭遠說：「都從大處落墨，以警拔的議論出之，這正是此詩的獨創之處，也體現了宋人以議論爲詩的特點。」上海辭書出版社《宋詩鑑賞辭典》，頁二二九，一九八七。這也象徵宋詩特色更加成熟，沈撿江說宋詩發展的主線軌跡有三階段：一是歐梅與意新語工；二是王安石學杜與宋詩走向的完成；三是蘇黃流派與宋詩美學的成熟。〈宋詩發展的美學軌跡〉，《求是學刊》，一九九一，第一期，頁七四——七九。可見王安石的對事理的尊重也是杜甫現實主義精神的繼承與發揚。同時，王安石對江西詩派的形成也有不可忽略的影響，劉乃昌說：「在詩歌藝術上，山谷詩體與詩風與東坡相似之處少，而與王安石相似之處多，王安石實際上是山谷最爲推崇和重點師法的前輩詩人。」〈論山谷詩與王安石〉，《文史哲》，一九八八，第二期，頁七四——七九。傅義也從：甲、山谷全面肯定荆公，包括詩、詞、變法、經義、字說、文學評論都很欣賞；乙、二者都學陶杜；丙、二人皆受佛教影響來說明王安石開江西詩派的先聲——〈王安石開江西詩派的先聲〉，《江西社會科學》，一九八七，第一期，頁九五——一○○。

註四○：陳定玉說：「審美的向下比較就是要探究傳統題材和題旨及其藝術表現的異化和深化，考察後人創造了那些不同於前人或所沒有提到的新東西。」——〈論古典詩歌審美的縱向比較〉，《福建師大學報》（哲社版），一九九七，第四期，頁四七——五三。

註四一：胡仔《苕溪漁隱叢話》，上，頁一四，木鐸出版社，一九八二。雖然王得臣爲安石辯論說：王安石〈桃源行〉云：『望夷宮中……亦有桃源中桃者。』詞意淸拔，高出古人。

議者謂二世致齋望夷宮在鹿馬之後，又長城之役在始皇時，似未盡善。或曰概言秦亂而已，不以辭害意也。」《塵史》，程毅中主編《宋人詩話外編‧上》，頁一四九，北京，國際文化出版公司，一九九六。也是認爲王安石〈桃源行〉縱有史事之誤，也是不能以辭害意的。就連蘇軾，宋人也屢陳他用事之誤，黃朝英引《劉公嘉話》云：「晉謝靈運鬚美，臨刑，因施爲南海祇洹寺維摩像鬚，寺人寶惜，初不虧損。中宗朝，安樂公主五日鬥百草，欲廣其物色，令馳驛取之，又恐爲他所得，因翦棄其餘，今遂無。其集所載，止此而已。及觀東坡〈次韻景文聽琵琶〉詩云：『猶勝江左狂靈運，共鬥東昏百草鬚。』乃以安樂公主爲東昏侯。按東昏侯是齊明帝第三子，雖昏虐暴亂，實未嘗取靈運鬚以鬥百草，豈非誤矣？又陳後主時，張貴妃名麗華，尤見寵幸。隋遣韓擒虎平陳，後主與麗華巨見收。而東坡撰〈虢國夫人夜游圖〉詩云『當時亦笑潘麗華，不知門外韓擒虎。』又誤也。蓋其東昏侯有潘淑妃，未嘗名麗華亦與韓擒虎事無干淑妃。又《左傳》昭公二十八年：『賈大夫娶妻美，御以如皋，射稚獲之。』杜預註云：『爲妻御之。皋，澤；如訓之。』則非地名明矣。而東坡〈和人會獵〉詩云：『不向如皋閑射稚，歸來何以得卿卿?』真誤也。」《黃朝英詩話》，吳文治主編《宋詩話全編‧二》，頁九八八七。亦見胡仔《苕溪漁隱叢話》，上，卷四十，頁二七〇，臺北，木鐸出版社，一九八二。

註四二：吳子良《荆溪林下偶談》很欣賞王安石將桃花源拉回現實，他說：陶淵明〈桃花源記〉初無仙語，蓋緣詩中有「奇蹤隱五百，一朝敞神界」之句，後人不審，遂多以爲仙。如韓退之詩云：「神仙有無何渺茫，桃源之說尤荒唐。」劉禹錫云：「仙家一去尋無蹤，至今流水山重重。」王維云：「初因避地去人間，及至成仙終不還。」又云：「重來遍是桃花水，不辨鮮源何處尋。」王逢原亦云：「惟天地之茫茫兮，故神仙之或容。惟昔王之制治兮，惡魑魅之人逢。逮後世之陵夷兮，固神鬼之爭雄。」此皆求之過也。惟荆公與東坡〈和桃源〉詩所言最爲得實，可以破千載之惑矣。《荊溪林下偶談》，程毅中主編《宋人詩話外編・下》，頁一二七八，案：蘇軾〈和桃花源詩〉序云：「世傳桃源事，多過其實。考淵明所記，止言先世避秦亂來此，則漁人所見，似是其子孫，非秦人不死者也。又云殺雞作食，豈有仙而殺者乎？」他更在詩中說：「桃源信不遠，杖藜可少憩。躬耕任地力，絕學抱天藝。」曾棗莊、曾濤合編《蘇詩彙評》，卷四十三，頁一八四四，文史哲出版社，一九九八。胡仔云：「（前引蘇軾詩序）東坡此論，蓋辨證唐人以桃源爲神仙，如王摩詰、劉夢得、韓退之作（桃源行）是也。惟王介甫（桃源行）與東坡之論暗合。」《苕溪漁隱叢話・前集》，卷三，頁一三洪炎也說：「桃源非神仙，予素知狀，比來見東坡〈和桃花源詩序〉，暗與人意合。」同上胡仔語。

註四三：《唐宋四家的道論與文學》，頁四，北京，東方出版社，一九九七。

註四四：葉適《習學記言・序目》，程毅中主編《宋人詩話外編・下》，頁一〇四九。

註四五：清・吳喬就很欣賞杜牧的史論：古人詠史，但敘事而不出己意，則史也，非詩也；出己意，發議論，而斧鑿錚錚，則又落宋人之病。如牧之〈息嬀〉詩云：「細腰宮裡露桃新，默默無言幾度春。至竟息亡緣底事，可憐金谷墜樓人。」〈赤壁〉云：「折戟沉沙鐵未銷，自將磨洗認前朝；東風不與周郎便，銅雀春深鎖二喬。」用意隱然，最爲得體。息嬀廟，唐時稱爲桃花夫人廟，故詩用「露桃」。赤壁，謂天下三分也。許彥周乃曰：「此戰係社稷存亡，只恐捉了二喬，措大不識好惡。」宋人之不足與言詩如此。《圍爐詩話》，郭紹虞輯《清詩話續編・中》，頁五五八。

註四六：劉攽《中山詩話》，何文煥輯《歷代詩話・上》，頁二八。

註四七：同註四六，頁二二九。

註四八：同註四六。

註四九：許顗《彥周詩話》，何文煥輯《歷代詩話・上》，頁三八〇。

註五〇：范溫（？—？）也說：「白樂天〈長恨歌〉，工矣。而用事猶誤。『峨嵋山下少人行』，明皇幸蜀，不行峨嵋山也。當改云『劍門山』。」《潛溪詩眼・〈長恨歌〉用事之誤條》，宋詩話全編・貳》，頁一二五九。見第三章，第一節，〈長恨歌〉創作背景，註二七。

註五一：宋，王楙（一一五一——一二一三）相信明皇挑燈之事爲真，但邵博、陳長方則以爲僞（？——一五八）邵博、陳長方皆疑之。邵博之言，見《宋詩話全編・第參冊・白樂天〈長恨歌〉條》，頁三三一五；又見王大鵬、張寶坤、田樹生、諸天寅、王德和、嚴昭柱編選的《中國歷代詩話選・上・書生之見條》，頁四五二，長沙，岳麓書社，一九八五。陳長方之言，各個版本皆見其書，獨不見王楙所引該語，備考。案：邵博之言，原作：「白樂天〈長恨歌〉有『夕殿螢飛思悄然，孤燈挑盡未成眠』之句，寧有興慶宮中夜不燒蠟油，明皇帝自挑盡者乎？書生之見可笑耳。」詳三章，第一節，〈長恨歌〉創作背景，註二八。

第二節　物理

宋人所謂的物理就是物質的客觀規律，因爲對物理的注重，才有宋代輝煌的科技文明，李約瑟在《中國之科學與文明》一書中，指出北宋的科學技術在中國科技史上佔有最輝煌的地位，此種成就，與宋代理學家之世界觀有密切的關係。（註一）除了理學家之外，關於「理」的觀念，在北宋時已作爲普遍的物理法則來看待。我們先從邵雍（一○一一——一○七七）、歐陽修（一○○七——一○七二）說起。

（一）觀物說的理論基礎

甲、邵雍以物觀物

邵雍認爲人要去己之私，才能洞察物理，他說：

> 夫所謂觀萬物者，非目視之，觀之以心也；非觀之以心，觀之以理也。聖人所以能一萬物之情者，謂其能反觀也。天下之物，莫不有理焉，莫不有性焉，。莫不有命焉。所以謂之理者，窮之而後可知也，所以謂之性者，盡之而後可知也，所以謂之命者，至之而後可知也，此三者天下之真知也（註二）。

「觀之以理」，就是凡事以客觀理性的態度去面對。包逸庵注云：

於此乃知觀物云者，非以自觀，觀之以我之心，亦觀之以物之理，天下之物莫不有理，理統於性，性根於命理，性命必窮之盡之至之而後知為天下之真知（註三）。

以物之理來觀物，才可以知「物理」，性命才可以窮盡。（註四）以理觀物，就是用客觀理性而無絲毫個人的私情左右，顯現邵雍人本理性的觀物精神。故邵雍接著說：

以物觀物，性也；以我觀物，情也，性公而明，情暗而偏。（註五）

包逸庵又注云：

皇極以觀物也，即本物之理，觀乎本物，則觀者非我，物之性也。若由我之意觀乎是物，則觀者非物，我之情也。性乃公，公乃明；情乃偏，偏致暗。夫人之稟有剛柔，均則得中和之氣，陰陽兩無，所多不均，非陽多則陰多，剛柔始偏而不中，若以觀物違物之正就我之偏，不但見知見仁之岐而任偏矜明，猶懼多反。蓋人之智強，出之則中，公明出之，偏則自以暗為明而害物性矣。（註六）

又說：

以我徇物，則我亦物也。以物徇我，則物以我也。我物皆致意，由是天地亦萬物也。何物不我？何我不物？如是則可以宰天地，司鬼神。（註七）

無私無我的觀物態度，則可以主宰天地和宇宙。（註八）能觀理的功夫就是無私無我的以物觀物的態度，這是宋人普遍的認識，所以邵雍可視爲理學的前驅者。（註九）故趙與時就說邵雍能藉物理說天理極微之處：

康節〈冬至吟〉：「何者謂之幾？天根理極微。今年初盡處，明日未來時。此際易得意，其間難下辭。人能知此意，何事不能知？」又云：「冬至子之半，天心無改移。一陽初動處，萬物未生時。玄酒味方淡，大音聲正稀。此言如不信，更請問庖犧。」（註一〇）

自晉張華《博物志》以來，知識份子本多有博收異聞的愛好，他們感興趣的對象包括各種風物土產、飛禽走獸、花草樹木、珍奇寶玩及異事瑣談等，考究其道理，那理由是「君子恥一物之不知」，用意在「探造化之秘」。他們從對物理的研究，「比象出自然和人生的某些哲理，我們在韓愈的〈毛穎傳〉及後來黃庭堅〈詠猩猩毛筆〉等詩文中，也能略見其意，擴而言之，古代所謂『體物』之作品，大致皆然。當道學擁有越來越豐富的關於自然、人生之思考時，『道』的含義也就逐漸地起了變化，由列聖相承的統緒中所含的民族文化價值，轉向對『真』的探索了」。（註一一）在宋人，尤其是梅堯臣、歐陽脩的詩文中，這種「體物」探求真理的哲學思維，是處處可見的。

乙、歐陽脩以物理解《詩經》

比邵雍年長四歲的歐陽脩，敘事狀物也絕不過度地運用其主觀想像，都要注意到其「客觀之理」——真。歐陽脩說：

> 凡物有常理，而推之不可知者。聖人之所不言也，磁石引針，蝍蛆甘帶，松花虎魄。（註一二）

磁石引針，蝍蛆甘帶，這都是每一物所天生必具備的獨特之理，歐陽脩對這似乎很有興趣，更辨野菊和家菊之異：

> 本草所載菊花者，世所謂甘菊，又謂之家菊，其苗澤美味甘香，可食，今市人所賣菊苗，其味苦烈，迺是野菊，其實蒿艾之類，強名為菊爾。家菊性涼，野菊性熱，食者宜辨之。（註一三）

在《詩經》的義解上，歐陽脩也植基於物「理」來辨析〈小序〉和鄭〈箋〉之失。在《詩本義》第二篇〈鵲巢〉，歐陽脩就說：

> 據詩但言維鳩居之，而序德如鳲鳩乃可以配。鄭氏因謂鳲鳩有均一之德。以今物理考之，失自序始，而鄭氏增之爾。（註一四）

從物理——鳲鳩之天性質疑《詩・小序》及鄭〈箋〉之失。又如〈竹竿〉，歐陽脩又說：

〈竹竿〉之詩據文求義，終篇無比興之言，而毛、鄭曲為之說，常以淇水為比喻。詩曰：「籊籊竹竿，以釣於淇。」毛謂釣以得魚，如婦人待禮以成為室家。取物比事，既非倫類，又與下文不相屬，詩下文云「豈不爾思，遠莫致之」。……（註一五）

因爲所取比事之物非其物之理，故云「非倫類」、「與下文不相屬」。故元人脫脫說他「折之以理，以服人心。」（註一六）紀昀也認爲歐陽脩能和氣平心，故能以理服人。（註一七）歐陽脩的理就是人情之理、事理、文理等，（註一八）才能「引物連類，折之於至理」，「使人喜慕而不厭，天下翕然推服以爲宗師」；（註十九）在客觀無我的態度下對「物理」的尊重，才能融合多種語言風格。（註二〇）故歐陽脩的「道」比較追求真理，（註二一）故他。歐詩主理，其敘事是爲了闡明道理。敘事之於議論，猶如論據之於論點，爲了使論據有力，論點鮮明，歐詩在表現論據時也盡量客觀公允，從常人習見習聞的角度對事物做出描繪。（註二二）這一點鮮明地體現在他所謂「物理」的尊重上。所以蘇軾說：

其言簡而明，信而通，引物連類，折之于至理，以服人心，故天下翕然師尊之。（註二三）

歐陽脩多次提到詩歌體物要合「物理」，求準確。他仔細分辨聽琴與聽琵琶之異。蘇軾說：

歐陽文忠公嘗問余：琴詩何者最善？答以退之〈聽穎師琴〉最善。公曰：「此詩最奇麗，然非聽琴，乃聽琵琶也。」余深然之。（註二四）

蘇軾也讚同歐陽脩的觀點。歐陽脩也用物理來譏刺人：

士有不遇，則托文見志，往往反物理以為言，以見造化之不可測也。屈原〈離騷〉曰：「朝飲木蘭之墜露兮，夕引秋菊之落英」，原蓋藉此以自喻，謂木蘭仰上而生，本無墜露，而有墜露；秋菊就枝而殞，本無落英，而有落英。物理之變則然，吾憔悴放浪於楚澤之間，固其宜也。異時，賈宜過湘，作賦弔原，有「鏌鎁為鈍」之語；張平子〈思玄賦〉，有「珍蕭艾于重笥兮，謂蕙芷之不香。」此意鄭與二公同，此皆所自傷也。古人托物之意，大率如此。本朝王荊公用殘菊飄零事，蓋祖此意。歐公以詩譏之，荊公聞之，以為歐九不學之誤，而不知歐公意蓋有在。歐公學博一世，《楚詞》之事，顯然耳目之所接者，豈不知之？其所以為是言者，蓋深譏荊公用落英事耳。以謂荊公得時行道，自三代以下未見其此，落英反理之喻，似不應用，故曰：「落英不比春花落，為報時人仔細看。」蓋欲荊公自觀物理，而反之于正耳。（註二五）

當時大家都以爲歐陽脩搞錯了，但王楙認爲歐陽脩學博一世不可能弄錯，一定是有譏刺的深意在，其根據就是「物理」——秋菊本無落英，菊花本是沒有花瓣掉落的，用此來譏刺王安石。二程更說：

> 格物窮理，非是要盡窮天下之物，但於一事上盡窮，其他可以類推。……所以能窮者，只為萬物皆是一理，至如一物一事，雖小，皆有是理。（註二六）

又說：

> 「致知在格物」，格，至也，窮理而至於物，則物理盡。（註二七）

窮理至於物才是盡物理，二程更說：「無物無理，惟格物可以盡理。」（註二八）可見宋人對物理的重視

（二）月牙石

接著，歐陽脩〈紫石屏歌一本作月石硯屏歌寄蘇子美〉更爲探索物理的傑作：

> 大哉天地間，萬怪難悉談。嗟予不度量，每事思窮探。欲將兩耳目所及，而與造化爭毫纖。（註二九）

有如此愛好的不止歐陽修，蘇舜欽、梅堯臣也都如此：

二子精思極搜抉，天地鬼神無遁情。及其放筆騁豪俊，筆下萬物生光榮。古人謂此覷天巧，命短疑為天公憎。（註三〇）

所以他誇讚蘇舜欽是個「精通物理者也。」李頎說：

江外有石，人破之，其形色皆類月。歐陽文忠公〈月石詩〉云「二曜分為三」，固為佳句，尚念未快。子美見之，作詩寄之曰：「我疑此山石，久為月昭著。老蚌吸月月降胎，水犀望星星入角。彤霞礫石變丹砂，白虹貫岩（一作日）生美石。」永叔見之曰：「此奇才精通物理者也。」（註三一）

對於歐陽脩形容的月石，蘇舜欽嫌不夠緊貼，還要更精細地刻劃，以準確地將月石此「物」之「理」呈現出來。與歐陽脩、蘇舜欽一起推動北宋詩文革新運動的梅堯臣也屢言「物理」，如：

開地臨廣衢，崇崇十餘畝。新軒稍偏北，治圃亦西酉。盎中植菡萏，水不過升斗。小桂未得地，驗活徒掐朽。上乏幽禽啼，下多蟻穴走。藥苗雖無補，欲比山中有。澆灌同一時，萌芽或先後。松株不滿尺，廊廟色已厚。稟性久且堅，物理豈無偶？棕櫚仍未大，散葉才八九。夏綠與冬青，各各自為友。吾軒還處西，脩竹爾二後取。雨默論是非，但可吟對酒。（註三二）

又：

青青椶櫚樹，散葉如車輪。擁攀交紫髯，歲剝豈非仁？用以覆雕輿，何憚剋厥身？今植公侯第，愛惜知幾春？完之固不長，只與薺本均。幸當敕園吏，披割見日新，是能去窘束，始得物理親。（註三三）

又：

我從江南來，挂席江上正。輕舟自行速，不與風力競。乃省少學時，強勉無佳興。初如弄機杼，未解布絲經。利器昧其時，或反授人柄。及親賢豪游，所尚志已定。不厭朝市喧，不須山林靜。不為煦煦妍，不為嚴嚴冰。遇物理自暢，區處劇操令。仍類楚野竹，忽從孤根迸。便成翠琅玕，久與風霜硬。雖然達吾真，誰復究畢竟？世間忘坦途，盡欲求密徑。哂我是迂疏，宜乎今蹭蹬。蹭蹬誠可嗟，所偶亦已併。晚逢二三友，喜飲恨多病，道路何迍邅，，季秋越春暮。平生景慕者，邂逅出天幸。接跡猶謂榮，況此聲顏並。實慚寡時用，又顧無奇行。愛之不忍去，自旦還至暝。在昔濁世賢，徒知清酒聖，但用醉為娛，一老少不更。稍思桃源人，翩爾乘漁艇，尋花逐水往，豈念衰與盛。歌謳非俗情，山響自答應，以此謝君勤，微言期略聽，衰衰不足為，試共幽人評。（註三四）

就詩材言之，可謂瑣細之至，黃美玲認爲這是梅堯臣化俗爲雅的功夫，（註三五）可是，真正的雅又是什麼？抑是宋代士大夫淵雅自適生活展現爲好議論？（註三六）這在韓愈、白居易以來的唐詩已有，宋代「理學」或「道學」的興盛使它普遍流播；（註三七）應該說：韓愈、白居易以來的唐詩已開啓宋詩的創作道路；何況韓愈又是理學的先驅，所以宋代「理學」使詩歌走上愛講道理，發議論，本身並不是詩人之過，而是宋學與宋詩太緊密依附的緣故。所以宋詩以瑣事入詩，如果說是「化俗爲雅」，（註三八）也許，也可以說是對百姓日用的關心，這都體現歐陽脩的「道」——除了仁義道德之外，更注意對百事的關心，包括「上至國家的政治，下至老百姓的種植蓄養、養生送死等日常生活」的注重，（註三九）固然是有一定的審美感受，但這種意識的來源，無疑義是受到理學的影響；何況這樣的寫作態度，有時剛好適得其反。（註四〇）

以瑣碎事物入詩，正由歐、蘇、梅開啓的詩風，也漸漸有議論、說理的傾向，這是宋人在理學的籠罩下出現的反映當代思潮的詩風。也許，他們還自詡爲知「物理」，否則，不會和韻酬答往還不歇、津津於此。

（三）武侯廟柏

沈括（一〇二九——一〇九三）就曾發表很多關於「物理」的言論。在著名的《夢溪筆談》中，即曾屢用「理」字來表達自然物的成立及變化法則。如「常理」、「自然之理」、「至理」等。（註四一）所以沈括論詩對不合「自然之理」之事，視為文章之病：

司馬相如敘上林諸水曰：「丹水、紫淵、灞、滻、涇、渭，八川分流，相背而異態，灝溔潢漾，東注太湖。」李善注：「太湖，所謂震澤。」（沈括）按：八水皆入大河，如何得東注震澤？又白樂天〈長恨歌〉云：「峨嵋山下少人行，旌旗無光日色薄。」峨嵋在嘉州，與幸蜀路全無交涉。杜甫〈武侯廟柏〉詩云：「霜皮溜雨四十圍，黛色參天二千尺。」四十圍乃是徑七尺，無乃太細長乎？……此亦文章之病也。（註四二）

沈括這段話提出三個問題：一、八水不注太湖，司馬相如搞錯，祇是不知然否？二、白居易〈長恨歌〉裡的「峨嵋山」固然不在唐明皇奔蜀的路上，但是，如果將「峨嵋」音諧為「蛾眉」，指的是美人楊貴妃，此時已無人敢與她接近，所以才「花鈿委地無人收，翠翹金雀玉騷頭」。「日」代表皇帝，「日色薄」指皇帝受制於陳玄禮、高力士，已毫無威信可言。沈括從地理實際言之，但詩歌是一種藝術創造，容許一些虛構，宋人說詩句句皆實，（註四三）就是當時講「實理」的一種風氣使然，但在「實理」之中自有一份妙處與價值，與早起晚坐、風花雪月、懷人對景之作，陳陳相之作相比，宋詩可貴處正在此。（註四四）

人們認爲是瑣細雜事，雖然「道理粗淺」，宋人也津津於陳舊的議論。（註四五）翁方綱別具隻眼，認爲瑣雜，侃侃議論之詩可佐以了解宋代諸事的因革損益，學風師承與遞嬗之跡，故都舊談、故老名臣之言行……等等，這些實境正是宋詩的特色，如果不從這個角度去認識宋詩，反將「早起晚坐、風花雪月、懷人對景之作」一視爲宋詩的代表，是不明白宋詩真面目的。

回到杜甫〈古柏行〉。對於諸葛亮廟前的柏樹，杜甫形容是寬四十圍，高二千尺，沈括說太細長。錢謙益引范蜀公《東齋記事》說：

> 武侯廟柏，其色若牙然，白而光澤，尚復生枝葉，今才十丈許。工部詩：「石龕於廟堂中。」舊注：「范蜀公謂廟柏纔七丈，杜云二千尺為過。」沈存中云：「蒼皮四十圍，乃是七尺徑而長二百丈，無乃太細長乎？」（註四六）

其實，沈括的言論，宋也有人不以爲然，黃朝英說：

> 予謂存中善九章算術，獨於此為誤，何也？四十圍若以古制論之，當有百二十尺，圍有百二十尺，即徑四十尺矣，安得云七尺也？若以人兩手大指實指相合為一圍，則一圍是一小尺，即徑一丈三尺三寸，又安得云七尺也？武侯廟柏，當以古制為定，即徑四十尺，其長二千尺又宜矣，豈得以太細長譏之乎？（註四七）

看來，杜甫似乎沒錯。王觀國認爲這只是形容其高大，不必太拘執，他說：

> 子美〈潼關吏〉詩曰：「大城鐵不如，小城萬丈餘。」世豈有萬丈餘城耶？姑言其高耳。四十圍二千尺者，姑言其高且大也。詩人之言當如此，而存中乃拘拘然以尺寸校之，則過矣……。（註四八）

強調高大所以有沈括認定之誤，范溫則以詩藝之成熟來論證杜甫已臻詩之極境，沈括反而有些缺少詩意的美感，他說：

> 形似之意（疑當作「語」），蓋出於詩人之賦，「蕭蕭馬鳴，悠悠旆旌」是也。激昂之語，蓋出於詩人之興，「周餘黎民，靡有孑遺」是也。古人形似之語，如鏡取形，燈取影也。故老杜所題詩，往往親到其處，益知其工。激昂之語，《孟子》所謂「不以文害辭，不以辭害意」，初不可形跡考也，然如此乃見一時之意。余遊武侯廟，然後知〈古柏詩〉所謂「柯如青銅根如實」，信然，決不可改，此乃形似之語。「霜皮溜雨四十圍，黛色參天二千尺。雲來氣接巫峽長，月出寒通雪山白。」此激昂之語，不如此，則不見柏之大也。文章固多端，警策往往在此兩體耳。（註四九）

范溫說杜甫是「激昂之語」，就是興，也就是警策所在。宋詩這種物物求合理的態度，有人認爲這是「知性思考」；（註五〇）提出「知性思考」的義界，但若視爲「重理」也是很恰當的。一個詩人雖然意緒紛紛，但都要在理的制約下才是完美，所以張耒說：

> 文以意為車，意以理為馬；理勝意乃勝，氣盛文如駕。理惟當即止，妄說即虛假。（註五一）

所謂「妄說」即不真實的言論，要合理才會使詩文更出色，這也可以說明沈括言論的立場了。賀鑄（一〇五二——一一二五）也認爲詩要固然要有比興，但也要通「物理」：

> 方回言學詩於前輩，得八句云：「平澹不流於淺俗，奇古不流於怪僻，題詠不窘於物象，敘事不病於聲律，比興深者通物理，用事工者如己出，格見於全篇，渾然不可鐫，氣出於言外，浩然不可屈。」盡心於詩，守此勿失。（註五二）

宋人因爲「恥一物之不知」，故引物連類，以理服人，以至於至理，故「通物理」也是作好詩的重要條件。若有人說：宋詩因爲「理」而更理性，好議論，缺少一唱三歎的詩味，那便是在理學昌盛下的反影，二程說：「一人之心即天地之心；一物之理即萬物之理」；（註五三）又說：「窮理而至於物，則物理盡矣」，（註五四）對「物理」的注重也象徵對百事萬物的關懷，這更是創作主體意識的昂揚。

注釋

註一：關於北宋的科技成果，中譯本，第一冊，頁二五四——二六〇，有詳細的論述。一九八五，臺北，商務印書館。又關於宋代自然科學與理學家之關係，參閱第三冊，頁一七五——二三五。

註二：邵雍《皇極經世・觀物內篇》，卷六，臺北，中華書局四部備要本，集部，一九八二。

註三：同註二。

註四：錢穆說：「此乃康節之客觀主義。康節乃提倡人本位之客觀主義者，本位之客觀主義則主要在理，尤勝過在心。」《中國思想史》，頁一七八，臺北，學生書局，一九九五。

註五：邵雍《皇極經世・觀物外篇・下》，卷八，臺北，中華書局四部備要本，集部，一九八二。

註六：同註五。

註七：邵雍《漁樵對問》，藝文印書館，一九六五，嚴一萍，百部叢書集成，第八涵之四，出版地不詳。

註八：錢穆說：「人只要驅除己私（即人之情），運用智慧（此亦人之性）來觀察天地萬物，而求得其間之理，理則是公的，並無物我之別，必待兼物我而理始現。……康節觀物，卻要範圍天地萬物，其主要功夫在能觀理。」《中國思想史》，頁一七九，臺北，學生書局，一九九五。

註九：李約瑟撰，陳立夫、黃文山譯《中國之科學與文明・三》，頁一七九，臺灣商務印書館，一九八五。

註一〇：趙與時《賓退錄》，程毅中主編《宋人詩話外編・下》，一二六四，北京，國際文化出版公司，一九九六。

註一一：朱綱《唐宋四大家的道論與文學・引言》，頁四，北京東方出版社，一九九七。

註一二：歐陽脩《歐陽文忠公文集・（二）・物有常理說》，頁一〇〇四，上海，商務印書館，四部叢刊。案：重物理幾乎是北宋以來非常普遍的思維，司馬光也說：在心爲志，發口爲詩，言之美者爲文，文之美者爲詩，如鐘鼓者，聲必聞於外，灼龜者，兆必見於表，玉蘊石而山茂珠居淵而岸草榮，皆物理自然，雖欲掩之，不可得已。……《溫國文正司馬光集・趙朝議……文稿序》，卷六十五，上海，商務印書館，四部叢刊。

又案：劉攽也說古今之文人多矣。其道胸中之蘊積，暢物理之有無，合眾美以爲己用，超倫類而獨得，使其語言如其心，其馳騁極所欲，瑰偉奇汴，放肆自若，非夫豪傑之士，不能至。……《彭城集・公是集卷首》，卷三十四，武英殿聚珍本。

註一三：歐陽脩《歐陽文忠公文集・（二）・辨甘菊說》，同註一二。

註一四：歐陽脩《詩本義・鵲巢》，卷二，商務印書館，一九三五年版重印，四部叢刊三編經部。

註一五：同註一三，卷三。

註一六：元脫脫《宋史・歐陽脩本傳》，卷一百三十九，藝文印書館。

註一七：紀昀說：「盡其說而理有不通，然後以論正之。是修作是書，本出於和氣平心，以意逆志，故其立論，未嘗輕議二家，其所訓釋，往往得詩人之本志。」《四庫全書總目提要・一》，頁（二九七），臺灣，商務印書館，一九七五。

註一八：裴普賢說：「歐公以人情的常理、以事理、以物理、以文理來說詩，可歸結爲『以理說詩』」四字。」《歐陽脩詩本義研究》，頁一〇〇，臺北，東大圖書公司，一九八一。

註十九：錢基博也說：「其學推韓愈、孟軻以達於孔氏；著禮樂仁義之實，以合於大道。其文引物連類，折之於至理，辨明而曲暢，竣潔而舒遲，變動往來，有馳有止，而皆中於節，使人喜慕而不厭，天下翕然推服以爲宗師。」《中國文學史・中》，頁五〇三，臺北，中華書局，一九九三。

註二〇：劉寧〈論歐陽脩詩歌的平易特色〉，《文學遺產》，一九九六，第一期，頁五二—一六〇。

註二一：朱剛說：「在檢視中，我（朱剛）發現韓愈的『道』是以『善』爲核心的，歐陽脩則比較注意推本于『真』，而蘇軾的『道』論中多有闡明『美』。」同註二一所揭書。

註二二：同註二〇。

註二三：曾棗莊、曾濤合編《蘇文彙評・六一居士集敘》，卷上，頁一一三，臺北，文史哲出版社，一九九八。

註二四：蘇軾撰，曾棗莊、曾濤合編《蘇詞彙評・水調歌頭・序》，頁三四，臺北，文史哲出版社，一九九八。

按：韓愈〈聽穎師彈琴〉見韓愈撰，朱熹校《朱文公校昌黎先生集》，卷五，上海，商務印書館，四部叢刊。

註二五：王楙《野客叢書》，程毅中主編《宋人詩話外編・下》，頁一〇五一，北京，國際文化出版社，一九九六。按：謂王安石強辯，他也贊同歐陽修觀點。他認爲王安石是因牽合《楚辭》：「夕餐秋菊之落英」。事實上，「百卉皆凋落，獨菊花枝上枯，雖童孺莫不知。荊公作事，動輒引經爲證，故新法之行，亦取合於《周官》」之書。其大概類此爾。陳鵠《西唐集耆就序文》，《宋人詩話外編》，頁一一八一，世界文化出版公司，一九九六。

註二六：程顥、程頤撰《二程集・河南程氏遺書》，卷十五，頁一五七，臺北，漢京出版社，一九八三。

註二七：同註二六所揭書，頁二一。

註二八：同註二六所揭書〈河南程氏粹言〉，卷二，頁一二六七。

註二九：歐陽脩《歐陽脩全集・上・紫石屏歌一本作月石硯屏歌寄蘇子美》，卷四，頁二七，臺北，世界書局，一九七一。蘇舜欽詠紫石屏者，見《蘇學士文集》，卷四，上海，商務印書館，四部叢刊。蘇軾也吟詠過此石——曾棗莊、曾濤合編《蘇詩彙評（三）・軾近以月石硯屏獻子功中書，公復以涵星硯獻純父侍講，子功有詩，純父未也。復以月石風林屏贈之。謹和子功詩，並求純父數句》卷三十六，頁一五一二，文史哲出版社，一九九八可見辨析物理，是兩宋讀書人共同的認知，因爲他們「恥一物之不知」，具有求真篤實的精神。

註三〇：歐陽脩《歐陽脩全集・上・感二子》，卷九，世界書局，一九七一。

註三一：李頎《李頎詩話・月石詩條》，吳文治主編《宋詩話全編・二》，頁一二九四，南京，江蘇古籍出版社，一九九八。其實，梅堯臣也有和歐陽脩、蘇舜欽之作，見梅堯臣撰，朱東潤校註《梅堯臣集編年校註・月石屏詩》，卷二十一，頁五六二，臺北，源流出版社，一九八三。

註三二：梅堯臣撰，朱東潤校注，《梅堯臣集編年校注・依韻和持國新植西軒》，卷十七，頁三九二，臺北，源流出版社，一九八三。

註三三：同註三二，頁四〇七。

註三四：同註三三，頁八三六。又：〈蔡君謨示古大弩牙〉，卷二十二，頁六三七，也明說此古器物之理；「霜侵風剝多皴理」，〈歐陽永叔寄瑯琊山李兵篆十八字，并永叔詩一首，欲予繼作，因成十四韻奉答〉，卷十六，頁三三二。說真的，「道理粗淺，議論陳舊」（錢鍾書詳見下），似乎也有些道理。

註三五：黃美玲《歐、梅、蘇與宋詩的形成》，頁九〇——九八，臺北，文津出版社，一九九八。

註三六：同註三五所揭書，八五——九六。

註三七：錢鍾書說：「宋詩還有個缺陷，愛講道理，發議論；道理往往粗淺，議論往往陳舊，也煞費筆墨去發揮申說。這種風氣，韓愈、白居易以來的唐詩已有，宋代『理學』或『道學』的興盛使它普遍流播。」《宋詩選註・序》，頁九，臺北，木鐸出版社，一九八○。

註三八：張高評說：「宋人對尋常所見的生物，有極細緻的觀察，對凡庸鄙俗的材料，也嘗試賦予輯風雅的詩味，這是宋人『化俗爲雅』詩論的具體實踐。黃庭堅有〈演雅〉一詩，詠及飛鳥與昆蟲四十一類。梅聖俞有〈師厚云蝨古未有詩，邀予賦之〉、〈捫蝨得蚤〉、〈九月九日晨興如廁有鴉啄蛆〉、〈聚蚊〉、〈蚯蚓〉、〈蜘蛛〉諸什。蘇軾有〈蝦蟆〉、〈蜣蜋〉〈蠍虎〉〈蝸牛〉諸作。又有『但尋牛矢覓歸路』之句。范成大有〈次韻早蚊〉之詩，楊萬里有〈洗面絕句〉，〈曬衣〉、〈凍蠅〉、〈寒雀〉諸作，劉克莊亦有〈穴蟻〉之詩，都是暫時揚棄功利的牽絆，站在現實距離之外，化自然醜爲藝術美，去超脫去欣賞。紀要涉身其中去體悟，又要出乎其外去欣賞，就是這種『距離矛盾』的巧妙安排，才造就『化俗爲雅』的成功。」〈化俗爲雅與宋詩特色〉，《國立編譯館館刊》，第二十一卷，第一期，頁一○四。

註三九：劉銀光〈學文必先務本——韓愈、歐陽脩指導寫作的思想及意義〉，《棗莊師專學報》，1997，第一期，頁一六——一八。亦可參考拙作〈宋詩去俗的審美意識〉一文：「如何根除『俗』的意識？先從養根、務本著手，就是孝悌仁義的修養，上至國家大事，下至百姓生活，無不關心。從這些觀念的延伸，宋詩由開始對描寫題材的擴大，上至朝廷政爭，如〈靈烏賦〉，（卷六，頁九六）、〈靈烏後賦〉，（卷十五，頁三二三）下至捕魚（卷十六，頁三九六）、晨起如廁、烏鴉啄蛆（卷十九，頁五一六）、觀放鶵子（卷七，頁一○八），靡不入詩，正是歐陽脩務本——上至國家大事，下至百姓生活，無不關心的相契，無怪乎歐梅成爲摯友。」——《大陸雜誌》，二○○○，第一

○○卷，第一期，頁一——九。化俗爲雅，應該是從詩人的本根——「道」養起，否則，恐有浮泛之失。如果用宋人之論來說詩，恐怕不太合適，陳僅說：「宋人之論，尊經則可，於說詩則無當也。」《竹林答問》，郭紹虞編《清詩話續編》，頁二二二一，臺北，木鐸出版社，一九八三。原來，宋人是在「經」——的基礎上論詩，難怪好辨析「理」。爲了使「理」曉暢易懂，故要說盡，要了無餘蘊，要展開議論，這些都是因爲尊經重道的結果。

註四〇：梅堯臣撰，朱東潤校註《梅堯臣集編年校註・四月二十八日記與王正仲及舍弟飲》》，卷二十一，頁五六一，臺北，源流出版社，一九八三。案：錢鍾書作「十八日」，當作「二十八日」，見錢鍾書《宋詩選註》，頁一七，臺北，木鐸出版社，一九八〇。錢鍾書又說：「他（梅堯臣）要矯正華而不實、大而無當的習氣，就每每一本正經的用些笨重乾燥不很像詩的詞句來寫瑣碎醜惡不大入詩的事物，例如聚餐後害霍亂；上茅房看見糞蛆；喝了茶肚子裡打咕嚕之類。可以說是從坑裡跳出來，不小心又恰恰掉在井裡去了。」（《宋詩選註》，頁一六，臺北，木鐸出版社，一九八〇。）

註四一：沈括《夢溪筆談》，卷二六，〈藥議〉，「用葉者，取葉初長足時，用芽者，自從本說。用花者，取花初敷時，用實者，成實時採。皆不限以時月。緣土氣有早晚，天時有愆伏，如平地三月花者，深山中則四月花。白樂天〈遊大林寺〉云：『人間四月芳菲盡，山寺桃花始盛開。』蓋常理也。此地勢高下之不同也。」臺灣商務印書館，頁一七七，一九八三。

註四二：沈括《夢溪筆談・譏謔》，卷二十三，頁一五一，臺灣，商務印書館，一九八三。

註四三：吳喬說：「宋詩十之九落實語死句，無一覺者。」《圍爐詩話》，卷五，郭紹虞輯《清詩話續編》，頁六〇二，臺北，木鐸出版社，一九八三。

註四四：翁方綱說：「唐詩妙境在虛處，宋詩妙境在實處。……若夫宋詩，則遲更二三百年，天地之精英，風月之態度山川之氣象，物類之神致，具以爲唐賢占盡，即有能者，不過次第翻新，無中生有，而其精詣，則固別有在者。宋人之學，全在研理日精，觀書日富，因而論事日密。如熙寧、元祐一切用政，往往有史傳不及載者，而於諸公贈答議論之章，略見其概。至如茶馬、鹽法、河渠、市貨、一一皆可推析。南渡而後，如武林之遺事，汴土之舊聞，故老名臣之言行、學術，師承之淵源，莫不借詩以資考據。而其言之是非得失，與其詩之貞淫正變，亦從可互按焉。今論者不察，而或以鋪寫實境者爲唐詩，吟詠性靈，掉弄虛機者爲宋詩。所以吳孟舉之《宋詩鈔》，舍其知人論世、闡幽表微之處，略不加省，而惟是早起晚坐、風花雪月、懷人對景之作，陳陳相因。如是以爲讀宋人之詩，宋賢之精神其有存焉者乎？」——《石洲詩話》，卷四，郭紹虞編《清詩話續編・中》，頁一四二八，臺北，木鐸出版社，一九八三。

註四五：同註四〇。

註四六：杜甫撰，錢謙益註《杜詩錢註》，頁二七一，臺北，世界書局，一九九六。

註四七：黃朝英《緗素雜記》，程毅中主編《宋人詩話外編・上》，頁二九一。

註四八：王觀國《學林新編》，程毅中主編《宋人詩話外編・上》，頁四八六。按：王觀國對沈括指摘詩人之誤，多所辨明。

註四九：胡仔《苕溪漁隱叢話・前集》引范溫《潛溪詩眼》，頁五三

註五〇：龔鵬程說：「那些爲張（繼）、杜（甫）辯護的人們，所使用的方法和觀點，也多半和沈括相同，就事物客觀之理來討論，譬如黃朝英《湘素雜記》替杜甫辯稱古制四十圍已百二十尺，……。這都充份顯示了知性思考在當時詩學意識中的地位。」〈知性的反省——宋詩的基本風貌〉，黃永武、張高評主編《宋詩論文選輯・（一）》，頁一三七，高雄，復文書局，一九八八。

註五一：張耒《柯山集》，卷九，臺北，中華書局叢書集成初編本。

註五二：胡仔《苕溪漁隱叢話前集》，引《王直方詩話》，卷三十七，頁二五四，臺北，木鐸出版社，一九八二。

註五三：程顥、程頤《二程集•河南程氏遺書》，卷二上，頁一三，臺北，漢京出版公司，一九八三。

註五四：同註五三，頁二一。

第三節　倫理——父子君臣，常理不易（註一）

處在努力恢復儒家道統心性之學的宋人們，也因爲程朱思想的盛行，將倫理道德的門檻納入一個更高標準的範疇，同時用此一標準檢視前人的言行。於是，聖人境界除了平天下、建奇功的向外昂揚的追求之外，另一個特出的現象就是「聖人」觀念卻朝著「道德人倫」或「人格境界」一方急遽地偏轉。換言之，「在『聖人』觀念的『道德和人倫』層面開始占居主導性的地位」，（註二）是內斂、躬省的修己功夫，以爲己身正，則天下太平可致。（註三）是「天理」的純粹者，沒有任何人欲的拌雜，倫理道德也在天理之中。「人之所以爲人者，以有天理也。天理之不存，則與禽獸何異？」（註四）很顯然，此處天理就是倫理道德、名教綱常。二程恪遵儒家立場，完成倫理本體化，「倫理」即「天理」，世上的人間的一切既定的關係都上升到「天」上。（註五）宋人對倫理道德要求很高，也因此漠視個體存在的價值與尊嚴，理學家提出了餓死事小，失節事大的結論。（註六）

事實上，「餓死事小，失節事大」，原文應作：「只是後世怕寒餓死，故有是說。然餓死事極小，失節事極大。」（註七）應注意的是「極小」與「極大」，把天理與人欲的對立拉高了門檻，形成一種極度嚴重的畸形。因爲「守節」是對天理的維護，生死只涉及個體的存在，相對於天理的要求，個體的存在似乎完全是微不足道的。

（一）名教綱常

二程一致認爲封建制度及其與之相應的倫理綱常，就是「理」最集中的顯現，二程說：

> 父子君臣，常理不易。（註八）

又說：

> 父子君臣，天下之定理，無所逃於天地之間。（註九）

類似的說法，在二程書中，到處可見。也往往沒有標明是出自程顥還是程頤之口。因此應該看作是二程共同的思想。他們認爲要體認天理、和天理保持一致，只有嚴格恪守天理倫理綱常，「爲人子止於孝，爲人父止於慈」，（註一〇）否則就永遠不能把握「理」的真諦。於是，宋人非常注重綱常名教。

甲、綱常名教的維護觀

整個宋代顯然是理學凌駕一切的人格價值觀，個體修持成功與否，端視倫理綱常的實踐如何，評詩的人（此處指詩話作者）也以此定其詩之高下。詩人作詩要有補名教，陳俊卿爲黃徹《䂬溪詩話》序：

> 作詩固難，評詩亦未易。酸鹹殊嗜，涇渭異流。浮淺者喜夸毗，豪邁者喜道警，閒靜之人尚幽眇，以至嫣然華媚無復體骨者，時有取焉，而非君子之正論

> 也。夫詩之作，豈圖以青白相媲、駢儷相靡而已哉！要中存風雅，外嚴律度，有補於時，有輔於名教，然後為得。杜子美詩人冠冕，後世莫及，以其句法森嚴，而流落困躓之中，未嘗一日忘朝廷也。孔子曰：「《詩》三百，一言以蔽之，曰：『思無邪。』」以聖人之言，觀後人之詩，則醇醨不較而明矣。……若嘲煙雲，媚草木等語，率略而不取；惟是含風雅而中律度，有補於時，有輔於名教者，如璆琳琅玕，森然在目。得詩人之關鍵，闖作者之閫奧；詳而正，諷而不刻，使人心開目明，玩味不能去手，斯可謂難得也已。（註一一）

嘲煙雲，媚草木之詩率皆不取，只有「詳而正，諷而不刻」，達到「風雅而中律度，有補於時，有輔於名教者」才可保存下來。黃徹自序《䂬溪詩話》說：

> 予遊宦湖外十餘年，竟以拙直忤權勢，投印南歸。自寓興化之䂬溪，閉門卻掃，無復功名意，不與衣冠交往者五年矣。平居無事，得以文章為娛，時閱古今詩集，以自遣適。故凡心聲所底，有誠於君親，厚於兄弟朋友，嗟念於黎元休戚，及近諷諫而輔名教者，與予平日舊遊所經歷者，輒妄意鋪鑿，疏於窗壁間。未幾，鈔錄成帙，而以《䂬溪詩話》名之。至於嘲風雪、弄草木而無與於比興者，皆略之。（註一二）

黃徹「近諷諫而輔名教」的論詩觀點幾乎是當時公認的，如在各家的《蛩溪詩話》跋中，更表明此觀點：

> 若《蛩溪詩話》，議論去取，一出於正，真所謂有補於名教者。（註一三）

> 一見《蛩溪詩話》，與其他所集旨趣不同，蓋黃令君所援引諸家之詩，悉指少陵為歸宿地，雖于去取閒默寓其不得時以行志之憤，然議論皆本於愛君憂國，事親敬長，一掃騷人絺章繪句之習。其于名教，豈小補哉？（註一四）

諸人對黃徹《蛩溪詩話》評詩的觀點都讚譽有加，認爲對名教維護有很大的助益。

乙、綱常倫理實踐的褒貶

對於君臣名教，張戒大力抨擊唐人的〈長恨歌〉寫作原型意識。至於家庭倫理，宋人幾乎非常肯定仁孝友于的修爲，葛立方提醒人子孝親時別忘了「敬」：

> 人之事親，當以敬為主，故孔子告子游：「至於犬馬，皆能有養，不敬，何以別乎？」束晳作〈補亡篇〉，於〈南陔〉、〈白華〉二篇，每以為言。〈南陔〉曰：「養隆敬薄，惟禽之似。」〈白華〉曰：「竭誠盡敬，亹亹忘劬。」可謂得孔子之旨矣。今人之侍親愛己，而忘其敬者多，故表而出之，以為事親之戒。（註一五）

真是暮鼓晨鐘，對於孝親甚篤者就力加表揚：

山谷至孝，奉母安康君至為親滌廁牏，浣中裙，未嘗頃刻不供子職。洎貶黔南，不能與親俱，則〈贈王郎〉詩云：「留我左右手，奉承白髮親。」至〈贛上食蓮有感〉則曰：「蓮食大如指，分甘念母辭。」亦可見其孝誠矣。（註一六）

陳繹奉親至孝，嘗作慶老堂以娛其母。介甫（王安石）贈之詩云：「種竹嘗疑出冬筍。」（註一七）

對於友朋，則盡規勸之意，葛立方說：

王稚川調官京師，母老留鼎州，久不歸侍。嘗閱貴人歌舞，有詩云：「畫堂玉珮盈雲響，不及桃源欸乃歌。」山谷和韻諷之云：「慈母每占烏鵲喜，家人應賦〈扊扅歌〉。」可謂盡朋友責善之意。……老杜〈送李舟〉詩非不歸重，而其中亦不能無譏焉。所謂「舟也衣綵衣，告我欲遠適。倚門固有望，斂衽就行役。南登吟〈白華〉，已見楚山碧。何時太夫人，堂上會親戚？」豈非譏其無方之遊邪？孔子云：「父母在，不遠遊，遊必有方。」則山谷、少陵之詩，皆有孔子之意也。（註一八）

黃庭堅所具備的儒者氣質向來很受好評，但是，對其外甥三洪及徐師川，後人每與黃庭堅修持相勘照，劉克莊說：

> 三洪與徐師川，皆豫章之甥，龜父警句，往往前人所未道，然早卒，惜不多見。駒父詩尤工，初與龜父游梅仙觀，龜父有詩，卒章云：「願為龍鱗嬰，勿學蟬骨蛻。」是以直節期乃弟矣。駒父後居上坡，晚節不保，不特有愧於舅氏，亦有愧於長君也。玉父南渡後，為少蓬，聞師川召，有〈懷駒父〉詩云：「欣逢白鶴歸華表，更想黃龍出羽淵。」然師川卒不能返駒父於鯨波之外，玉父愛兄之道至矣！余於而悲之。（註一九）

黃庭堅與其外甥三洪及徐師川在詩學上推波助瀾，也是文壇上一大盛事，兄弟友愛，傳爲美談，只是洪炎委身僞金，晚節不保，不特有愧於舅氏黃庭堅的教誨，也對不起兄長。對名教的維護，就是不能越禮犯上，尤其是唐人歌詠唐玄宗與楊貴妃生死不渝的愛情時，宋人都站在禮教綱常的高度來批判。

丙、黷至尊的李楊愛情原型

唐代的〈長恨歌〉膾炙人口。杜牧批評〈長恨歌〉也不是出於〈長恨歌〉的藝術成就，而是出自個人恩怨。（註二〇）唐人以李、楊愛情爲主題的詩篇，除杜牧之外，宋人皆視爲無禮。如張戒說：

楊太真事，唐人吟詠至多，然類皆無禮。太真配至尊，豈可以兒女語黷之耶？惟杜子美則不然，〈哀江頭〉云：「昭陽殿裡第一人，同輦隨君侍君側。」不待云「嬌侍夜」、「醉和春」，而太真之專寵可知，不待云「玉容」、「梨花」，而太真之絕色可想也。至於言一時行樂事，不斥言太真，而但言輦前才人，此意尤不可及。如云：「翻身向天仰射雲，一笑正墜雙飛翼。」不待云「緩歌慢舞凝絲竹，盡日君王看不足」，而一時行樂可喜事，筆端畫出，宛在目前。「江水江花豈終極」，不待云「比翼鳥」、「連理枝」、「此恨綿綿無絕期」，而無窮之恨，黍離麥秀之悲，寄于言外。題云〈哀江頭〉，乃子美在賊中時，潛行曲江，睹江水江花，哀思而作。其詞婉而雅，其意微而有禮，真可謂得詩人之旨者。〈長恨歌〉在樂天詩中為最下，……元白數十百言，竭力摹寫，不若子美一句，人才高下乃如此。（註二一）

張戒認為〈長恨歌〉是白居易集中最大的敗筆，不如杜甫「意微而有禮，真可謂得詩人之旨者」，雖能道盡人心中事，卻也真是無禮之甚：

如〈長恨歌〉雖播於樂府，人人稱頌，然其實乃樂天少作，雖欲悔而不可追者也。其敘楊妃進見專寵行樂事，皆穢褻之語；首云「漢皇重色思傾國，御宇多年求不得」，又云「君王掩面救不得，迴看血淚相和流」，此固無禮之甚。「侍兒扶起嬌無力，始是新承恩澤時」，此下云云，殆可掩耳也。「遂令天下父母心，不重生男重生女」，此等語乃樂天自以為得意處，然而亦淺陋甚。「夕殿螢飛思悄然，孤燈挑盡未成眠」，此尤可笑，南內雖淒涼，何至挑孤燈耶！（註二二）

簡直用最嚴厲苛薄字眼評〈長恨歌〉，這是理學君臣倫理的正常反映；張戒對於元白詩似乎有全集皆不佳之意，就以白居易詩「笙歌歸院落，燈火下樓台」而言，張戒也認爲是比不上王維的，因爲王維詩真是富貴中人語：

> 世以王摩詰詩律配子美，古詩配太白，蓋摩詰古詩能道人心中事而不露筋骨，律詩至佳麗而老成。……如「興闌啼鳥換，坐久落花多」，「草枯鷹眼疾，雪盡馬蹄輕」等句，信不減子美。雖才氣不若李杜之雄傑，而意味工夫，是其匹亞也。摩詰心淡泊，本學佛而善畫，出則陪岐薛諸王及貴主遊，歸則厭飫輞川山水，故其詩于富貴山林，兩得其趣。如「興闌啼鳥換，坐久落花多」之句，雖不誇服飾器用，而真是富貴人口中語，非僅「笙歌歸院落，燈火下樓台」比也。（註二三）

白居易不但侮辱君上，就連賦詩功力也比不上王維。張戒對於李楊愛情的主題，唐人之作中，除了杜牧不受指責外，對白居易的反彈已如上述，溫庭筠、劉禹錫等人之作皆格卑、筋骨露，認爲是黷至尊，張戒說：

> 往年過華清宮，見杜牧之、溫庭筠二詩，巨刻石於浴殿之側，必欲較其優劣而不能。近偶讀庭筠詩，乃知牧之之工，庭筠小子，無禮甚矣。劉夢得〈扶風歌〉、白樂天〈長恨歌〉及庭筠此詩，皆無禮于其君者。庭筠語皆新巧，初似可喜，而其意無禮，其格至卑，其筋骨淺露，與牧之詩不可同年而語也。其首敘開元勝遊，固已無稽，其末乃云：「豔笑雙飛斷，香魂一哭休」，此語豈可以黷至尊耶？人才氣格，自有高下，雖欲強學不能，如庭筠豈識風雅之旨也？牧之才豪華，此詩出敘事甚可喜，而其中乃云：「泉暖涵窗鏡，雲嬌惹粉囊。嫩嵐滋翠葆，清渭照紅妝。」是亦庭筠語耳。（註二四）

宋人對〈長恨歌〉種種批判的立足點就是以名教綱常爲訴求，車若水說：

> 唐明皇天寶之事，詩人極其形容。如〈長恨歌〉全是譏笑君父，無悲哀惻怛之意。〈連昌宮詞〉差勝，故東坡喜書之，杜子美〈北征〉云：「憶昨狼狽初，事與古先別。奸臣競菹醢，同惡隨蕩析，不聞夏殷衰，中自誅褒妲。」讀之使人感泣，有功名教。（註二五）

車若水認爲白居易〈長恨歌〉對天寶之亂無任何悲憫，不如杜甫〈北征〉詩有功名教。宋人無情地撻伐白居易〈長恨歌〉正是在綱常名教的道德意識下的結果。

丁、默默桃花與二喬——杜牧詠史詩的接受史

因爲「守節」是對天理的維護，生死只涉及個體的存在，相對於天理的要求，個體的存在似乎完全是微不足道的。用這一把尺，我們來檢視宋人如何評論杜牧有名的史論——〈題桃花夫人廟〉、〈赤壁〉二詩。

杜牧（八〇三——約八五一），晚唐人。善詠史，往往形成不爭的史論。尤其是關於晉石崇寵妾綠珠殉情故事，他更是銘感於心。詩曰：

> 繁華事散逐香塵，流水無情草自春。日暮東風怨啼鳥，落花猶似墜樓人。——〈金谷園〉

相較於春秋時的息國夫人，綠珠的殉情可說是有情有義，於是杜牧又做了一首詩：

> 細腰宮裡露桃新，默默無言幾度春。至竟息亡緣底事，可憐金谷墜樓人。——〈題桃花夫人廟——原注：即息夫人〉

褒貶抑揚，已昭然若揭。杜牧此詩是可與王維〈息夫人〉詩相比並勘，先看王維詩：

> 莫以今時寵，能忘舊日恩；看花滿眼淚，不共楚王言。——〈息夫人〉（註二六）

這裡表面上是評論兩個女人的名節，但更深的意蘊就是杜牧之詩呈現個人的價值觀，意思即綠珠的悲劇是值得嘉許的。宋人的思考邏輯也順此走下去，許顗說杜牧〈題桃花夫人廟〉詩，就是歷史價值最公允的論斷：

> 杜牧之〈題桃花夫人廟〉云：「細腰宮裡露桃新，默默無言幾度春。至竟息亡緣底事，可憐金谷墜樓人。」僕謂此詩為二八字史論。（註二七）

所謂「史論」所代表的意義就是張表臣所謂的「語意深遠」，也就是倫理道德綱常價值的論斷，張表臣就提出他的名節倫理觀：

> 杜牧之〈息夫人〉詩曰：「細腰宮裡露桃新，默默無言幾度春。至竟息亡緣底事，可憐金谷墜樓人。」與所謂「莫以今時寵，能忘舊日恩；看花滿眼淚，不共楚王言。」語意遠矣。蓋學有淺深，識有高下，故形於言者不同矣。（註二八）

張表臣認同杜牧對綠珠的讚美；卻對王維歌詠的息夫人有所貶抑，用「語意深遠」來論斷，這正是宋人倫理道德意識昂揚的呈現，而張表臣的「意」在此就是宋人指的「理」，是指倫理道德價值的論斷而言。

宋人非常贊同杜牧歌頌的綠珠，鄙薄息夫人，因爲息夫人是在息亡君死之後，又跟楚王生了二個兒子，雖是默默無言以表對亡夫的思念，但還是有虧名節的；在封建倫理綱常看來，君爲臣綱，（註二九）夫爲妻綱，丈夫已死，妻尚有何面目存活？「倫理」，至南宋理宗時已凌駕一切學術文化之上，陳郁也記載著：

南康縣外二十里許，有劉氏女，少而慧。父母初以許蔡，無故絕蔡。而許吳，吳亡，又以許蔡。女曰：「吾一身而許三人，尚何顏登人門戶？」委身於潭而死，鄉社立賢女祠，今存焉。戴石屏（復古，一一六七——一二五〇？）為詩以美之云：「士有敗風節，慚愧埋九京。幽閨持大義，千載樹嘉名。父不重然諾，女能輕死生。寒潭墮秋月，心跡兩清明。」余謂王儉有文學政事，受晉、宋高爵，而躬執璽以授齊；馮道身為大臣，而甘事數姓，曾不若女子之有節誼也。（註三〇）

藉一貞烈女子的節誼映襯士大夫之無恥，（註三一）我們從封建倫理綱常的概念來探索這個種議論的原型載體，（註三二）可要澄明單純得多。

至於杜牧所詠吟的〈赤壁〉：

折戟沉沙鐵未銷，自將磨洗認前朝；東風不與周郎便，銅雀春深鎖二喬。——赤壁天理人欲之辨的宋人看來，許顗說是「措大不識好惡」，（註三三）意思就是說不識大體，怎麼可以把國家安危繫於兩個女人身上呢？這顯然是「詩人突破男性的自我形象，揭露生命的底蘊」的傑作。（註三四）宋人論詩脫不了宋學的籠罩，這又是個明證。當然，他們是不會承認保護二喬免於被曹操擄獲共遊宴樂於銅雀臺，是孫權、周瑜決一死戰的「佛洛伊德」潛意識主因的。我們覺得「極小」與「極大」之分的背後所蘊含的，絕非僅僅是男尊女卑的觀念，毋寧說它的真正內涵乃是理學，在宋人如此的倫理道德觀要求之下，同樣是出自杜牧之手的二首詠史詩，宋人卻有天壤之別的評價，這是在理學籠罩下宋人對唐詩接受史的演進。（註三五）赤壁，謂天下三分也。許彥周乃曰：「此戰係社稷存亡，只恐捉了二喬，措大不識好惡。」宋人之不足與言詩如此。杜牧點出孫權、周瑜決定痛擊曹操的心理因素正因是爲保妻與保嫂而戰，宋人卻用宋代封建倫理道德對個體存在價值的貶抑的視角，對同一人的二首詩有毀譽兩極的觀點。吳喬也只是還杜牧個公道，更可視爲杜牧〈題桃花夫人廟〉、〈赤壁〉二詩爲淸人接受的另一觀點。

（二）程朱不耐東坡意

蘇軾集詩、詞、散文、書法、繪畫、古藝鑑賞於一身，是個藝術上難得的全才，就如麗月在天，光芒無人能掩；但是，他的爲人與學術，明顯地是任「意」奔馳，他還認爲這是一樁樂事，（註三六）卻受到程朱理學家無情的攻擊。蜀黨與洛黨之爭，雖有些個人意氣，（註三七）更根本的就是學術思想的差異，也就是「道不同」，朱熹說：

> 看當時如此，不當看相容與不相容，只看是因什麼不同，各家所爭，是爭個什麼？東坡與荊公固是爭新法，東坡與伊川是爭個什麼？……只看東坡所記云：「幾時與它打破這個『敬』字！」看這說話，只要奮手捋臂，放意肆志，無所不為。只看這處，是非曲直自易見。（註三八）

就是「敬」與「不敬」的問題。但是，朱熹一系列的維護濂洛之學與對蘇軾攻擊的努力，更可見爲了爭奪學術主導地位的用心。（註三九）事實證明：朱熹的目的是達成了。

甲、對蘇軾多欲的攻擊

拋開黨爭不談，理學家排詆蘇軾主要有兩個觀點，其一是多欲，二是不能以理節意。蘇轍就直接點出其兄是「多欲」之人：

> 多防出多欲，欲少防自簡。（註四〇）

蘇軾也承認自己多欲：

> 臣聞報應如響，天無妄降之災；恐懼自修，人有可延之壽。敢煩微悃仰瀆大鈞。臣兩遇禍災，皆由滿溢。早竊人間之美仕，多收天下之虛名。溢取三科，叨

臨八郡。少年多欲，沉湎以自殘；褊性不容，剛愎而好勝。積為咎厲，遘此艱屯。臣今稽首投誠，洗心歸命。誓除驕慢，永斷貪嗔。幸不死于嶺南，得退歸於林下。少駐桑榆之景，庶幾松柏之後凋。（註四一）

雖是一篇道教的祈禱文，但虛心自責，要「誓除驕慢，永斷貪嗔」，接著，蘇軾又以四戒自勉：

出輿入輦，命曰「蹶痿之機」；洞房清宮，命曰「寒熱之媒」；皓齒蛾眉，命曰「伐性之斧」；甘脆肥濃，命曰「腐腸之藥」。此三十二字，吾當書之門窗、几席、縉紳、盤盂，使坐起見之，寢食念之。元豐三年十一月，雪堂書。（註四二）

他是下定決心要去除過度的享樂，屠友祥也說東坡「嗜飲食，甘脆肥濃一事，庶幾無以免」，（註四三）他對美食似乎很有心得，對豬肉也有獨特烹飪法：

淨洗鐺，少著水，柴頭罨煙焰不起。待它自熟莫催它，火候足時它自美。黃州好豬肉，價賤如泥土，貴者不肯喫，貧者不鮮食。早晨起來打兩碗，飽得自家君莫管。（註四四）

此文寫于蘇軾在黃州的貶謫生涯，在產銷失序中，他對價美物廉的豬肉有一番竊喜，有周紫芝的話爲證：

東坡性喜嗜豬，在黃岡時，嘗戲作〈食豬肉〉詩云：「黃州好豬肉，價賤等糞土。富者不肯喫，貧者不解煮。慢著火，少著水，火候足時它自美。每日起來打一碗，飽得自家君莫管。」此是東坡以文滑稽耳。（註四五）

「富者不肯喫，貧者不解煮」，東坡卻認爲物美價廉，周紫芝又說：

東坡喜食燒豬，佛印住金山時，每燒豬以待其來。一日為人竊食，東坡戲作小詩云：「遠公沽酒飲陶潛，佛印燒豬待子瞻。采得百花成蜜後，不知辛苦為誰甜？」（註四六）

佛印是個禪僧，卻燒豬款待蘇軾，似乎有些不搭。我們認爲如果東坡在黃州的飽啖豬肉是一種對物資的珍惜，那麼，禪僧破戒燒豬待他則是一種打破常規以追求生活的適意。這在理學家看來是悖亂常理的，程頤說：

好勝者滅理，肆欲者亂常。（註四七）

人於天理昏者，是只為嗜欲亂著他。莊子言「其嗜欲深者，其天機淺」，此言卻最是。（註四八）

蘇軾常以言語招禍，以文滑稽也是個重要原因，在程頤看來，就是「好勝滅理」，加上「肆欲亂常」，故程頤又說：

昏於天理者，嗜欲亂之耳。（註四九）

這分明在說蘇軾了。蘇軾重美味，又被朱熹認為是人欲，朱熹說：

飽食者，天理也。要求美味，人欲也。（註五〇）

美味的要求在理學家看來，就是一種私的趨向。朱熹又說：

人欲者，此心之疾疢，循之則其心私且邪。（註五一）

私與邪已是道德領域的問題了，大致代表道德上的惡。（註五二）程頤說「肆欲」，朱熹說「美味」，反正在程朱眼中是不合「天理」（絕對的善）的，因為理學家是主張要存天理、去人欲，於是朱熹論蘇軾：

問：「東坡與韓公如何？」曰：「平正不及韓公。東坡說得高妙處，只是說佛，其他處又皆粗。」又問：「歐公如何？」曰：「淺。」久之，又曰：「大概皆以文人自立。平時讀書，只把究古今治亂興衰底事，要做文章，都不曾向身上做功夫，平日只是以吟詩飲酒戲謔度日。」（註五三）

從這段話可知朱熹對韓愈、歐陽脩、蘇軾的看法。認為韓愈是平正，但也不過是個文人；歐陽脩是淺薄之徒，蘇軾最高妙即是說佛理。總括言之：他們三人則皆是標準的文人：平日只知考究古今治亂興衰，卻不曾內省自修，又以吟詩飲酒戲謔度日。程頤說：

> 今之學者，歧而為三：能文者謂之文士，談經者泥為講師，惟知道者乃為醇儒也。（註五四）

於是，朱熹說「坡公在黃州猖狂放恣……好放肆，見端人正士以禮自持，卻恐他來檢點，故恁詆訾」，（註五五）連註經也有文人詞章家之分，朱熹說：

> 今之學者有三，詞章之學也，訓詁之學也，儒者之學也。（註五六）

朱熹是將蘇軾歸入「詞章之學」的，不承認他是儒學中人，他既然肆欲，既私且惡，被理學家譏評就不足為怪了。

除此之外，理學家批評蘇軾的還在於他不能以理御意上，使他成為宋詩中的變體。（註五七）「我們所謂宋學對於詩學的決定性影響主要是在價值取向與思維方式的意義上說的」。（註五八）如果說黃庭堅領導的「江西詩派」與其詩論和理學家相近，不若蘇軾般為攻擊的主要對象，所以成為宋詩的正宗，這似乎一點也不為過，（註五九）說明黃庭堅領導的「江西詩派」才代表真正的宋詩。「變體」指的就是蘇軾，「正體」說的就是黃庭堅，（註六〇）從接受觀點言之，黃庭堅的詩才比較被當時的人所認同、接受，最主要的潛在意識就是宋學的盛行，（註六一）也激蕩著對詩歌創作本體要求的變化。

乙、山谷修持近理學家

「烏臺詩案」使蘇軾險些喪命，他歸咎於自己的個性，（註六一）但明眼人都看得出那是黨爭的結果。（註六二）隨著理學爲封建專制服務的屬性相對高漲後，詩人都以蘇軾因言招禍的「艱屯」爲戒，黃庭堅爲此大發詩論：

詩者，人之情性也，非彊諫爭於廷，怨忿詬於道，怒鄰罵坐之為也。人忠信篤敬，抱道而居，與時乖逢，遇物悲喜，同床而不察，並世而不聞，情之所不能堪，因發於呻吟調笑之聲，胸次釋然，而聞者亦有所勸勉，比律呂而可歌，列干羽而可舞，是詩之美也。其發為訕謗侵陵，引頸以承戈，披襟而受矢，以快一朝之忿者，人皆以為詩之過，是失詩之旨，非詩之過也。（註六三）

這段話是針對蘇軾而發的。他更以書信勸戒其外甥們勿以詩文招禍，他說：

東坡文章妙天下，其短處在好罵，慎勿襲其軌也。（註六四）

有人說這是黃庭堅逃避現實，（註六五）也許，那是受到杜甫精神感召對封建體制忠實，更是嚴格地要求忠君思想高漲的結果，（註六六）蘇軾那些諷喻現實的作品就因此有對君不敬的嫌疑被彈劾，這應該普遍的社會共識，楊時說：

為文要有溫柔敦厚之氣，對人主語言及章疏文字溫柔敦厚尤不可無，如子瞻詩多於譏玩，殊無惻怛愛君之意，……君子之所養要令暴慢哀僻之氣不設於身體。（註六七）

又說：

> 作詩不知《風》、《雅》之意，不可以作詩。尚譎諫，唯言之者無罪，聞之者足以戒乃為有補；若諫而涉於毀謗，聞者怒之，何補之有？觀蘇東坡詩，只是譏誚朝廷，殊無溫柔敦厚之氣，以此人故得而罪之。（註六八）

可見蘇軾詩因「無溫柔敦厚之氣」，才給人陷害的藉口。若黃庭堅則不然，他思想與理學家較近，修持近乎理學家，（註六九）我們也知道第一個鼓吹江西詩派的是呂本中，種種因緣際會，使黃庭堅與理學家思想很近得宛如一個理學家，（註七〇）黃庭堅說：

> 龜父筆力可扛鼎，它日不無文章垂世。要須盡心於克己，不見人物臧否，全用輝光以照人物本心。（註七一）
>
> 小學之事雖苕靡費日月，要須躬行，必曉所以致大學之精微耳。（註七二）

這些與理學家所說修心養性之道，何其相似！因爲這種理學氣質的貼近，理學家很少批評黃庭堅。就連朱熹，對黃庭堅可就比蘇軾好多了，他說：

> （黃庭堅）孝友行，瑰瑋文，篤敬人也。觀其贊周茂叔「光風霽月」，非殺有功夫不能見此四字。（註七三）

（黃庭堅）孝友行，瑰瑋文，篤敬人也。觀其贊周茂叔「光風霽月」，非殺有功夫不能見此四字。（註七三）

我們因此知道黃庭堅何以會成爲一個宋詩流派的領袖，原因是複雜的，歸納如下：一、蘇軾論詩，主張隨物賦形，天成自得，陳義過高，難於取法。黃氏標榜杜甫，深得人心，而又多言方法，容易使人領會和接受。並且他那種脫離見賣，迴避社會鬥爭，追求形式技巧的理論，更適合於封建社會許多人的需要。二、黃氏並非空談理論，他的作品風格，勁峭奇奧，在形式技巧方面，具有一定的特點，生前就得到蘇軾的稱譽，這就使得後起的詩人，更加相信他的說法。三、詩話興起，受到很多詩論家的褒揚，如惠洪《冷齋夜話》、葛立方《韻語陽秋》、胡仔《苕溪漁隱叢話》、魏慶之《詩人玉屑》等，隨著詩話的流播，起了推波助瀾的作用。四、理學家的推崇，黃氏之說，雖脫離社會現實，但其風格力反庸俗，排除淫豔，也反映出作者的人格修養，並深得理學家如呂本中、曾幾、楊時諸人的讚賞，廣爲譽揚。（註七四）可見代表宋詩正體的江西詩派領導者黃庭堅，本身就是宋學對宋詩最真實的投影，把握宋學的精神，對宋詩的任何論斷才不致踩空，落得人云亦云的浮泛。這當然也是以宋學爲制約前題的宋詩接受美學；而宋人對蘇軾、黃庭堅二人兩極的評價也就是在宋學的倫理道德要求下產生的，也是哲學（理學）向文學壓縮空間後的結果。

註釋

註一：程顥、程頤著《二程集・河南程氏遺書》，第二卷，上，頁四三，臺北，漢京文化事業出版社，一九八三。對於君臣關係，二程又說：「今天下之士人，在朝者又不能言，退者遂忘之，又不肯言，此非朝廷吉祥。雖未見從，又不曾有大橫見加，便豈可自絕也？君臣，父子也，父子之義不可絕。豈有身爲侍從，尙其食祿，視其危亡，曾不論列，君臣之義，固如此乎？」——同上所揭書，頁四二。

註二：任天成〈宋明道學中的「聖人」觀念〉，《北方論叢》，一九九九，第三期，頁六五——六八。

註三：朱熹評歐陽脩、蘇軾爲標準文人習氣，說他們「大概皆以文人自立。平時讀書，只把究古今治亂興衰底事，要做文章，都不曾向身上做功夫，平日只是以吟詩飲酒戲謔度日。」《朱子語類》，卷一百三十，程毅中主編《宋人詩話外編・下》，頁九九一。案：可見朱熹把「究古今治亂興衰底事」的外王事業看成是「詞章之學」的「文人」之事，而不是醇儒的功夫，也就是任天成所謂的「道德和人倫」佔居主導性的地位。

註四：程顥、程頤撰《二程集・河南程氏粹言》，卷二，頁一二七二，臺北，漢京文化事業公司，一九八三。案：此語提昇人的精神層次，使人以此砥礪「理學」中某些不合人性的觀點。

註五：周繼旨說：「就其（二程）對現實的倫理綱常的包容，天人合一的思維模式，入世濟世的價值取向而言，二程仍是恪守了儒家立場與傳統，其和佛教的根本區別仍在於『倫理』即『天理』，體現倫理社會等級的外在形式——禮也和理完全相通和相同，世上的人間的一切既定的關係都上升到『天』上。」〈「終極關懷」與「超越之路」上的從歧異到趨同——論宋明新儒學的倫理本體化思想傾向的形成即其影響〉，祝瑞開主編《宋明思想與中華文明》，頁一〇六——一二〇，上海，學林出版社，一九九五。

註六：楊國榮說：「從而，理性的專制同時意味強化人的本質，而這種強化總是與漠視個體存在相關係，正是從存天理、滅人欲的前提出發，理學家提出了餓死事小，失節事大的結論。」〈從義利之辨到理欲之辨——理學的價值向度〉，祝瑞開主編《宋明理學與中華文明》，頁一四七——一五七，上海，學林出版社，一九九五。

註七：程顥、程頤撰《二程集•河南程氏遺書》，卷二十二下，頁三〇一，臺北，漢京文化事業公司，一九八三。有人問孤孀貧窮無託者可再嫁否，程頤有此答。

註八：同註一。

註九：同註一所揭之書，頁七七。

註一〇：同上所揭之書，頁一〇〇。

註一一：丁福保輯《歷代詩話續編•上》，頁三四四。

註一二：同註一一，頁三四五。

註一三：同註一一所揭書，黃永存跋，頁四〇三。

註一四：同註一一所揭書，聶棠跋，頁四〇四。

註一五：葛立方《韻語陽秋》，卷十，何文煥輯《歷代詩話•下》，頁五五八。

註一六：同註一五。案：〈贈王郎〉當作〈留王郎〉，黃庭堅《豫章黃先生文集》，卷二，上海，商務印書館，四部叢刊；〈贛上食蓮有感〉見於黃庭堅《豫章黃先生文集》，卷三，上海，商務印書館，四部叢刊。

註一七：同註一五，頁五五九。

註一八：同註一五。

註一九：劉克莊《江西詩派小序•三洪條》，丁福保輯《歷代詩話續編•上》，頁四八〇。

註二〇：詳情請見第四章，第一節。

註二一：同註一一所揭書，頁四五七。案：〈哀江頭〉見杜甫撰，錢謙益箋註《杜詩錢註》，卷一，頁六八，臺北，世界書局，一九九八。

註二二：同註一一所揭書，頁四五八。

註二三：同註一一所揭書，頁四六〇。案：陳師道早就說白居易不是擅長寫富貴語：白樂天「笙歌歸院落，燈火下樓台。」又云：「歸來未放笙歌散，畫戟門前蠟燭紅。」非富貴語，看人富貴者也。——《後山詩話》，何文煥輯《歷代詩話．上》，頁三〇三。

註二四：同註一一所揭書，頁四六二。案：劉禹錫〈扶風歌〉當作〈馬嵬行〉，疑張戒誤。見《劉夢得文集》，卷八，商務印書館，四部叢刊；〈過華清宮二十二韻〉見《溫庭筠詩集》，卷六，上海，商務印書館，四部叢刊。

註二五：車若水《腳氣集》，程毅中主編《宋人詩話外編．下》，頁一三五四。

註二六：王維此詩有一段淒美的「本事」，唐孟棨撰云：寧王曼貴盛，寵妓數十人，皆絕藝上色。宅左有賣餅者妻，纖白明媚。王一見注目，厚遺其夫取之，寵惜逾等。環歲，因問之：「汝復憶餅師否？」默然不對。王召餅師，使見之，其妻注視，雙淚垂頰，若不勝情。時王座客十餘人，皆當時文士，無不悽異。王命賦詩，王右丞維詩先成：「莫以……楚王言。」同註一一，《本事詩．情感第一》，頁五；息夫人事見《左傳．莊公十四》：「蔡哀侯繩息嬀，以語楚子，楚子如息，以食入享，遂滅息，以息嬀歸，生敖堵及成王焉。未言，楚子問之，對曰：「吾一婦人而事二夫，縱弗能死，其又奚言？楚子以蔡侯滅息，遂伐蔡。」十三經註疏本，藝文印書館。

註二七：許顗《彥周詩話》，何文煥《歷代詩話．上》，頁三八五。

註二八：張表臣《珊瑚鉤詩話》，卷三，何文煥《歷代詩話．上》，頁四七一。王維此詩是應權貴之命所作，藉息夫人喻餅詩之妻，張表臣以此評比王維與杜牧間「學之深淺、識之高下」，似乎是不太公平。

註二九：寫〈息夫人〉的王維，在安史之亂中被俘，以詩獲赦，張表臣說他不如樂工：天寶末，祿山下西京，大搜文武朝臣及異儐樂工。不旬日，得梨園弟子數百人，大會於凝碧池。樂作，梨園舊人不覺欷歔，相對泣下，群逆露刃脅之，而悲不已。有雷海青者，投器于地，西向慟哭，支解于庭，聞之者莫不傷痛。時王維被拘於菩提寺，賦詩曰：「萬戶傷心生野煙，百官何日再朝天？秋槐夜落深宮裡，凝碧池頭奏管絃。」他日緣此詩得不死，然愧於雷海青多矣。——同註二八。

註三〇：陳郁《藏一話腴》，程毅中主編《宋人詩話外編‧下》，頁一三六一。

註三一：在註二九，也顯出宋人認爲王維忠君不及一樂工，與此有相同之意。

註三二：林美清在許顗《彥周詩話》的評論中，提出「詩與真實」的命題，還質疑著是誰在說謊？我想，沒有人說謊，只是受到當時宋學籠罩下的一般言論而已。參考林美清著〈詩與真實——論《彥周詩話》對杜牧詠史詩的褒貶〉，張高評主編《宋代文學研究叢刊》，第二期，頁三〇七——三二四，高雄，復文書局，一九九六。

註三三：許顗《彥周詩話》，何文煥《歷代詩話‧上》，三九二。

註三四：林美清〈詩與真實——論《彥周詩話》對杜牧詠史詩的褒貶〉，張高評主編《宋代文學研究叢刊》，第二期，頁三〇七——三二四，一九九六。

註三五：清，吳喬很欣賞杜牧〈赤壁〉詩，對許顗頗有微辭，他說：「古人詠史，但敘事而不出己意，則史也，非詩也；出己意，發議論，而斧鑿錚錚，則又落宋人之病。如牧之〈息嬀〉詩云：『細腰宮裡露桃新，默默無言幾度春。至竟息亡緣底事，可憐金谷墜樓人。』〈赤壁〉云：『折戟沉沙鐵未銷，自將磨洗認前朝；東風不與周郎便，銅雀春深鎖二喬。』用意隱然，最爲得體。息嬀廟，唐時稱爲桃花夫人廟，故詩用『露桃』。」——《圍爐詩話》，郭紹虞輯《清詩話續編‧中》，頁五五八。案：許顗的論點在南宋末年就有方岳說許顗很癡，不足與說夢的無奈，方岳說：「杜牧之〈赤壁〉

詩：『折戟沉沙鐵未銷，自將磨洗認前朝；東風不與周郎便，銅雀春深鎖二喬。』許彥周不論此老以滑稽弄翰，每每反用其鋒，輒雌黃之。謂孫氏霸業，繫此一戰，宗廟丘墟，皆置不聞，乃獨含情妓女，豈非與癡人言，不應及於夢也。劉禹錫〈題蜀主廟〉云：『凄涼蜀故妓，來舞魏宮前。』亦是此意。惟增凄感，卻不主於滑稽耳。本朝諸公，喜爲議論，往不深諭唐人主於性情，使雋永有味，然後爲勝。牧之處唐人中，本是好爲議論，大蓋出奇立異。如〈四皓廟〉：『南軍不袒左邊袖，四皓安劉是滅劉。』如〈烏江亭〉：『勝敗兵家未可期，包羞忍恥是男兒。江東子弟多才俊，捲土重來未可知。』要之，東風借便與春深數個字含蓄深窈，則與後二詩了絕矣。皮日休〈館娃懷古〉：『綺閣飄香下太湖，亂兵侵曉上姑蘇。越王大有堪羞處，只把西施賺得吳。』亦是好以議論爲詩者。余最愛竇庠〈新入諫院喜內子至〉一絕：『一旦悲歡見孟光，十年辛苦伴滄浪。不知筆硯緣封事，猶問傭書日幾行。』使彥周評此，則以竇氏內爲不解事婦人矣！所謂癡人前說不得夢也。——方岳《深雪偶談》，程毅中主編《宋人詩話外編》，頁一三四〇。

註三六：蘇軾說：「某平生無快意事，惟作文章，意之所到，則筆力曲折，無不盡意。自謂世間樂無逾於此矣。」張毅〈蘇軾朱熹文化人格之比較〉引《春渚記聞》，《文學遺產》，一九九五，第四期，頁五五——六二。

註三七：朱熹對弟子說：「學中策問，程蘇之學，二家時常自相排斥，蘇氏以程氏爲姦，程氏以蘇氏爲縱橫。以某觀之，只有荊公修《仁宗實錄》言老蘇之書，大抵皆縱橫者流，程子未嘗言也。如《遺書》『賢良』一段，繼之以『得志』、『不得志』之說，卻恐是說他。坡公在黃州猖狂放恣，『不得志』之說，恐指此而言」。道夫問：「坡公苦與伊洛相排，不知何故？」曰：「他好放肆，見端人正士以禮自持，卻恐他來檢點，故恁詆訾。」宋，黎靖德輯《朱子語類》，卷一百三十，北京，中華書局，一九九四。

註三八：宋黎靖德輯《朱子語類》，卷一百三十，頁三一一〇，北京，中華書局，一九九四。

註三九：朱熹有計劃地攻擊蘇軾如下：一、整理和刊行新儒學文獻，注釋周敦頤的《通書》，編訂《伊川先生年譜》，纂集二程著作，編輯《近思錄》，重新解讀儒家經典；二、宣揚濂洛之學，講述三先生學術思想；三是極力反對和攻擊蘇軾。此處節錄謝桃坊〈關於蘇學之辯——回顧朱熹對蘇軾的批評〉，《孔孟月刊》，第三十六卷，第二期，頁二四——三二。

註四〇：《欒城集·和子瞻調水符》，卷二，商務印書館，四部叢刊。蘇軾多欲之說，亦見鍾來因《蘇軾與道家道教》，頁二六〇，臺北，學生書局，一九八〇。

註四一：蘇軾撰，孔凡禮點校《蘇軾文集·醮上帝青詞》，第五冊，頁一九〇一。北京，中華書局，一九八六點校本。

註四二：蘇軾《東坡題跋·書四戒》，卷一，頁三二，上海，遠東出版社，一九九六。

註四三：蘇軾《東坡題跋·校注東坡題跋小引》，頁三，上海，遠東出版社，一九九六。

註四四：《蘇軾全集·下·豬肉頌》，卷十，頁三〇三，臺北，世界書局，一九九六。

註四五：《竹坡詩話》，何文煥輯《歷代詩話·上》，頁三五一。

註四六：同註四五。

註四七：《二程集·河南程氏遺書》，卷二十五，頁三二九，臺北，漢京文化出版公司，一九八三。

註四八：同註四七所揭書，頁四二。

註四九：《二程集·河南程氏粹言》，卷一，頁一一九四，臺北 漢京文化出版公司，一九八三。

註五〇：宋，黎靖德輯《朱子語類》，卷十三，頁二二四，北京，中華書局，一九九四。

註五一：朱熹《朱文公集·延和奏札（二）》，卷十三，上海，商務印書館，四部叢刊。

註五二：楊國榮〈從義利之辨到理欲之辨——理學的價値向度〉，祝瑞開主編《宋明思想與中華文明》，頁一四七——一五七，上海，學林出版社，一九九五。

註五三：《朱子語類》，卷一百三十，程毅中主編《宋人詩話外編．下》，頁九九一。

註五四：《二程集．河南程氏遺書》，卷六，頁九五，臺北，漢京文化事業公司，一九八三。

註五五：謝桃坊〈關於蘇學之辯——回顧朱熹對蘇軾的批評〉，《孔孟月刊》，第三十六卷，第二期，頁二四——三二。

註五六：《朱文公文集．（一）．答張敬夫問目》，頁五〇五，上海，商務印書館，四部叢刊。

註五七：蘇軾說：「余性不慎語言，與人無親疏，輒輸寫腑臟，有所不盡，如茹物不下，必吐之乃已。」《蘇東坡全集．續集．密州通判廳題名記》，卷十二，頁三七一，世界書局，一九九六。閻福玲也說：「宋文士都以理性駕馭情感，蘇軾因不謹語言，未能以理御情才遭烏臺詩禍。其詩如其人，真率超脫卻不合時宜。」〈宋代理學與文學創作〉，《河北師院學報》，一九九一，第二期。張高評主編《宋詩綜論叢編》，頁六二四，高雄，麗文出版社，一九九三。案：在「烏臺詩案」，黃州之貶後，蘇軾也慢慢以理達情了。沈松勤說：「前、後〈赤壁賦〉標誌了蘇軾人生境界的升華，也標誌了待罪黃州時期以理遣情的成功、以及寓悲哀于曠達的新創作風格的形成。」《北宋文人與黨爭——中國士大群體研究之二》，頁二八二，北京，人民出版社，一九九八。

註五八：李春青〈論自得——兼談宋學宋代詩學的影響〉，《中國文化研究》，一九九八，夏之卷，頁九〇——九四。

註五九：喬力說：「（在北宋中、後期），文學方面，蘇軾詩汪洋自肆，揮灑自如，標幟了宋詩所可能到達的高度；但黃庭堅爲首的「江西詩派」才代表宋人的自家面目，尙理、好議論、多用事典、刻摯深沈，是爲與「唐音」并峙的宋調。」——〈主體意識的高揚：論北宋中後期的兩種藝術精神及創作特徵〉，《齊魯學刊》，一九九八，第一期，頁一〇一——一〇八。

註六〇：周裕鎧也說：「范溫以『行雲流水，初無定質』來形容變體，用的正是蘇軾〈答謝民師書〉的話頭。范溫強調「正體」而非「變體」，正透露出宋人宗黃者比宗蘇者為多的原因。」——張高評主編《宋代文學研究從刊·黃庭堅句法理論探微》，頁二六五，一九九六，第二期，高雄，復文書局。

註六一：這就有必要對宋學定義作個界定，最早用「宋學」之名者為明嘉靖、隆慶間唐樞的《宋學商求》，此書論及「橫渠之學」、「明道之學」、「伊川之學」、「金陵之學」、「涑水之學」、「魏公之學」、「乖崖之學」、「安定之學」、「希夷之學」、「雲溪之學」等等，大抵泛指宋代學者的學術，並不特指經學而言，更不包括兩宋之後的學術。是其一。另一方面是指經學上重訓詁與重義理，前者是指漢唐的經傳字句的解釋，後者指宋代學者拋棄漢唐字句的解釋而以己意論斷。總之，不過，根據徐洪興的歸納，「宋學」可以有較普遍的理解，但較普遍的看法，是把它作為何跨越朝代限制的、龐大的學術或思想體系。其中占主導地位的，是家經學發展演變中的一個系統。這個系統以闡述和發揮儒家經典中的「義理」、「性理」為其主要特色。它上抗「漢學」，下開「清學」，同時又與當時的學、史學、文學等內容部份地重疊、交錯在一起，從成為中國古代社會後半期持續時間最長、也是最主要的學術文化型態。——徐洪興〈宋學的由來及其過程〉，《孔孟月刊》，第三四卷，第六期，頁二五——三八。就宋代學術對詩學的滲透而言，筆者採取第一種較為嚴格的界義。

註六二：蘇軾說自己：「少年多欲，沉湎以自殘；褊性不容，剛愎而好勝。積為咎厲，遘此艱屯。……幸不死于嶺南，得退歸於林下」《蘇軾文集·醮上帝青詞》，第五冊，頁一九〇一，同註四二所揭書。

註六三：王定國《聞見錄》云：王和甫嘗言，蘇子瞻在黃州，上數欲用之。王禹玉輒曰：「軾嘗有此心惟有蟄龍知，陛下龍飛在天而不敬，乃反求之於蟄龍乎？」章子厚曰：「龍者非獨人君，人臣皆可以言龍也」。上曰：「自古稱龍者多矣，如荀氏八龍、孔明臥龍，豈人君也？」及退，子厚詰之曰：「相公乃覆人家族邪？」禹玉曰：「此舒亶言爾。」子厚曰：「亶之唾，亦可食乎？」胡仔《苕溪漁隱叢話・前集》，引《聞見錄》，卷四十六，頁三一三，臺北，木鐸出版社，一九八二。葉夢得也說：元豐間，蘇子瞻繫大理獄。神宗本無意深罪子瞻，時相進呈，忽言蘇軾於陛下有不臣之意。神宗改容曰：「軾固有罪，然於朕不應至是，卿何以知之？」時相因舉軾〈檜木〉詩：「根到九泉無曲處，世間惟有蟄龍知」之句，對曰：「陛下非龍在天，軾以爲不知己，而求之地下之蟄龍，非不臣而何？」神宗曰：「詩人之詞，安可如此論？彼自詠檜，何預朕事！」時相語塞。章子厚意從旁解之，遂薄其罪。《石林詩話》，卷上，何文煥輯《歷代詩話・上》，頁四一〇，臺北，木鐸出版社，一九八二。印證了周裕鍇的一句話：「文字獄多由宰相所製造，君王相對倒還較開明。」《宋代詩學通論》，頁八二，成都，巴蜀書社，一九九七。

註六四：胡仔《苕溪漁隱叢話・前集》，卷四十八，頁三二八，臺北，木鐸出版社，一九八二。

註六五：《豫章黃先生文集・答洪駒父書（三首其二）》，卷十九，上海，商務印書館，四部叢刊。

註六六：如王運熙、顧易生合著的《中國文學批評史・上》，說黃庭堅「輕視社會內容，迴避政治鬥爭」，頁三九五，臺北，五南出版社，一九九三。反向思之，蘇軾也不是故意要政反治鬥爭，只是如宋神宗所言「詩人之詞，安可如此論？」詩人不過是自寫胸臆，不吐不快而已。

註六七：宋人最推崇杜甫忠君的精神。黃庭堅說：「老杜雖在流落顛沛，未嘗一日不在本朝。故陳時事，句律最深，超古作者，忠義之氣，感發而然。」王大鵬、張寶坤、田樹生、諸天寶、德和、嚴昭杜合著《中國歷代詩話選，》，《潘子真詩話》引，頁三〇三，長沙，岳麓書社，一九八五。又可參考註一〇、註一一、註一二。蘇軾的忠義之氣也是歷歷可見，如蘇門六君子李廌〈祭東坡文〉云：「皇天后土，實表平生忠義之心；名山大川，復收自古英靈之氣。」——呂本中《紫薇詩話》，何文煥輯《歷代詩話・上》，頁三六六。大概是呂本中論詩是折中蘇軾與黃庭堅之優長，故在江西詩派中人的詩話論著中有蘇軾語。

註六八：吳文治主編《宋詩話全編・楊時詩話》，第二冊，頁一〇三二。

註六九：同註六六。

註七〇：馬積高說：「黃庭堅等江西詩人對詩的根本看法同理學家的看法相近，并非偶然。人們經常談到黃、陳與蘇軾的關係，注意黃是蘇門四學士之一，這當然是對的，特別是黃，同蘇有很密切的師友關係。但是，黃庭堅同秦觀、張耒乃至晁氏兄弟、孔氏兄弟等都不相同，他同理學家的思想比較接近，同理學家的關係也很密切。」——〈江西詩派與理學〉，《文學遺產》，一九八七，第二期，頁六六——七二。

註七一：《豫章黃先生文集・書舊詩與洪龜父跋其后》，卷三十，上海，商務印書館，四部叢刊。

註七二：同註註七一所揭書。

註七二：同註所揭書，〈書邢居實文卷〉，卷二十六。

註七三：明，黃宗羲撰，清全祖望補《宋元學案・文節黃涪翁先生庭堅》，卷十九，臺北，世界書局，一九八三。「光風霽月」，見黃庭堅《豫章黃先生文集・濂溪詩序》，卷一，上海，商務印書館，四部叢刊。

註七四：王運熙、顧易生《中國文學批評史‧上》，說黃庭堅「輕視社會內容，迴避政治鬥爭」，頁三九五，臺北，五南出版社，一九九三。實因黨爭的意氣之中，詩人憂生懼禍所致。見沈松勤《北宋文人與黨爭——中國士大群體研究之一》，頁三一二，北京，人民出版社，一九九八。

第四節 意理——身如不繫之舟（註一）

「出新意於法度之中，寄妙理於豪放之外」，（註二）這是每個論及蘇軾的人都常引用的話，此處是形容畫理要能入也要能出，能在謹守前人的規矩法度中，自己還能創新，達到有法以至無法的境界，古今都有無限的傾慕，他精緻的生活觀照與智慧，詼諧有趣的機智幽默，古今嚮慕，搖蕩人情。（註三）

這就是本節用「意理」這一名詞標目所在，也是想要藉蘇軾來探討宋人在詩、畫創作上，對意的掌握及對理的突破，達到縱送自如、完全自由的真如。同時，這也代表著宋人在理堅持下的情感的抒寫。朱熹攻擊蘇軾代表的蜀黨不遺餘力，但他自己也對蘇軾的詩與文流露出欣慕與同情，這是宋人審美文化雙重模態的顯現。

（一）審美文化的雙重模態

宋代「理學」的產生，「經歷了它的開創（慶曆年間）、奠基（熙寧前後）、集大成（南宋）、解體（明中葉前後）和總結（明清之際）等過程。」（註四）可以發現這是一段意與理折衝起伏的歷程。前面提到蘇軾所代表的蜀學受到程朱理學的詆毀，但是，朱熹還是欽慕蘇軾的作品與才華的，蘇軾謫居黃州時，與友人書云：

吾儕雖老且窮，而道理貫心肝，忠義填骨髓，直須談笑於生死之際；若見僕困窮便相於邑，則與不學道者大不相遠矣。（註五）

朱熹在答人書云：

偶有自江西來者，得東坡與何人手簡墨刻，適與意會，今往一通，可銘座右也。（註六）

根據謝桃坊所言，朱熹所得到的墨刻東坡手簡即是〈與李公擇書〉，正投合了他在道學被禁黜時的心聲，（註七）故特抄錄了全文以寄友人互勉，且以之作爲座右銘；又，蘇軾晚年貶謫海外所作的〈千秋歲．次韻少游〉云：

島邊天外，未老身先退。珠淚濺，丹衷碎。聲搖蒼玉佩，色重黃金帶。一萬里，斜陽正與長安對。 道遠誰云會？罪大能天蓋。君命重，臣節在。新恩猶可覲，舊學終難改。吾已矣，乘桴且恁浮於海。（註八）

表示對秦觀英年早逝的哀輓和自己罪謫儋耳的絕望，情辭悲傷。朱熹讀了此詞後說：

坡公海外意況，深可嘆息。近見其晚年所作小詞有「新恩猶可覲，舊學終難改」之句，每諷詠之，亦足令人慨然也。（註九）

他對蘇軾表達深深同情。在他去世前兩年——慶元四年（一一九八），忽然翻檢出父親朱松手書蘇軾〈昆陽賦〉跋語，披覽泫然，遂感慨萬千地更附一則跋語：

紹興庚午，熹年十一歲，先君罷官。行朝來寓建陽，登高丘氏之居，暇日手書此賦以授熹，為說古今興亡大致，慨然久之。於今忽忽五十有九年，病中因覽蘇集，追念疇昔如昨日事，而孤露之餘，霜露之感，為之泫然流涕，不能自已。復書此以示兒輩云。慶元四年戊午四月朔旦（註一〇）

理學家不是要以理節情嗎？朱熹因為父親朱松此書，想起早年寄人籬下的「孤露之餘」，而「霜露之感」更是在這六十九歲老人心中再度浮現，這代表什麼意義呢？（註一一）原來，每一個作家皆有雙重人格。（註一二）就蘇軾言，他勤政愛民與隨緣放曠就是這雙重人格的顯現，轉折點就是「烏臺詩案」，（註一三）兩種人生態度交戰著。（註一四）從初入仕途的朝廷論議，新法推行之初的抗顏力爭，到遠貶海南島遇赦北歸，路過金山寺，登妙高臺，看到大畫家李公麟為自己畫像的刻石，寫下總結一生的文字：

心似已灰之木，身如不繫之舟。問汝平生功業，黃州、惠州、儋州。（註一五）

蘇軾總結自己的一生，認為一生中最值得紀念的不是在密州、徐州、杭州等地任太守，更不是在朝廷任翰林學士，那種經歷太平凡，太不足道了。平生最值得回味、值得紀念的恰恰是最遭難、最無用世之機的三處貶所——黃州、惠州、儋州。三處貶所，是蘇軾與眾不同的、不平凡的經歷，在這些地方，他飽受了仕途失意、經濟拮据的磨難，飽覽了長江、嶺南、海南雄奇壯麗的自然風光，錘鍊了超然、曠達的文人性格，創造了精美絕倫的文學名篇。

朱熹身爲濂洛學派的繼承人與集理學大成的學者，一生大部份時光都著書講學，「仕於外者僅九考（九年），立於朝者四十日，其餘四十餘年都是奉祠，以祠祿過著講學著書的生活」。（註一六）難道朱熹不想用世？固然與宋明道學中聖人的觀念——朝著「道德人倫」或「人格境界」一方急劇地偏轉；（註一七）但是，他也遭到禁黜道學的命運，「朱熹晚年，政治上遭到排斥，『道學』也受攻擊。」（註一八）但是卻堅持著理學文化的崗位，（註一九）這也就是說：人在社會現實中用捨行藏總是難得平衡的。宋初詩人的以意爲主已慢慢向理傾斜靠攏，當理又太盛時，反而有禁黜道學之舉了。這是宋代審美文化雙重模態的矛盾使然。造成「理」對於「心」的同化與佔領，（註二〇）形成審美文化的雙重模態。宋代君主專制社會裡，用近乎宗教的理學來維持已近黃昏的封建秩序，另一方面，詩人卻追求本體生命意識、表現出對於個體存在、人性自由、情感滿足等方面的自然執著的關注和渴念。朱熹對蘇軾的欽慕在理學攻擊的外衣下雖掩卻了溫馨，但證明了人與社會文化都具備了相互矛盾、永難靜止，社會文化也因此豐富多采、雙重模態的鐘擺理論。

在前面〈倫理道德〉章，我們論及蘇軾受到程朱理學家攻擊，主要原因有二：一是多欲：二是不能以理御意。也就是程頤說的：「好勝者滅理，肆欲者亂常。」，（註二一）蘇軾常以言語招禍，以文滑稽也是個重要原因，在程頤看來，就是「好勝滅理」，加上「肆欲亂常」，故程頤又說：「昏於天理者，嗜欲亂之耳。」（註二二）那個「肆」字的無拘，已透露出其中的消息。「身如不繫之舟」，正是他追求本體生命意識、表現出對於個體存在、人性自由、情感滿足等方面的自然執著的關注和渴望。伴隨著政治的磨難，主體在困躓中尋求生命的安頓、突破與創新，我們不難看出蘇軾將「理」的特質帶往「意」的飄忽，朱熹說「東坡說得高妙處，只是說佛，其他處又皆粗。」（註二三）理學家處處爲實，說佛教爲虛：「釋氏無實。」（註二四）蘇軾又何嘗不重視實理？

（二）由物理通往意理

即使在畫論中，蘇軾對物理、事理的重視更不在話下。他認爲對所畫的對象要觀仔細後才能動筆，他要的「觀物審」就是：

> 黃筌畫飛鳥，頸足皆展。或曰：「飛鳥縮頸則展足，縮足則展頸，無兩展者。」驗之信然。乃知觀物不審者，雖畫師且不能，況其大者乎？君子是以務學而好問也。（註二五）

> 蜀中有杜處士，好書畫，所寶以百數。有戴嵩牛一軸，尤所愛，錦囊玉軸，常以自隨。一旦曝書畫，有一牧童見之，拊掌大笑，曰：「此畫鬥牛也。牛鬥，力在角，尾搐入兩股間，今乃掉委而鬥，謬矣。」處士笑而然之。古語有云：「耕當問奴，織當問婢。」不可改也。（註二六）

對畫師黃筌、戴嵩觀物不審，忽略常理頗有微詞。早在嘉祐六年，蘇軾便覺通萬物之理的重要性：

> 軾不佞，自為學至今十有五年，以前凡學之難者，難於無私；無私之難者，難於通萬物之理。故不通乎萬物之理，雖欲無私，不可得也。己好則好之，幾惡則惡之，以是自信則惑也。是故幽居處默而觀萬物之變，盡其自然之理，而斷於中。其所不然者，雖古之所謂賢人之說，亦有所不取。（註二七）

「自然之理」就是「常理」，也就是法度，就是一定的材料比例、尺寸構思、設色方位都要合乎「常理」。蘇軾認爲「美」要要從掌握「數」開始：

> 羊豕以為羞，五味以為和，秫稻以為酒，曲蘖以作之。天下之所同也。其材同，其水火之齊均，其寒暖燥濕之候一也。而二人為之，則美惡不齊。豈所以美者，不可以數取歟？然古之為方者，未嘗遺數也。能者，即數以得其妙；不能者，循數以得其略。其出也也，有能有不能，而精粗見焉。人見其二也，則求精於數外，而棄跡以逐妙，曰：我知酒食之所以美也，而略其分齊，捨其度數，以為不在是也，而一以意造，則為人之所嘔棄者寡矣。（註二八）

蘇軾首先從反面立論，舉例說明相同的材料、相同的水火，卻可能製作出味道迥異的酒食，故而懷疑天下之美食不可依從既定的數據比例而獲得；但是古代撰寫烹調和釀酒方子的人卻都是記載材料的數量、配方的比例、製造時的溫度和濕度等等內容，可見掌握根本的數據和比例是製酒的基礎，蘇軾自己也曾經用實際材料比例釀酒：

> 米五斗以為率，而五分之，為三斗者一，為五升者四。三斗者以釀，三投而止，尚有五升之贏也。始釀以四兩之餅，而每投以二兩之麴，皆澤以少水，取足以解散而勻停也。（註二九）

實際的材料比例與技巧都爲了使酒甘醇，結果雖都不太一樣，至少，卻可以有最基本的酒味，於是，要如何才能不受物理限制而有所突破，這就是意理。學者都注意到蘇軾在文藝美學創新的特質，（註三〇）其中有一點就是「學習的獨特方法和窮盡事物真相的態度」，（註三一）突破物理的限制而能「身如不繫之舟」地往來適意、自由。於是，他讚賞吳道子畫：

> 道子畫人物，如以燈取影，逆來順往，旁見側出，橫斜平直，各相乘除，得自然之數，不差毫末。出新意於法度之中，寄妙理於豪放之外。（註三二）

吳道子畫人物能「顧及實際的投影尺寸，又能兼顧逆與順的方向以及旁邊與側面的個種角度，毫無偏差地確切計算出立體的橫、斜、平、直等塊面的面積，使整體組織合乎實際，畫作唯妙唯肖，又在順應法度的範圍內產生新穎的創意；於豪放的風格之餘還寄託微妙的道理規律」，（註三三）這是不錯的。我們不要忘記這是宋代審美文化雙重模態的矛盾衝突中，創作主體在理的滲透、壓抑、扭曲、變形下而產生的創作本體意識的變化。

（三）意理與妙觀逸想

詩僧惠洪（一〇七一——一一二八），（註三四）在《冷齋夜話》中屢屢提及蘇軾、黃庭堅、王安石，大都給予很高的正面評價，（註三五）可見他對王、蘇、黃三人的景仰，就連黃庭堅有名的「奪胎換骨」，據說也是惠洪牽合的。（註三六）雖然有人認為他的批評不盡可信，（註三七）但是，本身就是以快意為詩的詩人及批評家，應該就是他的批評啓人疑竇的盲點所在（註三八）。「妙觀逸想」就是與蘇軾詩歌用語非常貼近，（註三九）我們懷疑此詞是借用自蘇軾。蘇軾有時稱妙想：「古來畫師非俗士，妙想實與詩同出。」（註四〇）有時說「逸想」：「古人有奇趣，逸想寄幽壑。」（註四一）陳善則稱詩是「妙思逸興」：

詩人之語，要是妙思逸興所寓，固非繩墨度數所能束縛，蓋自古如此。予觀鄭康成註《毛詩》，乃一一要合《周禮》。〈定之方中〉云：「騋牡三千」，則云：「國馬之制，天子有十二閑，馬六種，三千四百五十六匹。邦國六閑，馬四種，千二百九十六匹。衛之先君兼邶鄘而有之，而馬數過制。」〈采芑〉云：「其車三千。」則云：「《司馬法》兵車一乘，甲士三人，步卒七十二人，宣王承亂，羨卒盡起。」〈甫田〉云：「歲取十千」，則以為井田之法，一成之數。〈棫朴〉云：「六師及之」，則必為殷末之制，未有《周禮》。《周禮》五師為軍，軍萬二千五百人。如此之類，皆是束縛太過，不知詩人本一時之言，不可一一牽合也。康成蓋長於《禮》學，以《禮》而言詩，過矣！近世沈存中（括）論詩亦有此癖，遂謂老杜「霜皮溜雨四十圍，黛色參天兩千尺」為太細長，而說者辯之曰：「大城鐵不如，小城萬丈餘」，世間豈有萬丈城哉？亦言其勢如此爾！予謂《周詩》云：「崧高維岳，竣極於天。」岳之峻又豈能極天？所謂不以辭害意者也。文與可嘗詩有與東坡云：「擬將一段鵝溪絹，掃取寒梢萬丈長。」坡戲謂與可曰：「竹長萬丈，當用絹一百五十匹，知公倦于筆硯，願得此絹而已。」與可無與答，則曰：「吾言妄矣！豈有萬丈竹哉？」坡從而實之，遂答其詩曰：「世間亦有千尋竹，月落庭空影許長。」與可因以所畫篔簹偃谷竹遺坡，曰：「此竹數尺爾，而有萬丈之勢。」觀二公談笑之語如此，可見詩人之意。若使存中見之，無乃又道太細長耶！（註四二）

陳善對鄭玄以《禮》解《詩經》，沈括質疑杜詩用字都很不以爲然，只是稱許蘇軾與文與可的「此竹數尺爾，而有萬丈之勢」的妙思與逸想，這就是以意爲主、不以辭害意的詩學接受觀，否則是不能欣賞詩之美。所以，「妙想」、「逸想」、「妙思逸興」都是同個意義，也就是惠洪所提出他的「妙觀逸想」：

眾人之詩，例無精彩，其氣奪也。夫氣之奪人，百種禁忌，詩亦如之。曰：「富貴中，不得言貧賤事；少壯中，不得言衰老事；康強中，不得言疾病死亡事。脫或犯之，謂之詩讖，謂之無氣。」是大不然。詩者妙觀逸想之所寓也。豈可限以繩墨哉，如王維作畫，雪中芭蕉，詩眼見之，知其神情寄寓於物，俗論則以為不知寒暑。荊公方大拜，賀客盈門，忽點墨書其壁曰：「霜筠雪竹鍾山寺，投老歸歟寄此生。」坡在儋耳，作詩曰：「平生萬事足，所欠唯一死。」豈與世俗論哉？予嘗與客論至此，而客不然吾論。予作詩自誌其略，曰：「東坡醉墨浩琳琅，千首空餘萬丈光。雪裡芭蕉失寒暑，眼中麒驥略玄黃。」（註四三）

這段話，可從以下幾個方向去解讀：1、詩忌是什麼？2、「雪中芭蕉」寄寓的是什麼？

甲、詩忌是什麼？

詩忌的問題。顧名思義，詩忌就是作詩的禁忌。世人認為因「氣」被奪而有衰氣——富貴言貧賤、少壯言衰老、康強言疾病死亡——的出現。詩人創作時要避防這個禁忌，若觸及到而又應驗，就稱為「詩讖」。惠洪反駁，認為沒詩忌這回事，詩人所以會富貴言貧賤、少壯言衰老、康強言疾病死亡，實在是因為「妙觀」——直覺的觀照，對「事情具有它的探索性、首創性和新穎性。直覺的認識創造性作用，是指直覺的迸發能產生出新的認識成果，解決新的認識問題和提供新的思維方法，從而擴大人類的認識領域，推動人類認識的向前發展。」（註四四）它雖然有些唯心與主觀，但卻不能否定直覺在創造認識中的作用。相反，我們批判直覺主義認識論的目的，就在于運用辯證唯物主義認識論的觀點分析直覺在創造認識論中的地位和作用。所以，不是衰氣而有富貴言貧賤、少壯言衰老、康強言疾病死亡的出現，反而是詩人對事情具有探索性、首創性和新穎性的觀照，這就是妙觀。（註四五）

蘇軾「妙想」、「逸想」，陳善的「妙思逸興」與惠洪的「妙觀逸想」其實是一致的，但解釋起來，似乎有些不著邊際，也許，「突發奇想」會更容易明白。蘇軾〈刑賞忠厚之至論〉一文將主考官歐陽脩唬得驚慌，也是出於他爲了出奇制勝的突發奇想。（註四六）這裡的突發奇想雖然指的是文學創作，但在繪畫上也一樣適用。因爲：一、繪畫也是一種思維過程，而且這個思維過程大於繪畫過程。繪畫也是外化表現了的有序的思維軌跡。因此，人們的思維能力與思維活躍程度決定了畫作的成敗，思維的質量決定了畫作的優劣，思維的深度則給繪畫者畫出畫作精品和珍品提供了可能。所以，蘇軾說：

> 論畫以形似，見與兒童鄰。論詩必此詩，定非知詩人。詩畫本一律，天工與清新。邊鸞雀寫生，趙昌花傳神。何如此兩幅，疏淡含均匀。誰言一點紅，解寄無邊春。（註四七）

這種詩與畫的同質異構，古希臘的伏爾泰有一句漂亮的對比語，說「畫是一種無聲的詩，而詩是一種有聲的畫。」萊辛認爲這是伏爾泰的「一種突如其來的奇想」。（註四八）所以，妙觀（想）也好，逸想也罷，突發奇想也可以，都是一種直覺創造認識論的具有探索性、首創性和新穎性的觀照，因此而留下藝述創作的珍品。欣賞者若不具備這種修養就很難去體會直覺認識創造之美，以主觀、神秘視之，認爲衰氣時是不應寫作的，以現代審美眼光來看，不應該是一種詩忌，反而會因這些「奇想」，創作出流芳百世的宏篇巨著，提煉出千古絕唱的奇聯佳句，那些作者（畫家）也就以這些絢麗的成就而載入史冊。

乙、「雪中芭蕉」寄寓的問題。

（子）此處先討論：雪中芭蕉是否真有其事？

這是一幅很受爭議的畫，衆說紛紜，根據黃河濤的歸納，認爲真有的人似乎都誤解惠洪「雪裡芭蕉失寒暑」的本意：朱翌說：

> 嶺外如曲江，冬大雪，芭蕉自若，紅蕉方開花，知前輩不苟。（註四九）

惠洪「雪裡芭蕉失寒暑」，該句詩並不表示惠洪拘泥王維此畫的失時，而是承括客人的意見。朱翌似乎有些誤解，認爲惠洪並未親到嶺南。同時，惠洪也不否認此畫的真實性。明俞弁也順著朱翌的話誤解下去，說：

> 以芭蕉非雪中物。……。余進閱陸安甫《葺殘錄》云：「郭都督鋐在廣西新見雪中芭蕉，雪後亦不凋壞。」噫！不讀天下書，未遍天下路，不可妄下雌黃！觀此益信。（註五〇）

明謝肇淛也同意朱、俞二人對惠洪的曲解，但也認爲無損於畫意之美。他說：

「夜半鐘聲到客船」，鐘似太早矣；「驚濤濺佛身」，寺似太低矣；「黑雲壓城城欲摧，甲光向育金鱗開」，陰晴似太速矣；「馬汗凍成霜」，寒襖似相背矣。然於佳句毫無損也。詩家三昧，政在此中見解。譬如摘雪中芭蕉以並摩詰之畫，摘點畫之訛以病右軍之書，論非不確，如畫法書法不在是何？（註五一）

對事理的執著才拘泥於雪中芭蕉之有無，但謝肇淛認為並不影響畫意之美。

（丑）雪中芭蕉的寓意是什麼？

沈括認為是畫家追求適意，他批駁張彥遠認為王維是不知寒暑的人，藝術創作應隨著「意」走，不拘形式，沈括說：

書畫之妙，當以神會，難可以形器求也。世之觀畫者，多能指摘其間形象位置，彩色瑕疵而已，至於奧理冥造者，罕見其人。如彥遠畫評，言王維畫物，多不問四時，如畫花往往以桃、杏、芙蓉、蓮花同畫一景。余家所藏摩詰畫〈袁安臥雪圖〉，有雪中芭蕉，此乃得心應手，意到便成，故造理入神，迥得天意，此難可與俗人論也。（註五二）

沈括已從形器推向奧理，也就是不止注意到形象位置，彩色瑕疵，也要尋思其意，這是創作主體萌發的哲理所產生的從「物」到「理」的突發奇想。（註五三）從物進入理，恰是由成規具象到達神思飛躍突破、突發奇想的歷程。由於佛教常用「冥祥異象」

來象徵高僧大德的精進高行，故近人陳允吉認爲是王維寄寓佛教境界。皮朝綱則徘徊於禪宗派別言該畫的寓理，「顯而易見，王維的雪中芭蕉乃是以畫寓禪」，（註五四）這是無庸置疑；另一種說法就是對生活的適意。（註五五）禪宗哲學和生活方式，所以很契合士大夫對「意」的追求，無處真的可以是有，有處真的可以是無，我們真的可以讓精神達到完全的自足與圓滿，（註五六）受禪宗薰陶的王維真確地實踐了這個真理。（註五七）所以，關於雪與芭蕉能否同時存在以及其寓意，如果放在禪宗思維的前提作考量，應該是追求適意人生的代表，它是藉著突發奇想的神思飛躍突破慣常的思維框架表達創作主體的哲思，也是本體我呈現個人意識的獨特創造，更是作品流芳百世的不二法門。

宋人因爲國力的日趨衰微，封建專制文網卻日益嚴密，詩人從盡情議論時政抒意到以理御意情的轉移，也從實際人生之理轉向適意人生的追求，這是個正、反、合的圓形轉變過程，從事理、物理、倫理道德、意理、天理都可以在這個圓形的批評律中來體現。

因爲詩畫是表現創作主體的「心」——「意」，尤其是在時代政局的動盪中，詩人的題畫詩往往是抒寫政局感懷比評畫鑑賞來得多，宋代題畫詩在這種心理機制下成爲詩人寫意寄懷的載體，藉著畫來抒發其一時興感，則是題畫詩盛行的主要原因之一。

（四）意理與題畫詩——以諸家題〈韓幹畫馬〉、蘇轍題〈郭熙橫卷〉、蘇軾題〈郭熙畫秋山平遠〉、紹聖（宋哲宗年號）大夫題〈江干初雪圖〉為例。

由於處在審美文化矛盾的雙重模態中，宋人貶謫失意的流徙，在理的過度扭曲、壓抑、變異的時代思潮籠罩之下，詩人寄寓其本體生命意識、表現出對於個體存在、人性自由、情感滿足等方面的自然執著的關注、渴念和平衡，求得心靈的超脫與自適。在這一點，北宋的遼國犯邊，當代酷烈的意氣黨爭，似乎爲這方面的題畫詩準備了一個堅實的舞台，以酷烈而言，似乎黨爭比國仇更甚。李栖說題畫詩借畫抒懷而寓家國身世之感，（註五八）哲宗元祐年間，與蘇軾、蘇轍、黃庭堅等人相交甚篤的李公麟說：「吾爲畫，如騷人賦詩，吟詠情性而已。」（註五九）作畫如此，觀畫亦然，吳曾《能改齋漫錄》記載道：

> 右伯時〈跋閻立本西域圖〉，盧陵王方贄侍郎家有之，其孫夔玉寶藏之。大觀間，開封尹宋喬年言之省中，詔取以上進。時盧陵令張達淳，郡法掾吳祖源檄委焉。因竊摹之，于是始有摹本。有張天覺跋云：「崇寧甲申十二月甲寅，夔玉舟過善溪，盡得其家藏閻令、王維、王宰、韓幹、邊鸞、周昉畫閱之。佛書曰：『心如工畫師。』畫之妙出於心，猶足以濡毫設色，造化物象。況心之妙，薰以

正法，無間斷哉！」信安程俱正道有詩云：「大塊浮空轉兩輪，越南燕北共毫塵，齊州古莽應相笑，夢覺何人定識真？」（註六〇）

「心如工畫師」，「畫之妙出於心」，這就是李公麟所謂「吟詠情性而已」的最佳註腳。張世南《游宦記聞》也記載：

> 前輩論藏書畫者，多取空名，偶有傳為鍾、王、顧、陸之筆，見者爭售，此所謂耳鑒。又有觀畫以手模之，相傳以謂素隱指者為佳畫，此又在耳鑒之下，謂之揣骨聽聲。畫之妙當以神會，不可以形器求也，此固善於評畫者。（註六一）

畫始出於吟詠情性，鑒賞也「當以神會，不可以形器求也」，這才是善於評畫的態度。這與本處寫作的切入點是相合的。我們看宋人題畫詩，也確實就是藉畫「吟詠情性而已」，藉畫來抒其一時興感，寄託其滿腔抑鬱，尤其是家國興亡，個人迍邅困頓之情，在宋代酷烈黨爭意氣用事之下，其悲慨更是浸透紙背。

宋代題畫詩頗為盛行，「內容繁複，或評論繪畫的藝術價值而抒發審美觀感，或借畫抒懷而寓家國身世之感，或分析畫風而議論畫理，或描繪畫面並深化其意境，或敘事以見交游。總之都是據畫而起興，並將畫的境界提升擴大。」（註六二）宋人的創作主體在意與理之間擺蕩，當詩人在現實生活中受到極大的壓抑時，題畫詩也是他們寄寓苦悶心靈的一種表達方式。雖然題畫詩有其特定的義界，（註六三）及其興盛的時代背景，（註六四）本處則以諸家題三幅畫爲範例，（註六五）探討創作主體在意理與題畫詩方面的消長。

甲、〈韓幹畫馬〉的時代關照

韓幹是唐明皇的畫師，擅長畫馬。宋人題此畫有兩個主要論點：一是關於繪畫藝術；（註六六）二是藉畫抒懷。後者才符合此處的寫作觀點。唐玄宗太平盛世的氣勢相對於宋人衰弱的國勢，韓幹畫馬就給予詩人藉畫抒其時代的關懷的載體。張耒、王令是其佼佼者：

> 元祐中，館職諸公賦〈韓幹馬〉詩，獨張文潛最高勝，云：「頭如翔鸞月頰光，背如安輿鳧臆方，心知不載田舍郎，尚帶開元天子紅袍香。韓幹寫時國無事，天閑樹綠春晝長。雙髯執轡儼再旁，如膽馳道黃屋張。北風揚塵燕賊狂，廄中萬馬驅范陽。天子乘騾蜀山險，滿川苜蓿為誰芳？」（註六七）

由開元盛世的馬想到宋代「北風揚塵燕賊狂，廄中萬馬驅范陽。」國勢如此，「韓幹寫時國無事，天閑樹綠春晝長」，的確令人羨慕；再如：

> 王令逢原，荊公王深父兄弟交游也，嘗賦〈韓幹馬〉詩云：「天寶天子盛天廄，吐蕃入馬上天壽。紫衣馭吏遍坐前，騎入金門不容驟。西極目宿為誰肥？六閑飛黃臥羞瘦，乾元殿下誰把筆，當年人無出幹右。傳聞三馬同日死，死魄到紙

氣方就。鐵勒夾口重兩街，墨絲丱尾合雙紐。天門未上人就觀，老胡驚嗟失開口。生搜朔野空毛群，死斷世工無后手。當時天子惜不傳，送入御府置官守。胡塵勃鬱燕薊來，宮闕蕭騷既焚後。誰拼千金出手收，足踏萬里避奔走。幾經蹂棄道邊塵，今日寧無紙上垢？尊前病客不識畫，但驚骨氣世未有。冀北駿足無時無，生不逢幹死空朽。世工無手不肯休，往往氣骨陋如狗。」（註六八）

乙、蘇轍題〈郭熙橫卷〉；

這一畫卷反映了元祐黨人畏禍及身的普遍心理，與熙、豐時期王安石、蘇軾遠離黨爭漩渦的以理遣情不同，沈松勤說：

> 元祐更化的文人在一開始就具有情緒化、意氣化的色彩，在內部也有蜀黨與洛黨的爭執，在整個元祐時期，元祐黨人對熙（寧）、（元）豐新黨的意氣傾軋和內部的交相醜詆，交錯進行，延綿不斷，並日趨激烈。較之熙、豐黨爭，作為「更化」之治的共同體元祐黨人的群體主體和群體人格，不僅在「寄心王室」中，被君權所壟斷，而且在至始至終的、有失理性的交相侵凌中，被扭曲變形；而個體主體則處於被「紛紛爭奪」的名韁利鎖的緊箍之中。因此，「身自不安」，畏禍及身成了元祐黨人的普遍心理。（註六九）

於是元祐文學主體也陷入這雙重矛盾的模態中，一方面以政論文創作的方式，不斷加固「紛紛爭奪」的名韁利鎖，設置「身自不安」的困境；一方面則在被功名的緊逼下，在「身自不安」困境中，以詩歌創作的方式，爲自我營造一個可供靈魂安息、心靈悠遊的世界。這個主題在題畫詩中得到淋漓盡致的反映。以郭熙橫卷爲例，蘇轍題曰：

> 鳳閣鸞臺十二屏，屏上郭熙題姓名。崩崖斷壑人不到，枯松野葛相欹傾。黃散給舍多食肉，食罷起飛愛泉清。皆言古人不復見，不知北門待詔白髮垂冠纓。袖中短軸才半幅，慘淡百里山川橫。岩頭古寺擁雲水，沙泥漁舟浮晚晴。遙山可見不知處，落霞斷雁俱微明。十年江海興不淺，滿帆風雨通宵行。投篙椓杙便止宿，買魚沽酒相逢迎。歸來朝中亦何有，包裹觀闕圍重城。日高困睡心有適，夢中時作東南征。眼前欲擬要真物，拂拭束絹付與汾陽生。（註七〇）

詩人沒有評畫，反而用來消解世路艱險的紆悶。眼前山水愉悅的滿足，一回朝廷就是「包裹觀闕圍重城」，徒然是畫餅充飢的心理。所謂「包裹觀闕圍重城」就是指參與「更化」之治，捲入黨派間的意氣之爭。「因此，這首題畫詩所表現的，明顯是詩人在被君權所壟斷、黨爭化群體主體的羈絆中，對個體主體的自主、自由的嚮往。」（註七一）創作主體在黨爭與元祐黨人交相激烈意氣用事的攻訐下，渴望心靈自由、本體自我的呈現，獲取外界與心靈的和諧，這都是主體所展現的以意爲主的創作。

丙、蘇軾題〈郭熙畫秋山平遠〉：

該詩作於元祐二年，正值蘇軾滿懷激情參與「元祐更化」之際；同時卻因司馬光的剛愎自用和以「母改子」，已有不安其位之勢，又因策題遭洛黨攻訐。所以，在觀郭熙〈秋山平遠圖〉時，頓生歸臥秋山之想：

玉堂晝掩春日閑，中有郭熙畫春山。鳴鳩乳燕初睡起，白波青嶂非人間。離離短幅開平遠，漠漠疏林寄秋晚。恰似江南送客時，中流回頭望雲巘。伊川逸老鬢如霜，臥看秋山思洛陽。為君紙尾作行草，炯如嵩洛浮秋光。我從公游如一日，不覺青山映黃髮。為畫龍門八節灘，待向伊川買泉石。（註七二）

該詩雖有意隱居湖山，但卻是在畏禍心理驅使下的一種真實卻無法實現的理想。「漠漠疏林寄秋晚」、「中流回頭望雲巘」是通過畫面作的一次心靈遠遊。於是，蘇軾又再題詠郭熙〈秋山平遠〉：

目盡孤鴻落照邊，遙知風雨不同川，此間有句無人識，送與襄陽孟浩然。

木落騷人已怨秋，不堪平遠發詩愁。要看萬壑爭流處，他日終須顧虎頭。（註七三）

現實中的蘇軾正因「受恩深重，不敢自同於眾人」而思捨身報國，以至扼殺自我主體的自由，重複熙、豐時期奔走營營的悲劇。黃庭堅也爲蘇軾此詩和道：

> 黃州逐客來賜環，江南江北飽看山，玉堂臥對郭熙畫，發興已在青林間。郭熙官畫但荒遠，短紙曲折開秋晚，江村煙外雨腳明，歸雁行邊餘疊巘。坐思黃柑洞庭霜，恨身不如雁隨陽，熙今頭白有眼力，尚能弄筆映窗光，畫取江南好風日，慰此將老鏡中髮。但熙肯畫寬作程，十日五日一水石。（註七四）

黃庭堅此詩作於哲宗元年，新黨失勢，庭堅與蘇軾先後被召任京職，二人作題郭畫詩時，正在久遷召返後不久，宦海浮沈，記憶猶新。「故山谷此詩雖曰題畫，卻頗多詠懷言志之意，以題畫爲線索，融畫意友情感慨於一體，于意象超遠中見奇崛之氣」。（註七五）更體現郭熙「景外意，意外妙」（註七六）的以意爲主的主體創作在「心」的躍動之下的自由。

丁、紹聖諸大夫題〈江干初雪圖〉：

不同於寄情於山水的熙、豐與元祐，紹聖（哲宗年號）謫人更有不如歸去的感慨。他們的吟詠應該是集中在藉〈江干初雪圖〉所發的詠嘆，葉夢得說：

> 〈江干初雪圖〉真跡，藏李邦直（清臣）家，唐蠟本。世傳王維所作，末有王禹玉（珪，一〇一九——一〇八五）、蔡持正（確，一〇三九——一〇九

三）、韓玉汝（縝，一〇一九——一〇九七）、章子厚（惇，一〇三五——一一〇五）、王和甫（安禮，安石弟）、張邃明（嘉祐三年進士）、安厚卿（濤，與章惇為布衣交）七人題詩。韓師朴（忠彥）為相，邦直、厚卿同在二府，時前七人者所存惟厚卿而已。持正貶死嶺外，禹玉追貶，子厚方貶，玉汝、和甫、邃明則死久矣。故師朴繼題其後曰：「諸公當日聚岩廊，半謫南荒半已亡。惟有紫樞黃閣老，再開圖畫看瀟湘。」是時，邦直在門下，厚卿在西府，「紫樞黃閣」謂二人也。厚卿復題云：「曾游滄海困驚瀾，晚步風波路更難。從此江湖無限興，不如祇向圖畫看。」而邦直亦自題云：「此身何補一豪芒，三辱清時政事堂。病骨未為山下土，尚尋遺墨話存亡。」余家有此摹本，并錄諸公詩續之，每出慨然。自元豐至建中靖國，幾三十年，諸公之名宦亦已至矣，然始皆有願為圖中之游而不可得，故禹玉云：「何日扁舟載風雪，卻將蓑笠伴漁人。」玉汝云：「君恩未報身何有？且寄扁舟夢想中。」其後廢謫流竄，有雖死不得免者，而江湖間此景無處不有，皆不得一賞。厚卿至為危詞，蓋有激而云，豈此景終不可得，亦自不能踐其言耳。（註七七）

元豐間，王珪、蔡确等人所題的〈江干初雪圖〉，其旨均與元祐黨人題畫詩如出一轍。建中靖國元年，兩府大臣韓忠彥、李清臣、安濤的繼題，同樣表達了擺脫黨爭羈絆，寄跡江湖，愉悅性情，實現個體生命價值的理想；然而，其心態不能與元祐者相提並論，更不能與元豐者同日而語，「諸公當日聚岩廊，半謫南荒半已亡」，是帶著對死亡的恐懼和生命的憂慮，「再開圖畫看瀟湘」的。這種心態在熙、豐政見之爭中不曾有過，在元祐意氣之爭中也很難見到，它源於「曾游滄海困驚瀾，晚步風波路更難」，即紹聖以來日趨險惡的宦海風波和顛簸其中的心理歷程。

故題畫詩在宋黨爭的漩渦中給宦海浮沈的士大夫提供一個宣洩生命憂慮以及心靈自適寄託的載體，它與畫的關聯越來越淡薄，只是創作主體表達個人自我價值、生命安頓的「意」的主觀展現。

註釋

註一：蘇軾撰，曾棗莊、曾濤合編《蘇詩彙評（四）・自題金山畫像》，頁二〇一一，臺北，文史哲出版社，一九八八。

註二：蘇軾《東坡題跋・書吳道子畫後》，卷五，頁二六四，上海，遠東出版社，一九九六。

註三：屠有祥說：「蘇子瞻通詩藝，精鑑賞，制筆造墨，植蔬調羹，意有所適，輒落筆如風雨。……大抵初非十分用意，然姿態橫生，諧謔雜出，一派生趣。訴之于文字而能表出如許豐沛的意味，著實搖蕩人情。」——蘇軾《東坡題跋・校注東坡題跋小引》，頁三，上海，遠東出版社，一九九六。

註四：張立文《宋明理學邏輯結構的演變・兩宋的理學思潮》，頁一九，臺北，萬卷樓圖書公司，一九九三。

註五：蘇軾撰《蘇東坡全集・續集・與李公擇（二首之二）》，卷五，頁一五二，臺北，世界書局，一九九六。

註六：朱熹《朱文公集・二・答儲行之書》，續集，卷六，頁一八四五，上海，商務印書館，四部叢刊。按：此書末尾所附的〈東坡帖〉，即蘇軾〈與李公擇〉書，見註五本文。案：依陳來之見，此書疑作於慶元四年，去世前兩年（一一九八），正在慶元黨禁之中，蘇軾此語，頗符合朱熹在黨禁的心情。見陳來著，《朱子書信編年考證》，頁四七二，上海，古籍出版社，一九八九。

註七：朱熹所領導的理學在慶元年間被禁黜，至死後，才在理宗時被承認爲官學。

註八：曾棗莊、曾濤合編《蘇詞彙評》，頁一七〇，臺北，文史哲出版社，一九九八。後之和者頗不乏人，都展現蘇門貶謫之心緒，所和者雖不同（不一定只和秦觀詞，也有和山谷者），意氣黨爭之中，身不由己，流荒遠竄的悲涼，則是相似。王水照對此有很精闢的研究，見〈「蘇門」諸公貶謫心理的縮影〉，《蘇軾論稿》，頁一一八——一三八，臺北，萬卷樓圖書公司，一九九四。另外，沈松勤也指出黨爭漩渦的摧殘，秦觀努力以理遣情，不像蘇軾、黃庭堅的安頓自己，終致失敗的「愁如海」，憂生懼死，步步搖情。——《北宋文人與黨爭——中國士大夫群體研究之二》，頁三五二——三五八，北京，人民出版社，一九九八。

註九：朱熹《朱文公集・答廖子晦書・上・前此屢辱貽書》，卷四十五，頁七八八，商務印書館，四部叢刊。

註一〇：朱熹《朱文公集・二・跋韋齋書昆陽賦》，續集，卷八，頁一八五六，商務印書館，四部叢刊案：韋齋即朱熹父朱松，書〈昆陽賦〉云：爲兒甥讀光武紀至昆陽之戰，熹問何以能若是？爲道梗概，欣然領解，故書子瞻〈昆陽賦〉畀之。子瞻作此賦時方二十一二歲耳，筆力豪壯，不減司馬相如。韋齋對蘇軾欣慕之情，對朱熹期許之殷，躍然紙上。「追念疇昔」，正值慶元黨禁的朱熹，遂不由得泫然不已。〈昆陽賦〉見蘇軾《蘇東坡全集．上》，頁二三〇，世界書局，一九九六。

註一一：謝桃坊說：「朱熹作爲濂洛之學的繼承者和理學的集大成者，然從新儒學的使命感出發，以衛道的精神嚴厲地批評蘇軾，但他作爲文人和學者私下又對蘇軾的學作品表示欣賞，對其人格表示欽佩。這是一種非常有趣的現象。」〈關於蘇學之辯——回顧朱熹對蘇軾的批評〉，《孔孟月刊》，第三十六卷，第二期，頁二四——三一。

註一二：王守雪認爲一個作家往往有兩種人格在交戰著。經世濟民、世俗性的與超然於物、超世俗性的兩種性格傾向將會隨著創作主體所處的境遇之異而有偏向某一方面的顯著突出表現，有時是很難區分的，但都在主體精神方面得到和諧與統一。蘇軾也就在這兩種之中掙扎，最後 由超世俗性的追尋、渴念而獲得主體生命的突破。見王守雪〈論作家的雙重人格〉，《殷都學刊》，一九九六，第一期，頁三六——三八。

註一三：這種分法從蘇轍開始便如此，蘇轍說；「（蘇軾）初好賈誼、陸贄書，論古今治亂，不爲空言。……居黃州，杜門深居，馳騁翰墨，其文一變。」蘇轍爲其兄所寫的墓誌銘，見《蘇東坡全集．墓誌銘．上》，世界書局，一九九六。但是，方燃卻說這變化是從〈題西林壁〉開始，他說：「蘇軾詩歌創作的分界并不是『烏臺詩案』。蘇公黃州詩作題材方面雖然有所變化，但詩中所蘊藉的思想情緒並未產生質的飛躍。這個質的飛躍實際上產生在這場痛苦反思的終結，確切地說，蘇詩創作前期終結與後期開端的標誌，是〈題西林壁〉的創作。」〈蘇軾詩歌創作的分期問題探討〉，《四川大學學報》（哲學社會科學版），一九九七，第三期，頁五三——五七。就政治熱情的澆熄而言，似乎蘇轍所言較爲恰當。

註一四：文師華說：「儒家所提倡的仁政愛民思想，積極入世的精神，是貫穿蘇軾一生的一條主線，也是蘇軾千百年來一直被廣大人民歌頌和敬仰的重要原因。……隨著生活閱歷的加深和仕途磨難的增多，蘇軾身上隨緣放曠的人生態度日益明顯、突出，與前文述及的仁政愛民思想，積極入世精神共同構成東坡人生交響曲中的雙重旋律。」〈人生交響曲中的雙重旋律——論蘇軾仁政愛民的政治思想和隨緣放曠的人生態度〉，《南昌大學學報》（哲社版），一九九八，第二期，頁八七——九二。

註一五：同註一。

註一六：程杰《宋詩學導論‧宋詩與宋代道德思潮》，頁二九，天津，人民出版社，一九九九。程杰還說理學家是廣大中下階層士人思想意識的集中反映。同註一五，頁三〇。

註一七：任天成〈宋明道學中的「聖人」觀念〉，《北方論叢》，一九九九，第三期，頁六五——六八。

註一八：張立文《朱熹思想研究‧上》，頁四，臺北，谷風出版社，一九九六。案：淳熙匙十年，鄭丙上書云：「近世士大夫有所謂道學者，欺世盜名，不宜信用。」《宋史記事本末‧道學崇黜》，卷八十，藝文印書館；陳賈也說：「臣伏見近世士大夫有所謂道學，其說以謹獨爲能，以踐履爲高，以正心誠意、克己復禮爲事。……臣願陛下明詔中外，痛革此習，每於聽納除受之間，考察其人，擯斥勿用。」同上所揭書。

註一九：朱熹死後，才被平反。宋理宗也認識到理學是爲統治階級服務的，在寶慶三年（一二二七）下詔：朕觀朱熹集註《大學》、《論語》、《孟子》、《中庸》，發聖賢蘊奧，有補治道。朕方勵志講學，緬懷典型，深用歎慕。可特贈熹太師，追封信國公。《婺源縣志‧理宗淳祐元年（一二四〇）正月手詔朱熹從祀孔廟》，卷六十四；另見《續資治通鑑》，卷一七〇，上海，古籍出版社，一九八六年影印本。

註二〇：周來祥、儀平策說：「正是由政治機制的僵滯使所帶來的這種深刻的普遍的遲暮之感和內守意識，使得有宋一代一方面比以往任何時候都更重視和強調倫理規範、綱常名教、道德理性等對於生命個體的絕對權威，強調「理」對於「心」的同化佔領，從而在一種宗教式的虔誠中維持已進黃昏的封建秩序；另一方面又比以往任何時候都更強烈地表現出一種生命的本體意識，表現出對於個體存在、人性自由、情感滿足等方面的自然執著的關注和渴念。這兩方面似乎是不可共存的，但卻奇妙地在各個層次以至具體的個人身上混合統一了起來。」〈論宋代審美文化的雙重模態〉，《文學遺產》，一九九〇，第二期，頁六一——六九。

註二一：《二程集・河南程氏遺書》，卷二十五，頁三一九，臺北，漢京文化出版公司，一九八三。

註二二：《二程集・河南程氏粹言》，卷一，頁一一九四，臺北，漢京文化出版公司，一九八三。程頤說：能盡飲食言語之道，則可以盡去就之道；能盡去就之道，則可以盡死生之道。飲食言語，去就死生，小大之勢一也。故君子之學，自微而顯，自小而章。」同上揭書，〈河南程氏遺書〉，卷二十五，頁三一七。似乎是針對蘇軾而說的。

註二三：又問：「東坡與韓公如何？」曰：「平正不及韓公。東坡說得高妙處，只是說佛，其他處又皆粗。」又問：「歐公如何？」曰：「淺。」久之，又曰：「大概皆以文人自立。平時讀書，只把究古今治亂興衰底事，要做文章，都不曾向身上做功夫，平日只是以吟詩飲酒戲謔度日。」《朱子語類》，卷一百三十，程毅中主編《宋人詩話外編・下》，頁九九一。

註二四：《二程集・河南程氏遺書》，卷二十五，頁一三八，臺北，漢京文化出版公司，一九八三。理學家批判佛教本來就是其基本立場，觀諸言論，比比皆是。

註二五：蘇軾《東坡題跋・書黃筌畫雀》，卷五，頁二六九，上海，遠東出版社，一九九六。
註二六：同註二五。
註二七：蘇軾《蘇東坡全集・上・上曾丞相書》，頁三一五，臺北，世界書局，一九九六。
註二八：蘇軾《蘇東坡全集・上・鹽官大悲閣記》，頁三四八，臺北，世界書局，一九九六。
註二九：蘇軾《蘇東坡後集・後集・東坡酒經》，頁五二八，臺北，世界書局，一九九六。
註三〇：張輝曾歸納蘇軾創新的特質有如下幾點，一是標新立異的個性；二是善於想像的特質；三是學習的獨特方法和窮盡事物真相的態度；四是多才多藝與思想繁雜；五是創作時要隨著情感的激盪寫去，而不爲固定的程式所限制；五是主張對作品反復修改，精雕細琢。〈試論蘇軾文學思想創新的特點〉，《中國人民大學學報》，一九九一，第二期，頁四一——四八。
註三一：蘇軾在〈石鐘山記〉一文中說：「事不目見耳聞，而臆斷其有無，可乎？酈（道）元之所見聞，殆與余同，而言之不詳。士大夫終不肯以小舟夜泊絕壁之下，故莫能知；而漁工水師，雖知而不能言。此世所以不傳也。」蘇軾《蘇東坡全集・上曾丞相書》，頁三一五，世界書局，一九九六。蘇軾《蘇東坡全集・上・石鐘山記》，頁三三六，臺北，世界書局，一九九六。
註三二：同註一。
註三三：衣若芬《論蘇軾繪畫思想中的「常形」與「常理」說》，張高評主編《宋代文學研究叢刊》，頁四三一——四四八，創刊號，一九九五。
註三四：陳垣《釋氏疑年錄》，卷八，北京，中華書局，一九八八。
註三五：在《冷齋夜話》中，言東坡者凡四二則，言山谷者凡一三則，言半山者凡二四則，《詩話叢刊》，弘道文化公司，一九七二。又因與蘇、黃爲方外交，又工詩能文，是北宋中、晚期之名詩僧。與當時名詩人皆有交往。

註三六：關於這點，可參考黃師啓方〈黃庭堅詩論的三個問題——詩作分期、詩體變異、詩體的建立〉，黃永武、張高評主編《宋詩論文選輯（三）》，頁四七三——四九六，一九八八，高雄，復文書局。黃師考證甚詳，茲不贅言。

註三七：惠洪批評之可信度受到質疑，除黃師啓方所提出的吳曾、陳善、朱熹等人之外，在此補充數家：

註三八：提出這看法的是張雙英，他認為惠洪身兼詩人（有「浪子和尚」之稱）與批評者，難免有失公正，主要是惠洪用「快吾意」來寫詩與評詩。快意寫詩固然稱懷，評詩也全靠快意，就有些不夠客觀。〈試探胡仔論惠洪評詩之弊的理論基礎——作家兼批評家時角色的糾葛〉，《中華學苑》，一九八九，第三九期，頁一九九——二一八。案：惠洪用快意寫詩，有一則韓子蒼詩話可證：往年，余宰分寧，覺範從高安來，館之雲巖寺，寺僧三百，各持一幅紙求詩於覺範，覺範斯須立就，余見之不懌，曰：「詩當少加思，豈若是容易乎？」覺範笑曰：「取快吾意而已。」——胡仔《苕溪漁隱叢話前集·洪覺範》，頁三八四，臺北，木鐸出版社，九八二。案：因為快意寫詩容易有誤，葉夢得云：古今人用事有趁筆快意而誤者，雖名輩有所不免。蘇子瞻「石建方欣洗腧廁，姜龐不 解歎蛜蝛」，據《漢書》，腧廁本作廁腧，蓋中衣也，二字義不應可顛倒用。——《石林詩話·中》，《歷代詩話·上》，頁四二〇。這是蘇軾快意寫詩最明顯的例證。

註三九：惠洪提出詩就是「妙觀逸想」的構想，見下文所論。

註四〇：蘇軾撰，曾棗莊、曾濤合編《蘇詩彙評（三）·生日，蒙劉景文以古畫松鶴為壽，且貺佳篇，次韻為謝》，頁一五二九，臺北，文史哲出版社，一九九八。

註四一：同註四〇，〈次韻吳傳正枯木歌〉，頁一五三九。

註四二：陳善《捫虱新話》，下集，卷二，程毅中《宋人詩話外編》，上，頁四三一。

註四三：惠洪《冷齋夜話·詩忌條》，卷四，《詩話叢刊》，臺北，弘道文化公司，一九七二。

註四四：胡敏中〈論直覺的創造認識論意義〉，《天府新論》，一九九七，第三期，頁四七——五〇。

註四五：皮朝綱皮朝綱解釋「妙觀」說：「妙觀者，是指以一種神妙的直覺感知力，仰觀俯察，優遊靈府，對客觀的自然、社會現象深入觀照，以及對內心情感的再度體驗，見得真確，觀得精微，以把握審美對象的審美意蘊的過程。它是審美構思的第一層面。……逸想乃是審美構思活動的第二層面。它是在「妙觀」的基礎上打破主體心靈結構原有的平衡，因情起興，神思飛越，所展開的一種自由適意、超塵脫俗的心靈遨遊。那麼，所謂『妙觀逸想』，則是指審美意象營構活動中，審美主體進行審美觀照而後寄形骸之外，神思飛越然後窮變化之端的自由任運的審美心理狀態和心理過程，它常常伴隨著審美情思的萌生、審美意象的鎔鑄、審美意境的開拓以及意義世界的建立。」——〈惠洪審美理論瑣議〉，張高評主編《宋代文學研究叢刊》，頁五二三，高雄，麗文出版公司，一九九六。

註四六：呂立易說：「（突發奇想是）指作品寫作過程中掾筆者經常突然地（出乎意外地）產生罕見的、特殊的、非同尋常的想法（思索所得的結果）。其產生方式是「突」，其所產生的結果是「奇」。突發奇想屬思維活動的範疇。對於寫作，就其本質而言是思維過程，而且這個思維過程大於寫作過程。文章是外化表現了的有序的思維軌跡。因此，人們的思維能力與思維活躍程度決定了文章的成敗，思維的質量決定了文章的優劣，思維的深度則給寫作者寫出文學精品和珍品提供了可能。」〈談文學寫作的突發奇想〉，《廣東民族學院學報》（社會科學版），一九九七，第一期，頁一七——二四。

註四七：蘇軾撰，曾棗莊、曾濤編《蘇詩彙評・書鄢陵王主簿所畫折枝》二首之一，頁一二二八，臺北，文史哲出版社，一九九八。

註四八：萊辛《拉奧孔》，前言，朱光潛譯，北京，人民文學出版社，一九八四。

註四九：朱翌《猗覺寮雜記》，吳文治主編《宋詩話全編（三）》，頁三三九八，南京，江蘇古籍出版社，一九九八。

註五〇：《俞弁詩話》，吳文治主編《明詩話全編》，頁二五三七，南京，江蘇古籍出版社，一九九八。

註五一：明謝肇淛《謝肇淛詩話》，吳文治主編《明詩話全編》，頁六六七三，南京，江蘇古籍出版社，一九九八。

註五二：沈括《夢溪筆談・書畫》，卷十七，頁一〇七，臺灣，商務印書館，一九八三。

註五三：呂立易說：「作家眼之所見，而胸中新的蘊含油然而生，這便是把『物』與『理』聯繫起來了。胸中所萌生的哲理，可能是呈散發性的，高明的作者，就是在這油然而生的『想法』群之中選擇新的有深刻意義的東西，使新物寓心理或舊物寓新理。這裡，一般的思維無法使物「化腐朽便神奇」，而是靠突發奇想來對舊日的意念實行突破。……作家就是靠『突發奇想』來衝破思與物之間的障礙，取得理想的交匯點。從『物』與『理』這中間突發奇想，使寓意更深刻，對整個文學寫作過程以巨大的影響，這道理也在此昭然了。」——〈談文學寫作的突發奇想〉，《廣東民族學院學報》（社會科學版），一九九七，第一期，頁一七——二四。

註五四：皮朝綱〈惠洪審美理論瑣議〉，張高評主編《宋代文學研究叢刊》，頁五二三，高雄，麗文出版公司，一九九六。

註五五：黃河濤說：「王維此畫的寓意在於傾吐內心對當時熾盛一時的禪宗佛教的熱情，表現了一種對於適意人生的執著。畫中的寓意，與其說是一種神學思想，不如說是一種生活方式更準確。因爲對於封建士大夫說來，禪宗主要不是以一種宗教的形式出現，而是作爲一種哲學和生活方式去追求。不可否認，作爲一種宗教哲學和生活方式，它有消極的一面，但對於一個生活在戰亂四起，仕途失意的封建文人說來，這種寓意並非用『消極』

二字所能概括。」——《禪宗與中國藝術精神的嬗變》。頁九八——一〇四，臺北，正中書局，一九九七。

註五六：請參閱第二章第三節註一八。

註五七：葛兆光又說：「王維是受禪宗影響，接受了禪宗思維方式的詩人兼畫家，的確標幟了中國士大夫藝術思維的變化，代表了唐宋以來詩畫風格及表現方式的發展方向。」同註五六，頁二一三。

註五八：李栖《兩宋題畫詩》，頁一六，臺北，學生書局，一九九四。

註五九：未詳撰人《宣和畫譜》，卷七，頁二〇二，臺灣，商務印書館，一九八二。

註六〇：吳曾《能改齋漫錄・記事》，卷十二，程毅中主編《宋人詩話外編・下》，頁七二六。

註六一：張世南《游宦記聞》，卷九，同上揭書，下冊，頁一一九六。

註六二：李栖《兩宋題畫詩》，頁一六，臺北，學生書局，一九九四。

註六三：李栖對題畫詩的界定是：甲、文體必須是詩。乙、創作時間必須在畫之後。丙、創作的動機必須是作者先見到畫，由畫引發作詩的意願。丁、創作的過程必須是刻不離畫，無論是有形或是無形的。戊、創作的內容無論是吟詠、是抒情、是記事、是發論，必須或多或少關係到畫。己、創作的結果，則可以與畫並存完成「詩畫相發、情景交融」的境界，也可以獨立行世，與畫無涉。李栖《兩宋題畫詩》，頁四、頁五，臺北，學生書局，一九九四。

註六四：祝振玉認爲宋代題畫詩興盛的原因有：甲、繪畫藝術的地位提高。乙、詩畫同趣的美學思想。丙、專尚氣韻意致的藝術觀念。丁、崇杜學杜的文化環境。〈略論宋代題畫詩興盛的幾個原因〉，《文學遺產》，一九八八，第二期，頁九一——九八；衣若芬則補充之，再從幾方面考察：甲、畫觀念之轉變。乙、繪畫題材之消長。丙、愛畫之風勃興。丁、文人與畫家交往，並參與繪畫創作。戊、宋代文學特質的影響。〈也談宋代題畫詩興盛的幾個原因〉，張高評主編《宋代文學研究叢刊》，第二期，一九九六，頁五五—一七〇。

註六五：〈韓幹畫馬〉在先，包含有繪畫理論及對時事的批判與關懷。郭熙山水畫（包括蘇轍題的橫卷、蘇軾題的秋山平遠、黃庭堅題的山水扇）；〈江干初雪圖〉則有紹述年間諸大夫所題。

註六六：此處要凸出藉畫抒懷的觀點，故將繪畫藝術理論置此。

案：〈韓幹畫馬〉所展現的藝術特徵是非常卓越的。蘇軾藉〈韓幹畫馬〉圖發表其畫論云：二馬并驅攢八蹄，二馬宛頸鬃尾齊。一馬任前雙舉后，一馬卻避長鳴嘶。老髯奚官騎且顧，前身作馬通馬語。後有八匹飲且行，微流赴吻若有聲，前者既濟出林鶴，後者欲涉鶴俯啄。最後一匹馬中龍，不嘶不動尾搖風。韓生畫馬真是馬，蘇子作詩如見畫。世無伯樂亦無韓，此詩此畫誰當看。——曾棗莊、曾濤合編《蘇詩彙評（二）》·韓幹畫十四批馬》，卷十五，頁六二九，臺北，文史哲出版社，一九九八。

註六七：趙令時《侯鯖錄》，程毅中主編《宋人詩話外編·上》，頁二二一。

註六八：同註六七。

註六九：沈松勤《北宋文人與黨爭——中國士大夫群體研究之一》，頁三〇五，人民出版社，一九九八。

註七〇：蘇轍《欒城集·題郭熙畫卷》，卷十五，上海，商務印書館，四部叢刊。

註七一：同註五六，頁三〇七。

註七二：蘇軾撰，曾棗莊、曾濤合編《蘇詩彙評（三）》·郭熙畫秋山平遠 自註：文潞公為跋尾，頁一二一九，臺北，文史哲出版社，一九九八。所有的批評者都集中在該詩的體格、筆力，很少從它的時代背景、蘊意作深一層的挖掘。

註七三：同註七二所揭書，頁一二四二。

註七四：黃庭堅《豫章黃先生文集．次韻子瞻題郭熙畫秋山》，卷二，商務印書館，四部叢刊。

註七五：趙昌平解析之語，見上海辭書出版社，《宋詩鑑賞辭典》，頁五一九，上海辭書出版社，一九八七。

註七六：同註七五所揭書。

註七七：葉夢得《石林詩話．上》，何文煥輯《歷代詩話，上》，頁四一一——四一二。

第五節　天理——天上人間總一般（註一）

隨著國運日蹙，黨爭日益加劇，宋詩在創作主體意識上也從昂揚的奮戰精神慢慢轉爲內斂自持自適所替代，理學思想也日益高漲，尤其是二程兄弟，提出「天理」的命題之後，（註二）對封建倫理綱常、專制政體與名教的維護更加細密，人們在「理」的籠罩下已無所遁形，人與大環境的關係則契合在天人合一的宇宙觀上。宋人雖重實理，審物觀物、議政論事都要合理，但有時也有理所不通之處，尤其在人生現實的詮釋上，便有常理所不能接受者，這樣，天人合一便是宋人很常用的詮釋觀點，詩讖便是宋人天人合一的具體表徵。

（一）詩讖的哲學依據

包括官位升降、壽夭禍福、朝代興替、個人榮枯等都以詩的方式表達於事情發生之後，依以前所作詩句用倒敘之筆印證實際狀況與詩句吻合，此即爲「詩讖」。故詩讖是宋人天理觀的具體呈現。這思想的根源就是儒家的《禮記‧中庸》及〈易傳〉。

宋儒對〈中庸〉都有或多或少的接觸。（註三）該書上說：

> 至誠之道，可以前知，國家將興，必有禎祥；國家將亡，必有妖孽，見乎著龜，動乎四體，禍福將至，必先知之，不善，必先知之，故至誠如神。（註四）

因爲至誠故能如神，所以創作主體能前知，能超越有限的時空與現實而感知將要發生之事。接著就是〈易傳〉：

> 仰以觀於天文，俯以察於地理，是故知幽明之故；原始反終，故知死生之說；精氣為物，游魂為變，是故知鬼神之情狀。（註五）

> 易無思也，無為也，寂然不動，感而遂通天下之故也，非天下之至神，其孰能與於此。（註六）

> 是故法象莫大乎天地，變通莫大乎四時，縣象著明莫大乎日月，崇高莫大乎富貴；備物致用，立成器以為天下利，莫大乎聖人；探賾索隱，鈎深致遠，以定天下之吉凶，成天下之亹亹者，莫大乎蓍龜。（註七）

可見〈中庸〉及〈易傳〉是宋儒天理觀的來源，以今日哲學術語言之，就是直觀（Intuition），「它的典型是神藉以認識自己、並在自己身上猶如在鏡中一般見到所有有限存在之物的直觀。神的智性直觀以存有爲對象，而不停留於外表，認識物質事務時，直觀透視本質核心，並由此展視外表。……最接近這種直觀的，是人意識到自己的思想和意願。由於思想和意願直接以個別存在之物的身分在意識中呈顯自身，因此可以稱爲直觀。」（註八）這是藉「神」的力量，所以宋學之初仍在宇宙論的階段，〈中庸〉與〈易傳〉正可爲宋儒此種認識論代表，二程也說：「中庸天理也。不極天理之高明，不足以道中庸。中庸乃高明之極耳，非二致也。」（註九）故他們對此種感知狀況都津津樂道至以詩的形式出之，（註一〇）造成「詩讖」的盛行。

當然，天理也與私欲相對，強調的是要克制私欲，二程說：

人於天理昏者，是只為嗜欲亂著他。（註一一）

只有去除私欲才能感應到天理，人能在無求無欲中感悟到即將發生之事，用文字表達出來，就是「讖」。故「讖」本來就有預知的性質，在中國原始社會，巫術文化蔓延，讖緯之思想在此土壤上萌芽。所謂讖緯，即預言後事之言辭。統治者以預言方式欲建立其鞏固地位，「一些文士以神學觀點、涵有預言後事之文字，來解說儒家經典，且提供統治者。讖緯托經而說一些占卜、預言性之內容」所謂神學觀點就是與《中庸》類似的宇宙論，故讖緯也是對後事的一種預知。（註一二）同理，詩讖是一種託詩而作之讖緯，以詩歌之形式作預言，對此預言，釋其「讖」之含義，《說文解字》〈言部〉（三上）云：「讖，驗也。」即爲預言之應驗。另一方面，讖緯思想受天人感應、陰陽五行之氣影響，故有神學化之內容。在漢代曾用於國家大事，後來亦出現於詩人們的詩作中，所以直接用其名爲詩讖。

識可以說是人面對自然宇宙的和諧感應，對神聖的參悟，對天地化育的永恆的禮讚，這是一種超驗的世界尋求存在價值的生命衝動。（註一三）詩讖就是如此的參悟、禮讚、超驗尋求的衝動用詩的形式表現出來。

換句話說，讖就是一種超前（Transcendental，又名先驗的）意識。顧名思義，超前就是目前尚未到來，可是創作主體已經意識到了。「它是一種綜合性、普遍性的能力，構成意識的『前見』，它使我們處於特定思維的預設之中，從而在一定的處境中獲取特殊的感知範圍」。（註一四）鮮于煌對超前意識解釋道：

所謂「超前意識」，就是在事情還未發生前就已看到它的始然、終然和必然。它是用冷靜的頭腦、深邃的目光分析出合乎事物客觀規律的結果，他需要一個去粗取精，由此及彼、由表象到本質的思維過程，它能客觀地、正確地而不是歪曲地反映事物的客觀存在，因而總能給人一種「未卜先知」、「料事如神」的感覺。（註一五）

所以這不是隨便猜測，而是經過冷靜分析思考之後的感知。藉神感知在中國古典小說也是慣用的，（註一六）《水滸傳》用一個神話當開頭把作者的「天人之道」思想表達出來，象徵人與天地合而為一，能與天地相往來的愉悅。同理，詩讖也具有這樣的特質，預知未來事，也象徵一種智慧。

（二）詩讖的爭議

甲、否定詩讖

自從洪邁（一一二三——一二〇二）對詩讖持否定的態度之後，近人頗多疑之。洪邁說：

> 今人富貴中作不如意語，少壯時作衰病語。詩家往往以為讖。白公十八歲病中作絕句云：「久為勞生事，不學攝生道；少年已多病，此身豈堪老。」然白公壽七十五。（註一七）——洪邁《容齋隨筆》

懷疑詩讖的人都以此條爲有力的證據；但是，這是可以理解的，因爲宋人事事求如實合理，實際上，白居易壽比少年寫詩時多太多，而且，此處的病沒有「死」的暗示與聯想，似乎沒有預知死亡的即刻到來的口氣。（註一八）所持的理由儘管不一，但都要證明無詩讖則是一致的。上面所謂的「牽強附會」、應驗者無幾、無「預言性之必然性與定律性」，更可印證洪邁以意爲主的主觀意圖。蕭慶偉卻認爲宋代激烈的黨爭就是詩讖產生的溫床，（註一九）他雖是承認詩讖的存在，卻把其原因限定在政治鬥爭上，也總不如天人合一觀的周密，因爲詩讖的內容不止政治鬥爭的反映而已。

乙、肯定詩讖

讖緯的出現本身就有原始的神學宇宙論的迷信成份在，我們要探究的是在理學昌明的宋代，不是事事都要如實合理嗎？何以這種思想會流行？背後的原因就是天人合一的天理觀，明乎此，也許就不必訝異詩讖的存在，何況，它是起於人的直觀與超前意識，當然，就是存在的：

> 詩有讖，果然。王逢原少有俊材，荊公酷愛之，然官境不顯，壽亦止於二十九。觀其作〈孤雲〉詩云：「旁人莫道能為雨，惟恨青山未得歸。」其官之不顯可知矣。〈送周秀才〉詩云：「為語青山幸相望，壯夫終不白頭歸。」其壽之不長又可知矣。（註二〇）——袁文（一一一九——一一九〇）《甕牖閒評》
>
> 李後主《落花》詩云：「鶯啼應有限，蝶舞已無多。」未幾亡國。宋子京（祁）亦有《落花》詩云：「香隨風蜜盡，紅入燕泥乾。」亦不久下世。蓋詩讖有之矣。（註二一）——陸游（一一二五——一二〇九）《老學庵筆記》

袁文、陸游都相信詩讖是真有其事，當然包括詩話裡的那些述者；反對者畢竟只占少數。

再依接受美學的觀點言，就算創作主體的詩人當時無此意，後人以事實證諸詩，有與詩句相合者，即名爲詩讖。至少，欣賞者已對這作品又經過一番再創造，（註二二）

作者無此意，欣賞者何必定無此心？這也已經說明何以詩讖會大量地存在於詩話中了。（註二三）但是，持平之論還是有的。

丙、持平

王楙說：

> 《王直方詩話》舉東坡、少游、后山數詩，以為詩讖，漁隱以為不然，謂之得失興喪，自有定數，烏有所謂詩讖云者，其不達理如此。僕謂此說亦失之偏，詩讖之說，不可謂無之，但不可謂詩詩皆有讖也。其應也往往出於一時之作，事之與言，適然相會，豈可以為常哉？漁隱舉東坡詩之不應者為證，可笑其愚。大抵吉凶禍福之來，必有先兆，固有托於夢寐影響之間。而詩者，吾之心聲也，事物變態，皆能寫就，而況昧昧休咎之徵，安知其不形見于此哉？但泥於詩讖則不可。（註二四）

表明詩讖有其存在的理由，但是太迷信就不智了。

（三）詩讖分類

宋人詩讖的類別不一而足，舉凡人間事皆可入詩讖。就其內容言，有官階升降，國脈興替，生死存亡，應舉得榜、心術斜正等；若以詩讖作者而言，有方外僧俗、空山道人、游宦瑣聞等；若以二分法言之，則有吉有凶，……等等。今大略別之。

甲、科舉

古代讀書人以科舉爲進身之階，在宋人詩話中常可見此類詩讖。如程大昌曾記載有關一浮石的謠讖：

> 衢州之下十里許深潭中，有石兀立水面，土人命為浮石。《白樂天集》三卷有〈謝衢州張使君詩〉曰：「浮石潭邊停五馬。」則此水之有浮石其來久矣。先是，土人嘗有謠讖曰：「水打浮石圓，龍游出狀元。」口口相傳，亦莫知其語之為何自也。石之出水也，本甚嶄岩不齊。紹興甲子歲，兩浙大水，漫滅垠岸，浮石沒焉。水退石仍出，而嶄岩者皆去。蓋為猛浪沙石之所淙鑿乃此圜渾也。又一年，歲在乙丑，龍游縣人劉端明章魁廷試。（註二五）——程大昌《演繁露》

浮石被磨圓，該地會有狀元，這謠讖正反映宋代科舉之盛。宋初諸帝重文輕武，尤重科舉。在這種思想指導下，取士名額不斷擴大，至南宋時，應該不致有太大修改，（註二六）此讖的出現，乃風氣使然。同樣是南宋時的謠讖，張世南也記載一則謠讖：

> 永福古有讖語曰：「天保石遺，瑞雲來奇，龍爪花紅，狀元西東。」乾道間，福清天保瑞雲梁，果魁天下。次舉黃公定，臚唱第一。蓋瑞花生處，西之于蕭，東之于黃，各三十五里，此「狀元西東」之應也。（註二七）——張世南《游宦記聞》

這也是科舉得第之讖。同時，應舉第與否乃人之常情，或累下第，終絕意仕進，亦有讖見其兆矣。曾敏求說：

> 玉笥飆御廟乃西岳之別祠，……卜水旱疾疫，有禱輒應。遠近數百里，舉子當秋賦，亦皆往謁。……外舅謝公世林，方舍法盛再貢不第，其居距祠不下數里，歲時奉祠惟謹。一日，以科目禱焉，夢中得詩句云：「欲留年少待富貴，富貴不來年少去。」外舅自是不復南宮大廷之試，尋以疾終。（註二八）——曾敏求《獨醒雜志》

累試不償夙願，終而絕意此途，讖已明示之矣。此讖或託夢以示：

> 天經（葉楙字）久瘧，忽夢一人眉宇甚異，對天經哦一詩云：「塞北勒銘山色遠，洛中遺愛水聲長。春天蓴菜扁舟滑，夏日荷花甲第香。」病遂痊，殊可怪也。天經因續其詩曰：「識面已驚眉宇異，聞言更覺肺肝涼。洛中塞北非吾事，

> 蓴菜荷花與不忘。」天經於文藝皆超邁絕人，後竟不第，人或以為「洛中塞北」之句，不合謝絕之如此，然亦豈有是理乎？（註二九）——施德操《北窗炙輠》

人們認爲不應謝絕科舉，但是施德操卻以爲這是冥冥註定也是無可逭逃的天理。可見宋人對科舉功名也認定是一種天意的宿命。

乙、仕宦

此處指官運亨通言，范仲淹（九八九——一〇五二）是其例，魏泰說：

> 下澤瀍水處多蚊蚋，秦州西溪尤甚，每黃昏如煙霧會合，聲如殷雷，無貧富，皆以紗絹、蒲疏蕉葛為廚罩，老幼皆不能露坐，至以泥塗牛馬，不爾亦傷害。范希文嘗以大理寺丞監秦州西溪鹽務，為蚊蚋所苦，有詩曰：「飽去櫻桃重，饑來柳絮輕。但知離此去，不要問前程。」（註三〇）

蚊蚋之苦，盼速飛離此地，儘管奔去，別管多遠，後人因范仲淹官拜參知政事，遂從接受美學的觀點以此詩爲其官運亨通之讖。接著是劉沆（九九五——一〇六〇），吳處厚說：

> 丞相劉公沆，廬陵人，少以意氣自許，嘗詠〈牡丹〉詩云：「三月內方有，百花中更無。」〈述懷〉詩云：「虎生三日便窺牛，獵犬寧能掉尾求。若不去登黃閣貴，便須來作赤松游，奴顏婢舌誠堪恥，羊狠狼貪合自羞。三尺太阿星斗

換，何時去取魏齊頭？」皇祐初，公出領豫章，轉運使潘夙素有詩名，乃以小孤山四十字示公，公即席和呈，文無加點，詩曰：「擎天有八柱，一柱此焉存。石聳千尋勢，波留四面痕。江湖中坐鎮，風浪裡蟠根。平地安然者，饒他五岳尊。」覽者皆知公有宰相器矣，未幾參大政，遂正鼎席。（註三一）

從詩中透露其執宰的氣度，日後果然。

丙、罷官例

王安石是其著例。魏泰說：

熙寧庚戌冬，王荊公安石自參知政事拜相。是日，官僚造門奔賀相屬於路，公以未謝，皆不見之。獨與余坐于西廡之小閣，荊公語次，忽顰蹙久之，取筆書窗曰：「靈筠雪竹鍾山寺，投老歸歟寄此生。」放筆揖余而入。元豐己未，公已謝事，為會靈觀使，居金陵白下門外，余謁公，公欣然邀余同遊鍾山，憩法雲寺，偶坐於僧房。是時，雖無霜雪，而虛窗松竹皆如詩中之景，余因述昔日題窗，並誦此詩，公憮然曰：「有是乎？」頷首微笑而已。（註三二）——魏泰《臨漢隱居詩話》

王安石拜相時就預感到罷相將歸隱鍾山以終，未嘗不是詩讖。這種正在盛景中就得知未來衰颯況是有跡可循的。（1）新法推行之初，朝中大老逐者逐，自請外放者遠徙他鄉，老成盡去，無可相與謀國者，無奈何下，遂進用章惇者流。（2）新法推行已見力絀，何況舊黨攻訐亦不遺餘力；（3）支持王安石變法的最大力量就是宋神宗，但是，「觀心無常」，王安石怎會不知？神宗若心意改變，他豈不處境堪虞？事實證明，宋神宗的心意又改了，於是，王安石有詩曰：

> 槿花朝開暮還謝，妾身與花寧獨異？憶昔相逢俱少年，兩情相許誰最先？感君綢繆逐君去，成君家計良辛苦。人情反覆那得知，讒言入耳須臾離。嫁時羅衣羞更著，如今始悟君難託。君難託，妾亦不忘舊時約。（註三三）——〈君難託〉

託見棄女子之口將宋神宗與他的關係剖白一番，他冷靜地審情度勢，王安石絕不是憑空臆測。（註三四）寇準（九六一——一〇二三）亦有詩讖兆其遠貶雷州之禍：

> 寇萊公少時作詩曰：「去海止十里，過山應萬重。」及貶至雷州，吏呈州圖，問州去海幾里？對曰：「十里。」則南遷之禍，前詩已預讖矣。（註三五）——吳處厚《青箱雜記》

此亦為降官例。

丁、存亡

死生乃人之大事，對佛教而言，死亡不是一切的結束，而是另一段旅程的開始。因爲道教的盛行，宋人多注意養生，於是對死亡的來臨，似乎特別地重視，於是，有很多詩讖反映這種死亡的預知。周紫芝對死亡之讖有一則記載云：

> 劉元素名博文，與余為同郡。其為人靜退有守，好作詩而語不妄發。內子朱，賢而善事其夫，每舉案齊眉，則相敬如賓。一日，元素與客飲，分韻得柳眉，其詩云：「青眼相看君可知，精神渾在豔陽時。只因嫁得東君後，兩淚相看是別離。」詩成，座客皆不悅。後數日而其妻亡，蓋詩讖也。（註三六）——《竹坡詩話》

夫婦死別，由詩透其先兆，應是不關黨爭，純粹是創作主體的意識直覺，它是一種主觀，卻也是最自由的解釋方式。

宋代黨爭激烈，新黨、蜀黨、洛黨、朔黨交相攻伐，一旦得勢，對政敵的傾軋排擠都極盡其所能，在殘酷黨爭的漩渦中，蘇門——陳師道、秦觀、張耒、晁補之等也因蘇軾之故，輾轉遷徙於坎懍困頓的貶謫宦途，有的甚至懷憂喪志而自殞其身，（註三七）秦觀（一〇六九——一一〇〇）就是個有名的例子。何薳（一〇七七——一一四五）（註三八）曾這樣記載著：

> 先生自惠移儋耳，秦七丈少游亦自郴陽移海康，渡海相遇。二公共語，恐下石者更啟後命。少游因出自作挽詞呈公，公撫其背曰：「某常憂未盡此理，今復何言？某亦嘗自為志墓文，封付從者，不使過子知也。」遂相與嘯詠而別。初少游謁公彭門，和詩有「更約後期游汗漫」，蓋讖于此云。（註三九）——《春渚記聞》

秦觀曾自作挽詞云：

> 嬰畔徙究荒，茹哀與世辭。官來錄我橐，吏來驗我屍。藤束木皮棺，蒿葬路傍坡。家鄉在萬里，妻子天一涯。孤魂不敢歸，惴惴猶在茲。昔添柱下史，通籍黃金閨。奇禍一朝作，飄零至於斯。弱孤未堪事，返顧定何時？修途繚山海，豈免從茶維？荼毒復荼毒，彼蒼那得知？歲晚瘴江急，鳥獸鳴聲悲。空濛寒雨零，慘淡陰風吹。殯宮生蒼蘚，紙錢挂空枝。無人設薄奠，誰與飯黃緇？亦無挽歌者，空有挽歌辭。（註四〇）

全詩充滿了貶謫的悲哀與死後種種淒涼的想像，此詩自作小序云：「昔鮑照、陶潛自作哀挽，其詞哀。讀予此章，乃知前作之未哀也。」蘇軾謂此乃少游戲作：

> 庚辰歲六月二十五日，余與少游相別於海康，意色自若，與平日不稍異。但〈自作挽詞〉一篇，人或怪之。余謂少游齊生死、了物我，戲出此語，無足怪

> 者？已而北歸，至藤州，以八月十二日卒於光化亭上。嗚呼！豈亦自知當然者耶？（註四一）

蘇軾認爲少游已能「齊生死、了物我」，挽詞種種對死的悲痛以及死後種種淒涼的想像，只是一時「戲作」；但是，胡仔卻反駁道：

> 東坡謂太虛「齊生死、了物我，戲出此語」，其言過矣！此言維淵明可以當之。若太虛者，鍾情世味，意戀生理，一經遷謫，不能自釋，遂挾忿而作此詞。（註四二）

胡仔將秦觀自作挽詞的原因歸結於「鍾情世味，意戀生理，一經遷謫，不能自釋」，也未免太籠統。在遷謫流放者中，有誰不「意戀生理」？（註四三）如果這樣，此詩讖就不是巧合與主觀牽合附會了。二程說：「晝夜者，死生之道也。知生之道，則知死矣。盡人之道，則能事鬼矣。死生、人鬼、一而二、二而一者也。」（註四四）盡人道即知鬼道了。

（四）詩讖的思想意義

認爲詩讖不合情理的人認爲是牽合附會，毫無道理可言。但我們觀察歸納與詩讖有關的種種會發現一個明顯的事實：就是如果不是與佛道思想有關就是讖主在幼年時已有詩識產生，不然即是謠讖，這代表的意義就是說預知是一種澄明的思慮狀態，修禪習道的人以及幼兒涉世未深，習染不久；或是鄉野漁樵，脫略世故，一派本性自足，口耳謠讖之傳始易產生。以下析論個中緣由。

甲、詩讖與習禪之人

禪僧因爲了卻萬緣，直觀鏡照，洞澈事理之始然、終然與未然，故常有詩讖之發生，如徐度就說：

> 往歲吳中多詩僧，其名往往見於前輩文集中。予渡江之初，猶見有規者，頗以詩知名。其為人，性坦率，其徒謂之規方外，時年七十餘矣。談論蕭散可喜，臨終前數日有詩曰：「讀書已覺眉稜重，就枕方欣骨節和。說起不知天早晚，西窗殘日已無多。」（註四五）——《卻掃篇》

> 江南鍾輻者，金陵之才生，恃少年有文，氣豪體傲。一老僧相之曰：「先輩壽則有矣，若及第則家無，記之！」生大詩曰：「吾方掇高第以起家，何亡之有？」時樊若水女才質雙盛，愛輻之才而妻之。始燕爾，科詔遂下，時後周都洛，輻入洛應詔書，果中選于甲科第二。方得意，狂放不還，攜一女僕曰青箱，所在疏縱。過華州蒲城，其宰仍故人，亦蘊藉之士，延留久之。一夕盛暑，追涼

於縣樓，痛飲而寢，青箱侍之。是夕，夢其妻出一詩為示，怨責頗深，詩曰：「楚水平如練，雙雙白鳥飛。金陵幾多地，一去不言歸。」夢中懷愧，亦戲答一詩，曰：「還吳東下過蒲城，樓上清風酒半醒。想得到家春已暮，海棠千樹欲凋零。」既寤，頗厭之，因理裝漸歸。將至采石渡，青箱心疼，數刻暴卒。生感悼無奈，匆匆槁葬於一新墳之側，急圖到家。至則門巷空闃。榛荊封蔀，妻亦亡已數月。訪親鄰，樊亡之夜，乃夢於縣樓之夕也。後數日，親友具舟攜輻至葬所，即青箱槁葬之側新墳，乃是不植他木，惟海棠數枝，方葉凋萼謝，正合詩中之句。因拊膺長慟曰：「信乎！浮圖師『及第家亡』之告。」因竟不仕。隱鍾山，著書守道，壽八十餘。（註四六）——釋文瑩《湘山野錄》

錢氏時，杭州還鄉和尚每唱云：「還鄉寂寂杳無蹤，不挂征帆水陸通。塔踏得故鄉田地穩，更無南北與西東。」人問，云：「明年大家都去。」果然，錢氏納土還朝之兆。（註四七）——魏泰《東軒筆錄》

裕陵時有僧妙應者，江南人，往來京、洛間，能知人休咎。其說初不言五行形神，且不在人之求而告之，佯狂奔走，初無定止，飲酒食肉，不拘戒行，人呼

> 之為「風和尚」。蔡元長（京字）褫職居錢塘，一日忽造其堂，書詩一絕云：「相得端明似虎形，搖頭擺腦得人憎。看取明年作宰相，張牙劈口吃眾生。」又書其下云：「眾生受苦，兩紀都休。」已而悉如其言。紹興初，猶在廣中，蛻寂於柳州。（註四八）——王明清《揮麈錄》

了卻萬緣，洞澈宇宙萬有，本其直觀與世間真相妙契，這就是禪僧寫詩讖或記載詩讖特多的原因。他們能預知臨終日，何等灑脫自在，因爲他「性坦率」，「談論蕭散可喜」，故能有澄明之心以觀萬物。或由僧人識功名與家庭不能兼得，或讖出處，尤其是讖蔡京拜相事，會使「眾生受苦，兩紀都休」，顯然是有黨爭意味在。或是產生詩讖的地點與佛寺有關，如王安石預讖罷相的鍾山寺，（註四九）也藉機顯示王安石晚年以佛理來排遣他苦悶幻滅的心靈。都透露出禪學修養深厚者較易於放下萬緣照見事物本真，也究較容易接近不可思議的神悟。「人面對自然宇宙的和諧感應，對神聖的參悟，對天地化育的永恆的禮讚，這是一種超驗的世界尋求存在價值的生命衝動。」（註五〇）相信是可以被理解的。

乙、詩讖與修道之人

道家的虛靜觀就是要人們澄懷無滯，蘇軾對「虛」闡述道：

物之廢興成毀，不可得而知也。昔者荒草野田，霜露之所蒙翳，狐虺之所竄伏，方是時，豈知有淩虛臺耶？廢興成毀，相尋於無窮，則臺之復為荒草野田，皆不可知也。……夫臺猶不足以恃長久，而況於人事之得喪，忽往而忽來者歟？（註五一）

因爲臺之興廢，人事得失焉能料？游於物外才是至樂，不滯不執，抱道守真，接受了道教大量可供想像的神奇意象和道教式的存想思存的方法，那些「受到道教影響的文學家富於想像力，偏重於神奇譎詭、色彩絢麗的意象，充滿了浪漫的感情」，（註五二）於是，有很多在現實中不能體會接受的事發生，詩讖的發生也常常和道家道教有關，或是讖語出於道人，或是與宮觀有關，也有是出於修道之故。讖語出於道人者，如：

龔侍郎，邵武人。布衣時，在京師，以祖未葬，就一道人課之。得詩云：「烏軍山畔走紛紛，餘分際上照一墳。但請涂樊二師下，兒孫朱紫入朝門。」暨還家，家已葬祖訖，地名「餘分際」，乃涂、樊二道士為遷穴。信乎諺曰：「生知有時，死有地」也。（註五三）——吳曾《能改齋漫錄》

王安國（一〇二八——一〇七四）熙寧六年冬直宿崇文院，夢有邀之至海上，見海中宮殿甚盛，其中樂作笙簫鼓吹之伎甚眾，題其宮曰：「靈芝宮。」邀平甫者，欲與之俱往。有人在宮側，隔水止之曰：「時未至，且令去，他日迎之至此。」平甫恍然夢覺，禁中已鳴鐘矣。平甫頗自負其不凡，為詩以記之曰：「萬頃波濤木葉飛，笙簫宮殿號靈芝。揮毫不似人間世，長樂鐘來夢覺時。」後四年，平甫病卒，其家哭，訊之曰：「君嘗夢往靈芝宮，其果然乎？當以兆告我。」是夕暮奠，若有音聲接於人者，其家復哭，以錢卜之曰：「往靈芝宮，其果然乎？」卜曰：「然。」又三年，太常寺曾阜夢與平甫會，因語之曰：「平甫不幸早逝，今所處良苦如何？」但見平甫笑不止，傍一人曰：「平甫已列仙官矣，其樂非塵世比也。」阜方喜甚而悟。（註五四）——魏泰《東軒筆錄》

秦少游侍兒朝華，姓邊氏，京師人也，元祐癸酉納之。嘗為詩云：「天風吹月入欄杆，烏鵲無聲子夜闌。織女明星來枕上，了不知身在人間。」時朝華年十九也。后三年，少游欲修真斷世緣，遂遣朝華歸，父母家貧，以金帛嫁之。朝華臨別泣不已，少游作詩云：「月霧茫茫曉柝悲，玉人揮手斷腸時。不須重向燈前泣，百歲終當一離別。」朝華既去二十餘日，其父來云：「不願嫁，乞歸。」少游憐而復取歸。明年，少游出倅錢塘，至淮上，因與道友議論，嘆光景之遄，歸謂華曰：「汝不去，吾不得修真矣。」亟使人走京師，呼其父來，遣朝華隨去。復作詩云：「玉人前去卻重來，此度分攜更不回。斷腸龜山離別處，夕陽孤塔自崔巍。」時紹聖元年五月十一日，少游嘗手書記此事，未幾遂竄南荒云。（註五五）——王觀國《學林》

三者都與道教有關，正透露宗教是亂世裡最切盼的歸宿，第一則的先人入土；第二則王安國早卒列仙官，住靈芝宮的安樂；第三則是秦觀爲了修道成真斷世緣遣侍者歸。另一方面，這也意味著道教的盛行入人者深。

理學是揉合儒家、禪佛、道家而形成的新儒學，宋人的天理觀在詩讖中表露無遺，而詩讖形成的意識應該是以禪佛與道教修習者爲主，它是澄心靜慮的直觀，接近神的自由、無拘、浪漫的超前意識，用詩歌的形式表達出來，符合詩讖的三個判準：首先是詩人以性情吟詩，其次詩句符合事件，然後自己或別人判定詩讖之與否。（註五六）雖然也有人不信詩讖，但是他們都用冷靜的頭腦、深邃的目光分析出合乎事物客觀規律的結果，是一個去粗取精，由此及彼、由表象到本質的思維過程，它能客觀地、正確地而不是歪曲地反映事物的客觀存在。（註五七）至於歐陽脩對蘇軾詩文創作才華賞愛的超前意識，（註五八）而東坡也不辜負師望，如此佳話，因爲不具詩識的形式，故不擬在此列入。當然，這種詩識觀也可以說是宋詩接受美學的另一個以意爲主的表現層面。

（五）詩忌與詩讖

附帶一提惠洪那段名言：

> 眾人之詩，例無精彩，其氣奪也。夫氣之奪人，百種禁忌，詩亦如之。曰：「富貴中，不得言貧賤事；少壯中，不得言衰老事；康強中，不得言疾病死亡事。脫或犯之，謂之詩讖，謂之無氣。」是大不然。詩者妙觀逸想之所寓也。豈可限以繩墨哉，如王維作畫，雪中芭蕉，詩眼見之，知其神情寄寓於物，俗論則以為不知寒暑。荊公方大拜，賀客盈門，忽點墨書其壁曰：「霜筠雪竹鍾山寺，投老歸歟寄此生。」坡在儋耳，作詩曰：「平生萬事足，所欠唯一死。」豈與世俗論哉？予嘗與客論至此，而客不然吾論。予作詩自誌其略，曰：「東坡醉墨浩琳琅，千首空餘萬丈光。雪裡芭蕉失寒暑，眼中騏驥略玄黃。」（註五九）

提到「富貴中，不得言貧賤事；少壯中，不得言衰老事；康強中，不得言疾病死亡事。脫或犯之，謂之詩讖，謂之無氣。」他認爲沒這回事，當然作詩也就沒有必要顧忌些什麼，故詩讖也是「妙觀逸想」，以意爲主之作，理學瀰漫的宋人缺乏這份直觀欣賞的能力，故爲雪中芭蕉之有無而爭論不休；那些否定詩讖以及避詩忌者，也跟辯論雪中芭蕉之有無者一般，都是太實，殊不知生命本是虛實相續的遞循過程，宋，姚寬（一一〇五——一一六二）曾記載道：

> 熙寧間，江寧府句容簿，失其姓名，至茅山，遇道人高坦，披髮跣足，與簿劇談，飲酒終日，書一詩留別而去，莫知所之。詩曰：「岩下相逢不忍還，狂歌醉酒且盤桓。仇香莫問人間事，天上人間總一般。」（註六〇）

如果明白這道理，又何必執著詩讖之有無以及雪中芭蕉之真僞呢？我們也可以更認清詩讖是宋人在以意爲主的接受美學詮釋觀點下，從後來發生之事檢驗其先前之詩，應驗者則稱其爲詩讖；雖然亦有持反對者，但畢竟肯定詩讖者爲多，因爲人生無常、禍福吉凶難料，天理運行常是不客觀（不理性）的，所以宋人在解釋詩人之詩也欠缺合理的證據而逕稱爲「詩讖」，唯一可以肯定的是：天上景況與人間都是差不多的，何必喋喋不休地爭辯真僞呢？

註釋

註一：熙寧間，江寧府句容簿，失其姓名，至茅山，遇道人高坦，被髮跣足，與簿劇談，飲酒終日，一詩留別而去，莫知所終。詩云：「岩下相逢不忍還，狂歌坐酒且盤桓。仇香莫問神仙事，天上人間總一般。」——程毅中主編《宋人詩話外編・上》，頁四四六，北京，國際文化出版公司，一九九六。故以此作為「天理」的副標題。

註二：二程對天理有很多論述，此處所強調者為冥冥不可知的宇宙世界與人生命運的相應，如言「萬物只是一個天理而已，己何與焉？」《二程集・河南程氏遺書》，卷第二上，頁三一，臺北，漢京出版社，一九八三。

註三：新儒學所依據之書，大底不出〈易傳〉與《禮記》的〈中庸〉、〈大學〉二篇。像周敦頤是依據〈易傳〉與〈中庸〉；張載初依〈中庸〉，平生講學，則以〈易傳〉為主；二程是依據《禮記》中的〈中庸〉、〈大學〉二篇及〈易傳〉的形上觀念，參考勞思光《中國哲學史・三上》，頁六四，臺北，三民書局，一九九三。《禮記・中庸》已發未發的最佳境界就是「和」：「喜怒哀樂之未發，謂之中；發而皆中節，謂之和。中也者，天下之大本也；和也者，天下之達道也。」周裕鍇說：「宋代哲學重新發現《中庸》，這段話正是其基本思想之一，宋詩的精神也有得於此。」〈自適與自持：宋人論詩的心理功能〉，《文學遺產》，一九九五，第六期，頁六四——七四。

註四：《禮記・中庸》，十三經註疏本，頁八九五，藝文印書館。

註五：程頤《易程傳易本義・繫辭》，上，第四章，頁五七七，臺北，河洛圖書出版社，一九七四。

註六：同註五所揭書，頁五九六。

註七：同註五所揭書，頁六〇〇。

註八：布魯格編著，項退結編譯，國立編譯館主編《西洋哲學辭典》，頁二九〇，臺北，華香園出版社，一九九二。

註九：程顥、程頤著《二程集・河南程氏粹言》，卷一，頁一一八一，臺北，漢京出版社，一九八三。

註一〇：二程說：「至誠感通之道，惟知道者識之。」同上，頁一一七一。又說：「天地之間，只有一個感與應而已，更有甚事？」同上所揭書，頁一一五二。

註一一：同註一〇所揭書，頁四二一。

註一二：陳明鎬〈中國古典詩歌創作上的詩讖觀〉，《東吳中文研究集刊》，一九九九，第六期，頁一一——三二。

註一三：鮑昌寶〈論詩歌理解的有效性原則〉，《衡陽師專學報》（社會科學版），一九九八，第一期，頁六四——六六。

註一四：同註一三。

註一五：鮮于煌〈論杜甫的超前意識〉，《重慶師院學報》，一九九八，第二期，頁五二——六二，八三。

註一六：楊義說：「以敘事結構呼應著「天人之道」，乃是中國古典小說慣用的敘事謀略，是它們具有玄奧的哲理意味的秘密所在。總而言之，《水滸傳》的開頭決不是孤立的開頭，而是一個宏大的結構的最初啓動，它是既隱藏著全書的「天人之道」和歷史人生哲學，又隱藏著全書的結構邏輯和敘事戰略的。」——《中國敘事學‧結構篇第一》頁三九，北京，人民出版社，一九九七。

註一七：洪邁《容齋隨筆》，卷一，上海，商務印書館，四部叢刊續編。

註一八：近人郭沫若也說詩讖無稽，他說：「（詩讖）完全是一種迷信，有的是出於偶然碰巧，有的則出于牽強附會。」——郭沫若《讀隨園雜記‧所謂詩讖條》，頁六二，北京，作家出版社，一九六二。另外，張永明、陳明鎬也都主張無詩讖之事，張永明說：「因古今人詩，原從無意中看出，或當時不見，而事後驗之，故曰「讖」。雖間有不祥之句，事後應驗者，僅十百之一二，偶然巧合耳。其他無驗者，更不知凡幾，蓋詩文何嘗可爲讖？」——〈漫談詩讖〉，《暢流》，一九七六，第六期，頁三一——三三。陳明鎬也說：「作者創作作品，以才思表露當時性情，他人讀其作品可知作者當時性情狀態，若有反常，則推測凶多，其爲凶兆多之故。然詩本性情而發之爲詩，實無預言性之性情，而且無有必然性與定律性，不能每首詩皆有詩 讖之徵。」——〈中國古典詩歌創作上的詩讖觀〉《東吳中文研究集刊》，第六期，一九九九，頁一五——三一。

註一九：蕭慶偉說：「及北宋，尤其是熙寧以來，詩讖說以蔚爲大觀，這在宋人詩話中已全面體現。若探討其現實背景，則無疑與北宋新舊兩黨交攻的史實直接相關。換言之，北宋新舊黨爭正是宋人詩讖說得以盛行的氣候與土壤。」——〈北宋黨爭與宋人詩讖說〉，張高評主編《宋代文學研究叢刊》，第二期，一九九六，頁一五七——一六五。

註二〇：袁文《甕牖閒評》，程毅中主編《宋人詩話外編・上》，頁五九一。

註二一：陸游《老學庵筆記》程毅中主編《宋人詩話外編・上》，頁八八四。

註二二：陳文忠說：「作品的創造誕生過程就不是遠離審美接受的獨立活動。相反，讀者影響作者，接受制約著創作；閱讀是創作的直接目的，讀者是創作的潛在合作者。」《中國古典詩歌接受史研究》，頁四八，安徽大學出版社，一九九八。

註二三：陳文忠說：「詩歌創作和詩評詩話的雙線并行是中國詩史的獨特景觀；而歷代詩話實質就是歷代詩歌的原始接受史，它爲接受史研究提供了堅實豐富的學術基礎。」同上揭書，頁七。

註二四：王楙《野客叢書》，卷九，程毅中主編《宋人詩話外編・下》，頁一〇八六。案：否定詩讖者應是洪邁，他舉白居易爲例說詩讖不可信，詳見註一七，王楙誤爲胡仔。

註二五：程大昌《演繁露》，程毅中主編《宋人詩話外編・上》，頁七六三。

註二六：聶崇岐對宋代制舉研究，都南北宋並言，可見科舉及第至南宋也是士子苦讀的目標。見《宋史叢考・上・宋代制舉考略》，頁一七一——二〇三，臺北，華世出版社，一九八六。

註二七：張世南《游宦記聞》，程毅中主編《宋人詩話外編・上》，頁一一七五。

註二八：曾敏求《獨醒雜志》，程毅中主編《宋人詩話外編・上》，頁五六五。

註二九：施德操《北窗炙輠》程毅中主編《宋人詩話外編・上》，頁三八八。

註三〇：魏泰《臨漢隱居詩話》，何文煥輯《歷代詩話・上》，頁三三一。

註三一：吳處厚《青箱雜記》，程毅中主編《宋人詩話外編・上》，頁一三四。

註三二：何文煥輯《歷代詩話・上》，頁三二三。

註三三：王安石撰，李壁箋註《箋註王荊文公詩》，卷二十一，廣文書局，一九六〇。

註三四：關於〈君難託〉一詩的託諷意義，薛順雄曾經對宋神宗與王安石之相得至相離有很深刻的考證，見〈王荊公〈船泊瓜州〉詩析論〉，國立臺灣大學，中國文學研究所主編《宋代文學與思想》，頁八九——一〇九，臺北，學生書局，一九八九。

註三五：程毅中主編《宋人詩話外編・上》，頁一三四。

註三六：何文煥輯《歷代詩話・上》，頁三四八。

註三七：在黨禍之中，並不是所有的遷謫者都能做到處變不驚，失意不失志，如蘇軾、黃庭堅的以理遣情，有的難免有悲苦不振的人生哀嘆，「面對著遭貶處窮和貶中憂生的雙重情累，不堪其累，悲苦不振，哀嘆人生者也不乏其人」。沈松勤《北宋文人與黨爭——中國士大夫群體研究之二》，頁三五二，北京，人民出版社，一九九八。

註三八：此據昌彼得、王德毅、程元敏、侯俊德編《宋人傳記資料索引・二》之言，頁一二六七，臺北，鼎文書局，一九九〇。然據程毅中主編《宋人詩話外編・上》，頁三一九所言，則生卒是（一〇八一——一一四九）。未知孰是。

註三九：何薳《春渚記聞》，程毅中主編《宋人詩話外編・上》，頁三二九。

註四〇：（宋）秦觀撰，徐培均箋註《淮海集箋註》，卷四十，頁一三二三，上海，古籍出版社，一九九四。

註四一：蘇軾《東坡題跋・書秦少游挽詞後》，卷三，頁一七二，上海，遠東出版社，一九九六。

註四二：胡仔《苕溪漁隱叢話・後集》，卷三，頁二一一。

註四三：沈松勤《北宋文人與黨爭——中國士大夫群體研究之一》，頁三五四，北京，人民出版社，一九九八。

註四四：程顥、程頤《二程集・河南程氏粹言》，卷一，頁一一七九，臺北，漢京出版公司，一九八三。

註四五：徐度《卻掃篇》，程毅中主編《宋人詩話外編・上》，頁三三〇。

註四六：釋文瑩《湘山野錄》，程毅中主編《宋人詩話外編・上》，頁一七八。

註四七：魏泰《東軒筆錄》，程毅中主編《宋人詩話外編・上》，頁二四二。

註四八：王明清《揮麈錄》，程毅中主編《宋人詩話外編・下》，頁九六一，北京，國際文化出版公司，一九九六。

註四九：王安石晚年皈依禪佛，與祖心禪師至金陵，與他「劇談終日」，并「施其第爲寶坊，延師爲開山第一祖。」不僅如此，還將自己在江寧上元縣的三千四百餘畝連同長媳蕭氏的一千畝良田，施捨佛寺，作爲寺產。所有這些，都說明了王安石晚年幻滅心理和耽佛習禪之深，而其目的則是在禪境的釀造中，排遣他經世的悲痛和人生的苦難，以禪定之樂爲其生命之燈傾注燃料。

註五〇：鮑昌寶〈論詩歌理解的有效性原則〉，《衡陽師專學報》（社會科學版），一九九八，第一期，頁六四——六六。

註五一：蘇軾《蘇東坡全集・凌虛臺記》，頁三四二，臺北，世界書局，一九九六。

註五二：葛兆光《道教與中國文化・序》頁一〇，臺北，東華書局，一九八九。

註五三：吳曾《能改齋漫錄》，程毅中主編《宋人詩話外編・上》，頁七四二，北京，國際文化出版公司，一九九六。

註五四：魏泰《東軒筆錄》，程毅中主編《宋人詩話外編・上》，頁二〇八。

註五五：王觀國《學林》，程毅中主編《宋人詩話外編・上》，頁五一四。

註五六：參考陳明鎬〈中國古典詩歌創作上的詩讖觀〉，《東吳中文研究集刊》，第六期，一九九九，頁一五——三二。可見歐陽脩對蘇軾詩文創作才華賞愛的超前意識是不具詩讖形式的。

註五七：鮮于煌〈論杜甫的超前意識〉，《重慶師院學報》，一九九八，第二期，頁五二——六二，八三。

註五八：葛立方說：「王介甫、蘇子瞻皆爲歐陽文忠公所收，公一見二人，便知其他日不在人下。贈介甫詩云：『老去自憐心尚在，後來誰與子爭先？』子瞻登乙科，以書謝歐公，歐公語梅聖俞曰：『老夫當避此人放出一頭地。』當是時，二公俱未有聲，而公知之於未遇之時如此所以爲一世文宗也歟！」《韻語陽秋》，卷十八，何文煥輯《歷代詩話・》，頁六二九；朱弁（？——一一四四）也說：「東坡詩文落筆，輒爲人所傳誦。每一篇到，歐公爲終日喜，前輩類如此。一日與棐論文，嘆曰：『汝記吾言，三十年後，世上人更不道著我也。』崇寧、大觀中，海外詩盛行，後生不復有言歐公者。是時朝廷雖嘗禁止，賞錢增至八十萬，禁愈嚴，而傳愈多，往往以多相誇。士大夫不能誦坡詩，便自覺氣索。……」《曲洧舊聞》，程毅中主編《宋詩話外編・上》，頁五四九。

註五九：惠洪《冷齋夜話・詩忌條》，卷四，《詩話叢刊》，臺北，弘道文化出版公司，一九七一。

註六〇：同註一。

第七章　結論——〈長恨歌〉在詩歌接受史上的意義

經過上面的討論，我們得知宋詩重意也重理。意是有兩方面的：一是沿襲白居易以來的關懷現實與憂患意識的諷喻精神；另一方面則是創作主體自我的昂揚及藝術創作、審美意識的不拘形跡。但是，隨著理學的盛行，意慢慢被理所制約。從接受美學而言，宋人的種種審美價值觀，透過蘇軾在宋詩壇的地位起落，投射著白居易以〈長恨歌〉爲主的詩歌接受史的轉變。

我們從此更清楚「理」在宋詩壇的催化作用，集學者、官僚、文士於一身的宋人，黨爭的殘酷打擊應該是宋詩壇中，意向理傾斜的主要推手。儒、釋、道三教合一的理學思潮則給在這風雨中的宋人提供一個形而上的心靈歸宿的階梯。相較於理學家的修持，以蘇軾爲象徵的以意理爲主的藝術創作與審美，抒發人生真實的創作則是不被欣賞的，文名之盛如東坡，其詩也只是宋詩中的變體，個中消息，不難得知。

本文寫作的主軸就是對於從白居易〈長恨歌〉產生以後至兩宋的接受史的探討。白居易〈長恨歌〉是以意爲主的，此地的意是具有刻意企圖的，但是，意在宋人使用的文本中，卻有多重變化。如果以情、意的對立相較而言，〈長恨歌〉的創作態度，就是一種有企圖存在的刻意；在整個宋代的詩禍幾乎就是這種被認爲有目性的諷喻執政當局的意所引起。

當然，隨著詩禍、黨爭的酷烈循環，意的有企圖性創作內容就被形式所取代而有奪胎換骨與點鐵成金、鍊字、鍊意、鍊格等注重詩法的江西詩派躍居詩壇主流。此時理學已慢慢地侵入詩人創作的思維中，於是江西詩派中人不僅重視詩法，也漸漸向理學人格靠攏。在此，宋人的審美模態就有兩種矛盾，一種是創作主體對心靈自由的渴望、意念的抒發、藝術創作的無拘；另一種是在封建禮教倫理綱常名教維護下對個體的制約和壓抑的變形。而後一種則使宋詩壇也呈現兩道洪流：一是以蘇軾爲首的縱送自如的意；一是以黃庭堅爲首傾向理學人格的江西詩派。但是人類性情像鐘擺，就連集中火力猛烈抨擊蘇軾的朱熹也爲蘇軾作品而感動不已。故可了解人（社會亦然）是在意與理的鐘擺搖蕩，只是輕重不同而已。

如果以宋人的接受美學而言，意就是評鑑他人作品的一把尺；從整個宋人使用意的範圍而論，又有事理的意，評鑑他人作品優劣的意、藝術創作美學的意，創作者以意創作的妙觀逸想，鑒賞者以心品鑑藝術而不執著於形跡的意，更有解釋人生際遇、窮達壽夭、禍福迍邅等探討天理的意；嚴格地說，詩讖所代表的天理觀也是宋人企圖解釋人生命運的意展現。

所以，跳脫文字的魔障，意在本論文中的指稱是：在宋人品鑑〈長恨歌〉時，與情相對，意是一種有目的創作態度；在宋人當代，意一方面是情感的流露，另一方面要在有目的創作中要求合乎封建君主專制的理，理就是用以節情（意）又規範意的諷喻性。如此一來，我們就發現整個宋代詩壇就是意出意入而已。其間的波濤起伏，環繞著社會、政治、經濟、教育各層面，是儒、釋、道三教合流的學術思潮的開花結果。

但是，宋人沿襲中唐以意說經的方式也對經書開始起疑，以歐陽修爲開始提出半夜鐘的質疑後，本於人情，事事如實、講求合理，就成了宋人宇宙論的基調，故理除了形而上層面外，尚有事理、物理等形而下的實質意義，宋人不憚其煩地以人情爲基礎、發掘來相應事、物之理，破解古人說經之誤；就形而上言之，宋人之理又含有倫理規範、意理、天理等意涵。倫理展現了在日薄西山的封建專制中得以維持社會秩序於不墜的道德制約，「餓死事小，失節事大」（註一），「君臣父子，天地之理也，無所逃於天地之間」，（註二）「禮教吃人」，（註三）也就隱然是理學家給人的最平常觀感，更成爲鼓吹新文化者眾矢撻伐之的。的確，尤其是南宋人很重視這觀點，抗元不屈就義的文天祥是朱熹三傳弟子，也爲理學籠罩下的君臣倫理映照出最璀璨的餘暉。

因爲理是與天相應，基於對《禮記‧中庸》「國之將興，必有禎祥；國之將亡，必有妖孽，見乎蓍龜，動乎四體，禍福將至，善，必先知之，不善，必先知之，故至誠如神」（註四）的接受，宋人對天理也有一份親切感。處在審美雙重模態中的宋人一方面用倫理道德規範約制個人符合封建專制綱常，卻也用天理爲這種人性桎梏找到一個不契合倫理就被貶謫的解釋，詩讖就是最集中的體現。其內在機轉即是禪宗、道家與道教，要問孰者爲重？也許就像有人執著於蘇軾思想偏於道家與道教一樣，恐怕是有些武斷。

由本文的論述，可以窺知宋人論詩似乎不太講情，而是講意與說理。彷彿是披沙揀金，步步探尋，在對〈長恨歌〉解析之後，以意爲主可以說是貫穿整篇論文的主線，隨著它，展現異於盛唐的另一個創作思維時代的開始，也進入了宋人的思維向度與價值，這個空間的伸展，在宋文化的面前更是多采多姿。

但是，這種以意爲主的創作主體隨著理學的日漸成形與黨爭的愈演愈烈，意的抒發也逐漸受到理的制約，宋代詩學中，理似乎慢慢壓縮了情、意的空間，到南宋時，理學更已經凌駕一切學術之上，而在其他方面的理，尤其是倫理道德之理更是嚴重地受到扭曲，人的尊嚴及價值已經籠罩在形而上的空幻中，也更進一步走向吃人的境界，這應該不是理學家們潛心內省、孜孜研求與矻矻教學所預料的結果；諷刺的是，歷史常在人們不知不覺中溜滑梯，當人們想煞住時，一切都已經又要重新開始。

註釋

註一：見前面第六章第三節，註七。

註二：見前面第六章第三節，註九。

註三：這是指專制社會因爲理學家用天理與儒家倫理道德相應後，人性的尊嚴、價值都受到嚴重的偏執、扭曲與變形，扼殺了人性的基本需求而言，民國以來的新文化運動提倡者，動輒用此語來與所謂的舊文化相對抗。

註四：《禮記・中庸》篇，第二十四章，上海，商務印書館，四部叢刊。

參考書目

經部

《詩經》，十三經註疏本，臺北，藝文印書館
《左傳》，十三經註疏本，臺北，藝文印書館
《禮記》，十三經註疏本，臺北，藝文印書館
《周易》，十三經註疏本，臺北，藝文印書館
《孟子》，十三經註疏本，臺北，藝文印書館
《蘇軾》，易傳，臺北，中華書局叢書集成本
《朱熹》，詩集傳，臺北，新陸書局，一九六八

史部

司馬遷，《史記》，臺北，藝文印書館
班固，《漢書》，臺北，藝文印書館
沈約，《宋書》，臺北，中華書局四部備要本

姚思廉，《梁書》，臺北，藝文印書館
司馬光，《資治通鑑》，臺北，中新書局
李　燾，《續資治通鑑長編》，上海古籍出版社，一九八六，影印本
劉　昫，《舊唐書》，臺北，藝文印書館
脫　脫，《宋史》，臺北，藝文印書館
聶崇岐，《宋史叢考》，臺北，華世出版社，一九八六
黃永年，《唐代史事考釋》，臺北，聯經出版公司，一九九八

哲學、美學

王弼注，《老子》，臺北，河洛出版社，一九七五
郭慶藩，《莊子集釋》，臺北，河洛出版社，一九七五
荀　子，王先謙註，《荀子集解》，臺北，世界書局，新編叢書集成，第二冊
韓　非，《韓非子》，臺北，世界書局，新編叢書集成，第五冊
邵　雍，《漁樵對問》，臺北，藝文印書館，一九六五，出版地不詳
程顥、程頤，《二程集》，臺北，漢京出版社，一九八三
朱　熹，《朱文公集》，上海，商務印書館，四部叢刊

黎靖德輯，《朱子語類》，北京，中華書局，一九九四

陳　來，《朱子書信編年考證》，上海，古籍出版社，一九八九

黃宗羲，清全祖望補，《宋元學案》，臺北，世界書局，一九八三

戴　震，《孟子字義疏證》，臺北，藝文印書館，不著年月

曾祖蔭，《中國古代美學範疇》，臺北，丹青圖書公司，一九八七

錢　穆，《中國哲學史》，臺北，學生書局一九九五

勞思光，《中國哲學史》，臺北，三民書局，一九九三

徐復觀，《中國思想論集》，臺北，學生書局，一九八三

余英時，《士與中國文化》，上海，人民出版社，一九八七

吳　怡，《中國哲學發展史》，臺北，三民書局，一九八四

張立文，《宋明理學邏輯結構的演變》，臺北，萬卷樓圖書公司，一九九三

陳寅恪，《陳寅恪先生全集》，臺北，里仁書局，一九八二

唐文德，《中國古典文學論集》，臺北，國彰出版社，一九八七

鍾優民，《新樂府詩派研究》，遼寧，大學出版社，一九九七

鍾優民，《陶學史話》，臺北，允晨出版社，一九九一

房日晰，《唐詩比較論》，陝西，三秦出版社，一九八八

查屏球，《唐學與唐詩》——中晚唐詩風的一種文化考察，北京，商務印書館，二〇〇〇
沈德潛，《唐詩別裁》，臺北，商務印書館，一九七八
劉熙載，《藝概》，臺北，廣文書局，一九八〇
朱　剛，《唐宋四家的道論與文學》，北京，東方出版社，一九九七
楊　義，《中國敘事學》，上海，人民出版社，一九九七
王運熙、顧易生主編，《中國文學批評史》，臺北，五南書局，一九九三
錢基博，《中國文學史》，臺北，中華書局，一九九三
張　鳴，《中國文藝思想論叢》，北京，大學出版社，一九八八
蕭華榮，《中國詩學思想史》，上海，華東師範大學出版社，一九九六
張高評主編，《宋詩綜論叢編》，高雄，麗文事業出版社，一九九三
吉川幸次郎，鄭清茂譯，《宋詩概說》，臺北，聯經出版社，一九七九
程　杰，《宋詩學導論》，天津，人民出版社，一九九九
張　毅，《宋代文學思想史》，北京，中華書局，一九九五
錢鍾書，《宋詩選註》，臺北，木鐸出版社，一九八〇
黃美玲，《歐、梅、蘇與宋詩的形成》，臺北，文史哲出版社，一九九八
黃奕珍，《宋代詩學中的晚唐觀》，臺北，文津出版社，一九九八

裕　鎧，《宋代詩學通論》，成都，巴蜀書社，一九九七
張高評，《宋詩之新變與代雄》，臺北，洪葉文化公司，一九九五
沈松勤，《北宋文人與黨爭》—中國士大夫群體研究之一，上海，人民出版社，一九九八
聞一多，《神話與詩》，上海，華東師範大學出版社，一九九七
蔡英俊，《比興物色與情景交融》，臺北，大安出版社，一九八六
金性堯，《宋詩三百首》，臺南，王家出版社，一九八八
聞人軍，《沈括研究》，浙江，人民出版社，一九八五
劉　蕻，《藝文術林》，上海，藝文出版社，一九九六
葉嘉瑩，《杜甫秋興八首集說》，河北，教育出版社，一九九八
陳文忠，《中國古典詩歌接受史研究》，安徽，大學出版社，一九九八
歷代學人，《筆記小說大觀》，臺北，新興書局，一九七七
勒極蒼，《〈長恨歌〉及其同題材詩詳解》，河南，中洲古籍出版社，一九七八
王夢鷗，《唐人傳奇唐人小說校釋》，臺北，正中書局，一九八三
洪淑苓，《牛郎織女研究》，臺北，學生書局，一九八八
劉　瑛，《唐代傳奇研究》，臺北，聯經書店，一九九四

別集

杜　甫，錢謙益註，《杜詩錢註》，臺北，世界書局，一九九八
王　維，杜詩錢註，《王右丞集》，上海，商務印書館，四部叢刊
朱熹校，韓愈，《昌黎先生集》，上海，商務印書館，四部叢刊
元　稹，《元氏長慶集》，上海，商務印書館，四部叢刊
白居易，《白氏長慶集》，上海，商務印書館，四部叢刊
施學習，《白香山之研究》，財團法人鹿港文教基金會，一九八四
陳寅恪，《元白詩箋證稿》，臺北，里仁書局，一九九八一
劉禹錫，瞿蛻園箋證，《劉禹錫集箋證》，上海，古籍出版社，一九八九
朱鶴齡箋註，《李義山詩集箋註》，臺北，廣文書局，一九八一
李商隱，《樊南文集》，臺北，中華書局四庫備要，集部
黃　滔，《蒲陽黃御史集》，臺北，中華書局叢書集成初編
杜　牧，《樊川文集》，臺北，漢京出版社
田　錫，《咸平集》，上海，商務印書館，四庫珍本四集，一九七三
梅堯臣，《朱東潤校注》，梅堯臣集編年校注，臺北，源流出版社，一九八三
歐陽脩，《詩本義》，上海，商務印書館，四部叢刊三編，經部，一九三五

歐陽脩，《歐陽脩全集》，臺北，世界書局，一九七一
王安石，《臨川文集》，上海，商務印書館，四部叢刊，一九八五
王安石，李壁箋註，《箋註王荊文公詩》，臺北，廣文書局，一九八一
劉　攽，《彭城集》，武英殿聚珍本
蘇　軾，孔凡禮點校，《蘇軾文集》，北京，中華書局，一九九六
曾棗莊、曾濤編，《蘇詩彙評》，臺北，文史哲出版社，一九九八
王水照，《蘇軾論稿》，臺北，萬卷樓圖書公司，一九九四
曾　鞏，《元豐類稿》，上海，商務印書館
蘇　軾，《蘇東坡全集》，臺北，世界書局，一九九六
黃　庶，《伐檀集》，文淵閣四庫全書本
惠　洪，《天廚禁臠》，上海，中華書局，一九六八
黃庭堅，《山谷別集》，文淵閣四庫全書本
張　耒，《柯山集》，臺北，中華書局叢書集成初編本
王禹偁，《小畜集》，上海，商務印書館，四部叢刊
蘇舜欽，《蘇學士文集》，上海，商務印書館，四部叢刊
歐陽脩，《歐陽文忠公文集》，上海，商務印書館，四部叢刊

司馬光，《溫國文正司馬光集》，上海，商務印書館，四部叢刊
蘇　軾，《集註分類東坡詩》，上海，商務印書館，四部叢刊
蘇　轍，《欒城集》，上海，商務印書館，四部叢刊
黃庭堅，《豫章黃先生文集》，上海，商務印書館，四部叢刊
劉克莊，《後村大全集》，上海，商務印書館，四部叢刊
張　耒，《張右史文集》，上海，商務印書館，四部叢刊
陸　游，《渭南文集》，上海，商務印書館，四部叢刊
葉　適，《水心文集》，上海，商務印書館，四部叢刊
惠　洪，《石門文字禪》，上海，商務印書館，四部叢刊
汪　藻，《浮溪集》，上海，商務印書館，四部叢刊
孫　覿，《鴻慶居士集》，文淵閣四庫全書本
黃　裳，《演山集》，四庫珍本初集
秦　觀，徐培均箋註，《淮海居士長短句》，上海，古籍出版社，一九八五

詩話類

（一）、宋代以前：見何文煥輯《歷代詩話》及丁福保輯《歷代詩話續編》

（二）、宋代

王　讜，《唐語林》，四庫珍本，別集

劉克莊，《後村詩話》，上海，商務印書館，四部叢刊

惠　洪，《冷齋夜話》，臺北，弘道文化公司，一九七二

洪　邁，《容齋隨筆》，臺北，商務印書館，一九七九

孫光憲，《北夢瑣言》，臺北，源流出版社，一九八三

何文煥輯，《歷代詩話》，臺北，木鐸出版社，一九八二

丁福保輯，《歷代詩話續編》，臺北，木鐸出版社，一九八三

魏慶之，《詩人玉屑》，臺北，商務印書館，一九八三

胡　仔，《苕溪漁隱叢話》，臺北，木鐸出版社，一九八三

程毅中主編，《宋人詩話外編》，北京，國際文化出版社，一九九六

吳文治主編，《宋詩話全編》，南京，江蘇古籍出版社，一九九八

（三）、金朝

滹南詩話，王若虛，丁福保輯，《代詩話續編》，臺北，木鐸出版社，一九八三

（四）、明代

升庵詩話，楊慎，丁福保輯，《歷代詩話續編》，臺北，木鐸出版社，一九八三

吳文治主編，《明詩話全編》，南京，江蘇古籍出版社，一九九八

（五）、清代

陳世鎔，《志居集外集》，道光同治間刊本

陳 沆，《詩比興箋》，臺北，鼎文書局，一九七九

丁福保輯，《清詩話》，臺北，木鐸出版社，一九八三

郭紹虞編，《清詩話續編》，臺北，木鐸出版社，一九八三

（六）、近代

郭紹虞，《宋詩話考》，臺北，學海書局，一九八〇

郭沫若，《讀隨園雜記》，北京，作家出版社，一九六二

王大鵬、張寶坤、田樹生、諸天寅、王德和、嚴昭柱編選，《中國歷代詩話選》，長沙，岳麓書社，一九八五

劉德重、張寅彭合編，《詩話概說》，臺北，學海出版社，一九七五

詩畫題跋

蘇 軾，《東坡題跋》，上海，遠東出版社，一九九六

撰人未詳，《宣和畫譜》，臺灣，商務印書館，一九八二

萊　辛，朱光潛譯，《拉奧孔》，北京，人民文學出版社，一九九四

李　栖，《兩宋題畫詩》，臺北，學生書局，一九九四

其他

李約瑟，《中國之科學與文明》，臺灣，商務印書館，一九八五

史爲樂主編，《中國地名語源辭典》，上海，辭書出版社，一九九五

許慎撰，段玉裁注，《說文解字》，臺北，黎明書局，一九七六

單篇論文

張永明，〈漫談詩讖〉，《暢流》，一九七六，第六期

葛兆光，〈道教與唐詩〉，《文學遺產》，一九八五，第四期

顧曉鳴，〈象：中國文化的一種「基因」〉，《復旦學報》，一九八六，第三期

寇養厚，〈杜牧對元白詩的態度〉，《文史哲》，一九八六，第五期

馬積高，〈江西詩派與理學〉，《文學遺產》，一九八七，第二期

單書安，〈元白新樂府與漢樂府聯繫的再認識〉，《陝西師大學報》（哲社版），一九八七，第三期

馬積高，〈江西詩派與理學〉，《文學遺產》，一九八七，第二期
傅　義，〈王安石開江西詩派的先聲〉，《江西社會科學》，一九八七，第一期
劉乃昌，〈論山谷詩與王安石〉，《文史哲》，一九八八，第二期
黃啓方，〈黃庭堅詩論的三個問題——詩作分期、詩體變異、詩體的建立〉黃永武、張高評主編，《宋詩論文選輯（三）》，高雄，復文書局，一九八八
龔鵬程，〈知性的反省——宋詩的基本風貌〉，黃永武、張高評主編《宋詩論文選輯》，高雄，復文書局，一九八八
祝振玉，〈略論宋代題畫詩興盛的幾個原因〉，《文學遺產》，一九八八，第二期
張雙英，〈試探胡仔論惠洪評詩之弊的理論基礎——作家兼批評家兩角色的糾葛〉，《中華學苑》一九八九，第三九期
薛順雄，〈王荊公〈船泊瓜州〉詩析論〉，國立臺灣大學，中國文學研究所主編，《宋代文學與思想》，學生書局，一九八九
簡錦松，〈從一個新觀點試論北宋詩〉，同右
羅聯添，〈白居易〈秦中吟〉的寫作背景〉，《唐代文學論集》，學生書局一九八九
周來祥、儀平策，〈論宋代審美文化的雙重模態〉，《文學遺產》，一九九〇，第二期
孟二冬，〈論中唐詩人審美心態與詩歌意境的變化〉，《文史哲》，一九九一，第五期

閻福玲，〈宋代理學與文學創作〉，《河北師院學報》，一九九一，第二期

沈檢江，〈宋詩發展的美學軌跡〉，《求是學刊》，一九九一，第一期

張　輝，〈試論蘇軾文學思想創新的特點〉，《中國人民大學學報》，一九九一第二期

羅聯添，〈白居易與佛道關係重探〉，中國唐代學會編《唐代研究論集》，第四輯，國立編譯館主編，新文豐出版公司，一九九二

朱　琦，〈論韓愈與白居易〉，中國唐代文學學會、西北大學中文系、廣西師範大學出版社主編，《唐代文學研究》，第四輯，廣西師範大學出版社，一九九三

葛召光，〈從宋詩到白話詩〉，張高評編，《宋詩縱論叢編》，麗文事業出版社，一九九三

范海波，〈白居易佛教思想與道家思想的關係〉，《殷都學刊》，一九九三 第三期

黃士中，論〈鶯鶯詩〉的創作心態—兼論「文不必如其人」〉，中國唐代文學學會、西北大學中文系、廣西師範大學出版社主編《唐代文學研究》，第五輯，廣西師範大學，九九三

章培恆，〈宋詩簡論〉，《宋詩綜論叢編》，張高評主編，麗文出版，一九九三

東景南，〈活法：對法的審美超越〉，《文學評論》，一九九三，四月

日・入谷仙介，〈關於〈琵琶行〉的創作—重點研究與杜甫的關係〉，中國唐代文學學會、西北大學中文系、廣西師範大學出版社主編，《唐代文學研究》，第五輯，廣西師範大學出版社，一九九四

董乃斌，〈女兒節的情思—唐人七夕詩文略論〉，《《唐代文學研究》》中國唐代文學學會、西北大學中文系、廣西師範大學大學出版社主編，第五輯，廣西師範大學，一九九四

王水照，〈「蘇門」諸公貶謫心理的縮影〉，《蘇軾論稿》萬卷樓圖書公司一九九四

傅雲龍、柴尚金，〈《周易》的形象思維〉，《貴州大學學報》，一九九五 第二期

周裕鍇，〈自適與自持：宋人論詩的心理功能〉，《文學遺產》，一九九五，第六期

褚斌杰，〈白居易的人生觀〉，《文學遺產》，一九九五，第五期

周繼旨，祝瑞開主編，〈「終極關懷」與「超越之路」上的從歧異到趨同——論宋明新儒學的倫理本體化思想傾向的形成即其影響〉《宋明思想與中華文明》，學林出版社，一九九五

楊國榮，〈從義利之辨到理欲之辨——理學的價值向度〉，祝瑞開主編，《宋明思想與中華文明》，學林出版社，一九九五

張榮翼，〈「說法」與「活法」——文學中人的表達與其存在矛盾的論析〉，《寧夏大學學報》，（社會科學版），一九九六，第二期

劉正忠，〈惠洪「文字禪」初探〉，張高評主編，《宋代文學研究叢刊》，一九九六，第二期

林美清〈詩與真實——論《彥周詩話》對杜牧詠史詩的褒貶〉，張高評主編《宋代文學研究叢刊》，第二期，一九九六

張崇琛，《詩經·小雅》與《易經·卦爻辭》的憂患意識，《殷都學刊》，一九九六，第二期

謝思煒，〈白居易與李商隱〉，《文學遺產》，一九九六，第三期

鮮于煌，〈論杜甫的超前意識〉，《重慶師院學報》，一九九六，第二期

周裕鎧，〈黃庭堅句法理論探微〉，《宋代文學研究叢刊》，第二期，麗文事業出版社，一九九六

蕭慶偉，〈北宋黨爭與宋人詩讖說〉，張高評主編，《宋代文學研究叢刊》，第二期，一九九六

劉　寧，〈論歐陽脩詩歌的平易特色〉，《文學遺產》，一九九六，第一期

王守雪，〈論作家的雙重人格〉，《殷都學刊》，一九九六，第一期

衣若芬，〈論蘇軾繪畫思想中的「常形」與「常理」說〉，張高評主編，《宋代文學研究叢刊，》一九九六，第二期

方　燃，〈蘇軾詩歌創作的分期問題探討〉，《四川大學學報》，（哲學社會科學版），一九九七，第三期

呂立易，〈談文學作的突發奇想〉，《廣東民族學院學報》，社會科學版，一九九七，第一期

胡敏中，〈論直覺的創造認識論意義〉，《天府新論》，一九九七，第三期

陳　忻，〈論唐詩宋詞意境的「虛」與「實」〉，《重慶師院學報》哲社版，一九九七

後記

去年寫完〈自序〉時，已經天亮了。跟值班剛回來的先生送去出版社後，開始一連串的送審作業。先是科評，再來是外審，接著是校評，最後是教育部審查通過。真是感謝這一路相扶持的每一位師友家人。

三月初送去的外審回來時已是六月七日，六月十六日要考中山博士班，十九日是小兒國小的畢業典禮。要提一下的是：那件因爲同學長大變小相贈的花格子短制服褲上，有個十公分左右的裂縫。打從看到時就想幫他縫一縫。捧著外審教授的意見單，我卻又拼命地把這本論文改了又改。他的畢業典禮我是匆匆趕去參加的，很榮幸地能到台上分享他領獎的喜悅。幾天後，與當天值班未能參加小兒畢業典禮的先生觀賞那天託人拍的照片，突然看見穿著那件破褲的亨兒也坐在一旁，仔細看照片中的同一件褲子，「咦！照片中的褲子怎麼沒破？」「那天出門時你又不在家，我用膠帶從裡面反貼住了。」那真是個兵荒馬亂又有無限感恩與愧疚的日子。

本書距離碩士論文已有十六年光陰。記得宋人詩話中有句忘了是誰作的詩：「早知窮達有命，恨不十年讀書。」葉慶炳教授當年在師大國研所開〈文學史專題〉時說現代的讀書人都在趕，不肯花十年好好讀書。我以這本論文爲這十六年的青春作個烙印。

有幸蒙 恩師黃啓方教授一路提攜與哀樂共享；還有張高評教授寬大胸襟不吝指導。付梓之際，對每一個曾與我照過面的識與不識的有緣眾生，沒有聯絡並不表示忘記你們，僅在此一併致意。

中華民國九十年十二月二十三日 客遠樓

國家圖書館出版品預行編目資料

＜長恨歌＞的接受與評論－－以宋人為
主 ／ 陳金現著，－－初版 --臺北
市：萬卷樓, 民 91
面；　　公分
參考書目：面

ISBN 957－739－405－1 (平裝)
1.中國詩－歷史－唐(618-907) 2.中國詩
－歷史－宋(960-1279) 3.中國詩－評論

820.9104　　　　91014403

＜長恨歌＞的接受與評論－－以宋人為主

著　　者：陳金現
發 行 人：楊愛民
出 版 者：萬卷樓圖書股份有限公司
臺北市羅斯福路二段 41 號 6 樓之 3
電話(02)23216565・23952992
傳真(02)23944113
劃撥帳號 15624015
出版登記證：新聞局局版臺業字第 5655 號
網　　址：http://www.wanjuan.com.tw
E-mail：wanjuan@tpts5.seed.net.tw
經銷代理：紅螞蟻圖書有限公司
臺北市內湖區舊宗路二段 121 巷 28 號 4F
電話(02)27953656(代表號)　傳真(02)27954100
E-mail：red0511@ms51.hinet.net
承印廠商：晟齊實業有限公司
定　　價：400 元
出版日期：民國 91 年 9 月初版

ISBN 957－739－405－1